Åke Edwardson

Der Jukebox-Mann

Åke Edwardson

Der Jukebox-Mann

Roman

Aus dem Schwedischen
von Angelika Kutsch

Claassen

Die Originalausgabe erschien 2003
unter dem Titel *jukebox*
bei Norstedts Förlag, Stockholm.

Claassen Verlag

Claassen ist ein Unternehmen der
Ullstein Buchverlage GmbH

ISBN 3-546-00358-6

 Printed in Germany
Gesetzt aus der Sabon bei Leingärtner, Nabburg
Druck und Bindung: Clausen & Bosse, Leck

Für meine Töchter Hanna und Kristina

And you pass through towns
Too small to even have a name

Elvis Presley, *It’s a long lonely highway*

I

In Detroit City war Kennedy erschossen worden. Schüsse von irgendwo über eine Straße in Detroit City. Plötzlich wussten es alle und erstarrten an der Stelle, wo sie standen. Und an den Ort, wo sie in dem Augenblick gestanden hatten, würden sie sich erinnern, solange sie lebten, wenn sie jemand fragte. So war es im ganzen Land, vielleicht auf der ganzen Welt.

Johnny Bergman hatte gerade mit dem Kopf in einer Seeburg KD-200 gesteckt und die Rolle sachte von hinten gedreht, um herauszufinden, warum sie klemmte. Eine Titelstreifenrolle sollte sich möglichst nicht aufhängen. Das war doch der Vorteil dieses Modells, aber das war Seeburg, typisch Seeburg, der Cadillac der Jukeboxen, wenn sie funktionierte, und ein einziger Problemfall, wenn sie nicht funktionierte. Neu war sie die Beste, aber jetzt war nichts mehr besonders neu an ihr.

Jemand hatte es im Radio gemeldet. Jemand hatte es im Radio gerufen, aber Johnny hatte nicht hingehört, es nicht begriffen. In dem Augenblick, als er dabei war, einen der Führungsbolzen einzuschieben, hatte sich ein Mädchen in die Box geneigt und geschrien:

»Kennedy ist erschossen worden! Kennedy!«

Johnny war zusammengezuckt und hatte sich fast den Kopf gestoßen. Dann hatte er sich aufgerichtet und umgesehen. Das Mädchen hatte geschrien, als ob die Tat hier drinnen begangen worden wäre, die Grüppchen an den Tischen und an der Theke in *Sigges Grill* waren erstarrt, im Radio wurde die Nachricht ein ums andere Mal wiederholt. Es war eine nackte Nachricht, sie war ganz allein, und er hatte gedacht, dass die Stimme im Radio einen dumpfen Klang hatte, der zu den Worten und der Hässlichkeit von *Sigges Grill* passte. Das einzig Schöne hier drinnen war die Jukebox.

Es war Abend gewesen, vielleicht acht, vielleicht neun. Es hatte geregnet. Draußen war es sehr schwarz gewesen. Das Licht im Café war plötzlich schneidend und hart geworden. Johnny hatte der Radiostimme gelauscht. Das Mädchen hatte geweint. Die Jazzer an den Tischen hatten nicht mehr gejazzt. Sie hatten auf ihn gewartet, damit sie noch einmal Bobby Bare spielen konnten. Er hatte die Ungeduld an den Tischen rundum gespürt. Es war still geworden, als die Jukebox ihren Geist aufgegeben hatte, und die Stille war unerwartet und ungeplant gewesen, und das war die schlimmste Stille.

Während er bei der Box stand und auf Sigges Radio horchte, hatte er gewusst, dass sie heute Abend nichts mehr spielen würden, auch wenn er die Titelstreifenrolle wieder in Gang kriegte.

»Scheiße, war das in Detroit?«, hatte Sigge hinter der Kasse gesagt. »War das in Detroit City?!« Auf seine Stirn fiel ein Streifen kaltes blaues Licht von der Kühltheke hinter ihm. Johnny fand, es sah aus wie eine selbstleuchtende Mullbinde. Näher würde Sigge einem Leuchten nie kommen. Und das galt für noch mehr Leute hier drinnen, für fast alle, jedenfalls für die Jungs. Johnny Bergman war zuständig für die Töne, aber er brachte auch Licht, eine andere Art Licht, das Licht der Jukebox, ein Neonschein, der auf den Gesichtern der Jungen leuchtete, wenn sie sich über die Tasten beugten, und Johnny wusste, dass sie einer größeren Stadt nie näher kommen würden als an diesem Ort.

Er hatte der Stimme im Radio gelauscht. Die Worte waren undeutlich geworden, wie in einer Endlosschleife. Draußen war ein weiterer Laster vorbeigedonnert, die unfassbare Neuigkeit und die Wörter, die davon berichtet hatten, waren in den Raum geflossen und hatten sich aufgelöst.

»Detroit«, hatte Sigge wiederholt, und jemand hatte genickt. Johnny hatte auf die Rolle hinuntergeschaut und sie gedreht, und die Titelstreifen mit den großen Herbsthits waren erschienen, Detroit City mit Bobby Bare, am 28. September Siebter auf der Top-Ten-Liste und behauptete sich immer noch als Dritter. Es würde vielleicht eine Zeit kommen, dass er Bobby Bare austauschen musste, aber so weit war es noch lange nicht.

Morgen gibt's keine Liste, dachte er. Es wird ein listenloser Samstag.

Das Mädchen hatte sich an ihn gelehnt, und er hatte sie festgehalten.

Durch ihren Körper ging ein Beben. Und dann, als es plötzlich still wurde, hatte er die Worte aus dem Radio ganz klar gehört und zu Sigge geschaut, der taub zu sein schien unter seiner blau schimmernden Siegerhaube aus Mull.

»Nein«, hatte Johnny gesagt, »nicht in Detroit City.«

2

Er fuhr durch eine hoch gelegene, offene Landschaft. Eine vertraute Landschaft. Die Dämmerung senkte sich auf die Felder, die nach der Wärme des Tages dampften, und der Dunst, der im Sonnenuntergang aufstieg, ließ den Horizont im Norden wie einen Waldbrand flammen.

Johnny Bergman fuhr mit heruntergelassenen Seitenfenstern. Der Abend duftete. Er sah einen Hasen am Straßenrand innehalten. Die Scheinwerfer seines Duetts waren ungefähr genauso schwach wie das Licht der Dämmerung, aber der Hase war im Licht gefangen und blieb sitzen, während Johnny vorbeifuhr, ein Zuschauer. Und er war ja auch ein Anblick: Der Duett mit offener Kofferraumklappe wegen der Jensen J-80, Ersatz für die Wurlitzer, die Morén in seinem Strandcafé draußen hatte stehen lassen. Die Platten hatten sich verzogen. Herr im Himmel.

Er musste Morén zeigen, was er davon hielt. Johnny hatte die mieseste Kiste, die er besaß, aus der Werkstatt schleppen lassen, vier Männer hatten das dänische Monster in den Duett bugsiert und über die Idee gegrinst. Aber er würde Morén bestrafen, ihn hart bestrafen. Die Wurlitzer 2304 war sein persönlicher Favorit. Nur ein Idiot ließ so eine Schönheit in der Sonne stehen.

Er beugte sich vor und schaltete das erste Programm ein. Das Auto füllte sich mit Wörtern:

»… ist nun klar, dass der konservative Senator aus Arizona, Barry Goldwater, zum Präsidentschaftskandidaten der Republikaner gewählt wurde …«

Er schaltete wieder ab. Er wollte nichts von irgendeinem Verrückten hören, der sich ins Weiße Haus bluffen wollte.

Das Weiße Haus. Im letzten Jahr hatten die Leute darüber geredet, als ob es Wand an Wand mit *Sigges Grill* läge. Als ob nicht etwas … Besonderes am Weißen Haus wäre. Als würde Kennedy dort ungefähr so wohnen, wie er selber bei *Sjögrens* in einem Vertreterzimmer wohnte.

Er klappte die Sonnenblende hoch. Der Waldbrand war erloschen. Über den Wiesen hing Rauch ohne Feuer.

Wo war Kennedy noch erschossen worden? Das war eine der am häufigsten gestellten Frage des Winters gewesen. Die am häufigsten erzählte Geschichte. Ich erinnere mich genau, wo ich war, als ich das von Kennedy gehört habe. So redeten die Leute. Er hatte nichts gesagt, wenn er nicht gefragt wurde, aber er war sehr häufig gefragt worden, nicht jetzt, aber im vergangenen Winter und im Frühling.

Viele hatten an dem Abend in einem Lokal gesessen. In Dallas war es Nachmittag gewesen und hier auf dem Hochland Abend. In den Lokalen hatte Licht gebrannt in diesem dunklen November. Die Sonne war woanders gewesen, sie hatte über Dallas geschienen, aber was hatte das genützt.

Er hörte die Box hinten im Kofferraum schurren, hörte die Seile knirschen. Das war vermutlich die letzte Reise der Jensen. Sie lebte noch, aber nur gerade so noch, und insofern war dies ein Leichenzug, sein grauschwarzer Duett war ein Leichenwagen und die Jukebox hinten drin ein Sarg. Dies war ein Transport, der mehr bedeutete, der ihm etwas über sein eigenes Leben und die Arbeit sagte, die er in den letzten sieben Jahren gemacht hatte, aber er wollte nicht verstehen, was es war, er wollte es nicht wissen.

An einer Steigung grollte der Duett. Der lag auch im Sterben. Die Box rutschte nach hinten und drückte gegen die Seile. Es war kein angenehmes Geräusch. Der Kofferraumdeckel schlug mit einem ekelhaften Geräusch gegen das gerillte Plexiglas der Jukebox. Johnny schauderte es beim bloßen Gedanken an Plexiglas. Das war nicht sein Ding. Diese Jensen war für Morén bestimmt.

Die Box rutschte wieder, und er versuchte bis auf die Hügelkuppe den Atem anzuhalten. Ihm kam kein anderes Auto entgegen.

Oben angelangt fuhr er in eine Ausweichbucht, stieg aus und kontrollierte die Seile.

Er lehnte sich gegen das Auto und zündete eine Zigarette an. Ihm schien, als höre er eine Heuwendemaschine auf der anderen Seite, hinter den Bäumen, oder irgendein anderes Blechungeheuer, das in den beginnenden Abend röhrte. Und einen Traktor, ein mauliges Geräusch. Er war kein Bauer, aber er wusste, dass es jetzt höchste Zeit war, das Heu einzuholen. Für Menschen, die vom Ertrag der Felder und Äcker lebten, war dies die wichtigste Zeit im Jahr.

Das Motorengeräusch irgendwo hinter den Bäumen lärmte weiter, lauter als der Duett, wie zitternd im Leerlauf. Er nahm einen Zug und sah zum Himmel hinauf, der von durchsichtiger Bläue war. Sie setzte sich fort zu Planeten, die man niemals zu sehen bekommen würde, jedenfalls nicht von diesem Hügel aus, obwohl der hoch über dem Meeresspiegel lag. Er hörte ein Auto, das sich von der anderen Seite der Anhöhe näherte, ein Rekord tauchte auf und fuhr vorbei. Auf dem Rücksitz drehte sich ein Kind um und starrte ihn an. Das Gesicht des Kindes war wie eine weiße Wolke in der dunklen Fensterscheibe. Es floss davon mit dem Rekord.

Er trat die Kippe aus, setzte sich wieder hinter das Steuer und fuhr zurück auf die Straße. Der Duett rollte den Hügel hinunter und Johnny spürte, wie das Gewicht der Box im Kofferraum drückte. Unten in der Ebene verteilte es sich wieder gleichmäßiger.

Er begegnete einer Frau auf einem Fahrrad, die einen Schal trug und wie eine Melkerin aussah. Sie hob grüßend die Hand. Er kannte keine Melkerinnen. Er hatte Frauen gekannt, die seinen Schwanz gestreichelt und daran gezogen hatten, als ob es sich um eine anständige Arbeit handelte, aber keine von ihnen hatte in der Landwirtschaft gearbeitet, soweit er sich erinnerte.

Was er im Rückspiegel sah, war auch ein Teil jener Welt, die im Begriff war zu verschwinden, genau wie die Frau in ihrem hellen Baumwollkleid jetzt im Rückspiegel immer kleiner wurde. Schließlich verschwand sie im Blau. Er war älter geworden, und die Welt hatte sich verändert, Frauen bedeuteten ihm nicht mehr dasselbe. Er hat es satt, sich in blank gewetzten, verschwitzten Laken zu wälzen, gewunden in einen anderen Körper, im kalten Licht eines Badezimmers gemolken zu werden von einer fremden Frau, die darauf bestand, seinen Blick festzuhalten.

Er war der schmuddligen Abschiede in der Dämmerung müde und verabscheute den schalen Nachgeschmack am Morgen wie nach einem Besäufnis, und die tiefe und sehr reale Müdigkeit, die an langen Nachmittagen einsetzte, wenn die Jukebox mit Eisstielen sabotiert worden war, die jemand in den Münzschlitz gesteckt hatte. Dann musste er sich auch noch die Witze von den Idioten anhören, die das vermutlich verbrochen hatten. Er hatte die Münzrückgabe neu justiert, gereinigt und sich taub gestellt.

Er schob eine Platte in den Philips. Das Auto war alt, aber der Plattenspieler war neu. Er hatte schon früh Plattenspieler in seinen Autos gehabt, das war nicht nötig, aber er fand, es gehöre irgendwie zu seinem Job. Sein Job bestand aus viel Elektromechanik, aber auch aus Musik. Bei jeder Wartung wechselte er mindestens sieben Platten in den Boxen, manchmal mehr, Monat für Monat, er musste sich an die Listen halten, aber nicht sklavisch, in seinen Boxen gab es auch seine eigene Musik aus den fünfziger Jahren und seine eigene Musik der Gegenwart, die er mochte und die nicht auf den Listen auftauchte. Die anderen Aufsteller machten sich über ihn lustig, doch er wusste, dass seine Boxen im Lauf der Jahre besser gegangen waren als die meisten der anderen, und er wusste, das verdankte er seinem eigenen Geschmack. Einige Jungs überließen die Plattenauswahl und Lieferung ganz den Musikläden, aber das war nichts für Johnny Bergman. Die Männer, die an anderen Orten in der Gegend Jukeboxen stehen hatten, ließen sie nicht zum Mittelpunkt werden, doch genau darauf kam es an. Einen solchen Aufstellplatz in einem Café zu haben war, als ob man die Jukebox selbst besäße, man trug die Verantwortung für sie. Betrunken oder nüchtern.

Der Duett fuhr weiter durch Wiesen. Bald war wieder ein Julitag zu Ende, aber es war noch fast genauso hell wie vorher. Er stellte die Musik lauter, und Elvis sang über die Felder *I'd rather give everything that I own in this world, than to be all alone, and unloved*, er ließ *The Thrill Of Your Love* ausklingen und spielte das Lied von vorn, stellte es noch lauter und sang mit. So fuhr er in den Ort ein und hielt eine Minute vor Ladenschluss vor *Lisas Café*.

Die Tür zur Straße stand offen. Durch das große Fenster sah er, dass es ihr gelungen war, alle Gäste aus dem Lokal zu werfen. Alle zwei oder drei.

»Ich hab dich gehört«, sagte sie.

»Das war Elvis.«

»Deine Stimme hab ich aber auch gehört.« Sie lächelte. »Du hast noch lauter gesungen als Elvis. Oder wie man das nun nennen soll.«

Er antwortete nicht. Er stand immer noch in der Tür.

»Möchtest du etwas haben?«, fragte sie.

Er sah auf die Uhr.

»Wohin musst du danach, Johnny?«

»Runter zum See.« Er zeigte hinter sich. »Ich muss eine Box austauschen, die Morén kaputtgemacht hat.«

»Das ist ja nicht das erste Mal, oder?«

»Jetzt war es jedenfalls das letzte Mal«, sagte er.

»Inwiefern?«

Er machte wieder eine Handbewegung zur Jensen, die unter dem Kofferraumdeckel des Duetts herausragte. Auto und Box sahen düster aus in dem künstlichen Licht vom Fenster des Cafés. Auf dem Autodach lag ein gelber Schatten, der von der beleuchteten Brezel kam, die über Lisas Tür hing.

»Die ist schon kaputt«, sagte er.

»Ich hab noch einen Rest vom Karlsbader Kranz«, sagte sie. »Und der Kaffee ist ziemlich frisch. Das bisschen, was noch übrig ist, ich hab zum Schluss nicht mehr viel gekocht.«

Er nickte. Sie brauchte ihm nicht zu erklären, wie viel Kaffee sie in der großen, silber glänzenden Kaffeemaschine in der Küche kochte. Aber Elisabeth erzählte gern, ohne dass man sie fragte. Einmal hatte sie gesagt, in Russland habe man wahre Monster von Kaffeemaschinen, aber in ihnen würde Tee gebrüht. Sie hatte den Namen von dem russischen Ding genannt, aber der fiel ihm nicht mehr ein.

»Ruhiger Abend?«, fragte er.

»Es ist zu warm«, sagte sie.

»Das stimmt nicht.«

»Was stimmt nicht?«

»Es ist nicht die Wärme. Die Leute sitzen zu Hause, oder? Sie hocken drinnen, glotzen auf die Mattscheibe, hören sich das dritte Programm an oder das, was ihre kleinen mickrigen Plattenspieler hergeben.«

»Du erwartest doch wohl nicht, dass jeder eine Jukebox zu Hause hat, Johnny?«

»Darum steht ja dort eine.« Er nickte zum Café und merkte, dass er lächelte, obwohl er es nicht wollte. »Dann brauchen sie zu Hause ja keine Jukebox, oder?« Er nickte wieder zum Raum hin. »Was hast du heute Abend zu hören bekommen?«

Sie antwortete nicht, bückte sich stattdessen und holte den Kranz aus einem der Borde in der gläsernen Theke und legte ihn auf ein Stahltablett.

»Gar keine?«, fragte er.

»*The Thrill Of Your Love*«, antwortete sie.

»Wer hat das gewählt?«

»Wie viel möchtest du?«, fragte sie und hielt das Tablett mit dem Kranz hoch. »Vielleicht die Hälfte?«

»Du, nicht wahr?« Er schüttelte den Kopf. »Ich muss die Gratistaste ausbauen.«

Sie stellte das Tablett auf den Tresen und ging durch die Türöffnung in den Caféraum. Er sah sie vor der Jukebox stehen. Ihr Gesicht war schön in dem weichen Licht der Titelstreifen, ein goldenes, ein grünes Licht. Es war eine schöne Box, Wurlitzers Jubiläumsmodell von sechsundfünfzig, eine 1900er, ein 104-Wähler, und sie drückte auf eine dieser hundertvier Wahltasten, und Johnny wusste, dass sie B21 gewählt hatte, bevor der erste Pianoanschlag ertönte. Dann drehte sie sich um und mit dem Tortenheber als Mikrophon vorm Mund imitierte sie stumm die Worte *I'd rather give everything that I own in this world, than to be all alone, and unloved*, und er schnippte den Gospeltakt mit den Fingern und tanzte auf sie zu. Der Raum wurde ein anderer innerhalb dieser zwei Minuten und zweiunddreißig Sekunden, das war genau die Zeit, die nötig war, um grauen und blauen Alltag in etwas anderes zu verwandeln, denn alles, was zu sagen oder zu tun war, konnte innerhalb von zwei Minuten und zweiunddreißig Sekunden geschehen oder wenigstens innerhalb der drei Minuten, die eine Single sich drehte, das reichte, und alles konnte passieren.

Elisabeth begleitete ihn zum See. Er hatte sie gefragt, und sie hatte ganz einfach und selbstverständlich ja gesagt.

Im Auto nahm er ihren Duft wahr, ein Geruch, schwach und weich von Blumen und etwas Süßerem von dem Backwerk aus *Lisas Café*, ein Duft nach Vanille. Leute, die in Konditoreien und Cafés arbeiteten, trugen verschiedene Versionen dieses Duftes mit sich herum.

Elisabeth sah schweigend zum offenen Autofenster hinaus. Er hatte die Müdigkeit in ihren Augen gesehen und einen matten Schimmer über ihrer Stirn, der nicht nur vom grellen Licht im Lokal herrührte. Sie hatte die Haare mit einer müden Bewegung hinter das eine Ohr geschoben, wie im Zeitlupentempo.

Er nahm den Waldgeruch durchs Fenster wahr, wie eine dunklere Version der Düfte von den Feldern, feuchter, grüner. Der Sommer konzentrierte sich im Abend, und der

Abend konzentrierte sich im Wald. Wenn er Waldesduft roch, besonders abends, dachte er an seine Kindheit. Sie hing mit dem Wald zusammen, hing zusammen mit Abend und Dunkelheit. Er wollte nicht daran denken. Er wollte raus aus dem Wald, und hier ging das schnell, da der Wald nicht mehr war als ein kleiner Hain zwischen Abzweigung und See.

Schon aus fünfhundert Metern Entfernung sahen sie die Laternen der Tanzfläche. Es sah aus wie ein Lager. Der See blinkte wie ein Feld aus Silber und Eisen.

»Was macht Lennart heute Abend?«, fragte er.

»Er ist bei einem Freund in der Sommerhütte.«

»Mhm.«

»Nur eine Nacht«, sagte sie. »Ich wundere mich, dass es ... so geworden ist. In letzter Zeit hat er nicht viele andere Kinder getroffen oder gespielt.«

Sie lächelte mit Lippen, die schmaler waren, als er sie in Erinnerung hatte, als ob auch das von der Müdigkeit herrührte.

»Grüß ihn von mir«, sagte er.

»Besuch ihn doch mal.«

»Morgen bin ich schon wieder woanders.«

Er sah sie von der Seite an, sah ihr Gesicht und dann den See, der sich vor ihnen ausbreitete, als er auf den Parkplatz einbog. Er hatte den Eindruck, sie beiße sich auf die Unterlippe, als kaue sie an einem Wort.

»Er fragt nach dir«, sagte sie.

Johnny antwortete nicht, drehte eine Runde auf dem Parkplatz und legte den Rückwärtsgang ein, um die Jukebox genau vor Moréns Tanzfläche abladen zu können, die ein Stück übers Wasser ragte. Er hatte Bilder von Häusern gesehen, die überm Wasser erbaut waren, in Asien, und genau so sah Moréns Tanzfläche aus. Sie war sogar überdacht. Eine Bühne überm Wasser, Wellengeräusche unterm Tanzboden.

»Er unterhält sich gern mit dir«, sagte Elisabeth.

Johnny nickte gedankenverloren und fuhr rückwärts.

»Es gibt keine anderen Männer«, sagte sie, ohne ihn anzusehen. Sie schaute zur Tanzfläche oder auf den See.

»Was?«

»Er… es gibt keine erwachsenen Männer in seinem Leben«, sagte sie. »In unserem Leben. Wir haben ja keinen Mann in unserem Leben.« Sie drehte sich zu ihm um. »Ich denke jetzt nicht an mich selbst, und das weißt du. Ich denke an Lennart.« Sie nickte wie zur eigenen Bestätigung. »Jungen brauchen auch Männer in ihrer Umgebung. Nicht nur Frauen.«

»In zehn Jahren wirst du das vielleicht nicht mehr finden.«

»Ich mach keine Witze, Johnny.« Sie bekam eine Falte oder zwei zwischen den Augen. »Es gibt keinen Grund zum Witzemachen.«

Johnny fuhr vorwärts und legte wieder den Rückwärtsgang ein. Er sah Morén den Abhang vom Kiosk heruntergehumpelt kommen. Er strahlte etwas Bedrohliches aus, vielleicht kam es vom dumpfen Licht des Sees. Aber eigentlich war es seine Art zu gehen, wie er im ganzen Blickfeld hin und her torkelte. Er hatte einen Gang, als wollte er mit der Waffe, die er in der Hand hatte, der ganzen Welt eins aufs Maul geben. Er wirkte wie eine Gestalt aus fernen Zeiten.

Johnny sah Elisabeth an. Sie war plötzlich merkwürdig still. Er wusste nicht recht, was er sagen sollte.

»Hat Bertil noch immer nichts von sich hören lassen?«, fragte er.

»Nein.« Sie schien Moréns Silhouette zu studieren, ein rundlicher Vampir in Pelerine. »Das hast du schon mal gefragt.«

»Darum frag ich ja jetzt noch einmal«, sagte er.

»Er hat nichts von sich hören lassen«, sagte sie.

»Wie lange ist er nun schon weg?«

»Bald ein halbes Jahr.«

»Das ist nicht gut.«

»Nicht GUT?!« Jetzt wollte sie nicht mehr still sein. Die beiden Falten erschienen wieder zwischen ihren Augen.

»Scheiße ist das! Mich sitzen zu lassen ist das eine, aber einen kleinen Jungen, gerade zehn Jahre alt.«

Johnny schwieg. Morén war fast bei ihnen angekommen. Er schwang seine silberne Krücke wie einen Krocketschläger. Irgendwann würde er sich selbst am Kopf treffen.

»Und bald ist Lennart wohl elf«, sagte Johnny.

Er wusste nicht, warum er es sagte. Es war eine dämliche Erinnerung an jene Zeit, aber ganz falsch in diesem Zusammenhang.

Darauf reagierte sie jedoch nicht.

»Er hat in zwei Wochen Geburtstag. Am neunundzwanzigsten.«

»Das wusste ich nicht.«

»Wir laden dich ein.« Sie lächelte. »Du kannst so viel Vanillekränze essen, wie du schaffst, und hinterher gibt es Zitronencreme.«

»Ich habe …«

Die Silberkrücke traf mit einem unangenehmen Geräusch das Autodach. Moréns Stimme von draußen klang wie Erz.

»Was zum Teufel ist DAS DENN?«

Morén beugte sich zum Beifahrerfenster herein. Er war ein kräftiger Mann mit schweißnassem Gesicht. Der Abend war immer noch warm.

»Wir sind's, Elisabeth und ich«, sagte Johnny.

»Das DA!« Morén fuchtelte mit dem Arm, und fast hätte seine Faust Elisabeth gestreift. Der Luftzug ließ ihren Pferdeschwanz flattern.

»Das ist eine Box«, sagte Johnny.

»Eine BOX?! Das ist ja … Mist … Schei…«

»Diese ist in einer besseren Verfassung als die Wurlitzer, die ich austauschen soll«, sagte Johnny.

»Ich kann nicht auf alles aufpassen hier draußen. Das weißt du, Johnny.« Jetzt klang Moréns Stimme quengelig, als ob er plötzlich kleiner geworden wäre. »Glaubst du etwa, ich hätte die Wurlitzer in die Sonne geschleift? Das war Alf. Er kann ni…«

»Versuch dich nicht rauszureden«, sagte Johnny. »Willst du die nun haben oder nicht?«

»Wie lange?«

»Das weiß ich nicht. Ich hab die 2304 noch nicht überprüft.« Johnny zeigte zur Tanzfläche. »Das dauert vielleicht Monate.«

Morén spähte hinter sich. Er sah aus, als wäre ihm übel.

»Was hast du da denn angeschleppt? Was ist das für ein Fabrikat?«

»Jensen IMA, eine J-80.«

»Welches Jahr?«

»Fünfundfünfzig.«

»1855?«

Elisabeth lachte auf, ein kurzes, klares Lachen. Morén starrte sie misstrauisch an.

»80 Wahlmöglichkeiten«, sagte Johnny.

»Das sind ja nur vierzig Platten«, sagte Morén.

»Dann läufst du nicht Gefahr, so viele kaputtzumachen.«

»Hast du neue dabei?« Morén schien den letzten Satz nicht gehört zu haben, aber Johnny wusste, dass er ihn gehört hatte und nicht vergessen würde.

»Ja«, sagte Johnny, »das ist schließlich mein Job.« Er stieg aus dem Auto. »Und die gebratenen Platten musst du mir bezahlen.«

Morén ging zum Kofferraum. Er beugte sich über die Box wie über eine Leiche.

»Woher kommt die? Aus welchem Land?«

»Dänemark.«

»Dänemark?« Morén kaute an dem Wort wie an einem altbackenen Brötchen. »Dänemark. Hätte ich mir doch denken können. Die sieht aus, als käme sie geradewegs von Nyhavn.«

Stimmt genau, dachte Johnny. Nicht geradewegs, aber in Nyhavn ist sie gewesen. Jörgensen, die dänische Agentur, hatte die Box aus einer zwielichtigen Bodega nahe des Fähranlegers über den Sund transportiert. Schon da war das Plexiglas gesplittert. Johnny hatte sie gratis dazugekriegt für einen Notfall, wenn es mal nicht so aufs Aussehen ankam. Dieser Notfall war jetzt eingetreten.

»Was machen wir mit der Wurlitzer?«, fragte Morén.

»Stell sie in den Schatten, wo es trocken ist«, sagte Johnny. »Im Haus.«

»Nimmst du sie nicht mit?«

»Im Duett? Wie soll die denn da reinpassen, Morén?«

»Ist ja schon gut.«

»Du kannst sie mir im Dodge bringen«, sagte Johnny.

Er sah Moréns Sierra Kombi unter einer Eiche links von der Tanzfläche stehen. Das Auto war genauso lang wie die Tanzfläche. Es hätte auch ein Schiff sein können. Der Mond war inzwischen aufgegangen und warf bleiche Schatten aufs Land. Über dem See lag ein Schimmer, der wie Neonlicht aussah.

»Sie ist nachmittags gekocht worden«, sagte Morén, »plötzlich ist es so verdammt heiß geworden.« Er wandte sich an Elisabeth, als ob sie das Pech mit der Jukebox besser verstehen würde. »Alf ist auf die Idee gekommen, als die Leute anfingen sich zu sonnen. Er hat geglaubt, die Box würde mehr Leute anziehen, wenn sie draußen steht.«

Über das Wasser trieb Nebel. Der Lichtschimmer mischte sich mit dem Nebel. Ein Kahn wurde durch die feuchte Luft dort draußen gerudert und verschwand. Johnny hörte einen Eistaucher. Es war ein einsamer Laut.

Sie standen auf dem Steg. Das Café hinter ihnen war an diesem Abend ein verlassener Ort. Einige Jugendliche hatten unten auf der Minigolfbahn gespielt, aber sie waren jetzt auf dem Weg nach Hause. Andere waren aufgetaucht und gleich wieder abgehauen, als sie feststellten, dass die Platten in der Jukebox zu Asphalt geworden waren.

Elisabeth stand still neben ihm, lauschte auf den Schrei des Eistauchers. Er sah, dass sie Gänsehaut auf den Oberarmen hatte, obwohl der Abend immer noch warm war.

Sie hatte ihre Haare im Auto wieder zu einem Pferdeschwanz hochgebunden. Ihr Gesicht mit der leichten Stupsnase war ohne Geheimnisse. In einem Auge hatte sie eine Spur von Grau, er hatte es zum ersten Mal an einem Tag gesehen, als die Sonne hoch am Himmel stand. Das war lange her.

Plötzlich dachte er daran, wie sie sich kennen gelernt hatten. War das vierundfünfzig gewesen? Oder noch dreiundfünfzig? Jedenfalls einige Jahre bevor er Aufsteller wurde und sich die erste Box anschaffte. Das Lokal, in dem er sie aufgestellt hatte, war nicht weit von hier entfernt.

Vorher hatte er auf dem Bau gearbeitet, einen gepachteten Kiosk betrieben, war mit Haushaltsgeräten gereist, vorwiegend mit Staubsaugern. Himmel. Als er mit den Staubsaugern reiste, war die Erinnerung an die Militärzeit noch ganz nah gewesen.

An Elisabeths erstem Arbeitstag hinterm Tresen hatte er eine Tasse Kaffee bei *Lisas* getrunken. Das war das erste Mal gewesen. Die Jahrmarktsbetreiber, bei denen er damals arbeitete, hatten ihre Buden in einem Ort auf der anderen Seite des Moors aufgebaut. Einige Jahre später stellte er die erste Box in *Lisas Café* auf. Da war sie verheiratet. Da hatte sie einen Sohn. Da war es lange her, seit sie ein Paar gewesen waren, wenn man es überhaupt so nennen konnte. Nein. Kein Paar, wenn man damit etwas meinte, das über längere Zeit ging. Johnny wusste nicht viel von ihr, und er hatte auch nicht viel von sich selbst erzählt.

»Du hättest vorhin was sagen müssen«, sagte sie in das Schweigen hinein. Die Worte klangen laut.

»W...wie?«

»Als Morén mit der Krücke aufs Autodach geschlagen hat. In dem Augenblick hättest du was sagen müssen.«

»Hmh.«

»Nicht ›hm‹, Johnny. Ich hatte dir gerade von Lennarts Geburtstag erzählt und dich zu seinem Fest eingeladen.«

Jetzt sah er den Eistaucher. Er glitt dort draußen in scharfem Profil dahin. Johnny hörte Ruderschläge und sah den Kahn von der anderen Seite aus dem Nebel kommen, der sich etwas gelichtet hatte, aber immer noch einen besonderen Schimmer hatte. Der Eistaucher hörte die Ruderschläge auch, er drehte den Kopf und das perfekte Profil zerbrach.

»An dem Tag hab ich auch Geburtstag«, sagte er und drehte sich zu ihr um. »Das wollte ich wohl in dem Moment sagen. Am neunundzwanzigsten.«

»Das wusste ich nicht.«

Er zuckte mit den Schultern.

»Ich erinnere mich ja selbst kaum noch dran.«

»Sag so was nicht.«

»Aber es ist so.«

»Dann musst du uns erst recht besuchen kommen.« Sie sah plötzlich gleichzeitig froh und erstaunt aus. »Dass du nichts gesagt hast.«

»Ich weiß nicht, ob ich kann. Wenn ich in der Nähe bin.«

Sie hob einen Finger.

»Einmal im Monat kommst du doch immer vorbei, oder? Ich meine, auf deiner üblichen Runde. Und das ist immer gegen Ende des Monats. Also dürftest du am neunundzwanzigsten in der Nähe sein.«

»Vielleicht bin ich das.«

»Zitronencreme«, sagte sie, »und etwas zu essen.«

»Das klingt gut.«

»Kein Schnaps.«

»Nein, bloß nicht.«

»Und hinterher ... auch nichts. Du kriegst keinen Drink.«

Er sah sie wieder an. Sie schaute übers Wasser. Das mit dem Drink hatte sie in normalem Ton gesagt, und das wusste er zu schätzen. Darüber gab's nicht viel zu reden. Niemand wollte über so was reden, höchstens die Antialkoholiker. Sie hatte ihn gesehen. Wie er sich steif und vorsichtig bewegt hatte, so wie Betrunkene gehen. Einmal hatte er immer wieder vergeblich versucht, eine Platte zu wechseln. Aber an jenem Abend waren alle Platten in der Box doppelt gewesen, aus dem 100er-Magazin war ein 200er-Magazin geworden, die Platten hatten A-, B-, C- und D-Seiten. Sie hatte es gesehen, jedoch nichts gesagt, nicht soweit er sich erinnerte, aber von manchen Abenden und Nächten war ihm ohnehin nicht viel in Erinnerung geblieben. Er hatte gelacht. Er hatte gerufen. Vielleicht hatte er geweint, die Tränen der Besoffenen, die schlimmste Art zu weinen, schlimmer als ihr Lachen. Er hatte sie einige Male angerufen, nachts. Morgens erinnerte er sich selten an die Gespräche, aber nachmittags kehrte die Erinnerung wie ein schwarzer Schatten zurück und schnürte das Zwerchfell zusammen. Manchmal genügte schon ein Erinnerungsfetzen oder der Anklang einer Erinnerung. So hatte er an manchem Nachmittag gedacht, wenn das Motorgeräusch in seinem Kopf laut und quälend gewesen war. Es gab verschiedene Erinnerungen oder verschiedene Arten sich zu erinnern. Aber all das gehörte zusammen.

Es gab andere Gespräche in der Nacht, mit anderen. Oder es hatte sie gegeben. Er hatte sich verändert. Elisabeth wusste das, vielleicht, aber sie wusste nicht, wie sehr er sich verändert hatte. Er wusste selbst nicht, was geschehen war. Was ihn veranlasst hatte, sich mehr nach klaren Morgen als nach diffusen Abenden und ausradierten Nächten zu sehnen. Klare Morgen, ohne Qual. Es war immer noch ein neues Gefühl, anders. Der Alkohol war Flucht gewesen, und er wusste immer noch nicht, warum er keinen mehr trank.

»Ich hab aufgehört«, sagte er jetzt.

Der glühende Nebel dort draußen war verschwunden, genau wie der Kahn und der Eistaucher. Jetzt war der See verlassen.

»Das hab ich mir schon fast gedacht«, sagte sie.

»Trotzdem hast du das mit dem Drink gesagt.«

»Ja.«

Mehr nicht. Nur ein einfaches Wort. Das ist gut, dachte er.

»Wie alt wirst du?«, fragte sie.

Er antwortete nicht.

»Hast du das auch vergessen?«

»Ich bin ein alter Mann«, sagte er. »Bald zu alt für diese Arbeit.«

Er wurde durch ein Geräusch von dort oben unterbrochen. Morén hatte das Gewimmer von Fiedel-Olle gedrückt, vielleicht um sie zu ärgern. Vielleicht hatte Johnny die Platte aber auch mitgeliefert, um Morén zu ärgern. Der Brautmarsch schwebte an ihnen auf dem Steg vorbei und wanderte weiter übers Wasser, über den See zu den Weiden im Westen. Ein Hof am anderen Ufer begann rot zu leuchten, als das Mondlicht stärker wurde in der Dämmerung.

»Und deswegen *das* Gedudel da oben?«, sagte Elisabeth. »Dafür bist du auf jeden Fall zu jung, Johnny.«

»Du verstehst schon, was ich meine.«

»Wie jung wirst du an diesem Neunundzwanzigsten, Johnny?«

»Fünfunddreißig.« Er lächelte. »Nicht jung und noch nicht alt.«

»Ich bin erst dreiunddreißig«, sagte sie.

»Ich hab gedacht, Frauen reden nicht über ihr Alter?«

»Warum sollte ich das nicht tun? Warum sollte ich es geheim halten?«

»Ich weiß nicht«, antwortete er. »Es ist gut, wenn man keine Geheimnisse hat.«

Das Gefiedel war zu Ende. Morén wählte eine neue Platte. Sie hörten ein kurzes Intro und einen Bass, Schwedisch.

»Was ist das?«, fragte sie. »Das kommt mir bekannt vor.«

»Vierunddreißig«, sagte er. »Die ist grad herausgekommen. Um die reißen sich alle. Die wird sich lange in den Boxen drehen. Und auf der Hitliste an erster Stelle halten.«

Sie lauschten Per Myrberg, während sie den Abhang hinaufgingen. *Jetzt wird der ganze Krempel abgerissen. Weg mit all dem alten Krempel.* Der Dodge und der Duett lauschten gebannt. Myrbergs Stimme steigerte sich zu einem unklaren Vibrato.

»Ein Elvis ist er nicht gerade«, stellte Johnny fest.

Er brachte sie nach Hause. Der Waldgeruch war jetzt intensiver geworden. Zwischen den Bäumen war es dunkler. Plötzlich sagte sie, dass sie tagsüber an Kennedy gedacht habe. Er antwortete, er habe auch an ihn gedacht.

»Im Radio haben sie über einen Präsidentschaftskandidaten gesprochen«, sagte sie. »Deshalb hab ich an ihn gedacht.«

»Das hab ich auch gehört.«

»Wo warst du, als du erfahren hast, dass Kennedy erschossen wurde?«, fragte sie.

»Haben wir darüber nicht schon geredet?«

»Ich hab's plötzlich vergessen.«

»Ich war in einem Lokal im Norden«, sagte er, »hab eine kaputte Seeburg repariert.«

»Ich war auch in einem Lokal.« Sie lächelte.

»Es war abends.«

»Jemand kam rein, der es im Autoradio gehört hatte«, sagte sie. »Mir wurde ganz ... kalt.« Sie sah ihn an. »Es war zwar ein kalter Abend, aber mir wurde anders kalt.«

»Mhm.«

»Eigentlich komisch. Er war doch nicht unser Präsident.« Sie bewegte den Kopf und er konnte ihr Gesicht sehen. »Aber es kam wohl daher, weil es so schrecklich war. Dass so was passieren kann. Er schien so ... so gut.« Ihre Augen blitzten in der schwachen Straßenbeleuchtung auf. »Hier könnte das doch nie passieren, oder? In unserem Land? Dass der Ministerpräsident auf offener Straße erschossen wird?«

»Nein«, sagte Johnny. »Hier könnte das nie passieren.«

Er bog in die Kreuzung ein. Alle Fenster in den Häusern waren dunkel, nur ihres nicht. Sie parkten auf der Straße.

»Ich mag nicht in eine dunkle Wohnung kommen«, sagte sie und sah zu den beiden erleuchteten Fenstern im dritten Stock hoch.

»Das wird schon wieder gut.«

»Was wird wieder gut, Johnny?«

Er zündete sich eine Zigarette an und blies den Rauch zum offenen Seitenfenster hinaus.

»In der Tat, ich weiß es nicht.«

Sie öffnete die Autotür und fragte:

»Wo schläfst du heute Abend?«

»Ich fahr nach Hause.«

»Aber du brauchst doch mindestens drei Stunden.«

»Vier mit dem Duett«, sagte er und schnippte die Asche auf den Gehweg, der im Schein einer Straßenlaterne matt glänzte.

Sie lachte zum zweiten Mal an diesem Abend, diesmal noch kürzer. Er sah sie an und hielt die Hand mit der Zigarette zum Fenster hinaus. Ein Windhauch ließ die Zigarette aufglühen, als ob der Wind im Vorbeiwehen einen Zug genommen hätte.

»Darf ich mal bei dir telefonieren, Elisabeth?«

In ihren Augen blitzte es auf, das Grau. Die Straßenlaterne war fast wie eine Sonne in der Sommernacht.

»Jetzt? Willst du so spät jemanden anrufen?«

Johnny nickte zur Uhr am Armaturenbrett.

»Es ist noch nicht mal halb zwölf.«

Er sah, dass sie zögerte.

»Es ist kein Trick, das weißt du. So gut kennst du mich doch.«

Wortlos stieg sie aus. Er stieg auch aus, ließ die Kippe fallen und zertrat sie.

Im Treppenhaus roch es nach Kohl. Jemand briet im späten Hochsommer Kohl. In ihrer Wohnung roch es nicht nach Kohl. Sie hatte die Balkontür offen stehen lassen. Die Wohnung lag ganz oben, wer einbrechen wollte, musste hochklettern. Hier drinnen nahm er denselben Geruch wahr wie auf der Straße. Es war ein namenloser Duft, vielleicht mehr als Sommer.

Elisabeth machte eine Kopfbewegung zu dem Tischchen im Flur. Er sah das Telefon, das schwarze Bakelit hatte denselben Farbton wie die verdorbenen Platten in der Wurlitzer.

»Es dauert nur eine Minute«, sagte er.

Elisabeth ging in die Küche. Er hörte den Wasserhahn rauschen. Er wählte die Nummer und wartete, ließ es dreimal, viermal, fünfmal, sechsmal klingeln. Länger wartete er nie, auch jetzt nicht. Anfangs hatte er es länger klingeln lassen, es könnte ja etwas passiert sein, der Wasserhahn in der Badewanne war aufgedreht, der Kaffee kochte über. Aber jetzt: nicht mehr als sechsmal, häufig weniger.

Nie war jemand zu Hause. Aber plötzlich überkam es ihn und er musste die Nummer wählen, wie jetzt. Es war wie ein Zwang.

Er hatte versucht, sich das Zimmer vorzustellen, in dem das Telefon stand, aber er konnte es nicht vor sich sehen. Es gab keine Farben. Es gab keine Gerüche. Es gab kein Licht. Niemand bewegte sich in diesem Zimmer, streckte eine Hand nach dem Telefon aus.

Er legte den schweren Hörer auf die Gabel. Er roch Kaffee, hörte das Klappern von Porzellan in der Küche. Elisabeth steckte den Kopf in den Flur.

»Möchtest du etwas Warmes zu essen haben?«

Ihm fiel ein, dass er heute noch nichts Warmes gegessen hatte, ein Käsebrot aus einem Automaten und einen Apfel, der aus irgendeinem Grund auf dem Rücksitz im Auto gelegen hatte. Er wusste nicht, wer ihn dort hingelegt hatte. Es muss ein ausländischer Apfel gewesen sein. Es waren noch zwei Monate bis zum Herbst und bis zur Apfel-Klau-Saison.

»Vielleicht ein Spiegelei oder so was.«

»Ich kann dir auch ein Pariser Butterbrot machen, mit Schinken – Hackfleisch hab ich nicht. Und ich kann dir Kartoffeln von gestern braten.«

»Das wäre gut.«

Johnny war es innerlich warm, als er durch die Nacht nach Hause fuhr. Nach Elisabeths Essen würde er am nächsten Morgen kaum ein Frühstück brauchen. In der halben Stunde, den vierzig Minuten, begegnete er drei Lastern hintereinander, das war alles. Elvis leistete ihm beim Fahren Gesellschaft. Er hatte ihn schon vierundfünfzig gehört, als alles mit Elvis begann. Anfangs hatte er fünfundzwanzig Prozent Elvis-Platten in seinen Boxen gehabt, eine Zeit lang schien das sogar zu wenig zu sein, es hätte auch mit fünfzig Prozent funktioniert, in einigen Lokalen hätte er sogar eine Box aufstellen können, die nur Elvis enthielt. Jetzt würde es nicht mal mit fünfzehn Prozent gehen. Er versuchte es immer noch, aber Geschäft war nun mal Geschäft. Er musste sich danach richten, was die Leute hören wollten.

Er fuhr an einem Ort vorbei, einige Meilen weiter fuhr er durch einen Ort durch. Es war schon wieder hell, der Mond ging unter und die Sonne würde bald aufgehen. Elvis sang ihm von *Fame and Fortune*: Wen kümmert Berühmtsein und Vermögen, so was vergeht, die Liebe ist größer als Silber und Gold. Glaube ich daran? Glaube ich an die Liebe? Glaubt Elvis an die Liebe? Ich muss ihn fragen, wenn ich ihm begegne. Er wohnt in Memphis, Tennessee. Ich kann hinfahren. So alt bin ich noch nicht. Er sah die Zigarette in der Frontscheibe aufglühen, als er einen Zug nahm. Er musste husten. Das letzte Wort war noch nicht gesprochen, das letzte Lied noch nicht gesungen. Elvis würde wieder ganz groß werden, *business* würde wieder richtiges *business* werden. Das Blatt würde sich wenden. Die Cafés würden sich wieder füllen und die natürlichen Treffpunkte der Dörfer werden, die Jukeboxen würden glühen, die Schallplatten würden schmelzen, aber aus dem richtigen Grund. Das dritte Programm würde eingestellt, Fernsehen unmodern werden. Der Verkauf privater Plattenspieler würde verboten werden. Johnny Bergman würde seine Belohnung bekommen, weil er ausgeharrt hatte, alle gelegentlichen Fliegen und Eintagsfliegen abgewartet hatte. Justus P. Seeburg würde in einem langen Traum aus dem Jukebox-Himmel herabsteigen und ihm eine Medaille in Neon verleihen. Seeburg war in diesem alten Land geboren. Das wussten nicht viele.

3

Es kommt eine Zeit, da ist alles, wie es sein soll, Junge. Wer hatte das gesagt? Es gab ein Gesicht. Johnny war vor acht aufgestanden mit den Resten eines Traums, in dem jemand von der Zukunft erzählt hatte. Er wusste, wer es war. Es gab eine Fortsetzung. Es dauert nicht mehr lange. Wir können gehen, wenn du kannst. Ich kann. Dann gehen wir also. Komm, John. Ich nehm dich an die Hand. Gib mir deine Hand, John.

Er betrachtete seine Hand, die rot gefärbt war vom Rollo, an dem er jetzt zog. Die Hand war genauso durchsichtig wie das Rollo. Die Sonne stieg hinter Blomstrands Autowerkstatt auf. Sie traf seine Augen, als das Rollo über ihm verschwand.

Er kochte Kaffee und blieb einige Minuten am Tisch sitzen.

Es war kein Traum. Es war eine Erinnerung, die ihn im Schlaf heimgesucht hatte. Sie waren gegangen. Er hatte geweint, und dann hatte er gelacht, als Seved etwas Lustiges sagte. Das konnte Seved gut. Einmal hatte er sogar etwas Lustiges gesagt, als die Droschke kam, um sie abzuholen. Einmal hatte er etwas Lustiges zu sagen versucht, als die, die in der Droschke saßen, sie wieder getrennt hatten, aber da hatte John nicht gelacht, er hatte geweint wie immer, den ganzen Weg zurück zum Kinderheim hatte er geheult.

In einem Sommer war Seved aus einem Ferienlager abgehauen. Viele Kinder hauten ab, hatte Seved erzählt, aber höchstens hundert Meter in den Wald hinein. Seved war richtig abgehauen, durch den ganzen Wald, bis auf die andere Seite. Seved hatte draußen vor seinem Fenster gestanden und geflüstert, bis er aufgewacht war. Jooohn. Joooohn. Es war so still gewesen, dass er davon wach wurde.

Johnny nahm einen Schluck Kaffee. Er sah Seveds Gesicht vor sich, versuchte es so deutlich wie möglich zu sehen, er bemühte sich jeden Tag, damit es nicht verblasste und verschwand. Solange er Seved sehen konnte, war er nicht einsam. Es gab ihn und Seved, solange er ihn sehen konnte. Bergman Brothers & Company. Das klingt doch gut?, hatte Seved einmal mitten auf einem Feld gesagt. In dem Moment waren sie die Einzigen auf der Welt gewesen. Wer ist Company?, hatte John gefragt. Das ist all das andere, hatte Seved geantwortet und traurig ausgesehen. Das, wovor wir abhauen.

Lange Zeit später hatte Johnny gedacht, dass Seved hier hätte stehen und auf die einzige Box zeigen können, mit der er als Aufsteller begonnen hatte, eine in Deutschland erbaute Wurlitzer Lyric. *Das* ist Company, hätte er sagen können. So hätte es sein können. Bergman Brothers & Jukebox Company. Und er, Johnny, hätte seinem großen Bruder erzählt, dass es eine weitere deutsche Marke mit Namen Bergmann gab. Nicht viele wussten das. Als er anfing, wusste er es allerdings auch nicht. Er hätte Seved auch erzählen können, dass er jetzt Johnny genannt wurde, nicht John. Aber das hätte Seved natürlich gewusst, wenn er dort gestanden hätte.

Das Telefon auf der Anrichte schrillte. Johnny sah auf die Uhr: acht.

»Hallo?«

»Endlich bist du zu Hause!«

»Hallo, Stig.«

»Ich hab den ganzen Abend versucht, dich zu erreichen.«

»Ich war bei einer Tanzbühne draußen.«

»Deine verdammte Würstchenbude hat gestern Abend schon vor sieben ihren Geist aufgegeben«, sagte Stig Karlsson, Besitzer vom *Café Trekanten.*

»Wo liegt der Fehler?«

»Ich glaub, es ist der Antriebsriemen.«

»Ich hab dir doch gezeigt, wie man ihn wieder einlegt.«

»Meinst du, ich hätte das nicht versucht? Volles Haus, Johnny, ausnahmsweise waren gestern Abend Leute da. Es war ein Fußballverein aus dem Westen, der hier im Trainingslager ist. Sie haben die Mädchen der ganzen Stadt angeschleppt, und dann gab's keine Musik.«

»Tut mir Leid, Stig.«

»Das ist nicht das erste Mal.«

»Was? Dass es mir Leid tut?«

»Genau. Und dass der Riemen streikt. Und dass es ausgerechnet in dem Moment passiert, wenn endlich mal Gäste da sind.«

»Ich komme.«

»Hast du keine andere Box?«

»Du hast die Beste, die es gibt«, antwortete Johnny.

»Vom Ton her, ja. Aber alles andere muss dann auch funktionieren.«

»Ich komme zu dir.«

Johnny nahm rasch einen Schluck Kaffee, der kalt geworden war und bitter schmeckte. Er zog eine Grimasse, goss den Rest weg, ging ins Bad, wusch sich hastig das Gesicht und putzte sich die Zähne mit einer Zahnbürste, die längst hätte ausgetauscht werden müssen. Das hatte er schon vor einem Monat gedacht. Die struppigen Zahnborsten stachen ihn ins Zahnfleisch.

Die Sonne war stark und stand jetzt einen Meter über Blomstrands Werkstatt. Er setzte sich die Sonnenbrille auf und ging hundert Meter auf der Sturegatan entlang, bog nach links ab und folgte der Hemgatan in südlicher Richtung, an der Würstchenbude bei der Caltex-Tankstelle vorbei und ging weiter zum *Trekanten.* Stig hatte die Jukebox in seinem Lokal Würstchenbude genannt und gar nicht so Unrecht damit, die AMI G-120 sah genau wie eine Würstchenbude aus. Sie würde zu Caltex passen. Dort könnten die Halbstarken Schlange davor stehen und warten, dass jemand öffnete.

Ein Milchauto fuhr vorbei und Johnny überquerte die Straße. Der Goldschmied an der einen Ecke des Platzes öffnete gerade seinen Laden, die Markisen wurden ausgerollt, um den wertvollen Schmuck im Fenster vor der Sonneneinstrahlung zu schützen. Als ob Silber und Gold schmelzen würden.

Im *Trekanten* duftete es nach Kopenhagenern und frischem Weißbrot. Eine Frau stellte Platten aus imitiertem Silber mit Keksen in die Glasvitrine. Sie nickte, als Johnny eintrat.

»Hallo, Karin.«

Stig kam aus der Backstube, Mehl an der Stirn und in den zurückgestrichenen Haaren.

»Du solltest eine Mütze tragen«, sagte Johnny.

»Was für ein Tag«, seufzte Stig, »erst der Ärger mit der Würstchenbude und heute Nacht hat Melles Frau angerufen und mitgeteilt, dass er Grippe hat.« Er wischte sich noch mehr Mehl über die Stirn. »Wie sie sagt, ist die Grippe lebensbedrohlich. Da musste ich ja selbst einspringen. Und ich weiß nicht, wo die Mützen sind. Karin weiß es auch nicht.«

»Grippe im Juli«, sagte Johnny. »Ziemlich ungewöhnlich, was?«

»Vermutlich hat er eine Allergie«, erklärte Stig.

»Gegen was?«

»Milch und Margarine«, antwortete Stig und grinste.

Die Außentür machte ein knarzendes Geräusch. Johnny drehte sich um. Zwei Arbeiter der Gemeinde in adretter Arbeitskleidung kamen an den Tresen, nickten Johnny und Stig zu und bestellten Kümmelbrötchen, Apfelschnitten und Vanilleplätzchen. Sie setzten sich an einen der Tische am Fenster und schauten zu einem Graben hinaus, den sie gerade begonnen hatten auszuheben.

»Aha, hat der Arbeitstag endlich angefangen«, rief Stig quer durch den Raum.

»Wir können auch zu *Melins* gehen, wenn du willst«, antwortete einer der Arbeiter. Er legte seine fleckenlosen Handschuhe auf den Tisch. »Oder zu *Berits*.«

»Und wer behält dann den Graben da draußen im Auge?«, rief Stig und zeigte zum Caféfenster.

»Welchen Graben?«

Der andere Arbeiter grinste. Karin brachte ihnen das bestellte Gebäck auf dem größten Tablett, das es im *Trekanten* gab. Einer der Arbeiter erhob sich und ging zur Jukebox.

»Die ist kaputt«, rief Stig. »Johnny ist hier, um sie wieder in Gang zu bringen.«

»Wie lange dauert das?«

»Er ist fertig, bevor eure Kaffeepause vorbei ist.« Stig lächelte Johnny an. »In fünf Stunden.«

Der Arbeiter schien es nicht gehört zu haben oder er war im Lauf der Jahre immun geworden.

»Ich hätte die Vierunddreißig hören wollen.«

»Vierunddreißig, Vierunddreißig, die läuft hier ohne Pause.« Stig nickte Johnny zu. »Johnny ist schon mehrere Male hier gewesen und musste die Platte austauschen.«

»Warum das denn?«, fragte der andere Arbeiter vom Tisch. Er kaute an einem Keks. Auf seinem Overallärmel waren Kekskrümel.

»Harter Nadeldruck«, sagte Johnny. »In einer Jukebox ist harter Druck nötig, damit die Nadel auf der Platte bleibt. Die Platte wird schneller verschlissen.«

»Ich hatte den Song sowieso satt«, sagte Stig.

Nach einer Viertelstunde Arbeit hatte er den Plattenspieler wieder so weit, dass die Platte sich ungehindert bewegte. Die Box war neun Jahre alt, aber sie hatte ihn nicht oft im Stich gelassen. Ihr Klang war gut, was an und für sich ein Wunder war: Die Lautsprecher saßen in der oberen Sektion, aber der Klang wurde zur unteren geleitet, das sorgte für einen

Sound, der auch in größeren Räumen trug, wie in diesem. Die Arbeiter erhoben sich jetzt und kamen mit einem Zehner auf ihn zu, um fünfmal die Vierunddreißig hintereinander zu hören. Stig am Tresen seufzte, als der erste Ton erklang, nickte Johnny jedoch zum Dank zu, dann drehte er sich um und kehrte in die Backstube zurück, während die beiden Gäste am Fenster zum Takt mit den Fingern schnippsten.

Er sagte »tschüs« zu Karin, die Kaffee am Fenster nachschenkte, verließ das Café und ging zur *Zentrumbar*. Die grüne Filztafel hing vor der Durchreiche und sah wie immer aus. Sie gab Aufschluss über die angebotenen Gerichte, kleine lose Buchstaben aus Plastik, die einmal weiß gewesen, jetzt aber vergilbt waren. Sie taten ihr Bestes, die Namen lesbar zu machen, aber manche Buchstaben hatten sich gelöst und waren verschwunden, und die meisten Gerichte waren falsch geschrieben, doch das passte zur Qualität des Essens. Das war auch irgendwie falsch zusammengerührt, falsch gebraten.

Er drückte auf die Taste für Spiegelei mit Speck und Bratkartoffeln und hörte das Klingelsignal in der Küche. Im Lokal roch es stark nach Fett, und in der Luft hing ein Nebel von Essensdünsten.

Die Bar war voller städtischer Arbeiter, die ihr zweites Frühstück einnahmen. Die Köpmannagatan auf der anderen Seite der Verkehrsinsel bei der Kreuzung war voller Schlaglöcher. Die Wurlitzer in der Ecke spielte die Vierunddreißig. Die Box gehörte Gustav Geier, aber mit der Wartung hatte er Johnny beauftragt, er kaufte auch ziemlich häufig Platten bei ihm. Und auch die Jukebox hatte er Johnny abgekauft, eine 2200, mit 100er-Magazin, ein schwächeres Modell, die vielen Platten waren zu eng angeordnet, die Wahlspulen wurden leicht zu heiß, hängten sich auf, was ziemlich viel Wartung erforderte. Ein Arbeitsplatz, der zu Fuß zu erreichen war, also ein gutes Geschäft für Bergman & Co.

Johnny wartete vor der Durchreiche auf das Essen. Dann setzte er sich an einen Einzeltisch in der Nähe der Garderobe. Die Speckscheiben waren angebrannt und das Ei sah aus wie eine alte 45er-Platte, die Kartoffeln waren verkohlt und schmeckten nach Tran. Alles war wie üblich.

Geier ließ die Kasse Kasse sein und bewegte sich durch den Haufen Arbeiter, irgendwie schleichend, eben wie ein Geier. Er hieß so, war auf den Namen getauft. Das hatte ihm das Leben sicher nicht immer leicht gemacht.

Er beugte sich über Johnny, zog die Schultern hoch.

»Schmeckt's?«

»Sehr gut, wie immer, Gustav.«

»Hast du ein paar Vierunddreißiger auf Lager?«

»Vierunddreißiger? Die Platte? Oder Boxen?«

Geier zeigte mit seinem knochigen Finger auf die Jukebox. Sein Jackettärmel wedelte wie ein Flügel.

»Hörst du nicht, wie das klingt? Der singt ja, als wär er im Stimmbruch.«

»Ich hab noch einen kleinen Stapel«, sagte Johnny.

»Ich nehm sie alle«, sagte Geier. »Diese Melodie soll erhalten bleiben.«

Er fädelte sich einen Weg zurück zur Kasse.

Johnny aß seinen Teller leer, der schwärzlich geworden war. Es war bekannt, dass der Koch Stahlwolle zum Abwaschen benutzte. Das Porzellan hatte kreiselnde Kratzer, wie Schallplattenrillen.

Am Himmel waren Wolken aufgezogen. Die Temperatur war gesunken und die Schatten kamen und gingen. Auf der Treppe zündete er sich eine Zigarette an. Ein Traktor mit einer Heuladung schwankte vorbei. Obendrauf saßen zwei Jungen, die zehn Jahre alt sein mochten. Sie winkten ihm zu und er winkte zurück. Er dachte an Lennart und an Elisabeth und dass er zur Geburtstagsfeier eingeladen war, die auch seine war.

In seiner Küche oder über Blomstrands Werkstatt war keine Sonne. Er wählte die Nummer, ließ es fünfmal klingeln. Wieder stellte er sich vor, wie es in dem Zimmer aussah, in dem das Telefon stand. Er wusste, dass es klingelte. Er hatte überprüft, ob der Anschluss noch angemeldet war. Er kannte die Adresse. Hinfahren wollte er nicht, nicht jetzt, noch nicht. Er würde die Straße nicht aufsuchen, selbst wenn er etwas in der Hauptstadt zu erledigen hätte. In ein paar Monaten würde er vielleicht hinauffahren müssen. Dann würde es dunkel sein, wenn er von zu Hause aufbrach. Gegen acht würde er oben sein, würde in der Raststätte für Fernfahrer essen, rein in die Stadt, raus aus der Stadt, noch etwas in der Raststätte essen und zurück über die Landstraße nach Hause, wenn es wieder dunkel war.

Er würde nicht zu der Adresse gehen. Das glaubte er.

Kulas Bar war leer, als er eintrat. Die Jalousien waren heruntergelassen, da die Sonne jetzt auf die Fenster schien. Johnny hatte Durst nach der Fahrt. Es waren nur fünfundvierzig Minuten gewesen, aber überwiegend durchs Flachland, unter einem Himmel, wo es keinen Schutz für Menschen oder Fahrzeuge gab. Am Ende hatte der Duett gestottert. Das hatte ihn nervös gemacht. Er spürte den Schweiß am Rücken, als er die Bar betrat, und bestellte eine Limo. Kulas Frau stand am Fenster und schaute auf die Straße. Sie war zehn Jahre älter als Kula, und Kula war zehn Jahre älter als Johnny. Sie war selten hier. Sie hieß Ulla.

»Bengt ist in der Stadt«, sagte sie auf eine Frage, die vielleicht gestellt werden würde, vielleicht auch nicht.

Sie goss das Getränk in ein Glas, reichte es ihm mit einer zittrigen Bewegung, und er trank. Das Gesöff hatte einen Nachgeschmack wie von einem alkoholischen Drink, allerdings ohne dessen Wirkung.

»Ich sehe, du hast Platten mitgebracht«, sagte Ulla.

Er schaute auf den Karton hinunter, in dem die Platten in ihren einfachen Papierhüllen lagen.

»Ich wollte einige austauschen«, antwortete er.

»Woher weißt du, welche du tauschen musst?«

»Tja … die meisten werden ja doch nicht gespielt.«

»Und woher weißt du, welche am häufigsten gespielt werden?«

»Jede Platte hat ein Zählwerk«, sagte er und nickte zur Box, die auch vom Typ Würstchenbude war. »Hat Kula dir das nicht erzählt?«

»Er erzählt nie was.«

Johnny nahm noch einen Schluck.

»Es zählt bis vierzig«, sagte er, als er das Glas vom Mund nahm. »Dann hört es auf.« Er erhob sich. »Aber es gibt nicht viele Platten, die innerhalb eines Monats vierzig Mal gespielt werden.«

»Ich kenne eine«, sagte sie.

»Ich weiß, welche du meinst«, sagte er.

Er entfernte *Tell Me When* von The Applejacks, *Make Love To Me* von John Leyton, *Bits And Pieces* von The Dave Clark Five, *On My Mind* von Mike Berry, *Dead Man's Curve* von Jan & Dean und noch ein paar. Bobby Bare ließ er, *Gotta Travel On*. Bobby Bare würde es immer geben.

Er hatte einige Juni-Neuerscheinungen mitgebracht, *Long Tall Sally* und *Ain't She Sweet* von den Beatles, *Here I Go Again* von den Hollies, Roy Orbinsons *It's Over*. Seine Bestellung der Nummer zwei von der Sommer-Hitliste war noch nicht angekommen: *Someone, Someone* von Brian Poole & The Tremeloes. Eine neue Band, die Hep Stars, hatte im Juni ihre erste Single aufgenommen. Ein Aufsteller der Hauptstadt hatte davon erzählt. *Kana Kapila*, die Coveraufnahme eines Songs von The Continental Cousins Repertoir. Johnny hatte die Platte bestellt, sie jedoch nicht bekommen. Die Hep Stars werden groß, hatte der Junge gesagt.

Er wechselte zwei Stifte und startete einen Probelauf mit *Tennessee Waltz*, Nummer eins in den vergangenen fünf Wochen und vermutlich noch einige Wochen länger.

»Die willst du doch hoffentlich nicht rausnehmen?!«, sagte Ulla, nachdem Alma Cogan zehn Sekunden gesungen hatte.

»Nein, nein. Die steht doch auf Platz eins.« Er lauschte dem Nadeldruck. »Aber die Platte selber muss ich austauschen.«

»Bengt sagt, die Jugendlichen spielen sie jeden Abend.«

»Das seh ich«, sagte er und betrachtete die mechanische Rolle, die den Walzer von Tennessee rot markierte, mehr als vierzig Mal gespielt.

»Ich mag sie«, sagte Ulla.

Er nickte.

»Wovon handelt der Text?«, fragte Ulla. »Ich kann ja kein Englisch.«

»Ich hab noch nicht genau hingehört«, sagte Johnny, »und ein Sprachgenie bin ich auch nicht.«

»Dann hör jetzt mal zu.«

Er hörte zu. Einige Wörter hatte er schon vorher aufgeschnappt. Alma Cogan hatte einen Geliebten, dann hatte sie keinen Geliebten mehr. Es war die uralte Geschichte. Er übersetzte es Ulla.

»Warum gibt es nie ein glückliches Ende?«, fragte sie. »In Wirklichkeit gibt es das doch.«

»Wie bei dir und Kula?«, sagte Johnny.

»Bengt ist ein guter Mann«, antwortete sie. »Seit drei Jahren hat er nichts mehr getrunken. Wusstest du das?«

»Ich wusste, dass er schon lange nicht mehr trinkt.«

»Drei Jahre«, sagte Ulla und sah wieder durch die Jalousienspalten hinaus, die Sonne rieselte herein und ließ ihr Gesicht jünger wirken.

Sie summte ein Stück aus Alma Cogans Walzer und wandte sich vom Fenster ab.

»Sie klingt nicht wie diese jungen Dinger, die heutzutage Popmusik singen.«

»Nee.«

»Ich muss mir hier ja so manches anhören.«

»Dafür entschuldige ich mich, Ulla.«

»Wie die eine, die hat eine Stimme wie ein richtiges Gör«, sagte Ulla, die seinen Kommentar nicht gehört zu haben schien.

»Wer?«

»Weiß nicht. Ein Gör. Es geht um einen Lutscher, soweit ich verstanden habe. Ich hab's gehört, weil ich in diesem

Sommer ein bisschen mehr hier gearbeitet habe. Lolli irgendwas. Lolli.«

»My Boy Lollipop«, sagte Johnny.

»Ja, die!«

»Millie«, sagte er. »Sie heißt Millie.«

»Ein richtiges Gör.«

Johnny kochte Kaffee und setzte sich mit einem Katalog der Atlas Music Company an den Tisch. Das Fenster stand offen. Die Wochen waren vergangen. Von draußen roch es trocken. In Blomstrands Werkstatt schweißte jemand. Hinter den großen Fenstern flammte es unnatürlich blau, elektrisch. Er hörte keinen Laut.

Dann sah er jemanden aus der Werkstatt kommen und die Schutzbrille abnehmen. Es war Bosse Kula, ein Halbstarker, der kein eigenes Auto besaß. Bosse war Kulas und Ullas Sohn. Die anderen ließen ihn mitfahren, wenn er ihnen bei den Reparaturen half. Er war ein guter Mechaniker. Aber ein Halbstarker ohne eigene Karre. Das war nicht in Ordnung. Das war wie ein Cowboy ohne Pferd. Bosse wischte sich die Stirn ab, drehte sich dann um und öffnete die doppelte Werkstatttür weiter. Durch die Türen sah Johnny den Teil einer offenen roten und weißen Karosse, soviel er erkennen konnte, war das Weine Fyrlunds Ford Fairlane, den Bosse von der Schmiergrube aus reparierte. Es war ein schönes Auto, ein 500 Sunliner Cabrio von achtundfünfzig, mit dem Weine Mädchen in fünf Landesteilen aufgerissen hatte, mit dreihundertvierzig Pferdestärken über die Felder, zwischen den Ruinen. Johnny hatte ihm geholfen, einen Philips-Plattenspieler einzubauen. Weine hörte nur Orbison, The Everly Brothers und Elvis und war nie über die Grenze zu den Sechzigern hinausgekommen. Er war dem Baujahr des Ford treu.

Johnny nahm einen Schluck Kaffee. Bosse Kula verschwand in der Werkstatt, ließ die Türen jedoch offen zum späten Abend. Johnny konnte die Augen schließen und Weines Stimme im letzten Jahr von seinem neuen Auto reden hören mit Worten, die Weine selbst nicht richtig verstand: *Fender skirts! Connie kit! Power steering! Power brakes!*

Johnny blätterte in dem neuen Katalog von Atlas in Chicago, »*world's leading distributor of coin operated equipment*«. Letzteres bedeutete, dass man eine Münze in einen Schlitz steckte, damit etwas passierte. Sicherheitshalber hatte Atlas die Botschaft in mehreren Sprachen auf den Umschlag gedruckt, und er buchstabierte sich durch die Wörter, um zu hören, wie sie klingen mochten, »*el distribuidor mas importante del mundo … le distributeur le plus important du monde … der größte Vertreiber der We …*«

Er wurde vom Telefonklingeln unterbrochen. Während er zu dem Apparat ging, massierte er seinen Nacken.

»Hallo?«

»Du musst dich mit deinem Namen oder der Telefonnummer melden«, sagte Elisabeths Stimme.

»Sind wir bei der Armee?«

»Aus Höflichkeit dem Anrufer gegenüber«, sagte sie.

»Beim nächsten Mal«, erwiderte er. »Aber in Amerika sagen sie immer ›hello‹, und niemand beschwert sich deswegen.«

»Wir sind nicht in Amerika, Johnny.«

Von hier aus konnte er aus dem Küchenfenster sehen, und in diesem Moment fuhr Bosse Kula Weines Fairlane rückwärts aus der Werkstatt. Der V8-Motor donnerte und es war ein Lärm wie auf einem Flugfeld.

»Da bin ich nicht ganz sicher«, sagte er.

Er hörte sie etwas zu jemandem im Hintergrund sagen, dann war sie wieder da.

»Ich rufe wegen Mittwoch an«, erklärte sie. »Übermorgen also.«

Er hörte eine Tür in ihrer Wohnung zuschlagen.

»Ja?«

»Lennarts Geburtstag. Erinnerst du dich? Und dein eigener.«

»Na klar.«

Er erinnerte sich. Er hatte daran gedacht, und doch überraschte sie ihn. Es war zwei Wochen her, seit sie darüber gesprochen hatten.

»Bist du am Mittwoch in der Nähe?«

»Schon … wie üblich.«

»Möchtest du Mittwochabend eine Torte haben? Und vorher ein kleines Abendessen?«

»Ist das … ist das eine gute Idee, Elisabeth?«

»Was? Torte zu essen? Das sagst ausgerechnet du … tja, indirekt lebst du ja davon, dass die Leute ins Café gehen und Torte essen.«

»Ist Lennart da?«

»Er ist eben weggegangen«, sagte sie.

»So kam es mir auch vor … ich meine … wenn ich euch Mittwoch besuche und …«

»Und? Und was?«

»Ob die Idee so gut ist.«

»Was zum Teufel ist mit dir los, Johnny? Fällt es dir so schwer, ein paar Stunden mit meinem Sohn und mir zusammen zu sein und etwas mit uns zu essen? Nicht nur meinetwegen, falls du das denken solltest.«

Er wusste, was mit ihm los war. Er konnte es nicht sagen. Es ging um den Jungen. Es ging um ihn. Nicht um sie.

»Ich hab nicht die Absicht, dich deswegen lange zu bitten.«

»Um wie viel Uhr?«

»Ich habe abends frei und dachte gegen acht. Eher schaffst du es wohl auch kaum.«

Er rechnete nach. Wenn nichts Unvorhergesehenes passierte, müsste er es bis acht schaffen oder wenigstens eine Pause machen können.

»Bei dir?«

»Bei uns«, sagte sie. »Wir wohnen hier zu zweit, wie du weißt.«

»Bertil hat immer noch nichts von sich hören lassen?«

»Der ist … abgeschrieben«, sagte sie. »Für mich ist er jedenfalls abgeschrieben. Für Lennart ist es schlimmer. Er ist jetzt noch mehr allein«, fuhr sie fort. »Er entzieht sich.«

»Hast du nicht gesagt, dass er schon immer etwas … tja …«

»Eigen war? Meinst du das? Vielleicht. Aber jetzt kapselt er sich ganz ab. Er will nicht rausgehen. Und seine Freunde kommen nicht mehr her. Es waren ja nie viele, aber jetzt kommt keiner mehr.«

»Vielleicht können wir Fußball spielen, wenn ich da bin. Wenn es nicht zu spät wird.«

»Das würde ihm gefallen.«

»Ich hab irgendwo einen Ball rumliegen, den werde ich aufpumpen.«

»Sei bloß vorsichtig«, sagte sie.

Er merkte, dass jetzt etwas anderes in ihrer Stimme war, wie ein kleines Licht, das vorher nicht da gewesen war.

»Wieso?«

»Du wirst doch fünfunddreißig, oder? Ich dachte an Verletzungen. Beim Fußball.«

»Nett von dir, Elisabeth. Aber ich mach den Linienrichter und ihr beide kickt. Du bist ja noch jung.«

»Das hast du auch sehr nett ausgedrückt.«

»Ich muss mir noch ein Geschenk einfallen lassen«, sagte er.

»Es genügt, dass du kommst.«

»Nee, ohne ein Geschenk zum Geburtstag zu kommen ist Mist.«

»Hast du denn selbst einen Wunschzettel?«, fragte sie.

»Ich brauche nichts«, sagte er. »Höchstens eine neue Zündkerze für den Duett.«

»Oder vielleicht einen ganz neuen Duett?«

»Einen neuen De Soto«, sagte er.

»Was ist das?«

»Den werde ich dir irgendwann mal zeigen«, antwortete er. »Den wirst du nie vergessen.«

Er aß ein Käsebrot. Der Montagabend ging in Nacht über. Er war noch nicht bereit für den Schlaf. In seinem Körper juckte es hier und da. Er wusste, was es war. Er brauchte einen Klaren. Im Vorratsschrank gab es Limonade, aber keinen Schnaps. Er wusste es, trotzdem stand er vor der geöffneten Tür. Er schloss die Augen und versuchte, daran zu denken, wie sehr er ihn brauchte, und dann, wie viel er zu brauchen meinte. Er streckte die Hand aus. Sie zitterte nicht. Mehrere Tage lang oder besser gesagt Abende hatte er nicht daran gedacht. Warum hatte er nicht an Schnaps gedacht? Weil er gearbeitet hatte, er hatte gearbeitet und war abends mit dem Auto unterwegs gewesen. Aber das war früher auch so gewesen, das hatte ihn nicht vom Trinken abgehalten.

Er ging vor die Tür und zündete sich eine Zigarette an. In der Luft hing immer noch ein trockener Geruch. Vielleicht kam er von der Werkstatt, wo Bosse Kula Eisen geschweißt hatte. Von fern näherte sich ein Güterzug, der dann durch die Stadt brauste. Es war ein starkes Geräusch, das sich in Richtung Norden entfernte, während die Schranken hochgingen. Er hörte ein Auto und sah es dann an der anderen Seite von Blomstrands vorbeifahren. Es war ein Opel Kapitän, aber den Fahrer konnte er nicht sehen. Blomstrand hatte Schnaps. Blomstrand würde nichts sagen, wenn er bei ihm anklopfte. Wahrscheinlich hatte er ihn längst gesehen und hielt schon die Flasche bereit. Schenken würde er sie ihm nicht. Johnny zog an seiner Zigarette. Es schmeckte zum Abgewöhnen. Die letzte Zigarette schmeckte immer zum Abgewöhnen. Sollte er wirklich aufhören? Sich mit der vorletzten begnügen? Er lächelte. Würden Filter helfen? Nein. Filter waren nichts für ihn. Filter. Der nächste Schritt war Minden oder Cool, man muss aufpassen. Er sah auf die rote Ritzschachtel, die im Nachtlicht schwarz und grau war. Auf Dauer war das Rauchen bestimmt auch gefährlich, wie der Schnaps. Irgendwo hatte er gelesen, dass man vom Rauchen krank werden konnte. Aber es wurde ja so viel geschrieben.

Er drückte die Kippe in dem Sand der Kaffeedose aus, die auf dem Balkongeländer stand, und versuchte frische Luft in die Lungen zu ziehen, atmete dreimal tief ein und spürte wieder den Juckreiz im Körper, ging hinein und hielt den Schädel unter den laufenden Kaltwasserhahn, bis er gar nichts mehr spürte.

4

Er wurde von einem Geräusch wach, das in seinen Schlaf gedrungen war, aber nicht Teil eines Traums war. Er streckte sich nach dem Wecker und sah, dass er in zehn Minuten aufstehen musste. Er setzte sich im Bett auf, und jetzt hörte er das Hundegebell von den Hinterhöfen. Ein verrückter Köter.

Durchs Küchenfenster war nichts zu sehen. Das Bellen hörte auf. Draußen fuhr ein leerer Laster vorbei. Von der Ladefläche stieg eine Art Staub auf. Er sah Blomstrand auf seine Werkstatt zugehen – ein gebeugter Gang – und langsam die schwere Tür öffnen.

Johnny saß mit der Kaffeetasse da und hörte sich die Nachrichten an. Die Radiostimme klang ruhig. Von Cape Kennedy sollte die Mondrakete Ranger VII gestartet werden.

Nach dem Frühstück ging er ins Zimmer und nahm die Kassenbücher aus dem alten Büfett, das der Vormieter hatte stehen lassen. Er kehrte an den Küchentisch zurück und setzte sich.

Plötzlich war er müde. Es war nicht nur die beunruhigende Lektüre, das dürftige Ergebnis. Die Zahlen spreizten sich, als hätten sie bewegliche Glieder bekommen. Er rieb sich die Augen. Ich bin die Kombination von Zahlen und Buchstaben gewöhnt, B12, F14, A24, zusammen mit Buchstaben funktionieren Zahlen am besten. Viele sagen, man ist entweder in Buchstaben oder in Zahlen gut, aber ich brauche beides, damit es funktioniert.

Die Müdigkeit verschwand, als er auf die Treppe hinausging und die zweite Zigarette des Tages rauchte. In seinem Kopf war nur noch ein leichtes Sausen. Als er ihn bewegte, schien sich gleichzeitig etwas dort drinnen zu bewegen. Er blinzelte, aber das Sausen blieb. Fühlt es sich so an, fünfunddreißig zu werden? Brauche ich Urlaub? Vielleicht ist es an der Zeit. Schließlich hatte er sieben Jahre ohne Urlaub durchgearbeitet, oder waren es acht?

Soweit Johnny sich erinnerte, hatte er keinen richtigen Urlaub gehabt, seit er als Aufsteller arbeitete. Aber er wusste nicht alles, er erinnerte sich nicht an alles. Es gab Tage, die waren verschwunden. Und Nächte. Auf diese Art hatte er doch Urlaub gehabt.

Aus Blomstrands Werkstatt dröhnten schwere Schläge. Eine Karosse bekam ordentlich Prügel. Johnny ging über den Hof zu seiner eigenen Werkstatt, um einige Werkzeuge auszutauschen.

Er brauchte verschiedene Arten Schraubenzieher und Zangen, die für die Boxen geschliffen waren. In der Werkstatt verwahrte er auch Testkabel, Testlampen, Flaschen mit Aero Lubricate und Seeburgs Spezialöl, um alle Schienen schmieren zu können; Muttern, Schrauben, Sicherungen; ein Ohmmeter, um die elektrischen Widerstände kontrollieren zu können. Häufig genügten ein Schraubenzieher und ein einigermaßen vernünftig denkender Kopf, um eine Jukebox zu reparieren, die sich aufgehängt hatte. Er hatte Cafébesitzern die einfachsten Handgriffe gezeigt, um sich die überflüssigen Einsätze zu ersparen, aber manche Leute kapierten gar nichts.

Es gab Idioten, die zogen einfach den Stecker raus. Was zur Folge hatte, dass die Box mehrere Tage stumm blieb, wenn er in anderen Landesteilen unterwegs war, und das bedeutete weniger Geld für alle. Vor einigen Jahren hätte so was nie passieren können. Damals war es unmöglich gewesen: Der Cafébesitzer wollte so viel wie möglich von seinen dreißig Prozent herausschlagen, und das schaffte niemand mit einer stummen Jukebox.

Jetzt bedeutete es nicht mehr so viel, manchen jedenfalls nicht, und immer mehr zogen den Stecker raus.

Die meisten Fehler konnte er an Ort und Stelle reparieren, und zwar mit einfachen Handgriffen. Wenn es sich vermeiden ließ, nahm er die Boxen nicht mit nach Hause. Dort sollten sie nicht herumstehen.

Er sah sich in dem windschiefen Schuppen um. Der stammte wahrhaftig aus alten Zeiten, vermutlich aus dem neunzehnten Jahrhundert. Das Fenster war später eingesetzt worden, eine moderne Erfindung.

In der linken hinteren Ecke stand die 2304, die Morén auf eigene Kosten hatte hertransportieren lassen, so war es abgesprochen gewesen. Die Jukebox wog 151 Kilo. Gestern Vormittag hatte Johnny den verschmolzenen Plattenhaufen entfernt, eher hatte er keine Zeit gehabt. Er hatte das Glas abgekratzt und den Plattenteller zur Probe gedreht, neun Wahlstifte ausgetauscht und dann entdeckt, dass das Abrastsystem versagt und sich tief in die Mechanik gebohrt hatte. Schließlich hatte er es geschafft, der Tonarm senkte sich wieder genau auf den Anfang und nicht erst auf die Stelle, wo der Song schon zwanzig Sekunden gelaufen war. Der Arm hatte die Platten unregelmäßig verfehlt, manchmal jede zweite, manchmal jede zehnte. Wie lange war das so gegangen? Morén hatte nichts gesagt. Es musste mit dem Sonnenschaden zusammenhängen.

Johnny machte einen Probelauf, indem er auf G8 drückte, *Return to Sender*. In allen Boxen gab es Elvis' Hit vom Dezember vor eineinhalb Jahren, Nummer eins auf der Liste über Neujahr, Johnny hatte ihn in kalten Winternächten im Auto gespielt, und er ließ ihn jedes Mal laufen, wenn er eine reparierte Box testete.

Er ging auf den Hof und hörte durch das offene Küchenfenster das Telefon klingeln. Es brach ab, begann jedoch wieder, als er in die Wohnung kam.

Es war Morén, natürlich.

»Verdammt gute Maschine, die du mir gebracht hast, Johnny-Boy. Die dänische.«

»Die Wurlitzer ist fertig.«

»Behalt sie.«

»Was hast du gesagt?«

»Behalt die Schönheit. Hier geht's rund, wie du weißt, und die Halbstarken mögen die Dänin.«

»Ach?«

»Die können sie treten, soviel sie wollen.«

Johnny lauschte Moréns Lachen. Es klang geisteskrank.

»Sie kriegt Risse und spielt trotzdem.«

Morén lachte noch lauter.

»Du sprichst von meinem Eigentum, Morén.«

»Ja, ja, ich hab doch bloß Spaß gemacht.« Irgendwo unten in seiner fetten Brust holte Morén Atem. »Aber die Box ist gut.«

»Das ist meine Reserve. Ich brauche sie für ein anderes Lokal.«

»Die werden sich freuen.« Morén gluckste. »Grüß sie von mir.«

»Ich muss sie erst mal hier haben, oder? Schick den Laster heute her, die 2304 wartet.«

»Funktioniert sie denn jetzt?«

»Ja. Und achte drauf, dass sie im Haus bleibt.«

»Es regnet«, sagte Morén. »Hier soll es die ganze Woche regnen.«

Johnny konnte den blauen Himmel über Blomstrands Dach sehen. Dahinter stieg Rauch von Janssons Klempnerei auf. Rund um diese Rauchsäule war der Himmel klar und tief. Keine Anzeichen von Regen. Moréns Tanzplatz war weit entfernt. Man brauchte einen halben Tag, um das Gebiet zu durchqueren, oder eine halbe Nacht. Es konnte auch länger dauern, das hing ganz davon ab, wie schlecht das Fahrzeug war, mit dem man sich fortbewegte. Oder der Straßenzustand, aber die Überlandwege waren besser geworden. Sie wurden nach und nach geteert. *Blacktop*. Er wusste, dass es auf Amerikanisch *blacktop* hieß.

Im Norden warteten die Wolken, eine Bergkette am Horizont. Er hatte das Plateau erreicht und fuhr bergab. Der Duett klang nicht gut. Es waren die Unterbrecherkontakte. Er nahm sich bei der Reparatur der Jukeboxen Zeit, dabei kam der Duett zu kurz, und das war kurzsichtig. Was er vor allem brauchte, waren Räder, die unter ihm rollten. Schlimmstenfalls musste er die Unterbrecherkontakte mit Stahldraht flicken. Das wäre eine Schande.

Er war nicht dumm, und er konnte sich immer noch ein anständiges Auto leisten, jedenfalls ein etwas besseres als dies, aber solange es rollte, würde es nicht zum Umtausch zu Wennergrens rollen. Nächste Woche würde er hinfahren. Er lauschte wieder auf den Motor. Gleich nächste Woche.

Im *Phoenix* hatten sie die Leuchtstoffröhren eingeschaltet. Die Wolken bewegten sich jetzt schneller über den Himmel dort draußen und verdunkelten das Tageslicht. Die Frau hinterm Tresen kannte Johnny nicht. Sie nickte schüchtern oder desinteressiert. Er stellte sich vor.

»Astrid«, sagte sie und reichte ihm die Hand. Ihre Hand war warm und weich und gleichzeitig fest.

»Ich komme wegen der Jukebox«, sagte er.

»Du wechselst die Platten aus?«, fragte sie.

»Ja.«

Er hielt ihr seine geöffnete Tasche hin.

»Wer entscheidet, welche Platten reinkommen?«

»Das mach ich. Es ist meine Box.«

Sie strich sich über die Schürze, die sich über ihren Brüsten straffte. Um den Hals trug sie eine dünne Kette, vielleicht aus Silber. Ihr Gesicht war sommersprossig.

»Möchtest du was Bestimmtes hören?«, fragte er.

Sie schien überrascht zu sein. Er vermutete, dass sie jünger war, als sie aussah, aber das war immer schwer zu schätzen. Jedenfalls konnte sie nicht mehr als zehn Jahre jünger sein als er, sieben, acht vielleicht.

»Ich weiß nicht«, sagte sie wieder mit diesem schüchternen Ausdruck. Das war kein Desinteresse.

»Denk mal drüber nach, Astrid.«

Die Box war eine Rock-Ola Tempo I, das Modell, dem die Amerikaner *car styling* nachsagten. Die Schwanzflossen an den Seiten sahen aus wie bei vielen Automodellen der fünfziger Jahre. Es war eine seiner wenigen Rock-Olas.

Neben der Box stand Eskil Skörd.

»Da kommt er«, verkündete Eskil, »*the jukebox man.*«

Johnny antwortete nicht.

»Großer Tag heute«, sagte Eskil.

Johnny hielt seine Tasche hoch wie eben vor Astrid. Es war eine automatische Bewegung, die er nicht verhindern konnte. Eskil nickte zu den dünnen Plattenhüllen, die über den Taschenrand ragten.

»Hast du die neue Rolling Stones mitgebracht?«

Johnny nickte. *It's All Over Now* war Samstag auf dem zehnten Platz gelandet. Montag hatte er sich seine Exemplare aus der Musikzentrale geholt, nachdem er sie schon vergangene Woche auf Verdacht bestellt hatte.

Die Plattenfirmen nahmen seine Bestellungen nicht mehr an. Früher hatte er die Platten direkt von ihnen bekommen, aber jetzt war er nicht mehr interessant für sie. Er musste sich die Platten in den Musikläden selber besorgen. Das war auch ein Signal für die Zukunft. Oder besser gesagt, für keine Zukunft. Eigentlich war das eine klare Aussage der Plattenbranche, wie sie den *jukebox man* sah.

»Dann schmeiß sie rein!«, rief Eskil.

Johnny nahm den Schnapsgeruch des Mannes wahr, der einen halben Meter von ihm entfernt stand. Eskil Skörd war der Friseur des Ortes, und er trank. Er war ein oder zwei Jahre älter als Johnny, und er hatte weitergetrunken, als Johnny anfing es einzuschränken.

Während Eskil darauf wartete, dass Johnny die Box öffnete, drückte er die Tastenkombination für die Platte, für die er schon eine Fünfundzwanzig-Öre-Münze eingeworfen hatte. Die Hand zitterte, der Finger zitterte. Johnny konnte es nicht lassen, den Finger anzustarren. Was sagte ein Kunde, der rasiert werden wollte, wenn sich Eskils Hand mit dem Messer näherte? Was würde jemand sagen, der ins Kinn geschnitten wurde? Ach ja, ach ja, der Schnaps. Was würde Eskil antworten? Dass die Haut auch nicht mehr das ist, was sie mal war, wird immer empfindlicher.

Die Musik erfüllte das *Café Phoenix*, *The House Of The Rising Sun*.

»Die ist Samstag rausgeflogen«, sagte Eskil.

»Das hab ich gehört.«

»Du nimmst sie doch hoffentlich nicht raus?«

»Nein, nein.«

»*They caaalll the riising sun*«, sang Eskil und lächelte. Seine Augen waren glasig, fast durchsichtig. Johnny vermutete, dass er zwei Gläser Klaren in seinem Kabuff links von den Spiegeln und den zwei Frisierstühlen getrunken hatte. Eskil hatte Schnaps getrunken und sich dann mehr Brillantine ins Haar geschmiert.

Das waren zwei starke Gerüche, die hier im Café immer noch wahrzunehmen waren, aber sie kamen gewissermaßen von zwei Seiten, wie Stereo.

»Was machst du danach?«, fragte Eskil.

»Danach? Wieso?«

»Wenn du hier fertig bist? Hast du was vor?«

»Ich hab viel vor, Eskil.«

»Ich wollte dir was zeigen.«

»Ich hab wenig Zeit.«

»Zu Hause.« Die Musik verstummte, das Brausen der Orgel erstarb. »Eigentlich nicht ich, sondern mein Alter, der wollte dich fragen, ob … ob du was kaufen willst. Oder du es vielleicht für ihn verkaufen … weiterverkaufen kannst.«

»Ach? Hat das was mit dem hier zu tun?« Johnny breitete die Arme aus mit einer Bewegung, die die Jukebox, die Tasche mit den Platten und den Duett vor der Tür umfasste.

»Ich weiß es nicht. Ich weiß nicht, was es ist. Aber er meint, du bist ... na, so was wie ein Sammler und ...«

»Ich bin kein Sammler«, unterbrach Johnny ihn.

»Nee ... er hat wohl gemeint, dass du was vom Sammeln verstehst ... dass du vielleicht schätzen kannst, ob die Sache was wert ist oder so.«

»Dein Alter hat etwas, das ich schätzen soll?«

»Ja ... so hab ich es verstanden.«

»Und du weißt nicht, was es ist? Ist es eine Jukebox?«

»Ich weiß es nicht, Johnny. Ich hab keine Jukebox bei ihm gesehen. Und ich hab ihm beim Umzug geholfen, das wäre mir ja wohl aufgefallen, wenn eine Jukebox bei den Möbeln gewesen wäre, oder?«

Eskil legte seine Hand auf die Tempo, als wollte er zeigen, was er meinte.

»Wir können in einer halben Stunde hinfahren«, sagte Johnny.

Das Haus lag drei Häuserblocks entfernt, auf der Mejerigatan. Die Luft roch säuerlich nach der Molkerei, an der sie vorbeikamen. Im Auto hing ein schwerer Geruch nach Fusel und Brillantine, und jetzt kam noch der starke Geruch von draußen hinzu. Meine Nase muss heute Schwerstarbeit leisten, dachte Johnny, als er aus dem Auto stieg.

Eskil klopfte an die Tür und drückte sie dann auf. Johnny folgte ihm ins Haus.

»Vater?«

Irgendwo im Haus räusperte sich jemand, einmal und noch einmal. Eskil gab Johnny ein Zeichen mit dem Kopf in Richtung Vorraum.

»Wir sind da, Vater.« Eskil schloss die Tür, und der Vorraum wurde sonderbar dunkel, wie in einem Verlies. »Ich hab Bergman mitgebracht.«

Gösta Skörd erschien in der offenen Küchentür, eine Silhouette und wieder ein Räuspern. Johnny war dem Mann in den vergangenen Jahren hin und wieder begegnet, auf der Straße, auch mal im *Phoenix*. Vater Skörd war immer allein gewesen, und er hatte immer gewirkt, als hätte er sein ganzes Leben allein verbracht. Die Einsamkeit umgab ihn wie ein Ring aus Stille, hatte Johnny einmal gedacht, ein Kreis, und auch der Sohn war davon umgeben, wie er zum Beispiel neben der Jukebox gestanden hatte und Laute und Licht gleichsam an ihm vorbeigeglitten waren und sich auf seiner anderen Seite wieder vereinigt hatten. Johnny hatte es im Lauf der Jahre im Phoenix beobachtet. Dorthin ging Eskil, wenn er nicht gerade Leuten das Gesicht zersäbelte und die Ohren einschlitzte. Er hatte eine Wohnung über dem Frisiersalon, aber dort war Johnny nie gewesen. Er vermutete, dass Eskil meistens bei seinem Vater wohnte. Irgendwann einmal vor langer Zeit hatte es eine Frau Skörd gegeben. Eskil musste auch einmal ein kleiner Junge gewesen sein, aber das war schwer vorstellbar. Genauso schwer vorstellbar war es, dass Johnny Bergman einmal ein kleiner Junge gewesen war. Nein, anders. Nicht der kleine Junge war schwer vorstellbar, aber dass er ein Mann geworden war. Ein Mann mit einem Job. Dass er etwas gelernt hatte, es geschafft hatte, wie man so sagte. War er auch in einem Ring von Stille eingeschlossen?

Gösta Skörds Silhouette bewegte sich in dem grauen Licht aus der Küche.

»Gut, dass du kommst, Bergman.«

Johnny nickte. Er wusste nicht, ob der Alte es sehen konnte.

»Kommt rein«, sagte Gösta Skörd.

Sie folgten ihm in die Küche.

»Ich hol die Kiste.«

Er schlurfte davon und kam eine Minute später zurück. Eskil hatte währenddessen ein Glas Wasser getrunken. Er hatte es erhoben, als wollte er mit Johnny anstoßen, aber Johnny wollte nicht anstoßen. Er wollte nicht an Alkohol denken. Eskil sollte ruhig allein trinken. Das Wasser im Glas sah aus wie Schnaps, es hatte dieselbe Durchsichtigkeit. Gösta Skörd war mit einem Schuhkarton zurückgekommen. Er stellte ihn auf den Tisch und hob den Deckel ab.

»Ich weiß ja nicht, ob es was wert ist«, sagte er und sah Johnny an. »Ich hab gedacht, du kannst mir vielleicht sagen, ob ich was dafür kriege.«

»Was ist das?«, fragte Johnny und trat näher. Gösta Skörd schob ihm den Karton zu. Er schien sehr leicht zu sein.

»Ich hab jede Einzelne aufbewahrt«, sagte Gösta Skörd.

Johnny blickte in den Karton. Er wusste nicht recht, was er da sah. Vielleicht sah er, was es war, begriff es aber nicht.

»Es sind zwölfhundertachtzehn Stück«, sagte Gösta Skörd. »Alle, die ich gezogen habe.«

»Was ... ist das?«, fragte Johnny.

»Meine Lose«, sagte Gösta Skörd, und in seiner Stimme war so etwas wie Stolz. »Alle meine Nieten.«

»Nieten?« Johnny schaute wieder in den Karton, blickte dann zu Eskil, der mit hochgezogenen Augenbrauen seinen Vater ansah.

»Das sind alle Lose, die ich je gezogen habe. Ich hab sie alle aufbewahrt«, sagte Gösta Skörd. »Jedes einzelne.«

Die Röllchen hatten die blasse Farbe, die Lose immer haben, gelb und blau und rosa, der Unterschied war kaum zu erkennen.

»Zwölfhundertachtzehn«, sagte Gösta Skörd. Seine Stimme klang feierlich. »Ich hab die Zahl vorsichtshalber aufgeschrieben.«

»Lauter Nieten?«

Johnny wollte den Schatz nicht berühren. Er musste berührt worden sein, da der Alte die Lose gezählt hatte, aber er wollte keins anfassen.

Gösta Skörd nickte.

»Ich hab in meinem ganzen Leben nie etwas gewonnen.« Er sah seinen Sohn wie um Bestätigung heischend an. »Nie was gewonnen.«

Eskil sah Johnny mit einem Blick an, als sei es bald Zeit für die Schätzung. Johnny wurde langsam klar, dass auch der Sohn hoffte, es handle sich um etwas Wertvolles.

»Nur Nieten«, sagte Gösta Skörd. »Ich hab nich' mal 'ne beschissene Konservenbüchse gewonnen.« Er schaute Johnny an und wieder zum Karton und dann wieder Johnny, hin und her. »In diesem Karton liegt viel Geld.« Er guckte seinen Sohn an, der nickte. »Und viele dieser Lose stammen von Kiosken, die es nicht mehr gibt.«

»Den bei EPA zum Beispiel«, sagte Eskil.

Der Alte nickte.

»Was sagst du, Bergman?«

»Wo...zu?«

»Zu den Losen natürlich. Krieg ich was dafür?«

»Ich weiß nicht, ob ich Sie richtig verstehe, Herr Skörd.«

»Verstehen? Verstehen? Was meint er damit?« Gösta Skörd schob den Karton näher an Johnny heran, als ob er ihn dann besser sehen und verstehen würde. »Ich will doch bloß wissen, was die wert sind!«

»Sie wollen ... den Sammlerwert wissen?«

»Du triffst unterwegs doch viele Leute«, sagte Gösta Skörd, »und die Leute sammeln so viel, da muss doch einer auch so 'ne große Sammlung haben wollen?«

Johnny fuhr Eskil zum Marktplatz zurück. Die Hälfte des grasbewachsenen Abhangs zum Fluss hinunter war von der Sonne beschienen. Zwei Männer standen auf der Brücke und angelten. Einer von ihnen steckte gerade einen Wurm an den Haken.

»Nett von dir, dass du dich wegen der Sammlung umhören willst«, sagte Eskil und setzte einen Fuß auf die Straße. »Das weiß mein Alter zu schätzen.«

Manchmal ist eine Lüge nötig, dachte Johnny. Er hatte Gösta Skörds Gesicht gesehen und die Sammlung im Schuhkarton in seinen Händen. All die Arbeit, die er vor der kreiselnden Tombola geleistet hatte. Die sorgfältige Auswahl der Nieten. Ein Gewinn wäre sicher ein schwerer Schock für ihn gewesen, hätte die Sammlung zerstört. Und jedes Mal erhöhte sich möglicherweise die Chance, dass er einen Gewinn ziehen würde. Wenn er klug war, hörte er jetzt auf.

»Gehst du heute Abend zum Schwof?«, fragte Eskil, immer noch mit einem Bein im Auto. »Im *Lunden.*«

»Ist da heute Abend Tanz?«

»Die nennen das Dienstagstanz.«

»Aha.«

»Es kommen immer ziemlich viele Leute.«

»Ich glaub nicht, Eskil.«

»*Gotta Travel On*, wie?«

»Tja, ich hab noch was zu erledigen in einem anderen Ort.«

»*Gotta Travel On.*« Eskil summte Bobby Bares Fast-Hit, zwei Mal im Mai fast auf der Liste gelandet, Johnny hatte sich ein wenig gewundert, dass Bare es nach seinem Erfolg mit *Detroit City* nicht geschafft hatte. »Die ist gut. Lass sie im Ola.«

Eskil summte weiter. Vor dem geschlossenen Frisiersalon wartete keine Schlange, Eskil hatte es nicht eilig. Johnny sah sein Profil. Es war scharf geschnitten und dennoch etwas undeutlich, als ob noch nicht alles seinen Platz in dem Gesicht gefunden hätte. Es war wie Eskil selber: ein bald verlotterter saufender Friseur, der immer noch nicht angefangen hatte zu leben, der mit Zwanzigjährigen im Café herumhing und die Hit-Listen mit größerem Interesse verfolgte als die jungen Leute. Eskil hielt an einem jüngeren Leben fest, einem verwischten, unfertigen Leben. Er war erwachsen, schien es jedoch nicht wahrhaben zu wollen, oder er war unfähig, in sein Alter hineinzuwachsen.

»Die Beatles landen heute Nachmittag«, sagte er. »Direkt von London nach *Sweden.*«

»Ich hab davon gehört«, sagte Johnny.

»Sie geben vier Konzerte.«

»Eins davon zum Dienstagstanz«, sagte Johnny, »schon heute Abend.«

»Du kannst mir viel erzählen!«

»Aber es ist wahr.«

Eskil lachte und stieg aus.

»Es wäre eine Sensation, wenn nur die Streaplers auftreten würden.« Er zeigte auf das kleine zweistöckige Haus neben dem Café. Die gestreifte Friseursäule, die in die Wand eingelassen war, glänzte. »Wenn du heute Abend noch da bist, kannst du mich auf einen Drink besuchen.«

Johnny schüttelte den Kopf.

»Ach, Mensch, früher hast du doch auch Durst gehabt. Komm rauf zu mir, dann gehen wir zusammen zum *Lunden.*«

Als der späte Nachmittag in frühen Abend überging, mietete er sich ein Zimmer bei *Sjögrens.* Es gab vier Zimmer, und er hatte im Lauf der Jahre in jedem so häufig übernachtet, dass er es sein eigenes nennen könnte. Er kannte die Stoßnähte der Tapeten, die Sjögren hatte ankleben lassen, die Ränder in den Waschbecken, die tiefer wurden, wenn die Vertreter sich den Reisestaub abspülten, die Flickenteppiche, die Jahr für Jahr mehr verblassten. *Home sweet home.* In der Bude hing ein Geruch, der sich im Lauf der Jahre verstärkt hatte. Er war mit nichts zu vergleichen, auch mit nichts, was Johnny in anderen Pensionen gerochen hatte, in denen er übernachtet hatte, wenn er zu müde für die Heimfahrt war. Oder nicht konnte. Es war ein scharfer Geruch, der ihn an etwas erinnerte, aber er wusste nicht, was es war, er fand es nicht in seinem Gedächtnis. Er hatte es viele Male gesucht. Der Geruch war mit seiner Kindheit verbunden. Vielleicht hing er mit einem der Kinderheime zusammen. Dort war etwas passiert. Zuerst hatte er geglaubt, es müsste die Seife sein, der Geruch käme aus dem Bad, aber er hatte sich getäuscht. Daran dachte er jetzt, während er auf dem Bett saß und die Lederstiefel auszog und sie auf dem Fußboden liegen ließ, ein unordentlicher schwarzer Haufen. Mit hängenden Armen blieb er sitzen. Wenn ich mich erinnere, woher ich den Geruch kenne, dann passiert etwas Schreckliches mit mir, oder in mir. Das hatte er auch früher schon gedacht. In dem Geruch war etwas, vor dem er fliehen wollte. Und trotzdem saß er jetzt hier.

Kehrte er immer wieder zu *Sjögrens* zurück, um die Erinnerung zu finden?

Seved war aus der anderen Richtung geflohen. Seved war älter und konnte schneller laufen als er.

Johnny kratzte sich an der Schulter und dann am Arm. Es juckte in seinem Körper, ein Juckreiz, der in den Füßen zu sitzen schien. Er stand auf, ging in den schmalen Korridor und öffnete die Tür zu dem Badezimmer, das sich Sjögrens Gäste teilten. Er ließ Wasser in die Badewanne laufen, die weniger streifig war als das Waschbecken daneben. Die Streifen verschwanden im warmen Wasser. Er ließ sich langsam hineinsinken und schloss die Augen. Auf der anderen Seite der Wand murmelte ein Radio, es könnte der Wetterbericht sein, die Nachrichten, ein Quiz. Er hörte einen Fetzen Musik.

Als er sich abtrocknete, war der Juckreiz noch da. Das Handtuch war dünn und fast durchscheinend. Es roch stark nach Reinigungsmitteln, vielleicht Petroleum, Phosphor. In dem Zimmer, das Sjögren als Rezeption benutzte, hatte er ein Paket Reinigungsmittel für Motoren gesehen. Auf dem einzigen Regalbrett im Bad stand ein Karton Waschmittel. Drei Fliegen krochen auf der Lampe herum, die wie ein schwacher Vollmond über dem Spiegel schimmerte, in dem er jetzt sein Gesicht betrachtete.

Zurückgekehrt in sein Zimmer zog er eine frische Unterhose und ein sauberes Nylonhemd an, das er in die Jeans stopfte. Barfuß ging er in den Flur, an dessen hinterem Ende ein Telefon stand.

Er lauschte auf die Signale, ein-, zwei-, drei-, vier-, fünf-, sechsmal.

Wieder in seinem Zimmer legte er sich aufs Bett und studierte die Decke. Er war ein Experte in *Sjögrens* Decken. Ihm fiel ein, dass er morgen ein Geschenk für Lennart kaufen wollte. Vielleicht ein Auto, vielleicht einen Ball. Johnny wusste, dass Sjögren morgen früh nicht mit Torte und Kaffee singend in sein Zimmer kommen würde. Er drehte sich auf die Seite und sah die schrägen Strahlen der Abendsonne auf den großen Wecker fallen, der auf dem Nachttisch stand. Der Wecker glühte plötzlich wie Gold und Silber. Wieder spürte er den Juckreiz im Körper. Er schloss die Augen, aber das Jucken verschwand nicht, und er seufzte, hörte sich selbst seufzen. Er richtete sich auf, zog Stiefel und Jackett an und ging hinaus. Draußen war es warm, die Luft war schwer, er wandte sich nach links und wusste schon jetzt, dass es Schritte waren, die er eigentlich nicht gehen wollte.

5

Die Anschlagtafel war voller Mitteilungen, eine Schicht über die andere geklebt. Niemand hatte etwas abgerissen. Hier klebten mindestens fünf Zentimeter Plakate übereinander. Er drückte den Daumen in die oberste Schicht, die weich nachgab. Wie weit zurück reichten sie? Drei Jahre? Fünf Jahre? Zehn? Hundert? Hier war die Geschichte des Ortes gesammelt. Plötzlich hatte er Lust, alles abzureißen, um zu sehen, was es ganz zuunterst gab. Welche Geschichte die erste gewesen war.

Der oberste Anschlag warb für den Dienstagstanz. Ein gewisser Weine würde spielen. Er kannte diesen Weine nicht. Das war ein anderer Weine, nicht der Fairlane-Weine. Ein Foto von dem Mann gab es nicht. Da stand nur, er sei durch die Top-Ten-Liste bekannt, und das war eine Lüge.

Johnny sah sich um und versuchte sich immer nur auf eine Sache zur Zeit zu konzentrieren, und zwar langsam. Das war ein Trick, den er manchmal anwandte, wenn er an etwas anderes denken wollte als an Alkohol, wonach sein Körper schrie. Ich versuche es. Ich kann hier stehen und das ganze Programm der Missionskirche lesen, jede verdammte Singstunde. Abendkaffee im Sommerheim, das Abendgebet mit Pastor Björk. Gottes wunderbare Schöpfung, las er. Wer war das? Pastor Björk? Der Ort? Der Sommer? Die Jukebox? Gott hatte die Jukebox nicht erschaffen. Er hatte

Johnny nicht erschaffen. Ich will nicht dran denken. Deswegen stehe ich hier. Ich will an den Fluss denken, der unter der Brücke dahinfließt, auf der jetzt zwei Jungen mit Angeln stehen, als ob die beiden Männer, die heute Mittag dort gestanden haben, wieder Kinder geworden wären. An die beiden schönen Ahorne denken, die auf der Insel mitten im Fluss stehen. An die Würstchenbude, die ein hübsches Schild bekommen hat. An diese Jungen im Volvo PV, die vermutlich auf den Dienstagstanz warten. An den Chevrolet, der in diesem Moment vorbeizieht, ein Bel Air von siebenundfünfzig oder achtundfünfzig. An den Abend, der sich auf alles gesenkt hat, ohne dass es jemand bemerkt hätte.

Jemand rief seinen Namen. Er löste den Blick vom Himmel.

Eskil Skörd kam mit einer alten Stofftasche, die eine unbestimmte Farbe hatte, vom Kiosk auf ihn zu.

»Auch unterwegs, Bergman?«

Er antwortete nicht. Der Chevrolet, der eben vorbeigefahren war, donnerte zum Marktplatz hinter Eskil. Jemand pfiff schrill. Johnny hörte Lachen aus dem Auto. Er sah ein Gesicht. Das Gesicht schrie etwas, und das klang wie Eskils Name.

»Kümmre dich nicht um die«, sagte Eskil.

»Sind die von hier?«, fragte Johnny.

»WEM HAST DU DENN HEUTE INS OHR GESCHNITTEN, SCHNEIDER?«, übertönte eine besoffene Stimme das Grollen des Motors. Eine Frau lachte.

»Kümmre dich nicht um die«, wiederholte Eskil.

»HAST DU RASIERWASSER ZUM SAUFEN GEKAUFT? DER SPRIT IST DIR WOHL AUSGEGANGEN IN DEINEM LADEN?« Wieder das Lachen, aber Johnny hörte auch eine Frauenstimme: »Hört auf! Hört jetzt auf damit!«

Eskil lachte nervös und versuchte Johnny anzulächeln, aber Johnny sah die Angst in seinen Augen. Es war mehr als Angst.

»SCHMECKT'S DIR?«, schrie das Gesicht.

Um mich geht es hier nicht, dachte Johnny, aber er wusste, dass es auch um ihn ging.

Er setzte sich in Bewegung, auf den Chevrolet zu.

»Mensch, Bergman!« Er hörte Eskils Stimme hinter sich. »Kümmre dich nicht um die.«

Johnny ging die fünf Meter bis zum Auto. Der Fahrer hatte den Motor abgewürgt. Das Gesicht des Rufers, der Johnny ansah, war ihm unbekannt. Es war im Begriff, sich im Nebel des Alkohols aufzulösen, doch auch ohne Alkohol hätte Johnny den Kerl nicht gekannt.

Er spürte eine Hitze in seinem Körper, eine Hitze, die den Alkohol zu ersetzen schien.

»Da kommt ja ein ganz knallharter Bursche! Guckt euch mal die Stiefel an! Und die Frisur!«

Johnny stützte sich auf die Fensteröffnung und beugte sich vor.

»Pöbel du meinen Kumpel nicht an«, sagte er.

»Wirklich, ein knallharter Typ!«, antwortete der Junge und Johnny bemerkte einen Spuckespritzer an seinem Kinn, als er den Mund schürzte.

»Bildest du dir ein, du bist Elvis, hä?«

Er packte den Jungen am Halsausschnitt und riss seinen Kopf an die milde Abendluft.

»Johnny!«

Er schaute auf und erkannte Astrids Gesicht. Astrid aus dem *Phoenix*. Sie saß im Fond des Autos. Er erinnerte sich an das Frauenlachen, als das Schwein anfing herumzugrölen, und hoffte, dass nicht sie es gewesen war, die gelacht hatte.

»Lass ihn los«, sagte sie, und er erkannte die Stimme von vorhin, nicht sie hatte gelacht. »Ich hab ihm gesagt, er soll das lassen.«

Johnny sah dem Besoffenen ins Gesicht, das, nachdem er es eine halbe Minute mit seinem Blick festgehalten hatte, frei zu schweben begann und dessen Züge sich jetzt aufgelöst zu haben schienen. Aus dem Mund kam ein Gurgeln.

Die Augen schienen zu den Sternbildern am blassen Abendhimmel zu starren.

Er ließ los. Das Schwein glitt mit einem Röcheln zurück auf den Sitz. Er sah wieder Astrid an und bemerkte ein weiteres Frauengesicht neben ihr. Keine von beiden lächelte. Er hörte, wie der V8-Motor aufröhrte, der Fahrer legte den Rückwärtsgang ein, schoss mit neunzig Stundenkilometern quer über den Platz und donnerte auf der Landstraße davon, der Chevrolet verschwand in südlicher Richtung mit einem lange anhaltenden Raketengetöse.

Eskil stellte die Tasche auf den Tisch und holte vier Flaschen Limo hervor.

»Da fehlt bloß noch die Würze«, sagte er.

»Ich will nichts«, sagte Johnny.

»Nee, nee.«

Eskil öffnete einen Schrank und nahm zwei Wassergläser heraus, die er auf den Tisch stellte. Er ging zum Vorratsschrank und holte die Branntweinflasche. Zurück am Tisch öffnete er zwei Limoflaschen.

»Dann trinkst du eben nur Limo«, sagte er und füllte sein Glas dreiviertel mit Branntwein, goss Limo dazu und nahm einen gierigen Schluck. »Aaahh.« Er sah Johnny an. »Wolltest du den Kerl im Chevro verprügeln?«

»Ich weiß nicht.«

»Eine richtige Sau.«

»Wohnt der hier?«

»Nee, in der Stadt. Aber die kommen oft her. Hier gibt's wohl ein paar Bräute.«

»Astrid«, sagte Johnny.

»War sie dabei?«

»Sie saß hinten drin.«

»Aha.«

»Sie hat versucht, den Typ zu bremsen«, sagte Johnny.

»Ach, war sie das.«

»Das ist wirklich keine Gesellschaft für dich«, sagte Johnny. »Das Schwein ist ja nicht mal von hier.«

»Tja, in der Gegend gibt's nicht viel Auswahl.« Eskil lachte auf. »Nicht mal bei dir da unten scheint es viel Auswahl zu geben.«

Johnny goss sich schweigend Limo ein, nur Limo.

»Arbeitet sie schon lange in dem Café?«

»Astrid? Na, ein halbes Jahr vielleicht.«

Johnny leerte sein Glas in einem Zug. Eskil beobachtete ihn. Er sah es, sah, wie er zur Flasche schaute. Eskil wusste es, das war klar.

»Ich stell sie weg«, sagte er. »Du brauchst sie ja nicht zu sehen.«

»Du willst doch sicher noch einen trinken, Eskil?«

»Ich kann mir einen in der Stube eingießen. Ich will dich doch nicht quälen, Bergman.«

»Hast du kein Bier?«, fragte Johnny.

»Nein. Wäre das besser?«

Johnny antwortete nicht. Er versuchte sich auf das zu konzentrieren, was er in der Küche sah, eine niedrige Spüle, zwei Kochplatten, Schränke, die einen neuen Anstrich brauchten, und ihm fiel plötzlich auf, dass sie dieselbe blasse Farbe wie die Nieten von Eskils Vater hatten.

Durch den Flur konnte er in die Stube sehen, eine abgenutzte Couch, ein Couchtisch und ein Teppich, der dem in seinem Vertreterzimmer ähnlich war. Am Fenster stand ein großer Radioschrank.

Musikfetzen drangen zum Küchenfenster herein. Sie kamen von weither.

»Jetzt spielen sie sich warm«, sagte Eskil, »die Tanzband.«

»Gehst du hin?«

»Ich weiß noch nicht.«

»Gehst du öfter zum Tanzen?«

Eskil antwortete nicht. Die Musik war nur schwach zu hören, als sei sie ein Teil des Windes dort draußen. Es gab keine Bässe. Sonst sind es die tiefen Töne, die am weitesten reichen, dachte Johnny.

»Gehst du heute Abend hin?«

»Wenn du mitkommst, Bergman.«

»Ich hab morgen einen langen Tag vor mir.«

»So lange machen die nicht.«

Eskil nahm wieder einen Schluck. Johnny sah, dass seine Augen klarer wurden. Er sah heiterer aus. Eskil lauschte nicht mehr den Stimmen in seinem Kopf, die fragten und antworteten: Warum trinkst du? Weil ich traurig bin. Warum bist du traurig? Weil ich trinke.

»Du musst dir die Haare schneiden lassen, Bergman.«

»Im Augenblick bist du außer Dienst, Eskil.«

»Das Deckhaar ist zu lang. Neunundfünfzig ist vorbei.«

Johnny betrachtete Eskils Hände, die im Augenblick nicht zitterten, aber das kam vom Schnaps, und er wollte das Risiko nicht eingehen, ein Ohrläppchen zu verlieren oder ein Auge durchbohrt zu bekommen.

»Das war ein Sommer«, sagte Eskil, »neunundfünfzig.«

»Mhm.«

»Erinnerst du dich?«

»Ich hatte nicht einen Tag frei. Da ging's bei mir so richtig ab.«

»Und heiß war das! Die Bauern mussten ihre Kühe schlachten.«

Johnny goss sich noch ein halbes Glas Limo ein.

»Es gab kein Wasser«, sagte Eskil und nickte zur Limo. Dann machte er eine Handbewegung zum Abend hinaus. »Was für ein Unterschied zu diesem Jahr. Dieser Sommer hat überhaupt nicht richtig angefangen.«

Johnny spürte einen kühlen Lufthauch und sah, wie die Vorhänge sich bewegten. Draußen war es Sommer, aber nicht wärmer als achtzehn Grad, vielleicht neunzehn. Plötzlich fiel ihm Elvis ein, als er an neunundfünfzig dachte. Elvis brachte *I Got Stung* heraus, und die Leute nannten den Sommer den Wespensommer.

Damals hatte er achtzehn Jukeboxen besessen, verteilt in einem Gebiet, das fast genauso groß war wie das, das er jetzt hatte. Und dann hatte er Wigén sechs auf einen Rutsch abgekauft, das war in einem heißen August gewesen. Sogar die Abende waren heiß. Nur die Jukebox, die Wigén in der Kaserne stehen hatte, wollte er nicht hergeben. Es war die beste Box der Provinz, nein, des ganzen Landesteiles. Die Platten hielten nicht lange, waren schon nach wenigen Tagen kaputtgespielt. Hätte Johnny diese Jukebox bekommen, dann wäre es ihm in all den Jahren besser ergangen.

Die Musik war lauter geworden. Lang gezogene verwässerte Töne, die nichts mit Rock 'n' Roll zu tun hatten. Es könnte ebenso gut der Wind sein.

»Es hat angefangen«, sagte Eskil und nickte zum Fenster. Er griff wieder nach der Branntweinflasche, diesmal mit einer ausholenden Bewegung. Er schraubte den Verschluss auf und Johnny nahm den wunderbaren Duft wahr. Er schaute in sein leeres Glas. Sein Hals war trocken, und die Haut am Hemdenausschnitt fing plötzlich an zu jucken. Ihm fiel das Gesicht ein, das unter ihm geschwebt und die Sterne studiert hatte. Das Schwein hatte getrunken, den ganzen Abend gesoffen, den ganzen Nachmittag. Und das kam dabei heraus. Aber es gab auch eine andere Art zu trinken, es brauchte nicht so weit zu kommen, Johnny Bergman war älter geworden und hatte vieles begriffen, mittlerweile konnte er kontrollieren, was passierte, und morgen würde er fünfunddreißig werden, verflixt und zugenäht, sollte er sich da nicht einmal ein einziges Gläschen genehmigen, erst recht mit Blick auf den kleinen Scheißer im Chevrolet, der sich nicht benehmen konnte. Darauf kam es an, auch mit Schnaps im Körper musste man sich benehmen können.

Eskil hielt immer noch die Flasche in der Hand.

»Gieß mir ein bisschen ein«, sagte Johnny und zeigte auf das Glas.

Er sah die Farben am Himmel, Rot, Gelb, Grün, Blau. Die Farben ließen sich verfolgen, zogen sich in Streifen vom Eingang bis zur Tanzfläche hin, ein verschwimmender Dunst um die Glühlampen herum.

Sie standen vorm Eingang. Eskil hatte etwas gesagt, aber er hatte nicht zugehört oder hatte es nicht verstanden.

Sie waren umgeben von Autos, dunklen und breiten, kreuz und quer geparkt, was das Feld wie einen Autofriedhof wirken ließ. Es erstreckte sich weit. Er und Eskil hatten sich den Weg zum Eingang wie durch ein Labyrinth suchen müssen.

Eben hatte er mit einem Burschen gesprochen, den er kannte oder mal gekannt hatte. Er hatte aus einer Flasche Klaren getrunken, die ihm jemand reichte. Im Auto daneben wurde Rock 'n' Roll gespielt, den Song hatte er erkannt, konnte sich aber nicht erinnern, wer der Sänger war. Vielleicht Eddie Cochran. Die Stimme war verzerrt, das mochte vom Plattenspieler im Auto herrühren oder es kam aus seinem eigenen Kopf. Hinter einem anderen Auto schienen sich welche zu prügeln. Er meinte einen Schrei zu hören, vielleicht war es auch ein Lachen. Vielleicht hatte ihn ein Mädchen angesprochen, aber in dem Moment hatte er gerade einen Schluck aus der Flasche genommen.

Eskil hatte auf dem Weg hierher damit geprahlt, er werde den Eintritt bezahlen, das sei ja wohl das Mindeste, was er tun könne. Johnny wusste nicht, wie er das meinte, hatte aber keine Kraft zu fragen. Unterwegs waren sie stehen geblieben und hatten den Rest Branntwein direkt aus der Flasche getrunken. Die Limo war alle, aber der Branntwein schmeckte nicht mehr nach Alkohol.

Sie warteten in einer Schlange. Johnny hatte das Gefühl, als stünde er in einem schalldichten Kreis. Plötzlich hörte er nichts mehr. Er wollte sich mit einem Schritt daraus entfernen, wagte es aber nicht. Er wagte nicht, sich zu bewegen, er wusste, dass er dann das Gleichgewicht verlieren würde. Wenn sie nur bald eingelassen würden, dann könnte er sich auf eine Bank setzen und es würde ihm besser gehen. Der schwere Geschmack vom Klaren stieß ihm vom Magen auf. Da drinnen würde er einen Kaffee trinken, sobald sie dieses verdammte Kassenhäuschen passiert hatten, das sich plötzlich in ein Schilderhäuschen verwandelt hatte. Gesichter glitten vorbei wie Ballons. Von allen Seiten kam Musik, von der Tanzfläche, aus den Autos. Grölende Leute, dröhnende

Motoren. Alles floss zu einem einzigen Laut zusammen, den er nicht hören wollte.

Eskil sagte wieder etwas.

»W...was?«

»Hast du mal 'ne Krone?«, fragte Eskil. »Mir fehlt eine Krone.«

Sie standen vor der Luke. Da unten flatterte ein Gesicht, hinter der Öffnung, die ein heruntergedrehtes Autofenster sein könnte, und plötzlich erinnerte er sich, dass er vor kurzem so ein Gesicht gesehen hatte, unter ihm fließend, zu ihm heraufstarrend. Wo hatte er es gesehen?

»Bist du taub, Bergman?«

Er sah Eintrittskarten, die unter den farbigen Lämpchen selbstleuchtend zu sein schienen.

Er suchte und fand seine Brieftasche schließlich an ihrem angestammten Platz in der linken Innentasche seines Jacketts und hielt sie Eskil hin, sodass er sich eine Krone aus dem Münzfach nehmen konnte. Dem Gewicht nach zu urteilen, enthielt es viele Münzen, aber er wollte sich nicht vorbeugen und selber suchen.

Sie wanden sich durch das Drehkreuz, gingen den Hügel hinauf und setzten sich auf eine Bank. Johnny suchte nach einer Stütze für seine Füße. Er wusste, dass gleich unter der Bank Boden war. Konzentriert überlegte er, warum er hierher gekommen war. Immer noch hatte er einen schweren süßen Geschmack im Mund. Er schluckte und steckte die Rechte in die Jacketttasche auf der Suche nach etwas, das den Geschmack vertreiben würde. Er versuchte sich zu erinnern, was dort eigentlich drin sein sollte, und sah, wie Eskil sich eine Zigarette anzündete, da fiel ihm ein, dass er nach der Zigarettenschachtel suchte. Ein Zug würde den Geschmack im Mund vertreiben.

»Ha...hast du eine Zigarette?«

Eskil reichte ihm seine Schachtel und er versuchte sie zu fassen, bevor sie Eskil aus der Hand glitt und in der farbigen Luft in Lunden und hinaus in den Weltraum entschwebte.

Dann war es vollkommen dunkel. Und dann wurde es ganz hell, fast taghell. Johnny hielt ein Gewehr in der Hand, irgendwo über ihm leuchtete es, und er zielte sehr genau und lange und schoss schließlich einen Pfeil auf das blendende Licht ab, das sich ständig bewegte. Es knallte und um ihn herum wurde es plötzlich etwas trüber, als ob dies verdammte Licht hinter Wolken verschwunden wäre. Irgendwo applaudierte jemand. Jemand schrie.

»Um Himmels willen, Jukis.«

Jukis. Das war er. Hier war er ein Name, es war sein Name. Vor ihm flatterte ein Gesicht auf, immer diese flatternden Gesichter.

»Leg um Himmels willen das Gewehr hin.«

Jemand drückte gegen seinen Rücken. Er sah sich um und stellte fest, dass es der Schießstand war. Er stand vor der Bude, das Luftgewehr in der Hand. Um ihn herum waren Leute. Jemand griff nach dem Gewehr.

»Du könntest ja jemanden treffen, verdammter Idiot!«

Das Gesicht flatterte vor und zurück, jetzt war es über ihm. Ganz hoch dort oben war es jetzt schwarz, da war nur noch der Weltraum. Er hob die Hand, um das Gesicht zum Stillhalten zu zwingen, bekam aber nur Weltraum zu fassen.

Das Gewehr war verschwunden. Jemand hatte es ihm abgenommen und versteckt.

»Komm, wir gehen«, sagte Eskil. Den erkannte er, als er ihn am Arm zog und sich über ihn beugte. Eskils Gesicht war nicht so weiß wie die anderen Gesichter. »Steh jetzt auf, Bergman.«

Er versuchte sich zu erheben, aber der Boden unter ihm wurde plötzlich zu einer Wand. Er stemmte sich gegen die Wand, aber da war es wieder ebene Erde geworden. Als er erneut versuchte aufzustehen, riss ihm jemand den Boden unter den Füßen weg und richtete die Wand auf, er tastete danach und überlegte, wie lange die Scheißkerle das noch mit ihm treiben wollten.

Er spürte Hände unter den Achseln, hörte Stimmen.
»Wir legen ihn ins Gras.«
»Der kommt bald wieder zu sich.«
»Irgendjemand hat eben nach ihm gefragt.«
»Wer?«
»Ich weiß nicht. Jemand, der ihn verdreschen wollte, glaub ich.«
»Hier hinter den Baum. Hier kann man ihn durch die Zweige nicht sehen.«
»Leg ihn auf die Seite.«
»Hat er gekotzt?«
»Nein.«
»Dann tut er's bald.«
»Nein, sonst hätte er das längst getan.«
Er hörte einen Laut wie ein Lachen, das sich von ihm entfernte. Er wollte sagen, dass er auf der anderen Seite liegen wollte, aber er konnte seine eigene Stimme nicht hören, also konnte er auch nicht verlangen, dass ihm jemand zuhörte. Im Hintergrund waren Geräusche, es klang wie Musik. Hier roch es nach Erde und etwas Feuchtem, ein feuchter Geruch. Was könnte das sein? Er sah sich einen Weg entlanggehen und dann über ein Feld, und er wusste nicht, ob es ein Traum oder eine Erinnerung war. Selbst als er darüber nachdachte, intensiv nachdachte, fand er nicht heraus, woher das Bild kam.

Die Musik war noch da, lauter und näher. Er richtete sich ohne Stütze auf. Von dort unten kam Stimmengewirr. Er blinzelte und sah die Lichter vom Eingang. Leute bewegten sich wie Schatten auf der Tanzfläche. Er hörte Gelächter und Geschrei.

Ihm war, als kehrte er von einer Reise zurück, ohne sich daran zu erinnern, was er getan hatte oder wo er gewesen war.

Scheiße, das haute um. Er hatte den zweiten Klaren bei Eskil zu Hause getrunken, und etwas in dem Klaren hatte ihn zu dem Dienstagstanz geführt.

Er hatte einen widerlichen Geschmack im Mund und tastete nach den Zigaretten, die er nicht hatte. Am Zaun hinter ihm stand eine Laterne. In ihrem blassen Schein entdeckte er Flecken auf seinem Hemd, die sich an der Seite schräg nach unten zogen. Er zerrte es aus der Hose und roch an den Flecken und nahm einen Geruch von Erde wahr. Im gelben Lichtschein sah er die Erde, auf der er gelegen hatte, und die Erde an den Lederstiefeln, den Hosenbeinen.

Er stand schwankend auf und versuchte die angetrockneten Klumpen abzuwischen. Ob es gelang, konnte er nicht sehen. Als er sich bückte, verlor er das Gleichgewicht und glitt wieder zu Boden.

Zwischen ihm und dem Abhang zum Festplatz stand ein großer Baum. In der Ferne sah er Bewegungen und flimmerndes Licht zu beiden Seiten des Baumstamms. Jemand hatte ihn hierher gelegt, aber er konnte sich nicht erinnern, wer, nicht jetzt. Morgen würde es ihm vielleicht wieder einfallen, oder war heute schon morgen? Er versuchte zu erkennen, wie spät es war, schaffte es aber nicht. Morgen durfte gern noch warten. Die Wäsche, die Kleidung, der Geschmack im Mund, das Dröhnen im Kopf, das Saugen im Magen. Und dann das Frühstück, die Arbeit, die Fahrten, die Cafés, die Gespräche, das Gelaber, das Scheißgerede, nein, es war nicht nur Scheißgerede, aber im Augenblick war ihm alles Scheißgerede. Er war ein Scheißdreck. Aus Scheiße bist du gekommen, Scheiße sollst du wieder werden.

Elisabeth und Lennart. Jetzt waren ihre Gesichter da. Er hatte versprochen, sie heute Abend zu besuchen, an diesem Abend, der bald kommen würde. Gefeiert hatte er schon. Eine nette Feier? War der Abend so geworden, wie er es sich beim ersten Glas gewünscht hatte? Den Nachgeschmack hatte er immer noch im Mund.

Am Abhang stand eine leere Bank. Es war schön, hier zu sitzen. Er sah die Tanzfläche deutlicher, sie leuchtete fast wie eine Jukebox in einem dunklen Lokal, erleuchtete alles. Die Tanzfläche und das Orchester auf der Bühne hatten ungefähr dieselbe Funktion wie eine Box. Licht, Laute, etwas gegen alles Hässliche.

Weines Orchester spielte gerade *Devil In Disguise, You look like an angel, walk like an angel*, der Sänger sang falsch, aber die Band hatte einen guten Rhythmus, soweit er hören konnte, manche Leute tanzten Shake, andere Twist. Einige Jungs unterhalb von ihm traten in den Schotter, dass er aufspritzte, ohne sich auf die Tanzfläche zu wagen. Der Song ist ein Zeichen, dachte er und stand auf. Elvis versucht mich wieder zum Leben zu erwecken. Ich muss hier weg. Ich kann gehen. Er stand auf und setzte sich wieder. Stand wieder auf.

»Wie geht es dir?«

Ihre Stimme kam von der Seite, von links. Er drehte sich nach der Stimme um. Ihr Gesicht war näher, als er gedacht hatte.

»Vorhin schien es dir nicht besonders gut zu gehen.« Sie zeigte zum Festplatz hinunter. »Ich hab dich gesehen.«

Jetzt war ihr Gesicht genau vor ihm, und er erkannte Astrid, ohne dass er das eine Auge schließen oder mit dem anderen blinzeln musste. Astrid aus dem *Phoenix*.

»Langsam geht's mir wieder besser«, sagte er.

Er sah, dass sie lächelte.

»Ich bin wohl eingeduselt«, fuhr er fort.

»Du hast was am Hemd.« Sie streckte eine Hand aus und wischte etwas von seiner Brust ab. Er stand immer noch.

»Jetzt bin ich okay«, sagte er. »Ich muss versuchen, hier wegzukommen.« Er machte eine schwache Handbewegung zur Tanzfläche. »Falls du nicht tanzen willst.«

»Willst du tanzen?«

»Das war bloß ein Scherz. So gut geht's mir doch noch nicht.«

Johnny setzte sich. Durch sein linkes Bein war ein Zucken gefahren, aber das kam nicht vom Rhythmus der Tanzmusik. Er fühlte ihre Hand auf seiner Schulter. Sie war leicht. Er hatte nicht gesehen, wie sie sie hingelegt hatte, hatte es nicht gespürt.

»Soll ich dir was holen?«, fragte sie.

»Ja …«

»Kaffee. Oder Wasser. Möchtest du etwas essen?«

»Nein, nein, aber Kaffee.«

»Bleib hier sitzen«, sagte sie und ging rasch auf den Ausschank zu. Er sah Leute an den Tischen sitzen. Die schienen voll besetzt zu sein.

Aus der Tasse stieg Dampf auf, als sie zurückkam. Sie stellte sie auf der Bank neben ihm ab. Es duftete nach starkem Kaffee, wie aus einer anderen Welt. Es war ein guter Geruch. Er hob die Tasse am Henkel hoch, musste sie jedoch wieder absetzen, weil seine Hand zitterte. Er versuchte es noch einmal mit beiden Händen, verbrannte sich ein wenig an zwei Fingern, versuchte zu trinken, und es brannte auf der Zunge. Er pustete über den Kaffee, und der Dampf stieg ihm in die Nase.

»Vielen Dank, Astrid.«

Sie setzte sich neben ihn. Sie trug einen dünnen Mantel zum Schutz gegen die kühle Nacht. Der Mantel knisterte, als sie sich setzte.

»Geht es jetzt besser?«, fragte sie.

Er nickte.

»Ich weiß nicht, was ich sagen soll …«

»Du brauchst nichts zu sagen«, sagte sie.

Sie schaute zur Tanzfläche hinunter. Er überlegte, was es war, das er nicht zu sagen brauchte. Hatte er heute Abend schon einmal etwas zu ihr gesagt? Sie hatte ihn ja gesehen. Andere hatten ihn auch gesehen. Vielleicht hatte das nichts weiter zu bedeuten. Ein Saufbold unter vielen. Er hatte einen Ruf, einen alten Ruf, aber der war sicher noch überall in der Gegend bekannt. So was wird man schwer los, besonders wenn man sich wieder wie ein Saufbold aufführt. *You ain't nothing but a hound dog*. Du bist nichts weiter als ein Saufbold.

»Wo ist Eskil?«, fragte er.

»Ich weiß es nicht, ich hab ihn schon mehrere Stunden nicht mehr gesehen.«

»Wie … ging es ihm da?«

Lachte sie? Ja. Ein kleines Lachen, das in der Musik unterging, die nach dem Elvis-Song wieder zu den schwedischen Top Ten zurückgekehrt war, obwohl Weines Orchester noch nie unter den ersten Zehn gewesen war. Das wusste Johnny, das war sein Job. Plötzlich tauchte ein Erinnerungssplitter in seinem Kopf auf, er sah sich vorn vor der Bühne stehen und dem Kapellmeister erklären, dass Weine noch nie unter den ersten Zehn gewesen ist und dass er solche Lügen nicht auf den Plakaten verbreiten darf. Johnny hoffte, es sei nur ein Traum gewesen oder eine Einbildung, die sich nach dem Rausch einstellte.

»Du verträgst ihn nicht so besonders, oder?«

Er antwortete nicht.

»Den Alkohol, den verträgst du nicht, oder?«

»Jetzt nicht mehr.«

»Man … darf einfach nicht mit Eskil zusammen trinken«, sagte sie. »Er lebt von Alkohol. Das wusstest du doch?«

»Eigentlich schon.«

Er nippte am Kaffee, der etwas abgekühlt war, jetzt spürte er die Abendkühle und schauderte. Er war noch nicht ganz nüchtern, aber er war auch nicht mehr betrunken. Er würde nie mehr betrunken sein.

Weine sagte etwas auf der Bühne, falls der Kapellmeister nun Weine hieß. Johnny sah seine Silhouette. Er hielt etwas in der Hand, vielleicht eine Posaune.

»Das ist die erste Damenwahl«, sagte sie.

»Dann geh hin, damit du jemanden auffordern kannst«, sagte er.

»Was sagst du, wenn ich dich frage?«

»Was fragst?«

»Dich zum Tanzen auffordere.«

»Was? Nee.« Er schauderte wieder. Anscheinend wirkte er nüchterner, als er war. »Leider … Astrid. Ich muss nach Hause, sobald ich den Kaffee ausgetrunken habe. Vielen Dank übrigens.« Er hielt die Tasse hoch. »Das hab ich ganz vergessen.«

»Du hast dich doch schon bedankt.« Sie sah zu den Paaren auf der Tanzfläche. »Ach, lassen wir das.« Sie sah ihn wieder an. »Dieser Idiot im Auto heute, der so rumgepöbelt hat. Glaub bloß nicht, dass ich ihn ken...«

»Das spielt doch keine Rolle«, fiel er ihr ins Wort.

»Natürlich spielt es eine Rolle! Ich wollte sagen, dass ich nicht mit ihm zusammen bin oder so. Ich bin nur eine Runde mit denen gefahren, bevor es hier losging. Ich kenne ihn kaum.«

»Gut«, sagte Johnny.

»Was für ein Idiot«, sagte sie mehr zu sich selbst. Sie sah zum Kassenhäuschen, wo sich schon Leute am Drehkreuz drängelten, um hinauszugelangen. Sie schien nach jemandem Ausschau zu halten, vielleicht nach dem Barbier. »Eskil ist ja so nett. Er will niemandem was Böses.« Sie sah Johnny an. »Was für ein Idiot, ich meine, der Typ, der Eskil angepöbelt hat.«

»Es war blöd von mir, mit ihm zu reden«, sagte er. »Auch wenn er ein Idiot ist.«

»Hast du das?«, fragte sie, und er meinte ein Lächeln in ihren Mundwinkeln zu sehen. »Ich meine, hast du mit ihm *geredet*?«

Sie folgten dem Besucherstrom hinaus. Über ihm blitzten die Lämpchen auf, oder waren es Sterne? Astrid ging an seiner Seite. Eskil konnte er nirgends entdecken. Sie wanderten den breiten Weg entlang zum Ort hinunter. Einige einsame Versprengte gingen vor ihnen her, und ein Paar folgte ihnen, aber die meisten verschwanden in den Autos, die sich in einer Lichterkarawane in Richtung Landstraße bewegten. In einem Graben zirpte eine Grille. Eigentlich war es zu kalt für sie. Johnny fühlte sich jetzt ganz nüchtern, als ob er das Gift nie zu sich genommen hätte, das so schnell gewirkt hatte und nun verschwunden war. Quecksilber, dachte er. Alkohol ist wie Quecksilber.

»Was für ein kalter Sommer«, sagte sie. Sie ging dicht vor ihm. Die letzten Autos fuhren vorbei, Schatten und Gesichter und das Aufjaulen einer Hupe, das den Kühen galt, die sich in der unbestimmten Dunkelheit abzeichneten. Bald würde es wieder dämmern, aber daran wollte er nicht denken.

»Es ist noch gar nicht richtig Sommer gewesen, und bald haben wir schon August und dann beginnt der Herbst«, fuhr sie fort.

»Der August kann noch sehr warm werden«, sagte er.

»In diesem Jahr nicht.«

»Woher weißt du das?«

Ein grau schimmernder Chevrolet wischte gefährlich nah vorbei. Sie hatten ihn nicht gehört. Vor Schreck drückte Astrid sich an Johnny, während er einen halben Schritt in den Graben auswich.

»Herr im Himmel«, sagte sie, als er sie auffing. »Die haben sie wohl nicht mehr alle.«

Johnny sah die Hinterflossen des Chevrolets, hörte jetzt das Röhren, die Beschleunigung der stufenlosen Automatik, als das Auto davonschoss. Es roch nach Benzin. Dann nahm er den Duft von Astrid wahr.

Sie ging, als es draußen längst hell war. Er roch ihren Duft im ganzen Zimmer, stärker noch als während ihrer Anwesenheit.

Er stand auf und öffnete das Fenster zum Garten. Es duftete feucht und grün und er hörte Vögel. Ein leichter Regen fiel.

Sie wohnte am anderen Ende des Ortes.

Sie hatte ihm etwas ins Ohr geflüstert, als sie rittlings auf ihm saß, oder war es nur ihr Atem gewesen. Sie hatte etwas gerufen, ganz kurz, als er sie sanft mit einer Hand heruntergedrückt hatte und versuchte, auf sie zu warten, während er es gleichzeitig vermied, sich zu schnell zu bewegen. Es war dunkel um ihn geworden und dann wieder hell, und vielleicht hatte sie es genauso erlebt.

Sie war neben ihm liegen geblieben, ganz nah, ohne etwas zu sagen, und er hatte auch keine Worte gehabt, nicht ein einziges.

»Möchtest du, dass ich gehe?«, hatte sie gefragt, nachdem er lange geschwiegen hatte.

»Musst du morgen nicht arbeiten?«

»Heute meinst du wohl. Nein, im Sommer hab ich mittwochs und donnerstags frei.«

Er hatte nichts von seinem Geburtstag gesagt. Das ging einfach nicht. Er betrachtete sie nicht als Geschenk. Sie war hübsch, aber jetzt war es vorbei.

Er wünschte, es wäre nicht passiert.

An diesem Abend hatte sich sein früheres Leben auf ihn gestürzt, alles war zurückgekehrt. Sein früheres Erwachsenenleben, er konnte gut ohne das auskommen.

Er beugte sich aus dem Fenster. Es duftete noch stärker nach Gras und frühem Morgen. Der Garten sah wie frisch gewaschen aus.

So sollte es nicht sein. Er wollte es nicht.

Astrids Duft sollte durchs offene Fenster verschwinden, vom Morgen aufgelöst werden, aber er würde ihn in Gedanken behalten und seine Angst und all das andere, wie eine scheuernde Erinnerung tief in seinem Körper, wenn er in wenigen Stunden weiterfuhr.

Heute Abend würde er in einer Wohnung sitzen, die ein richtiges Zuhause war.

Fühlte er sich deshalb so elend? Weil er zu Elisabeth und Lennart fahren würde? Es war nicht nur das Quecksilber. Er spürte, dass es erneut zu wirken begann, langsam zwar, aber so, als würde es zurück in den Körper gesogen und mehr Schaden anrichten.

Er legte sich wieder hin. Es war drei Minuten vor fünf. Das Fenster ließ er offen und zog das Laken bis zum Kinn. Auf dem anderen Kopfkissen war der Abdruck von Astrids Kopf. Er strich das Kissen mit der Handfläche glatt.

6

Der Wind weckte ihn, ein Brausen, das schon im Schlaf in seinem Kopf gewesen war. Das Fenster war aufgeflogen, der Wind zerrte daran, und es regnete ins Zimmer.

Die Fensterbank war nass. Er spürte die Nässe unter seinen Zehen, als er auf dem nackten Boden stand. Der Wind dort draußen ließ die Zweige der Bäume über dem Garten hin und her schwingen. Sie waren wie Hände, die mit gespreizten Fingern winkten. Hinter dem Birkenhain links sah er zwei Kinder in gelber Regenkleidung auf der Straße. Wohin sie auch unterwegs waren, sie hatten jedenfalls keine Eile. Eins der Kinder zog sich die Kapuze vom Kopf und lachte. Das andere machte es ihm nach, und er sah, dass es Jungen waren. Beide lachten zu den niedrig hängenden Wolken hinauf, die dieselbe Farbe hatten wie das Wasser in den Pfützen, durch die die Kinder platschten. Vielleicht waren es Brüder. Er glaubte es, in ihrem Lachen war etwas, das auf dieselbe Familie schließen ließ.

Johnny wandte sich vom Fenster ab. Die Bewegung brachte ihm seinen Kopf ins Bewusstsein, aber noch waren die Schmerzen nicht stark. Sie würden schlimmer werden. In wenigen Stunden würde er dumpfe, hämmernde Schmerzen hinter dem rechten Ohr haben, immer hinter dem rechten.

Im Spiegel neben dem Fenster sah er seine Augen, die von einem rötlichen Film überzogen waren. Er dachte an die

Lose vom alten Skörd, seine Augen hatten dieselbe fahle Farbe wie die kleinen Lose. Gestern hast du eine Niete gezogen, Johnny-Boy. Er massierte sein Gesicht. Ich will dies Gesicht nicht wieder in diesem verdammten Zustand sehen. Du hast es doch versprochen, alter Junge. Er näherte sein Gesicht dem Spiegel. Im Glas war ein Sprung, der von der linken oberen bis hinunter zur rechten Ecke ging, dadurch wurden die Proportionen seines Gesichtes verschoben, verzerrt. Er zog eine Grimasse, und die Lippen im Spiegel teilten sich in vier Teile. Die Haare hingen ihm tief ins Gesicht, schon fast bis zum Kinn. Er strich sie zurück. Ich kann gleich zu Eskil gehen. Über den Ohren kurz, Eskil, und bitte eine Rasur. Der Regen schlug heftiger gegen das Fenster neben ihm, das Wasser verzerrte die Aussicht, als er wieder hinausschaute, genau wie der Spiegel.

Seinen Kaffee trank er im *Phoenix*. Er wusste ja, dass Astrid heute frei hatte. Die Frau hinterm Tresen hatte er hier noch nie gesehen. Sie servierte den Kaffee mit einem Glas warmem Wasser und ein Mohnbrötchen mit Käse. Er nahm einen Schluck Wasser und biss von dem Brötchen ab, schluckte alles schnell hinunter und ließ den Rest auf dem Teller liegen.

Eskil war nicht da. Die Vorhänge an den Fenstern des Frisiersalons waren noch zugezogen gewesen, als Johnny das *Phoenix* betrat.

Ein paar Anstreicher kamen herein und setzten sich an das andere Ende des langen, schmalen Lokals. Sie trugen weiße Arbeitskleidung mit grauen Flecken. Einer von ihnen hatte eine Leiter dabei, die er gegen die Wand hinter sich lehnte.

Der Duett war schon nach dem dritten Versuch angesprungen. Er hatte nicht aussteigen und die Kühlerhaube öffnen müssen. In seinem Kopf war Leere, nachdem die Schmerzen nachgelassen hatten. Der Dorn, der hinter seinem rechten Ohr gesessen hatte, war weg. Der Regen fegte über die Schotterstraße. Auf der Fahrbahn hatten sich Kuhlen gebildet. Der Duett rumpelte durch die Pfützen, und er musste an die Kinder denken, die er heute Morgen vom Fenster aus gesehen hatte.

Er war mit Seved durch Pfützen gestampft. Das war eine frühe Erinnerung, kein Traum. Es war eine der ersten Erinnerungen. Mama hatte ihn an der Hand gehalten, aber Seved wollte nicht an der Hand gehen. War er drei Jahre alt gewesen? Er muss mindestens drei gewesen sein. Seved war mindestens sechs. Die erste Erinnerung war diese Wasserpfütze. Das erste Mal, das erste Bild, das er dreißig Jahre später sah, wie einen Film oder ein Foto.

Die Kopfschmerzen kehrten zurück. Er war jetzt niedergeschlagener als beim Aufwachen, wie üblich, wenn er getrunken hatte. Daran musste er immer denken, wenn die Schmerzen wie eine hämmernde Kupferschmiede in seinem Schädel zu wüten anfingen. Warum trinkst du? Warum bist du traurig?

Papa war auch traurig gewesen. Nachdem Mama fort war, hatten die Behörden beschlossen, dass Papa nicht mehr Papa sein durfte wie früher. Und dann verschwand er. Papa war immer traurig gewesen, und Mama hatte ihm geholfen, es zu verbergen. Als er dann allein war, kam die Traurigkeit zurück und er versteckte sie nicht mehr.

Auf der geraden Strecke kurz vor der Stadtgrenze begann der Duett zu stottern. Weil die Benzinanzeige nicht funktionierte und er morgens nicht ganz bei sich gewesen war, hatte er vergessen, es zu kontrollieren, und er hatte den Verdacht, dass der Benzintank leer war.

Da vorn lag die Esso-Tankstelle. Es war eine kleine Stadt, aber groß genug, dass es an allen drei Ausfahrten Tankstellen gab.

Am Hügel lagen ein Motel und ein Café. Er ging hinüber, während der Tankwart das Auto auftankte und die Scheiben putzte.

Die Frau, die im Café an der Kasse saß, das gleichzeitig die Rezeption des Hotels war, arbeitete schon lange hier. Sie hieß Bodil Fyhr und war ungefähr zwanzig Jahre älter als Johnny, schätzte er. Ihr Café gab es fast schon genauso lange wie die Tankstelle. Die vier Hotelzimmer befanden sich in einem Anbau neben dem Lokal, der letztes Jahr gebaut worden war. Auf dem Parkplatz standen zwei Autos. Johnny hatte eine dunkelhaarige Frau in rotem Kleid die Tür zu einem der Zimmer hinter sich schließen sehen, das zweite von links. Sie hatte ihm einen Blick zugeworfen, als sie das Zimmer betrat, einen sehr kurzen Blick. Ihr Gesicht kannte er nicht. Er war beim Duett stehen geblieben und meinte, die Gardine im Fenster des Zimmers, das sie betreten hatte, habe sich ein wenig bewegt.

Bodil saß auf ihrem Stuhl, den Blick auf die Tür gerichtet, als ob er erwartet würde. Sie strickte an etwas Rotem.

»Da bist du ja, Johnny.«

Er winkte ihr zu.

»Ist schon wieder ein Monat vergangen?«

Sie drehte sich um, als wollte sie einen Blick auf einen Kalender werfen, der hinter ihr an der Wand hätte hängen können.

»Mehr als ein Monat«, sagte er.

»Die Zeit vergeht, das ist mal sicher.«

Er stand an der anderen Seite des Tresens. Sie legte ihr Strickzeug hin.

»Der Kaffee ist frisch aufgebrüht.«

»Danke, den kann ich jetzt brauchen.«

»Setz dich schon mal, ich komm gleich mit dem Kaffee. Möchtest du etwas dazu?«

Er musterte das Gebäck hinter dem Glastresen. Es gab keine große Auswahl. Alles sah trocken aus, wie mit Sand überpudert.

»Ich nehm das da.« Er zeigte auf die Korinthenplätzchen.

»Die sind von gestern«, sagte sie.

»Aber von diesem Jahr?«

»Willst du, dass ich dich zum Kaffee einlade, oder willst du selber bezahlen?«

»Wenn du keinen Spaß verstehst, muss ich wohl selber zahlen«, antwortete er.

Sie nahm eine Zange und legte drei Plätzchen auf einen Teller.

»Du siehst ziemlich verlottert aus«, sagte sie.

»Es ist ein langer Tag gewesen.«

»Wohl eher eine lange Nacht, Johnny.«

Sie stand auf, um in die Küche zu gehen und den Kaffee zu holen.

»Was meinst du damit?«, fragte er.

Sie drehte sich wieder zu ihm um, ohne ihn jedoch anzusehen.

»Ach, nichts.«

»Was weißt du von heute Nacht, Bodil?«

Sie nickte zur offenen Tür und weiter in Richtung Tankstelle und darüber hinaus.

»Heute Vormittag waren zwei Gestalten hier, die haben dich gestern beim Tanz im *Lunden* gesehen.«

»Das haben sie dir erzählt?«

»Ja.«

»Kannten die mich?«

»Auf jeden Fall haben sie dich erkannt. Jukebox-Johnny, wie sie dich nannten.«

»Wer war das?«

»Irgend so ein paar Typen.«

»Was haben sie noch erzählt?«

Sie antwortete nicht. Jetzt sah sie ihn an. In ihrem Blick war kein Vorwurf. Sie wirkte müde, plötzlich müde, als wäre eine Erinnerung aufgetaucht, die schwer zu ertragen war. Aber vielleicht war es auch nur das Licht hier drinnen, eine elektrische Lichtquelle, die dem Gesicht Schatten und Linien an den falschen Stellen verlieh.

»Dann ist man also bekannt«, sagte er.

»Du reist nun schon seit mehreren Jahren in der Gegend herum, Johnny. Du kommst und gehst, da erkennen dich die Leute natürlich. Selbst wenn du nicht alle kennst, sie kennen dich.«

»Scheint so.«

»Sei vorsichtig«, sagte sie und wiederholte es noch einmal. »Sei vorsichtig.«

Plötzlich hallte es in ihm wider, als ob ihre Worte genau in diesem Augenblick, als er dort stand, ein flüsterndes Echo fänden, *sei vorsichtig, Johnny, sei vorsichtig, Johnny*, und er hörte noch eine andere Stimme, die nicht ihre war.

Hinter ihm kam jemand zur Tür herein. Er drehte sich um, es war ein Mann, den er noch nie gesehen hatte. Der Mann trug ein Jackett und einen grauen Filzhut, der nicht in den Sommer passte, nicht einmal in einen unbeständigen wie diesen.

Er nickte ihnen wortlos zu und betrat den Caféraum.

»Einer meiner beiden Gäste«, sagte Bodil, als der Mann hinter den Milchglasscheiben verschwunden war. Er war nur noch ein schwacher Schatten durch das milchweiße Glas.

»Wir sind halb belegt.« Bodil lächelte Johnny an. »Das heißt halb leer.«

»Oder halb voll«, sagte er und lächelte zurück. »So kannst du es auch sehen.« Der Schatten hinter den Fenstern bewegte sich. Er hatte noch nie überlegt, wie die Leute dort drinnen aussahen, wenn man hier stand. Von hier aus konnte Bodil nur die Schatten sehen. »Aber besser, es wäre voll besetzt«, fuhr er fort. »Es ist ja noch Urlaubszeit.«

»Hier nicht«, antwortete sie. »Bis hierher kommt der Urlaub nicht.«

»Dann müsst ihr wohl einen Supermarkt aus dem Hotel machen«, sagte er.

»Was hat das mit Urlaub zu tun?«

»Der wird dann das Ausflugsziel der Städter.«

Bodil schaute zum Caféraum und der Gestalt dort drinnen, ohne zu antworten.

»Ich muss ihn bedienen.« Sie drehte sich um, ohne jedoch zu gehen, als führte sie nur ein paar unsichere gymnastische Bewegungen aus.

»Ich … passe auf«, sagte er und befingerte eines der Korinthenplätzchen. Eine verbrannte Rosine hatte sich gelöst und lag wie eine tote Fliege auf dem Teller. »Das weißt du.«

»Ich weiß.«

»Gestern war eine Ausnahme, im *Lunden*.«

»Das ist gut, Johnny.«

»Du weißt es.«

»Ich weiß, Johnny, ich weiß. Was machst du übrigens heute Abend? Übernachtest du im Motel?«

Ihre Frage erinnerte ihn daran, dass er ein Geschenk kaufen musste.

Bei Eisen-Milton begann das Personal zusammenzupacken. Er war der letzte Kunde. Wenn er den Laden verließ, würden sich die Jalousien vor den großen Schaufenstern senken, in denen jetzt Tischlerwerkzeug, Campingausrüstung und Jagdkappen ausgelegt waren. Ein Geschenk. Auf dem Weg von der Esso-Tankstelle hierher hatte er sich für eins entschieden. Er kannte die Leute bei Milton und wusste, dass er Kredit bekommen würde. Auch diesmal klappte es. Als er wieder draußen stand, merkte er, dass der Kasten leichter war, als er geglaubt hatte. Er war leicht unterm Arm zu tragen.

Der Wind in den Straßen hatte sich gelegt. Es war ein verhangener Abend. Johnny hörte, wie der Verkäufer hinter ihm die schwere Tür abschloss.

Der Kasten war lang, passte aber auf den Rücksitz, ohne dass er eine Rücklehne hinunterklappen musste.

Er überquerte die Straße und kaufte eine Flasche Vichywasser im Konsum. Es schmeckte salzig, als er davon trank. Auf dem Rückweg zum Duett zündete er sich eine Zigarette an.

Er fuhr über die Bahngleise, umrundete die neue Anpflanzung und hielt vorm Wirtshaus. Die Würstchenbude daneben war schon erleuchtet, und das Licht verstärkte den Eindruck von Abend. Da waren Schatten, die es um diese Tageszeit noch nicht geben durfte.

Die Wurlitzer in der Wirtshausbar war stumm. Es war eine 1600 AF, seine älteste Box. Nicht seine erste, aber seine älteste. Dies Modell war dreiundfünfzig gebaut worden, also genauso alt oder genauso jung wie Lennart. Daran dachte er, als er die Bar betrat.

Stewe wollte die Jukebox nicht gegen ein neueres Modell eintauschen, obwohl Johnny ihm das vorgeschlagen hatte. Aber eigentlich war kein Austausch nötig. Es gab zwar nur eine einzige selbstleuchtende Röhre für Mechanismus und Front, aber das Fenster war aus Glas, nicht aus Plastik, und das 1600er Modell war das erste mit einem AVC-Verstärker, der jeder Platte dasselbe Tonvolumen verlieh, dazu *Automatic volume control,* lauter gute Teile, dazu ein verlässliches 48er-Magazin. Die 1600 AF war eine gute Ergänzung zur Seeburg, die Stewe oben im ersten Stock hatte.

Stewe hatte noch einen anderen Grund, diese Wurlitzer zu behalten. Er war in der Musik der frühen fünfziger Jahre stecken geblieben. Ende siebenundfünfzig hatte Johnny die Jukebox aufgestellt und sie mit den zwanzig Songs ausgestattet, die, wie er im *Billboard Magazine* in Erfahrung gebracht hatte, in Amerika am populärsten waren. Aber die wollte Stewe nicht. Johnny bot die verkäuflichsten an, *All Shook Up* von Elvis, *Young Love* von Tab Hunter, da waren die Everly Brothers, Buddy Knox, Buddy Holly, Jerry Lee Lewis, Diamonds, Gene Vincent, Mickey & Sylvia. Aber Stewe, der ihm in diesem Augenblick grüßend von der Bar zunickte, hatte anfangs nur Sachen von fünfzig bis vierundfünzig haben wollen, nichts aus der Zeit danach. Das hieß The Crew Cuts, Frankie Laine, Patti Paige, Jo Stafford und der große Hit der frühen fünfziger Jahre, *Cry* von Johnny Ray.

»Bist du nach Johnny Ray getauft, Johnny?«, hatte Stewe ihn gefragt, als er das erste Mal hereingekommen war, um Geschäfte zu machen.

»Nein«, hatte Johnny geantwortet, »ich bin doch keine drei Jahre alt, oder?«

Jetzt befanden sie sich in den sechziger Jahren, und er stand in *Stewes Bar* und tauschte elf Platten in der Wurlitzer aus. Stewe hatte ihn gefragt, ob er etwas besonders Interessantes mitgebracht hatte, und er hatte es verneint.

»Heute Abend ist es ruhig«, sagte Stewe.

»Mhm.«

»Wenn das so weitergeht, lohnt es sich für mich kaum, meine dreißig Prozent zu nehmen.«

»*All right*, dann sagen wir zehn«, sagte Johnny und streckte seinen Rücken.

»Ich hab nur einen Witz gemacht«, sagte Stewe, der sich eine Flasche Bier geöffnet hatte und es jetzt in ein Glas goss. »Aber wie früher ist es nicht mehr. Die Box da oben ist auch ziemlich still.«

»Dann musst du sie in Gang halten.«

»Wie denn? Mit der Gratistaste?«

»Dann eben nicht, wenn du kein Geld verdienen willst.«

»Stimmt es, dass du an mehreren von deinen Boxen die Gratistaste abgebaut hast, mein Freund?«

»Es stimmt.«

Stewe grinste.

»Du bist ganz schön durchtrieben, Bergman.«

»Ich muss ja auch zurechtkommen«, sagte Johnny. »Ich leb davon.«

»Und ich lebe hier«, sagte Stewe und hob das Glas. »Darf ich dich zu einem Bier einladen?«

»Nein, danke.«

»Du siehst aber aus, als hättest du Durst.«

»Ich bin jetzt fertig.« Johnny sammelte die ausgetauschten Platten zusammen.

»Was ist los mit dir?« Stewe hielt immer noch sein Glas hoch, ohne davon zu trinken. »Sonst hast du es doch nicht so eilig?«

»Heute hab ich's eilig, ich bin eingeladen.«

»Wo?«

Er nannte den Namen des Ortes.

»Hast du dort nicht eine Box in einem Strandcafé stehen?«

»Ja.«

»Morén, oder?«

»Stimmt genau.«

»Das ist ein knallharter Bursche.« In Stewes Welt waren alle knallharte Burschen. »Hart und unfair, das ist Morén.« Er nahm einen Schluck von seinem Bier.

»Gegen wen?«, fragte Johnny.

»Was?«

»Hart gegen wen?«

»Tja, unter anderem gegen deine Jukeboxen.«

Stewe grinste wieder, mit Bierschaum auf der Oberlippe.

»Damit ist es jetzt vorbei«, sagte Johnny.

»Wie viele hat er dir schon kaputtgemacht?«

»Drei.«

»Und wer bezahlt die?«, fragte Stewe. »Bist du versichert?«

»Es gibt keine Versicherung, die Morén abdeckt«, antwortete Johnny. »Wenn man eine Versicherung für eine Box abschließt, wird man nach dem Lokal gefragt, wo sie steht, und wenn man Moréns Strandcafé nennt, gibt's keine Versicherung.«

»Ist das wahr?«

Stewe lächelte und nahm wieder einen Schluck. Johnny hatte plötzlich Durst. Ein Bier würde jetzt gut schmecken.

»Klar ist das wahr.«

»Was antwortest du statt Morén?«, fragte Stewe.

»*Stewes Bar*. Da krieg ich keine Probleme.«

Stewe sah stolz aus. Dann veränderte sich seine Miene.

»Aber ... was hast du denen gesagt, wie viele Boxen hier stehen?«

»Fünf, glaub ich.«

»Fünf?!«

»Ungefähr.«

»Was zum Teu... für fünf muss ich ja Vergnügungssteuer zahlen!? Das ist ja gelogen! Ich hab doch nur zwei Boxen.«

»Wenn die Steuerprüfung kommt, sag ihnen, dass die Papiere offenbar nicht stimmen«, sagte Johnny. »Hast du das bisher nicht sowieso gesagt?«

»Die sind nur wegen … der da hier gewesen.« Stewe zeigte mit dem Bierglas zur Wurlitzer.
»Dann stimmen die Papiere wohl wirklich nicht«, sagte Johnny.
»Äh … was?«
»Ich muss jetzt los, Stewe.«
»Aber warte mal … wie häng …«
»*Good evening*«, sagte Johnny und ging durch den Vorraum auf die offene schwere Tür zu.
»BEI WEM BIST DU EINGELADEN?«, hörte er Stewe rufen, aber er antwortete nicht. Stewe wusste, dass er keine Antwort bekommen würde.
Johnny fühlte sich seltsam belebt, als er in der Abendbrise auf der Treppe stand. Auf Jukeboxen gab es gar keine Vergnügungssteuer. Das war ein alter Scherz zwischen Stewe und ihm.
Er ging zum Auto. Sie befanden sich an der Grenze zum Spätsommer, und die Dämmerung kam schneller als noch vor einer Woche, Tag und Nacht waren schärfer abgegrenzt, genau wie Abend und Nacht.
Vor der Würstchenbude standen zwei Mädchen und drei Jungen. Johnny hörte sie lachen und sah Zigarettenasche aufglühen. Wie durch den Anblick der glühenden Zigarette verursacht, spürte er plötzlich eine raue Trockenheit im Hals, und er musste husten.
Der Kasten auf dem Rücksitz des Duetts strömte einen schwachen Duft nach Eisen aus, kaum wahrnehmbar.
Er fuhr vom Parkplatz. Auf der anderen Seite der Straße ragte still und hoch das Schulgebäude auf. Ganz kurze Zeit hatte er dort drinnen verbracht, ein halbes Jahr. Es war wie in einem Gefängnis gewesen. Er fuhr ostwärts daran vorbei. Das Gebäude warf ihm einen Schatten nach. Die Fenster seines Klassenzimmers waren auf der Rückseite gewesen, zu einem Wald hinaus, vielleicht gab es den noch. Er hatte Tannenwipfel und dahinter den Himmel gesehen. Auf den Bäumen hatte Schnee gelegen. Er hatte immer nasse Füße gehabt, eine kalte Nässe, die seine Füße rot und rau gemacht

hatte. Hatten sie die Strümpfe ausgezogen und zum Trocknen aufgehängt? Er konnte sich nicht erinnern.

Er erinnerte sich, dass er Seved nirgends in der Schule finden konnte. Sie hatten gesagt, Seved sei dort, aber das stimmte nicht, und er würde auch nicht kommen. Das hatte er begriffen. Er war allein. Er war still geworden. Er hatte zu den Baumwipfeln und in den Himmel geschaut und gewünscht, er könnte fliegen. Raus aus dem gelben Gefängnis, über die Äcker davonfliegen und niemals anhalten, um nichts in der Welt. Vielleicht würde er der werden, der er in jenem Moment war, in dem Zimmer, an dem Fenster.

Jetzt sah er sich um. Er hatte die Stadt schon hinter sich gelassen. Die Landstraße war gesäumt von Äckern. Er flog nicht, aber er hielt auch nicht an, um nichts in der Welt. Er war nur kurze Momente ruhig, sie gingen vorbei und dann musste er seine Reisen fortsetzen zwischen den Orten und Städten, die so klein waren und so versteckt in den Wäldern lagen, dass nur wenige Durchreisende überhaupt ihre Namen erfassten.

Das Radio lief, aber er hatte nicht zugehört. Jetzt stellte er es lauter. Einer Rettungsmannschaft war es gelungen, ein kleines Loch zu bohren und über ein Mikrofon Kontakt zu neun Bergleuten in Not herzustellen, die in einer Grube in Frankreich eingeschlossen waren. Johnny hatte vorgestern von dem Einsturz gehört. Der Nachrichtensprecher wiederholte den Namen des Ortes. Es klang wie Champagne. Die Stimmung in der Grube sei gut, sagte der Nachrichtensprecher. Man hatte Nahrung und Batterieleuchten hinuntergeschickt.

An der Einfahrt zum nächsten Ort hob sich plötzlich eine Schar schwarzer Vögel in den Himmel, als ob sie sich und die Menschen verteidigen wollten, die hier wohnten. Die Vögel kreisten über den Häusern am Ortsrand und waren plötzlich verschwunden, wie von der Dämmerung aufgesogen. Ihre Schreie hingen noch in der Luft, aber die gezackte Wolke von Vögeln war jetzt nur noch ein Teil des Himmels, und als auch die Schreie erstarben, wurden sie ersetzt vom

Geräusch des Zuges, der an der anderen Seite des Ortes vorbeidröhnte. Er konnte den Zug hören, ihn jedoch noch nicht sehen. Es war ein weicherer Laut als die Schreie der Vögel, ihm kam es fast wie eine Art Willkommensgruß vor, obwohl sich der Zug entfernte. An Zügen war etwas Besonderes. Ein Zug fährt immer weiter, solange er kann, solange es Gleise gibt, und jetzt gibt es fast überall Gleise. Ein Zug kann bis ans Meer fahren. Er zog noch einmal an seiner Zigarette. Ein Zug kann auf einem Schiff nach Amerika fahren. Ein Zug nach Amerika. Erst übers Hochland und dann durch den Süden zur Küste. *Mystery Train*. Er hörte einen Pfeifton, als er sich dem Bahnhof näherte. *Train, I ride, sixteen coaches long*, und er sah die Güterwagen zwischen dem Bahnhofsgebäude und dem Bahnhofshotel matt schimmern, sie bewegten sich, er hörte das Signal an den Schranken und sah, wie sie sich senkten. Links in der Kurve tauchte die alte Lok auf, sie bewegte sich schwer, der Dampf war wie Atem, der in den blauen Abendhimmel stieg, die Wagen wanden sich rasselnd hinterher wie eine Klapperschlange, und er hörte Elvis' Stimme aufheulen wie den Pfeifton von einer Lok und merkte, dass seine Kopfschmerzen wiedergekommen waren.

Vor *Lisas Café* stand ein Volvo Amazon S von derselben blauen Farbe wie das Modell, das Johnny beim Esso-Motel gesehen hatte.

Im Café saß die Frau in dem roten Kleid. Jetzt trug sie ein minzgrünes Kleid, aber es war dieselbe Frau. Sie musste das Hotel fast gleichzeitig mit ihm verlassen haben und direkt hierher gefahren sein. Das war seltsam. Sie saß allein am Tisch und war der einzige Gast. Im Aschenbecher vor ihr lag eine qualmende Zigarette, und sie hob grüßend die Hand, als er hereinkam. Johnny nickte und öffnete die Jukebox.

»Tauschst du die Platten aus?«, fragte sie mit rauchiger Stimme. Sie war in seinem Alter, nicht jung, nicht alt.

Er nickte wieder und setzte vorsichtig das Magazin in Bewegung. Er las das Zählwerk ab. Viele Platten waren nicht gespielt worden, seitdem er das letzte Mal hier gewesen war. Er pflegte die ältesten der nicht gespielten Platten auszutauschen, machte jedoch ziemlich viele Ausnahmen. Einer der Stammgäste könnte ja in Urlaub sein, im Krankenhaus oder vorübergehend verreist, und deswegen war ein Favorit, der sonst heißlief, nicht gespielt worden. Wenn er die Platte herausnahm, könnte es Ärger geben.

Er begann die Platten auszutauschen. Das Karussell bewegte sich.

Plötzlich erhob sich die Frau und kam zu ihm zur Jukebox. Sie trug schwarze Schuhe mit flachen Absätzen.

»Man muss wohl an Musik interessiert sein, wenn man deinen Job macht«, sagte sie.

»Mich interessiert nur, dass die Kasse stimmt«, sagte er und nahm Paul Anka heraus.

»Wirklich?«, fragte sie.

Er schaute auf, *Put Your Hand On My Shoulder* in der Hand.

»Vielleicht an beidem«, sagte er.

Jetzt lächelte sie und streckte eine Hand aus.

»Darf ich mal sehen?«

»Was?«

»Was in diesem Café nie mehr gespielt wird.«

»Es ist schon lange nicht mehr gespielt worden«, sagte er und reichte ihr die Platte. Sie las den Titel auf der A-Seite und schaute auf.

»Aber die ist doch gut«, sagte sie. »Paul Anka ist doch gut.«

»Die Platte ist neunundfünfzig rausgekommen«, sagte er, »seitdem hat sie in der Box gesteckt.«

»Ich hab mir vorhin die Listen angeguckt«, sagte sie.

»Die Listen?«

»Die da.« Sie zeigte auf die Titelstreifen, die im Licht über der Glasfront der Wurlitzer golden glühten. »Da gibt's ja viele alte Songs.«

»Manchmal muss man eine austauschen.«

»Und du magst Paul Anka nicht?«

»Tja … wie schon gesagt, die Platte wird hier schon seit neunundfünfzig gespielt. Jetzt will sie keiner mehr hören.«

»Du weißt vermutlich, dass meistens Frauen Musik aus der Jukebox hören wollen?«, sagte sie.

»Ja.«

»Denkst du daran, wenn du die Platten austauschst?«

»Ich denke ständig daran«, antwortete er, aber sie lächelte nicht.

Sie hielt die Paul-Anka-Platte hoch.

»Das ist einer meiner Lieblingssongs, und ich möchte ihn hören.«

In ihrer Stimme war Nervosität, aber viele waren nervös.

»Jetzt?«, fragte er.

»Jetzt und später«, sagte sie. »Ich möchte, dass sie in der Jukebox bleibt.«

»Wohnst du hier?«, fragte er. »Im Ort?«

Jetzt lachte sie.

»Was für eine schreckliche Vorstellung.«

Himmel. Johnny streckte die Hand aus. Das war vielleicht ein seltsames Gespräch. Woher kommt sie? Wohin will sie? Was will sie?

Er streckte die Hand noch weiter aus, nahm die Platte, drehte sich um und zog die Scheibe heraus, die er gerade in das Karussell gesteckt hatte, und setzte Paul Anka wieder ein.

»Ich hab dich durchs Fenster gesehen«, sagte sie.

»Mhm.«

»Fährst du immer so rum?«

»Wie rum?«

Sie machte eine Bewegung über das leere Café. Durchs Fenster sah er sein Auto und ihr Auto, angeleuchtet von der sich ausbreitenden Dämmerung. Vielleicht galt ihre Geste auch dem, was er durchs Fenster sah.

»Machst du das schon lange?«, fragte sie.

»Das kann man wohl sagen«, antwortete er.

Sie schien noch etwas sagen zu wollen, kehrte dann jedoch rasch zu ihrem Tisch zurück, ergriff ihre Handtasche, die neben dem Aschenbecher lag, und verließ den Raum, ohne ihn anzusehen. Ihr Gesicht wirkte plötzlich sehr verschlossen, als ob sie eine ganz andere geworden wäre.

Johnny sah sie die Tür des Amazon zuschlagen, zehn Meter zurücksetzen und dann in dieselbe Richtung fahren, aus der er gerade gekommen war.

Im Laden wartete Margareta auf den Ladenschluss. Sie war auch seit neunundfünfzig hier. Er wusste, dass sie heute Abend an Stelle von Elisabeth arbeitete.

Er hatte das Bedürfnis, die Augen zu schließen. Die Leuchtröhre im Laden war grell. Er spürte, wie das Licht durch seine Augenlider drang, er strich sich über die Stirn und rieb mit dem Daumen sein rechtes Auge.

»Hast du Kopfschmerzen, Johnny?«

»Ja.«

»Vielleicht hab ich was in der Küche.«

Er wartete im Laden und hörte den Wasserhahn laufen hinter der Schwingtür mit dem runden Fenster, wie auf einem Schiff. Er schaute auf seine Armbanduhr. Gegen halb neun, hatte er zu Elisabeth gesagt. Rechne nicht eher mit mir.

Es war schon nach acht. Margareta kam mit einem Glas sprudelndem Wasser zurück. Sie sah aus wie eine Mutter. Sie reichte ihm das Glas, in dem es spuckte und zischte. Eine andere Frau hätte mit ihrem Gebräu vielleicht wie eine Hexe ausgesehen, aber Margareta nicht. Er dachte an die Frau im roten Kleid.

»Eine Schmerztablette«, sagte Margareta, »mit Kodein.«

Er nahm das Glas und trank, aber mehr aus Durst.

»Geht's jetzt an den See?«, fragte sie.

Elisabeth hatte Margareta offenbar nichts von der Geburtstagsfeier erzählt. Das war gut. Er wusste nicht genau, warum er das gut fand. Aber es ging nur ihn und Elisabeth etwas an. Und Lennart.

»Danke«, sagte er und gab ihr das Glas zurück. Dann ging er hinaus und spürte die Kühle des Abends schon auf der Treppe. Dort drinnen war ihm heiß geworden. Wieder war ein Zug zu hören, ein Pfeifen in der Ferne.

Man konnte die Nacht schon fast ahnen, als er vor dem Mietshaus in der Parallelgatan parkte. Bald würden die Augustabende kommen, feucht und dunkel, mit einem besonderen Duft nach Erde, den es seit Monaten nicht gegeben hatte. Es war schon so dunkel und verhangen, dass er die Beleuchtung in Elisabeths Wohnung sehen konnte, zwei gelbe Fenster. Vielleicht war eine Silhouette oben am Fenster, etwas, das sich bewegte.

Der Kasten, den er zum Hauseingang trug, war leicht. Über der schweren Tür stand B2, das könnte irgendein Song sein. Elisabeth hatte darüber einmal einen Scherz gemacht. Sie hatte gesagt, es bestehe ein interessanter Zusammenhang zwischen den Ziffern und Buchstaben in einer Jukebox. Interessant inwiefern?, hatte er gefragt. Sonst dreht sich immer alles um entweder oder, hatte sie geantwortet. Buchstaben *oder* Ziffern. Aber hier gehören sie zusammen. Bedeutet das etwas?, hatte er gefragt. Er hatte nicht gesagt, dass ihm auch schon mal so eine Überlegung durch den Kopf gegangen war. Muss es was bedeuten?, hatte sie zurückgefragt. Es genügt doch, dass es einfach so ist.

Der Wind kam wie in einer Spirale, als er das Haus betrat. Es war wie fast immer, ein Windhauch voller Erinnerungen, manchmal stärker, manchmal schwächer. Vor ihrer Wohnungstür roch es nach Essen, und der Duft erschien ihm warm.

7

Als Elisabeth die Tür öffnete, erkannte er den warmen säuerlichen Geruch, den er schon im Treppenhaus wahrgenommen hatte. Es war »Janssons Verführung«, ein Auflauf mit Anschovis.

»Entschuldige, dass ich mich etwas verspätet habe«, sagte er.

»Nur eine Viertelstunde«, antwortete sie. Ihr Gesicht war hell im Licht der Treppenhausbeleuchtung. »Es hätte ja auch sein können, dass du den ganzen Abend arbeiten musst.«

Er reichte ihr den länglichen schmalen Kasten. Quer würde er nicht durch die Tür passen.

»Ich bekomme kein Geschenk«, sagte sie. »Das darfst du dem Geburtstagskind selbst überreichen.«

»Wo ist er?«

»Willst du nicht erst mal reinkommen?«

Lennart gab ihm die Hand und machte einen Diener. Seine Haare sahen frisch geschnitten aus, ein perfekter Scheitel in dem hellbraunen Haar, das von Sonne und Wind ausgebleicht war, vielleicht auch vom Baden. Er trug ein blaues Hemd, das aus Amerika stammen könnte. Es war aus einer Art Jeansstoff. Hemden aus diesem Stoff waren ungewöhnlich.

»Schickes Hemd«, sagte Johnny.

»Das hat Mama mir in der Stadt gekauft.«

Johnny hörte, wie Elisabeth in der Küche die Backofenklappe öffnete. Sie hatte ihn ins Wohnzimmer begleitet und sich dann entschuldigt. Lennart hatte unter einem Gemälde gestanden, auf dem ein breiter Wasserfall zu sehen war, der zwischen einem Wald und einem dornigen Feld herabstürzte. Im Hintergrund waren spitze schneebedeckte Berge zu sehen. Das war keine schwedische Landschaft. Lennart hatte darunter gestanden, als hätte man ihn dort hingestellt. Johnny hatte sich von Elisabeth vorwärts geschoben gefühlt. Sobald Johnny und Lennart sich die Hände reichten, war sie gegangen.

»Hier«, sagte Johnny. »Herzlichen Glückwunsch zum Geburtstag.«

Lennart nahm das Paket mit beiden Händen entgegen. Er konnte es kaum halten. Es war in ungewöhnlich gemustertem Papier mit roten und schwarzen Querstreifen eingeschlagen.

»Vielen Dank«, antwortete er. Das Paket wackelte in seinen Händen und wäre fast hinuntergefallen.

»Wir legen es auf den Fußboden«, sagte Johnny und half dem Jungen.

Elisabeth kam aus der Küche zurück. Ihr Gesicht glühte von der Wärme des Backofens. Über den Ohren ringelten sich schweißnasse Haarsträhnen, als ob sie eine Runde um den Häuserblock gelaufen wäre.

Lennart entfernte das Einwickelpapier. Auf dem Deckel des Kastens war eine moderne rostrote Lok abgebildet, die Waggons durch eine grüne Landschaft zog. Die Waggons waren dunkelblau.

»Oh«, sagte der Junge.

Er hob den Deckel an. Die Lok lag geschützt in einer Vertiefung, daneben die Waggons. Die abgebildete Landschaft war ordentlich eingepackt, Berge, Bäume, Bahnhofsgebäude, Tunnel, Bauernhöfe, Pferde, Kühe, Schafe. Es gab kleine Zinnfiguren, oder waren sie aus Blei, das waren die Reisenden, die auf dem Bahnhof warten sollten, ein Lokführer, ein Bahnhofsvorsteher, Rangierer.

»Oh«, sagte Lennart noch einmal.

»Das ist mal ein Anfang«, erklärte Johnny. »Der erste Bauabschnitt sozusagen.«

»Die ist ja toll«, sagte Lennart. Er sah aus, als traute er sich nicht, etwas aus dem Kasten zu nehmen.

»Wirklich«, sagte Elisabeth.

»Wollen wir die Gleise auslegen?«, fragte Johnny.

Sie ließen die Eisenbahn auf dem Fußboden in Lennarts Zimmer zur Probe fahren. Stuhl und Schreibtisch bildeten einen Extratunnel. Die Lok zog fünf Waggons. Es dauerte zwei Minuten und fünf Sekunden von Bahnhof zu Bahnhof. Lennart stoppte die Zeit.

»Das Ganze sollte eigentlich auf einem Gestell stehen«, sagte Johnny. Er justierte die Gleise. An einer Stelle hatte der Zug unnatürlich geruckelt.

»Wir müssen wohl eins bauen«, fuhr er fort.

Lennart schaute auf.

»Können wir das denn?«, fragte er.

»Klar können wir das.«

Der Zug erreichte den Bahnhof und fuhr wieder weiter. Er passierte einen Bahnübergang, ohne dass die Schranken heruntergingen.

»Das kriegen wir schon hin«, sagte Johnny. »Außerdem brauchen wir ein Auto, das vor den Schranken wartet.« Ich hätte ja auch noch ein paar Automodelle kaufen können, dachte er. »Eins, das es eilig hat.«

»Einen Duett?«, fragte Lennart.

»Willst du mich veräppeln, Junge?«

»Nee ...«

»Wir nehmen einen De Soto Firedome Sportsman –58«, sagte Johnny. »Was hältst du davon?« Er zeichnete die Form des De Soto in die Luft. »Stell dir bloß die Flossen vor, ein Auto wie ein Flugzeug.«

»Das ... wäre toll.«

»Es ist nur in dreitausendvierhundert Exemplaren hergestellt worden.«

»Spielzeugmodelle?«

»Nein, nein, das richtige Auto.«

»Hab ich hier denn Platz dafür?« Lennart lächelte und sah sich um. Der Junge war ein Witzbold. Das war gut, es erleichterte alles.

»Wir müssen nur Bett, Schreibtisch, Stuhl und Garderobe rausschaffen«, sagte Johnny. Er machte eine ausholende Bewegung mit dem Arm. »Wahrscheinlich müssen wir die Sachen durchs Fenster runterlassen.«

»Was für eine Farbe soll es haben?«, fragte Lennart.

»Das Auto? Minze, glaube ich.«

»Minze?«

»Minzgrün. Das ist hübsch. Und weiß.«

Elisabeth rief aus der Küche nach ihnen.

Der Junge sah Johnny an, der wie ein Indianer auf dem Fußboden saß. Seine Haare sehen fast aus wie bei einem Indianer, dachte der Junge. Sie waren kohlrabenschwarz. Er sollte sich eine Feder hineinstecken. Um den Hals trug er eine dünne Kette, allerdings hatte er eine Jeans an, und Jeans trugen nur Cowboys, keine Indianer. Sein Hemd war rot, und im Gesicht hatte er eine Narbe, die von der Schläfe ausgehend nah am Auge vorbeilief. Sie war dünn, aber es musste viele Indianer geben, die solche Narben hatten von den Säbeln der Kavallerie oder von Gewehrkugeln, die haarscharf an ihrem Kopf vorbeigeflogen waren.

Elisabeth rief wieder.

»Wir sollen wohl essen kommen.« Johnny nickte zur Küche.

»Hast du Hunger?«, fragte Lennart.

»Darauf kannst du Gift nehmen, Junge.«

»Sonst essen wir nicht so spät«, sagte Lennart.

»Ich auch nicht.«

»Aber morgen können wir ja ausschlafen.«

»In welche Klasse kommst du im Herbst?«, fragte Johnny, als sie vom Fußboden aufstanden.

»In die Fünfte.«

»Oh.«

Der Junge selbst wirkte nicht beeindruckt. Er ging vor in die Küche, und Johnny stand da und fühlte sich blöd, als ob er die Stimmung zerstört hatte, indem er beeindruckt tat. In so etwas war er nicht gut. Er war es nicht gewohnt, mit einem Elfjährigen auf dem Fußboden zu sitzen und über Dinge zu reden, die etwas bedeuteten.

Die Küche war voller Düfte und Dunst, durch das beschlagene Fenster fiel das letzte Abendlicht.

»Bitte, fangt an«, sagte Elisabeth. »Janssons Verführung hat länger gebraucht, als ich dachte.« Sie stellte einen Korb mit Knäckebrot auf den Tisch.

Das Gericht stand mitten auf dem Tisch, goldene Sahne und die Brühe von den Anschovis. Johnny sog den Duft ein und hatte plötzlich Heißhunger, als ob er noch nie etwas Gutes gegessen hätte und nun etwas bekommen sollte. Und eigentlich war es ja fast so. Seine Mahlzeiten bestanden aus dem, was in Cafés, Kaufhauslokalen und Würstchenbuden angeboten wurde. Er kochte selten für sich, da er fast nie um die Mittagszeit zu Hause war. Häufig kam er erst im Dunkeln heim, wenn die Zeit mehr einem Imbiss angemessen war, aber dann erwartete ihn keiner mit knusprigen Würstchen, Jansson, gekochten Eiern, reifem Käse mit Knäckebrot, selbst gemachten Fleischklößchen, Mimosasalat, falschen Krebsen, einem Glas eingelegter Heringe und zwei nicht filetierten Bücklingen auf einem Teller.

All das stand jetzt auf dem Tisch.

»Bitte, fangt an«, wiederholte Elisabeth.

»Das ist ja viel zu viel«, sagte Johnny.

»Findest du?«

»Nein«, antwortete er und merkte, dass ihm das Sprechen schwer fiel, weil sein Gehirn schon Signale ausgesandt hatte, die ihm das Wasser im Mund zusammenlaufen ließen.

Lennart aß fast nur Würstchen, Fleischklößchen und Käsebrot, dazu ein halbes Ei.

»Trocken und lecker«, sagte er.

»Das war der beste Jansson, den ich je gegessen habe«, sagte Johnny und sah Elisabeth an, die ihm die feuerfeste Form zuschob. »Aber jetzt krieg ich wirklich nichts mehr runter.«

»Wie viele hast du denn schon gegessen?«, fragte Lennart. »Wie viele Janssons?«

»Zwölfhundertachtzehn«, sagte Johnny.

»Das glaub ich nicht.«

»Es stimmt aber.« Johnny lächelte. »Zwölfhundert und achtzehn.«

»Ganz genau?«, fragte Lennart.

»Ich schreib es immer auf«, sagte Johnny. »Ich führe Buch darüber.«

»Nee, das glaub ich nicht.«

»Zwölfhundertachtzehn«, wiederholte Johnny. »Das war der Zwölfhundertneunzehnte.«

Elisabeth versetzte Lennart einen kleinen Stoß gegen die Schulter. Er sah sie an und sie nickte. Er stand auf und verließ die Küche.

»Muss er schon schlafen gehen?«, fragte Johnny.

»Ganz so streng bin ich nun doch nicht.«

Lennart kam zurück. Er hatte ein Päckchen in der Hand, das eine Streichholzschachtel zu enthalten schien.

»Herzlichen Glückwunsch«, sagte er und reichte Johnny das Päckchen.

Ich hatte es vergessen, dachte Johnny, als er es entgegennahm. Als ich hier reinkam, hab ich tatsächlich meinen fünfunddreißigsten Geburtstag vergessen.

»Oh, man dankt«, sagte er und reichte Lennart die Hand.

»Gern geschehen.« Lennart machte einen Diener.

Elisabeth lächelte. In ihren Augen war ein Licht, nicht stark, aber ein Licht.

»Ich dachte, so viel Höflichkeit lernen sie erst in der Fünften«, sagte Johnny.

»Hast du das in der Fünften gelernt?«, fragte Lennart.

»Kann mich nicht erinnern.«

»Wie lange bist du zur Schule gegangen, Onkel Johnny?« Lennart schaute ihn an und auf seine Hände. Er hatte das Päckchen noch nicht geöffnet.

»Lass den Onkel weg«, sagte er. »Das hast du früher doch auch nicht gesagt.«

»Jetzt lass Johnny erst mal das Päckchen öffnen«, sagte Elisabeth.

»Ich bin nach der Sechsten abgegangen«, murmelte Johnny und begann das goldglänzende Papier zu entfernen.

»Sechs Schuljahre sind bestimmt genug«, sagte Lennart.

»Was redest du da für ein dummes Zeug?!« Elisabeths Stimme klang aufgebracht.

»Aber Johnny hat ja ni...«

»Haben wir nicht schon über die Realschule gesprochen, Lennart? Du hast jedenfalls davon gesprochen.«

»Klar gehst du auf die Realschule, Lennart«, sagte Johnny. »Deine Mama hat mir erzählt, dass dir das Lernen leicht fällt.«

»Aber dann muss man ja noch *so viele* Jahre zur Schule gehen.«

»Macht dir die Schule denn keinen Spaß?«

Johnny sah, wie sich der Gesichtsausdruck des Jungen änderte, eben noch offen, jetzt halb verschlossen. Lennart betrachtete die Schachtel, die Johnny in der Hand hielt. Dann guckte Lennart auf seinen Teller und rollte das letzte Fleischklößchen hin und her.

»Magst du die Schule nicht?«, fragte Johnny.

»*Du* bist ja nicht auf die Realschule gegangen«, sagte Lennart und schaute auf. Er gab die Frage zurück. Johnny begriff, dass es Flucht vor etwas war. Ich bin es gewohnt zuzuhören. Ich weiß, wovon die Leute reden, wenn sie von was anderem reden.

»Ich bedauere sehr, dass ich nicht auf die Realschule gehen konnte«, antwortete er auf die Frage des Jungen.

»Hättest du es denn *gewollt*?«

»Klar wollte ich.«

»Nun weißt du es«, sagte Elisabeth. »Und jetzt reden wir nicht mehr davon. Lass Johnny endlich sein Geschenk öffnen.«

Er hob den Deckel von der Schachtel ab und nahm eine blaue Jukebox an einer schmalen glänzenden Kette heraus. Er hielt die Miniatur hoch, studierte die maßstabsgetreu verkleinerten Einzelheiten und sah dann Lennart an.

»Das ist jetzt meine kleinste Box«, sagte er und wog sie in der Hand. »Vielen Dank, du. Die ist leicht zu transportieren.«

»Die hatten sie gerade im Spielzeugladen in der Stadt gekriegt«, sagte der Junge. Er sah froh aus, vielleicht stolz.

»So was hab ich noch nie gesehen.« Johnny hielt das kleine Modell wieder hoch. Er musste das linke Auge zusammenkneifen, um den Namen zu erkennen, der tatsächlich im oberen Teil des Verzierungsgitters stand, die roten Buchstaben: SEEBURG. »Weißt du was über Jukeboxen?«

»Ein bisschen«, antwortete Lennart. »Ich hör manchmal zu im Café.«

»Diese sieht aus wie eine DS-160«, sagte Johnny. »Ich hab nur eine davon aufgestellt. Sie ist von zweiundsechzig.« Er schaute auf. »Das ist die modernste, die ich habe.«

»Du kannst sie dir an den Rückspiegel hängen«, sagte Lennart.

»Das mach ich«, antwortete er. »Ich häng sie sofort auf.«

»Die kann da hängen, bis du dir eine noch modernere anschaffst.«

»Wir werden sehen«, sagte Johnny und hielt Lennart das Modell hin. Er zeigte darauf. »Siehst du hier vorn die kleine Öffnung? An der richtigen Box ist sie besser zu erkennen, durch den Spalt kann man den Spielmechanismus sehen. Die Platten und die Arme, du weißt. Und diese Seeburg, die 160er, war das letzte Modell, das gebaut wurde, bei dem man den Mechanismus noch sehen kann.«

»Ist das nicht schade?«

»Schon.«

»Warum haben sie das verändert?«

»Tja, das hängt wohl mit dem Lauf der Zeit zusammen. Alte Zeiten, neue Zeiten. Vermutlich wollte man kleinere und kompaktere Boxen haben. Das halten die Leute wohl für … hübscher, ich weiß es nicht. Hübscher ist es ja gar nicht. Bei den Jukeboxen, die in den fünfziger Jahren gebaut wurden, konnte man alles sehen, die Mechanik und alles, was sich bewegt. Für mich ist das der Witz an der Jukebox. In den sechziger Jahren haben sie alles versteckt.«

»Ich bin in den fünfziger Jahren geboren«, sagte Lennart. »Weißt du, in welchem Jahr?«

»Wenn du jetzt in die Fünfte kommst, dann muss es wohl … dreiundfünfzig gewesen sein.«

»Ja. Hast du eine Box von dreiundfünfzig?«

»Ich hab sogar mehrere.«

Johnny sah ein Licht in einem Auge des Jungen aufblitzen. Plötzlich sah er seiner Mutter ähnlich. Vielleicht kam das Aufleuchten von dem kleinen blauen Modell. Johnny ließ es kreiseln, es reflektierte das Licht der Küchenlampe.

»Ich nehm dich mal mit zu einem Lokal, wo eine Dreiundfünfziger steht, Lennart«, sagte Johnny und warf Elisabeth einen Blick zu. Er sah dasselbe Funkeln in ihrem Auge. Dann schaute er wieder die Seeburg in seiner Hand an. Auch sie blitzte.

»Darf ich mit, Mama?!« Lennart sah Elisabeth an.

»Darüber reden wir noch«, sagte sie und wandte sich an Johnny. »Es sollte natürlich nicht gerade ein Café auf der anderen Seite des Atlantiks sein.«

»Ach was«, sagte Lennart.

»Vielleicht auf der anderen Seite der Gemeindegrenze?«, sagte Johnny.

»Die Gemeinde ist groß«, sagte Elisabeth und lächelte Lennart zu, der ihr eine Grimasse schnitt.

»Genau auf der anderen Seite der Grenze steht so ein altes Ding, das genauso alt ist wie du.« Johnny hob unwillkürlich die Hand, in der er die Jukebox hielt, und strich dem

Jungen durch die Haare. Es fühlte sich trocken und weich in seiner Handfläche an.

»Auch von mir herzlichen Glückwunsch, Johnny.« Elisabeth überreichte ihm ein Päckchen, das sie auf dem Rücken versteckt haben musste.

»Das ist ja fast wie Heiligabend«, sagte er.

»Fröhliche Weihnachten!« Lennart kicherte.

»Es ist nur eine Kleinigkeit«, sagte Elisabeth.

»Noch eine Jukebox?«

»Leider nein.«

Unter dem gelb und grün gemusterten Geschenkpapier kam eine Schachtel zum Vorschein. Darin war ein Paar dünn gefütterte Handschuhe aus dunkelbraunem Leder. Sie wogen fast nichts.

»Probier sie an!«, sagte Lennart.

»Das ist ja wirklich wie Weihnachten.« Johnny lächelte.

»Es sind keine Winterhandschuhe«, sagte Elisabeth.

»Es sind Autohandschuhe«, ergänzte Lennart.

Johnny zog sie an, sie passten ihm wie eine zweite Haut. Er hielt seine glänzenden Hände hoch.

»Jetzt muss ich mir ein neues Auto anschaffen«, sagte er.

»Ich finde, es ist an der Zeit«, sagte Elisabeth.

»Einen De Soto Sportsman!«, schlug Lennart vor.

»Na klar«, antwortete Johnny.

»Minzgrün.«

»Genau.«

Er zog sich die Handschuhe wieder aus. Sie mussten teuer gewesen sein. Elisabeth schaute zur Seite, als ob ihr eigenes Geschenk sie verlegen gemacht hätte. Es war ein schönes Geschenk.

»Feines Leder«, sagte er.

»Echte Kuh«, erklärte Lennart.

Der Abend draußen war dunkler geworden. Elisabeth hatte im Wohnzimmer eine Stehlampe eingeschaltet und Kaffee eingeschenkt. Das Licht an der Wand in Lennarts Zimmer war weich, es hatte den gleichen Farbton wie seine Haare.

Lennart lag auf dem Fußboden, eine Hand auf der Lok, die irgendwo in der Wildnis der Märklinbahn angehalten hatte. Johnny sah den Rücken des Jungen, der sich hob und senkte. Neben Lennarts Kopf stand ein Teller mit einer halb aufgegessenen Zitronensahne auf dem Fußboden.

»Lennart? Lennart?«

Elisabeth erhob sich, ging zu dem Jungen hinüber und beugte sich über ihn. Sie drehte sich zu Johnny um.

»Er schläft wie ein Stein.«

»Ich kann dir helfen.« Er stand ebenfalls auf.

Lennart murmelte etwas, das Johnny nicht verstand, als er ihn ins Bett trug. Der Junge war schwerer, als er vermutet hatte.

»Das Zähneputzen lassen wir heute Abend wohl aus«, sagte Elisabeth, als er in seinem Bett lag.

»Ja, schließlich hat er heute Geburtstag.«

»Nicht mehr lange«, sagte sie.

»Du kannst ihn ja nach Mitternacht wecken, damit er sich die Zähne putzt.«

Auf Zehenspitzen verließen sie Lennarts Zimmer. Elisabeth lehnte die Tür an.

»Möchtest du noch eine Tasse Kaffee?«, fragte sie, nachdem sie sich wieder gesetzt hatten.

»Gern«, sagte er und spürte die Müdigkeit im Körper, jetzt eher wie eine ferne Gefühllosigkeit. Die Kopfschmerzen waren nach einigen Stunden verschwunden, nachdem das Gift, das er am Abend zuvor getrunken hatte, den Körper verlassen hatte.

Es war ein guter Abend gewesen, schöner, als er zu hoffen gewagt hatte.

Elisabeth stand wieder auf.

»Ich will ihm nur den Pullover ausziehen«, sagte sie. »Er wirft sich immer so sehr im Schlaf herum, da könnte sich der Pullover um seinen Hals wickeln.«

Er hörte, wie sie sich in Lennarts Zimmer bewegte. In dieser Wohnung war er noch nie gewesen. Elisabeth und

Bertil waren vor mehreren Jahren hier eingezogen, vielleicht war es fünf Jahre her. Er versuchte herauszufinden, ob es Zeichen gab, dass hier einmal ein Mann gelebt hatte. Es gab keine Spuren, weder von Bertil noch von einem anderen Mann. Es gab zwei Sessel und eine Couch, einen Tisch, eine Kommode, Topfpflanzen in den Fenstern, Gardinen, ein Bücherregal neben der Tür an der schmalen Seite des Raums, einige Bilder. Auf dem Fußboden lag ein Läufer, ein grün-weißer Flickenteppich. Er sah neu aus. Johnny hatte die Lederstiefel ausgezogen.

Es fanden sich keine Spuren von einem Mann. Es gab kein Foto. Er konnte sich nicht vorstellen, dass sie ein Foto von ihm im Schlafzimmer hatte. Vielleicht hatte sie alle Bilder verbrannt, die sie von ihm besaß, und alles, was er zurückgelassen hatte.

Nein. Der Junge war geblieben.

Johnny schloss die Augen und sah sich plötzlich selbst als Jungen, wie er über ein offenes Feld lief. Er sah Seveds Hand. Er sah noch eine Hand, und die trug einen Handschuh, einen schwarzen Handschuh. Er hörte einen Schrei.

Elisabeths Schritte drangen in seine Erinnerungen und er öffnete die Augen.

»Bist du eingeschlafen?«

»Nein, nein.« Er richtete sich auf. »Gefahr gebannt?«

»Der Pullover hatte sich ihm wie eine Wurstpelle um den Hals gewickelt.« Sie schüttelte den Kopf. »Ich versteh nicht, wie Lennart das immer wieder schafft.«

»Tiefschlaf«, sagte er. »Da ist alles anders.«

»Ausnahmsweise«, sagte sie.

»Was meinst du?«

»Er schläft nicht besonders gut, seit … Bertil abgehauen ist.«

Johnny nickte wortlos.

»Seit er uns verlassen hat.«

»Und du hast immer noch nichts von ihm gehört?«

»Ich nicht und die Polizei nicht und sonst auch niemand.« Sie lachte auf, kurz und hart. »Wenn man eine Suchmeldung aufgibt, rechnet man eigentlich damit, dass jemand irgendetwas gehört oder gesehen hat.«

»Könnte nicht ...«

»Du meinst, ihm ist etwas passiert?«, fiel sie ihm ins Wort. »Ja, das glauben wohl alle. Aber ich glaub nicht daran.«

»Warum nicht?«

Elisabeth hatte sich auf die Couchkante gesetzt und war ein bisschen zusammengesunken, aber jetzt richtete sie sich auf, als ob ihre Gedanken das forderten.

»Ich kenne ihn«, sagte sie. »Leider.«

»Hat er nichts gesagt, bevor er verschwand?«

»Er war betrunken.«

»Ja ... aber hat er was gesagt?«

»Gesagt hat er viel. Aber das willst du wohl nicht hören.«

»Nee, lieber nicht.«

Sie schien ihn durch das schwächer werdende Licht anzublinzeln, das sich im Raum ausbreitete, der Abend draußen war schon vor Stunden in Nacht übergegangen.

»Ich weiß, was du denkst«, sagte sie. »Du denkst daran, was man sagt, wenn man zu viel getrunken hat, und woran man nicht erinnert werden möchte.«

»Daran möchte ich wirklich nicht denken.« Er versuchte zu lächeln. »Es geht ja gar nicht darum, was man in so einer Situation von sich gibt, sondern vielmehr darum, was man tut.«

»Aber *ich* denke daran«, sagte sie. »Ich möchte nicht wiederholen, was Bertil gesagt hat.«

»Erzähl mir, was du möchtest«, sagte er. »Ich halte das aus.«

»Ja ... daran bist du vermutlich gewöhnt.«

»Wie meinst du das?«

»Dir die Probleme von anderen Leuten anzuhören. Ich hab dich doch im Café beobachtet. Woanders ist es wahrscheinlich genauso. Du bist der Einzige, der sich hier draußen auf dem Land blicken lässt, und dann musst du dir alles anhören, was die Leute so daherplappern.«

»Das ist okay.«

»Sagst du das?«, fragte sie.

»Wie meinst du das?«

»Zu den Leuten. Dass es okay ist. Dass alles okay ist.«

Er suchte nach einem Lächeln in ihrem Gesicht, fand aber keins. Sie saßen im Halbdunkel. Elisabeth zündete eine Kerze an, die auf dem Tisch stand, und die Flamme warf ihre Schatten ins Zimmer.

»Nein«, sagte er, »ich meine, es ist okay, wenn die Leute reden, wenn ihnen danach ist ... wenn sie es brauchen.«

»Vielleicht solltest du dich dafür bezahlen lassen.«

»Daran hab ich auch schon gedacht. Wenn die Wahrsagerin zehn Kronen nimmt, kann ich wohl auch was verlangen. Ich nehm fünfzehn.«

»Aber sie erzählt die Zukunft.«

»Die Gegenwart ist wichtiger«, sagte er.

»Wirklich?« Sie hielt die Hand über die Kerzenflamme. Die Schatten im Zimmer veränderten sich. »Manchmal frage ich mich das wirklich. Wer lebt in der Gegenwart? Nur das, was war, und das, was sein wird, scheint etwas zu bedeuten.« Sie schaute auf. »Wie das, was ich vorhin von Lennart gesagt habe, dass er schlecht schläft. So ist es für ihn ... er denkt an das, was war, und daran, wie die Zukunft wird.« Sie senkte die Hand wieder über die Flamme. Ein Schatten an der Wand hinter ihrem Rücken wurde zusammengepresst. »Alles soll werden ... wie es früher war.«

»Möchtest du das auch?«, fragte er.

Sie sah auf.

»Wie meinst du das, Johnny?«

»Dass alles wie früher wird.«

»Hier geht es nicht um mich«, sagte sie. »Nicht in allererster Linie. Es geht um meinen Sohn.«

»Pass auf, du verbrennst dich«, sagte er.

»Schon passiert.« Sie zog die Hand weg, stand auf und ging rasch in die Küche. Er hörte Wasser laufen und sah durch die offene Tür, wie sie die Hand unter den Wasserhahn hielt. Er sah zu den Handschuhen vor ihm auf dem

Tisch. Die hätten sie auch nicht schützen können, die Flamme hätte ein Loch hineingebrannt.

Er stand auf und ging zu ihr in die Küche.

»Es ist spät«, sagte er.

Sie sah ihn an. Ihre Augen waren gerötet, als ob die Flamme auch sie verbrannt hätte.

»Jetzt hast du keinen Geburtstag mehr, Johnny-Boy. Es ist nach Mitternacht.«

»Es kommen schon noch mehr große Festtage«, sagte er.

»Du kannst also doch in die Zukunft schauen?«

»Ich sehe, dass ich älter werde«, sagte er. »Jetzt ist man auf der anderen Seite. Bis fünfunddreißig ist es ganz in Ordnung, danach wird man alt.«

»Dann hab ich noch zwei Jahre vor mir, ehe ich alt werde«, sagte sie, stellte das Wasser ab und musterte ihre Handfläche. »Aber das macht nichts. Ich hab keine Angst davor.«

»Gut.«

»Und du, Johnny?« Sie trocknete ihre Hand ab und blies in die Handfläche. Er konnte keine Rötung entdecken. »Hast du Angst davor, alt zu werden?«

»Ich sehne mich danach, seit ich klein war«, antwortete er. »Kriegst du eine Blase?«

»Nee, ist nicht so schlimm«, sagte sie und wedelte mit der Hand.

Er sah auf die Uhr. Es war vierzehn Minuten nach zwölf.

»Es war nett«, sagte er. »Aber jetzt muss ich gehen.«

»Wo schläfst du heute Nacht?«

»Wie üblich. In einer von Moréns Blockhütten.«

»Haben die Termiten sie nicht schon längst aufgefressen?« Sie ließ wieder Wasser über ihre Hand laufen. »Oder die Ameisen?«

»Er hat neue gebaut«, sagte Johnny.

»Ich kann dir auf der Couch ein Bett machen«, sagte sie und sah auf. »Es ist spät.« Ihr Gesicht war offen. Sie stellte das Wasser wieder ab. »Du musst nur wissen, dass wir früh aufstehen.«

»Ich weiß nicht recht«, sagte er.

»Was weißt du nicht?«

»Ich weiß nicht.« Er lächelte.

»Die Couch ist schön weich und doch nicht zu weich«, sagte sie. »Du hast ja drauf gesessen.«

»Meine Zahnbürste ist im Blockhaus«, sagte er.

»Du brauchst dir heute Abend nicht die Zähne zu putzen«, sagte sie. »Vielleicht hab ich auch noch eine Zahnbürste für dich.«

»Wenn es so ist«, antwortete er.

Lennart kam wie ein Schlafwandler ins Bad und pinkelte, während Johnny sich das Gesicht wusch. Ohne ein Wort ging der Junge wieder hinaus.

Johnny trocknete sich an einem Handtuch ab, das schwach nach Lavendel duftete. Er putzte seine Zähne mit einer harten Zahnbürste, die ins Zahnfleisch schnitt. Er putzte sie lange und hatte Blutgeschmack im Mund, als er ins Wohnzimmer zurückkehrte.

Elisabeth hatte das Bett schon vorbereitet. Sie stand neben der Couch. Das Zimmer roch nach Bettzeug, das mehrere Stunden in der kühlen Sommernacht gelüftet worden zu sein schien.

Das Laken, das unterhalb des Kopfkissens aufgeschlagen war, war rot und blau bestickt, ein dünner, verschnörkelter Buchstabe in einem einfachen Kranz. Er hob das Laken ein wenig an.

»Es hat meiner Großmutter gehört«, sagte Elisabeth. »Sie hieß auch Elisabeth.«

Sie hatte das Fenster geöffnet.

»Du kannst es ja zumachen, wenn es zu kühl wird.«

»Vielleicht lasse ich es offen. Wenn die Straßenkehrmaschine nicht in aller Herrgottsfrühe vorbeifährt.«

»Nie vor fünf.« Sie lächelte. »Aber es könnte kalt werden.«

»Für den Fall hab ich ja die Handschuhe«, sagte er.

Sie stand mitten im Zimmer.

»Ich stehe um sieben auf«, sagte sie, »und gehe um halb acht.«

Er nickte.

»Falls du es schaffst, kannst du Lennart mit ins Café bringen, dann könnt ihr dort frühstücken.«

»Eine gute Idee.«

»Wann musst du morgen los?«, fragte sie und bewegte sich auf die Tür zu.

Er zuckte mit den Schultern und wusste selbst nicht, warum er das tat. Eigentlich hatte er keine Zeit, hier morgen noch herumzuhängen. Nach dem Aufwachen hatte er einen langen Tag vor sich, und dann einen Abend und danach einen langen Tag und noch einen Abend, und dann würde er für nur eine Nacht nach Hause fahren und hinterher wieder losfahren.

»Fährst du als Erstes zu Morén?«

»Muss ich wohl«, sagte er, »sonst benutzt er mein Zuspätkommen noch als Entschuldigung, um das Kassenschloss aufzubrechen. Ich muss vor zehn da sein, sonst geht nichts mehr.«

Sie lächelte wieder.

»Lennart kann mitfahren«, sagte er. »Wenn das Wetter sich hält, kann er dort baden.«

»Er würde sich bestimmt freuen.«

»Dann frag ich ihn.«

»Nimm selbst ein Bad«, schlug sie vor.

»Unter Moréns Augen?«

»Gute Nacht, Johnny«, sagte sie, und dann sah er sie nicht mehr in der Tür.

Er wurde wach und streckte sich nach der Armbanduhr. Hinter dem heruntergelassenen Rollo war schon der anbrechende Morgen zu erkennen. Die Laken dufteten immer noch frisch gelüftet und gemangelt. Er schlug die Decke zurück und richtete sich im Bett auf. Licht sickerte seitlich des Rollos herein, aber auch durch den dünnen Stoff, und dadurch wirkte es wie ein Sternenhimmel.

Er hörte Regen gegen die Scheiben klopfen und stand auf, um das Fenster zu schließen.

Dort unten sah er eine leere Straße und seinen Duett unter einer Zwillingstanne. Der Duett starrte mit finsteren Lampen zu ihm herauf. Ein Tanklaster der Molkerei fuhr vorbei und spritzte Wasser und Schotter auf den asphaltierten Gehweg. Die Straße war noch eine Schotterpiste, als ob der Etat der Kommune ausgeschöpft gewesen wäre, nachdem die Gehwege asphaltiert waren.

Er kratzte sich an den Bartstoppeln am Kinn, was ein lautes Geräusch in seinen Ohren verursachte. Unwillkürlich drehte er sich um, um zu sehen, ob er jemanden geweckt hatte. Dann kehrte er zur Couch zurück und legte sich wieder hin.

Irgendwo im Haus wurde die Toilettenspülung betätigt, das Wasser schien durch alle Wände der alten Bude zu zirkulieren, bevor es in irgendeinem Abfluss da draußen verschwand.

Er schloss die Augen, wusste jedoch, dass er an diesem Morgen nicht noch einmal einschlafen würde. Dennoch fühlte er sich erstaunlich ausgeruht, als ob diese Couch eine Kraft enthielt, die den Körper nach nur wenigen Stunden Schlaf stärkte. Vielleicht war es auch das duftende Bettzeug oder die Stickerei unter seinem Kinn. Der Buchstabe E, mit viel Sorgfalt gestickt. Das hatte sicher lange gedauert.

»Johnny?«

Eine schwache Stimme, leiser noch als ein Flüstern.

Er hob den Kopf.

»Mir schien, du bist auf«, sagte sie immer noch leise. Sie trug einen Morgenmantel, der im Morgenlicht ganz farblos wirkte.

»Ich kann nicht mehr schlafen«, sagte er. »Aber daran ist nicht das Sofa schuld.«

»Ich kann auch nicht schlafen«, sagte sie.

Er streckte sich nach seinem Unterhemd.

Sie hörten beide Lennarts Stimme durch den Flur, rasch aneinander gereihte unverständliche Worte.

»Er hat angefangen, im Traum zu sprechen«, sagte sie.

»Vielleicht tut er nur so. Vielleicht will er nur, dass wir den Mund halten und wieder ins Bett gehen.« Johnny richtete sich auf. »Aber dafür ist es jetzt wohl zu spät.«

»Dich hat doch nicht die Straßenkehrmaschine geweckt, oder?«

»Nein, nein.«

Er zog seine Hose an. Er hatte in Unterhosen geschlafen.

Elisabeth wollte den Raum verlassen.

»Ich habe den Buchstaben bewundert, den deine Großmutter in das Laken gestickt hat«, sagte er zu ihrem Rücken, sie blieb stehen und drehte sich um. »Was für ein schönes Muster das ist. Einfach und ... fein.«

»Ja«, antwortete Elisabeth und schaute zum Sofa. Sie schien plötzlich eine Idee zu haben, in ihrem Auge blitzte es auf, anders als sonst. »Wenn sie noch eine Ziffer hinzugefügt hätte, dann wäre etwas Besonderes daraus geworden, nicht wahr?«

»Dafür hatte sie wohl keinen Sinn«, antwortete er.

»Wie zum Beispiel ... E7«, sagte Elisabeth, »zum Beispiel E7.«

»Sprichst du jetzt von der Box in *Lisas Café*?«

»Zum Beispiel.«

»*In Dreams*«, sagte er. »Roy Orbison.«

Sie machte wieder einen Schritt auf die Tür zu. Einen Augenblick kam es ihm so vor, als gehe sie wie im Schlaf, als spreche sie im Schlaf.

»Ich kann uns was zu trinken machen«, sagte sie jetzt, und in der Stimme war nichts Schläfriges mehr. »Hast du Lust auf Schokolade?«

»Schokolade?«

»Kakao, heiße Schokolade.«

»So was habe ich schon lange nicht mehr getrunken«, antwortete er.

8

Elisabeth öffnete das Küchenfenster einen Spalt. Johnny hörte einen Zug, ein schwaches Geräusch, das sich entfernte. Elisabeth holte die Milchflasche und das Kakaopäckchen hervor. Auf dem Tisch stand eine Zuckerschale. Sie goss Milch in eine Kasserolle und zündete die Gasflamme an. Als sie sich über den Herd beugte, fiel ihr eine Locke in die Stirn. Plötzlich musste er denken, dass sie wie eine Mutter aussah. Und dann, dass er ihr Sohn sein könnte. Der Gedanke kam ihm sehr merkwürdig vor.

»Misch dir den Kakao selber«, sagte sie und reichte ihm eine Tasse, die die Farbe von frischem Eigelb hatte.

»Ich weiß nicht, wie man das macht«, sagte er.

»Hat dir deine Mutter das nie gezeigt?«

»Nein.«

»Entschuldige.« Sie suchte seine Augen. »Das war wirklich dumm von mir.«

»Du brauchst dich nicht zu entschuldigen, Elisabeth.«

»Ich hatte es vergessen«, sagte sie.

»Pass auf, dass die Milch nicht überkocht.« Er nickte zum Herd. »Es gibt eine Schweinerei, wenn du sie vergisst.«

Sie drehte sich um, hob den Topf an und tauchte vorsichtig einen Finger in die Milch. Dann stellte sie den Topf zurück. Die Gasflamme leckte mit einer blauen Zunge an dem dünnen Metall.

»Ich hab die Sahne vergessen«, sagte sie und holte ein Kännchen aus dem Kühlschrank. Die Sahne hatten sie gestern Abend zum Kaffee gehabt. »Du mischst den Kakao mit Zucker und ein wenig Sahne in der Tasse, und dann gießen wir die Milch darüber.«

In der Ferne ertönte wieder das schwache Geräusch eines Zuges, es war, als passiere der Zug den Ort, um ihm in der Morgendämmerung eine Nachricht zu bringen. Johnny hörte die Dampfpfeife und dachte, dass dies sicher die allerletzte Saison der alten Lok war. Für die alten Biester gab es keinen Platz mehr. Jetzt konnte er die Waggons deutlich hören, offene scheppernde Güterwaggons, eine Kette, die im Wind schlug. Man hörte die Züge selten, wenn man nicht direkt an den Bahngleisen stand, nicht mal die Geräusche von Eisen, aber in der Morgendämmerung wurden alle Geräusche deutlicher, auch aus der Ferne.

»Du kannst mir gern … erzählen.« In letzter Sekunde hob Elisabeth den Topf vom Herd. Die Milch schäumte in einer Dampfwolke bis in Höhe des Topfrandes auf. »Wie es gewesen ist.« Sie stellte den Topf auf einen Untersatz. »Du weißt schon.«

»Ein andermal«, sagte er und mischte Kakao und Zucker zu einem braunen Sand, goss die Kaffeesahne dazu, die aus dem Sand Matsch machte. »Du hast selbst genug Probleme.«

»Was meinst du damit?«

»Ich werde doch nicht …«

Er unterbrach sich. Ein paar Häuserblocks entfernt bellte ein Hund. Auch das Gebell war sehr deutlich zu hören, man musste sich überhaupt nicht anstrengen. Plötzlich brach es ab, als ob jemand den Ton bei einem Philips abgestellt hätte.

»Meinst du, ich kann nicht zwei Sachen gleichzeitig im Kopf haben?«, fragte sie.

»Man sollte nicht mehr als ein Problem im Kopf herumwälzen«, sagte er. »Ich will nicht auch noch meins dazupacken.«

»Aber ich hab dich doch gefragt.« Sie goss Milch in seine Tasse, und aus dem Matsch wurde Schokoladenmilch. »Du redest Unsinn.«

»Dafür bin ich bekannt«, sagte er.

»Ich hab das Gegenteil gehört.«

Er versuchte an dem Kakao zu nippen, aber er war noch zu heiß.

»Dass du gut darin bist, dir den Unsinn der anderen anzuhören«, fuhr sie fort. Sie stand immer noch über ihn gebeugt mit dem Topf in der Hand. Er nahm ihren Duft wahr, aber vielleicht war es auch der Duft nach Milch und Kakao.

»Ich glaube, jetzt kann man den Kakao trinken.« Er kostete. Der Kakao war süß und schmeckte irgendwie freundlich.

Sie schien noch etwas sagen zu wollen, behielt es aber für sich und setzte sich ihm gegenüber und pustete über ihren Kakao.

»Der schmeckt gut«, sagte er.

Sie schaute auf. Er sah, was sie dachte, und sie hatte Recht. Er konnte besser zuhören als über sich selbst reden. Er wusste nicht, was er sagen sollte. Und meistens hatte er auch niemanden, mit dem er sprechen konnte.

»Möchtest du ein Butterbrot?«, fragte sie.

Er schaute auf die Uhr. Es war fast Morgen. Er hörte ein Geräusch vorm Fenster, ein dünner, metallischer Ton, vielleicht ein Fahrrad, das abgestellt wurde. Die Haustür wurde geöffnet. Es war wohl der Zeitungsbote. Der Tag hatte begonnen.

»Ja … lass uns jetzt frühstücken«, sagte er. »Da kommt ja auch schon die Zeitung.«

»Nicht zu mir«, sagte sie.

Er nickte. Es war, wie es war.

»Ich hätte gern eine Zeitung«, fügte sie hinzu, »aber die ist zu teuer. Lennart fragt auch manchmal danach. Er möchte wissen, was auf der Welt passiert.«

»Vielleicht hätte ich ihm statt der Eisenbahn ein Abo für die Tageszeitung schenken sollen.«

»Du hast ihm das schönste Geschenk gemacht«, sagte sie.

»Ich weiß nicht.« Johnny sah wieder aus dem Fenster, als er hörte, wie der Zeitungsbote sein Fahrrad nahm. »Er lernt doch nichts, wenn er neben einer Modelleisenbahn sitzt.«

»Natürlich lernt er was«, widersprach sie. »Jetzt kann er seiner Phantasie freien Lauf lassen, wenn er mit dem Zug in die große Welt hinausfährt.« Sie lächelte. »Er hat viel Phantasie.«

»Und du, Elisabeth?« Er rührte mit dem Teelöffel in der Tasse, unten war noch Kakao, der sich nicht richtig aufgelöst hatte. Danach schmeckte es noch besser. »Machst du dir Phantasiebilder von der Welt?«

»Nein.«

»Warum nicht?«

»Erstens weil ich nicht weiß, was das ist, die große Welt. So wenig Phantasie habe ich. Und zweitens werde ich sie ja doch nie sehen.« Sie stand plötzlich auf. »Leute wie ich kommen nie in die große Welt hinaus. Wir bleiben an Orten wie *Lisas Café* hängen.«

»Das ist nicht das Schlechteste«, sagte er.

»Das hab ich doch auch gar nicht gesagt.« Sie drehte sich heftig zur Anrichte um, als beabsichtige sie einen plötzlichen Sprung. »Ich werde wohl bleiben.« Sie drehte sich wieder um und sah ihn an. Durch das Fenster fiel ein Lichtsplitter des Morgens und traf ihr Auge, in dem es grau aufblitzte. »Du kannst jeden Tag wegfahren, aber ich muss hier bleiben.«

»Ich komme doch zurück«, sagte er. »Jedes Mal.«

Sie antwortete nicht, trug die beiden Tassen zur Spüle.

»Ich komme hier auch nie weg«, sagte er. »Und ich weiß nicht, ob es besser ist, Monat für Monat dieselbe große Runde zu fahren. Es ist ja nicht mehr als eine ... Runde, nur ein Kreis.« Er versuchte zu lachen. »Das ist wahrhaftig nicht die große Welt.«

»Warum machst du es dann?«

»Weil es mein Job ist«, sagte er.

»Es gibt andere Jobs.«

»Es gibt andere Orte«, sagte er, »und Städte. Manche sind weit weg. Dorthin könntest du ziehen.«

»Nein«, sagte sie, »das könnte ich nicht, selbst wenn ich es wollte. Und ich will nicht. Ich glaube auch nicht, dass Lennart es will. Aber im Augenblick bin ich mir nicht sicher. Vielleicht will er hier weg.« Sie fuhr sich mit der Hand über die Stirn, und ihre Augen wirkten müder. »Ich weiß es nicht.«

»Hast du ihn gefragt?«

»Nein. Natürlich hab ich das nicht.«

Der Duett war von der Sonne aufgewärmt, als sie zu Moréns Urlaubsparadies hinausfuhren. Lennart hatte gefragt, und Johnny hatte ihn vorn sitzen lassen. Der Junge zeigte auf einen Bauernhof, als sie auf halbem Weg zum See durch ein kleines Dorf kamen. Die Scheune brauchte ein neues Dach. Der Hofplatz war mit Stroh bedeckt, und Hühner liefen darin herum. Neben einem leeren Hundezwinger rostete eine Egge vor sich hin. In einer grob zusammengezimmerten Garage stand ein Traktor, halb drinnen und halb draußen, als ob der Bauer unschlüssig gewesen oder etwas passiert wäre.

Johnny drehte das Autoradio lauter. Die Nachrichten brachten gerade die letzten Neuigkeiten von der Grubenkatastrophe in Frankreich. Der strömende Regen hatte die Einsturzgefahr verstärkt, und deswegen waren die Rettungsarbeiten eingestellt worden.

Lennart hörte aufmerksam zu.

»Sie glauben, dass zehn noch am Leben sind«, sagte er.

»Ja.«

»Stell dir das bloß mal vor, in einer Grube eingeschlossen zu sein.«

Ja. Das war schlimmer, als in diesem Ort festzusitzen. Johnny bog an der Kreuzung zum Badeplatz ab. Er dachte an das morgendliche Gespräch mit Elisabeth. Es gibt Dinge, die sind schlimmer, als hier zu leben. Aus dem Grubenloch konnte man nicht einfach wegfahren. Und schon gar nicht in einem Duett.

»Die Kinder telefonieren mit ihnen.« Lennart lauschte konzentriert den Radionachrichten. Er drehte sich zu Johnny um. »Da gibt es ein besonderes Grubentelefon! Und es gibt ein Rohr, durch das sie den Leuten was zu essen runterschicken.«

Johnny sah den Jungen an. Lennarts Gesicht war offen und hell und erregt von dem Drama in Frankreich.

Telefon zu den Vätern. Herr im Himmel. Sein eigener Vater war seit einem halben Jahr verschwunden, und der Junge hatte keine Möglichkeit, mit ihm zu sprechen, weder am Telefon noch sonst irgendwie. Wo zum Teufel steckte Bertil? Liegt er unter der Erde? Oder ist der Kerl einfach aus diesem Ort, aus diesem Land abgehauen?

»Es geht bestimmt gut aus«, sagte Johnny.

»Schaffen sie es?«

»Es geht gut aus«, wiederholte Johnny.

Sie rollten auf die unebene Fläche von Moréns Urlaubsanlage. Dort stand nur ein einziges Auto, Moréns Dodge. In der Nähe des Fahrradständers waren ein paar Jungenräder abgestellt, jedoch nicht in den Ständern. Johnny sah die Jungen vom Steg ins Wasser springen. Einige wenige Menschen lagen auf Decken am Hang zum Wasser hin. Die Saison war bald vorüber, der Urlaub war für viele schon vorbei. Die meisten Männer der Gegend waren zu ihren Arbeitsplätzen zurückgekehrt. Johnny sah zwei junge Frauen mit kleinen Kindern auf Decken liegen. Er hörte Geschrei vom Steg, wo die Jungen versuchten, sich gegenseitig ins Wasser zu schubsen.

»Möchtest du nicht baden, Lennart?«

»Was machst du so lange?«

»Tausch ein paar Platten in der Jukebox im Café aus. Und klau mir mein Geld von Morén.«

»Wenn es dein Geld ist, brauchst du es doch nicht zu stehlen?«

»Bei Morén geht das nicht anders.«

»Um wie viel Geld handelt es sich denn?«

»Siebzig Prozent vom Verdienst. Morén bekommt dreißig.«

»Du kriegst ja viel mehr.«

»Die Box und die Platten gehören mir, und ich führe alle Reparaturen aus«, sagte Johnny. »Und viel Geld bringt es sowieso nicht ein.«

»Wie viel?«

»Nicht viel.«

»Warum machst du den Job dann?«

»Weil ich Jukeboxen mag«, sagte Johnny lächelnd.

»Warum?«

»Sie sind ... schön. Manche jedenfalls. Ich mag auch den Ton. Nichts klingt so wie sie.«

»Die hab ich manchmal im Café gespielt«, sagte Lennart. »Es macht Spaß, auf die Tasten zu drücken.«

»Hast du einen Lieblingssong?«

»Nee ...«

»Aber einen wirst du doch mögen?«

»Ja ... die Spotnicks«, sagte Lennart.

»*Papa oom mow mow*«, sagte Johnny.

»Die mag ich.«

»Dann werde ich die Platte nicht rausnehmen.«

»Bedeutet das etwas? *Papa oom wow* ... oder wie das nun heißt?«

»Nein«, sagte Johnny, »das ist nur Unsinn. Es bedeutet nichts.«

Wieder hörte er Geschrei und Platschen vom Steg. Einige Jungen schienen sich radschlagend ins Wasser fallen zu lassen. Sie waren in Lennarts Alter. Die Sonne stieg jetzt höher und höher über die Bäume. Für diesen Sommer war es ein ungewöhnlich warmer Vormittag.

»Willst du nicht reinspringen? Du hast doch die Badehose dabei.«

Lennart zögerte vorm Auto. Er schaute rasch zum Steg hinunter und dann sah er Johnny an.

»Darf ich … nicht mitkommen und zugucken, wie du die Platten austauschst?«

Johnny warf einen Blick zum Steg. Drei der Jungen schauten zu ihnen herauf. Einer von ihnen zeigte, vielleicht auf ihn, vielleicht auf Lennart, der plötzlich wegging.

»He, warte!«

Johnny holte ihn auf halbem Weg zum Kiosk ein. Er sah Morén aus dem Café hinken kommen.

»Es zwingt dich ja keiner, Junge. Klar darfst du mitkommen.« Johnny schaute sich um. »Das waren wohl nicht gerade deine besten Freunde, wie?«

Lennart antwortete nicht. Sie hatten den Kiosk erreicht. Er war geschlossen.

»Hast du nicht geöffnet, Morén?«

»Alf hat was in der Stadt zu erledigen.«

»Da unten sind Kunden. Hier gibt's Kinder, die Eis möchten.«

»Ich hab doch gesagt, Al…«

»Kannst du dich nicht selbst in den Kiosk stellen?«

»Ich?«, antwortete Morén und Johnny sah die Überraschung in seinem Gesicht, und den Schock, als ob Johnny ihm vorgeschlagen hätte, einen weißen Mantel anzuziehen und auf dem Marktplatz Würstchen aus einem Bauchladen oder Lose an Leute wie Gösta Skörd zu verkaufen oder das Mikrofon zu ergreifen und vor dem Publikum des ganzen Landkreises zu Fiedel-Olles Gewimmer mitzusingen.

»Ich?«, wiederholte Morén. »Ich?«

»Ich hab bloß Spaß gemacht«, sagte Johnny.

»Wenn ihr Eis möchtet, könnt ihr euch eins nehmen«, sagte Morén und sah Lennart an. »Nimm dir nur, was du möchtest.«

Der Alte ist immer noch schockiert, dachte Johnny. Er weiß nicht, was er sagt, der Geizkragen.

»Hast du ein paar von der Vierunddreißig dabei?« Morén zeigte zum Café.

»Die sind ausgegangen«, sagte Johnny.

»Jetzt machst du wieder Witze, Bergman.«

»Diesmal nicht. Es werden gerade neue gepresst, aber das dauert noch ein paar Tage.«

»Die in meiner Box ist kaputtgespielt«, sagte Morén. »Myrberg klingt, als würde er auf Schotter kauen.«

»Das kommt wahrscheinlich vom Staub durch den Abrieb«, sagte Johnny.

»Das ist nicht gut«, antwortete Morén. »Dabei macht man ja Verlust. Hast du daran nicht gedacht?«

»Dann spielen die Leute eben was anderes.«

»Was denn? Elvis etwa?«

»Zum Beispiel.«

»Elvis ist am Ende«, sagte Morén. »Das haben alle kapiert, nur du nicht, Bergman.«

»Vielleicht sollte ich Herrn Morén daran erinnern, dass *Devil In Disguise* letztes Jahr acht Wochen lang auf Platz eins gestanden hat. Genau um diese Zeit.«

»Warum spielen die Jugendlichen dann Elvis nicht mehr?«

»Das werden sie schon noch. Sie werden ihn immer spielen. In vierzig Jahren wird Elvis noch auf den Listen vertreten sein.« Johnny blinzelte Lennart zu und sah dann Morén geradewegs in die Augen. »Er wird die Nummer eins.«

»Dann fress ich meine Krücke«, sagte Morén. »Ich gelobe, selbst im Grab werd ich das tun.«

Er hielt seine Krücke in Lennarts Richtung hoch. Das Silber des Handknaufs glänzte in der Sonne wie ein Schwert.

»Die dürfen sie mir nachwerfen ins Grab, Junge. Man weiß nie, was einen im Jenseits erwartet.« Er drohte mit der Krücke in der Luft, als wollte er vor der Zukunft warnen. »Wer bist du übrigens, Junge?«

»Er hat mich begleitet«, sagte Johnny.

»Ist das dein Sohn?« Morén grinste den Jungen an. Scinc Zähne waren nicht aus Silber, sie waren aus Gold. Morén hatte ein Lachen, das den Gegner bei Sonnenschein blendete. »Würde mich nicht wundern. Man hört ja so Geschichten über dich, Bergman.«

»Es ist Elisabeths Sohn«, antwortete Johnny.

»Aha. Ich muss schon sag…«

»Du musst gar nichts sagen«, schnitt Johnny ihm das Wort ab.

Ein roter Saab schlidderte auf den Platz und hielt mit einem Aufjaulen in einer Staubwolke. Eins der kleinen Kinder auf den Decken unten am Hang fing an zu weinen. Der Saab zitterte vor Anstrengung. Ein rothaariger Mann in Johnnys Alter stieg aus. Er trug einen Stoffbeutel, der schwer zu sein schien.

»Ich sehe, Alf ist von seiner Besorgung zurück«, sagte Johnny.

»Jetzt können wir wieder allen Eis verkaufen«, sagte Morén.

Alf kam auf sie zu. Er musste den Beutel, der nach allen Seiten ausgebeult war, mit beiden Händen tragen.

»Was schleppt er denn da an?«, fragte Johnny. »Eisenschrott?«

»Eiserner Vorrat«, antwortete Morén.

»Hi, Johnny-Boy«, sagte Alf, als er bei ihnen ankam. Vorsichtig stellte er den Beutel ab, der Stoff rutschte herunter und Flaschenhälse und Verschlüsse wurden sichtbar. »Bringst du eine neue Vierunddreißig?«

»Ich hatte noch keine Gelegenheit, dich zu beschimpfen für das, was du der Wurlitzer angetan hast«, antwortete Johnny.

»Das war ein Versehen«, sagte Alf.

»Wieso ein Versehen?«

»An dem Tag war keine Sonne angekündigt.«

»Himmel, Alf. Wäre Regen besser gewesen?«

»Es sollte auch nicht regnen. Bist du jetzt fertig mit Schimpfen?«

Er bückte sich. In dem Beutel waren mindestens zehn Flaschen.

»Das Sägewerk veranstaltet heute Abend eine kleine Feier in dem Raum hinterm Café«, sagte Morén.

»Du hast keine Ausschankgenehmigung, Morén.«

»Wer gibt dir das Recht, das zu beurteilen?«

Johnny antwortete nicht. Mit Morén konnte er sich nicht streiten, wenn es um Schnaps und illegalen Ausschank ging.

»Das einzige Problem ist, dass die alten Scheißer so verdammt kleckern!«, sagte Morén, und er und Alf wieherten wie zwei Ardenner.

»Jetzt reiß dich zusammen, wie redest du denn!« Johnny machte eine Kopfbewegung zu Lennart.

Morén wandte sich zu Lennart um. »Ich meine, die Männer vom Sägewerk haben sich ja die meisten Finger abgesäbelt, deswegen haben sie Mühe, das Glas zu halten.«

Alf wieherte erneut los. Morén blinzelte Lennart zu, aber der Junge lachte nicht. Er sah eher aus, als habe er Angst.

»Das ist überhaupt nicht witzig«, sagte Johnny zu den beiden Männern, deren Pferdegesichter immer noch grinsten.

»Wer bist du denn, dass du dir ein Urteil anmaßen kannst, Bergman?«, sagte Morén.

»Hast du eine Badehose dabei?«, fragte Lennart.

»Immer. Sie liegt auf dem Rücksitz.« Johnny zeigte mit dem Daumen hinter sich.

»Wenn ich zum Baden fahre, habe ich sie immer auf dem Fahrradlenker hängen.« Lennart hielt seine Badehose hoch, die er auf der Ablage unter der Windschutzscheibe deponiert hatte. Die Badehose war blau.

»Das hab ich früher auch so gemacht«, sagte Johnny.

Sie fuhren zurück durch den Ort und nach der Kreuzung bei der Gulf-Tankstelle weiter nach Osten. Die Landschaft lag offen vor ihnen, über den Äckern schien die Sonne. Der Himmel war eher weiß als blau. Es war der wärmste Tag des Jahres.

Vielleicht sollte ich wirklich baden. Wann hab ich zuletzt gebadet? Er legte den dritten Gang ein, der Duett schüttelte sich, hustete und rollte weiter über die Straße, die im letzten Jahr einen neuen Belag bekommen hatte. Hab ich im letzten Jahr gebadet? Nein. Ich bin einige Male ins Wasser gefallen, aber das war etwas anderes.

»Wo hast du als Kind gewohnt?«, fragte Lennart.

»Mal hier, mal da.«

»Und wo zum Beispiel?«

»Och ... die Orte sind alle weit von hier entfernt. Das war in einem anderen Teil des Landes.«

»Warum hast du an so vielen verschiedenen Orten gewohnt?«

»Tja ... es hat sich so ergeben.«

»Wollten deine Eltern nicht, dass du nur an einem Ort wohnst?«

»Nein ...«

Der Junge sah über die Felder. Die Luft wurde durchsichtig und zerfloss in verschiedenen Schichten. Die Perspektive änderte sich. Ein Heuwagen konnte aussehen wie zwei, Autos, denen sie begegneten, schienen einen halben Meter über dem Asphalt zu schweben.

»Wir haben immer nur an einem Ort gewohnt«, sagte Lennart nach einer kleinen Weile.

»Das ist bestimmt nicht schlecht.«

»Ich will da aber nicht wohnen«, sagte Lennart. Er klopfte einige Male auf die Fensterleiste und schaute über die Landschaft, als ob er an etwas weit Entferntes dächte. »Ich mag da nicht mehr wohnen.«

»Ach?«

»Vielleicht ziehen wir weg.«

»Wirklich?«

»In die Stadt.«

»Mhm.«

»Was glaubst du, ob mein Papa wieder nach Hause kommt?«

Es war wie ein kalter Windhauch, der durchs Fenster strich. Auf die Frage konnte er nicht antworten. Sie konnten über so viel anderes reden, auf viele andere Fragen hatte er eine Antwort, aber darauf nicht.

»Was meinst du?«

Der Junge sah ihn mit Augen an, die eine Antwort verlangten.

»Ich ... weiß es nicht, Lennart. Ich hoffe es.«

»Warum ist er weggegangen?«

»Keine Ahnung, Lennart.«

»Mama kann es mir auch nicht sagen. Niemand weiß, warum.« Johnny warf dem Jungen hastig einen Blick zu. Es sah aus, als wäre er ein bisschen geschrumpft, als wäre er plötzlich kleiner geworden. Jetzt schaute er auf. »Vielleicht sollten wir rumfahren und ihn suchen?«

»Das wäre schwierig«, sagte Johnny. »Er kann ja überall sein.«

»Nein, das kann er nicht.« Lennart setzte sich gerade hin, wurde wieder größer. »Man kann nur an einem Ort sein.«

»Da hast du Recht.«

»Vielleicht sitzt er in einem der Cafés, die du besuchen musst.«

»Ich verspreche dir, nach ihm Ausschau zu halten«, sagte Johnny.

»Ganz sicher?«

»Ich verspreche es.«

»Dahinten ist ein Badeplatz«, sagte Lennart und zeigte auf ein Schild an der Straße.

Das Gras zwischen den Spurrillen war hoch auf dem schmalen Waldweg. Der Duett schaukelte wie ein Ruderboot. Vor ihnen blitzte etwas auf. Der Weg öffnete sich zu etwas blauweiß Schimmerndem.

»Ich sehe den See«, sagte Lennart.

»Prima.«

»Wie das schaukelt!« Lennart wiegte sich mit den Bewegungen des Autos. »Wir schaukeln ja in alle Richtungen.«

»Hoffentlich wirst du nicht seekrank.«

»Das bin ich noch nie gewesen«, sagte der Junge, »aber ich bin auch noch nie auf dem Meer gewesen. Du?«

»Nein.«

»Möchtest du denn mal aufs Meer?«

»Ja.«

Vor ihnen breitete sich der See aus. Das Wasser war ungewöhnlich dunkel, fast schwarz.

»Es gibt einen Sprungturm«, sagte Lennart. »Kannst du tauchen?«

»Ja.«

»Ich kann es auch fast. Wer hat es dir beigebracht?«

»Mein ... großer Bruder.«

»Wie heißt er?«

»Seved.«

»Wo ist er?«

Johnny antwortete nicht. Er bog nach links ab und holperte über eine unebene steinige Fläche. Es war, als führen sie über ein altes Gräberfeld.

»Wo ist dein großer Bruder?«, wiederholte Lennart.

»Ich ... weiß es nicht.«

»Du weißt nicht, wo dein großer Bruder ist? Ist das wahr?«

»Ich weiß nicht, wo er ist«, wiederholte Johnny.

»Das ist ja ... das ist ja wie mit meinem Papa«, sagte Lennart.

Johnny wusste nicht, was er sagen sollte. Wie sind wir da hineingeraten? Dieser Junge stellt verflixt viele Fragen. Ich bin noch nie jemandem begegnet, der in so kurzer Zeit so viele Fragen gestellt hat. Er bog wieder nach links ab. Überall war Wald, nur zum See hin nicht. Alles, was ich habe, ist eine Telefonnummer. Das kann ich ihm nicht erzählen. Und das ist mehr, als der Junge hat. Er kann nirgends anrufen.

»Verdient dein Bruder sein Geld auch mit Jukeboxen?«, fragte Lennart.

»Ich weiß es nicht, Lennart.«

»Ich hätte auch gern einen großen Bruder. Oder von mir aus auch einen kleinen.« Er sah Johnny an und lächelte ein wenig. »Oder eine Schwester.«

»Das wäre auch nicht schlecht.«

»Wie kommt es, dass du nicht weißt, wo dein großer Bruder ist?«

Dieselbe Überraschungsmethode. Aus der Hüfte geschossen. Johnny entdeckte einen primitiven Parkplatz. Dort stand kein anderes Auto, sie waren allein. Der Badeplatz lag verlassen da, auf der anderen Seite eines kleinen Grasfleckens stand ein Plumpsklo mit zwei offenen Türen. Der Wind schien zugenommen zu haben, Wasser spritzte bis zum Steg hinauf, der ein wenig durchhing. Der Sprungturm hatte drei Sprunghöhen. Er stand ein wenig schief, ein sich neigender Turm. Am Rand der Wiese gab es eine einsame Bank. Er konnte nirgends Boote entdecken, nichts rührte sich dort draußen auf dem Wasser. Keine Seevögel schrien. Am anderen Ufer waren keine Häuser zu sehen. Hinter den Tannen stand ein Schuppen mit Umkleideräumen, die uralte rote Farbe blätterte ab, an jeder Seite ein Eingang, einer für Jungen und einer für Mädchen. Es war ein einsamer Badeplatz. Während er all das sah, dachte er an die letzte Frage des Jungen. Er schaltete den Motor ab.

»Er ist verschwunden«, sagte er und wandte sich zu Lennart um. »Seved ist verschwunden.«

»Wie? Und wann?«

Ich verstehe, dass er es wissen will. So viel begreife ich ja. Die Fragen werden kein Ende nehmen. Das Benzin, die Unterbrecherkontakte, die Batterie, die Zündkerze und der ganze Duett, alles kann auf dieser Fahrt den Geist aufgeben, aber die Fragen des Jungen werden kein Ende nehmen. Der Teufel soll Bertil holen.

Der Teufel soll Seved holen.

Der Teufel soll sie alle beide holen.

»Es wird windig«, sagte er. »Wir sollten bald ins Wasser hüpfen.«

»Du willst nichts von deinem Bruder erzählen«, sagte Lennart. Sein Gesicht war wieder kleiner geworden. »Du bist wie alle Großen. Niemand will was sagen.«

»Hör mal, Lennart, wir gehen jetzt ins Wasser und dann erzähle ich dir von Seved.«

»Versprichst du das?«

»Versprochen. Und ich versprech dir, dass ich dir auch zeige, wie man taucht.«

»Traust du dich vom höchsten Brett zu springen?«, fragte Lennart.

»Ich glaub schon.«

»Ich trau mich kaum vom Steg zu springen.«

»Das werden wir jetzt ändern, Junge.«

Johnny zeigte es ihm. Das bedeutete, dass er selbst dreißig, vierzig Mal einen Kopfsprung machen musste, um ihm die Technik vorzumachen, die Hände nach vorne ausgestreckt, den Kopf gesenkt, eine fliegende Gestalt über der Wasseroberfläche, sein eigenes Spiegelbild unter ihm, als er gestreckt in der Luft lag. Junge, näher als so kann man dem Fliegen nicht kommen.

Und Lennart richtete sich langsam auf, wieder und wieder, aus der Kniebeuge zum Absprung. Nach dem zweiundfünfzigsten Versuch sprangen sie zusammen. Der Wind hatte aufgefrischt und sich wieder gelegt, und jetzt war das Wasser still.

»Ich kann es ja mal vom Einmeterbrett probieren!«

»Steig erst mal rauf und guck, wie hoch du es findest«, sagte Johnny.

Von dort oben schaute der Junge aufs Wasser hinunter und auf Johnny, der neben der Leiter zum Steg schwamm.

»Ob ich mich traue? Und wenn ich jetzt zum ersten Mal springe?«

»Tu das, wonach du dich fühlst.«

Der Junge zögerte, stellte sich dann nah am Rand auf die Zehenspitzen und sprang. Es wurde nur ein kleiner Köpper.

Mit leuchtenden Augen kam er wieder hoch.

»Hast du das gesehen?!«

Sie waren immer noch allein am Badeplatz. Lennart zitterte in einer der Decken, die Johnny vom Rücksitz geholt hatte. Sie roch schwach nach Öl und Schmierfett. Johnny zitterte auch. Das letzte Mal war er selbst mit elf Jahren so lange im Wasser gewesen.

Lennarts Lippen waren blau.

»Kriegst du immer blaue Lippen?«, fragte Johnny. »Und blaue Haut?«

»Das hat nichts zu bedeuten«, sagte Lennart. »Mama war mit mir beim Arzt, aber mir fehlt nichts. Die haben so ein EG… EK… ED…«

»EKG«, sagte Johnny.

»Da war nichts.«

»Vielleicht bist du ein Marsbewohner«, sagte Johnny. »Du bist genau auf der Erde gelandet.«

»Sind die blau?«

»Wusstest du das nicht?«

Lennart lächelte und zog die Decke enger um sich.

»Vorgestern haben sie eine Rakete zum Mond geschossen«, sagte er. »Ranger VII von Cape Kennedy.«

»Ich hab's gehört.«

»Vielleicht bringen sie ja den Mann-im-Mond mit zur Erde.«

»An Bord der Rakete waren keine Menschen«, sagte Johnny.

»Warum nicht?«

»Sie wollten wohl erst mal sehen, ob man auf dem Mond landen kann. Ob dort Menschen landen können.«

»Möchtest du zum Mond fliegen?«

»Es gibt einige andere Orte, die ich zuerst lieber sehen möchte«, antwortete Johnny.

»Und welche?«

»Tja … das Meer.«

»Ich auch. Und weiter?«

»Amerika«, sagte Johnny und machte eine unbestimmte Handbewegung in Richtung Westen.

»Amerika? Wo sie die Rakete abgeschossen haben?«

»*Yes.*«

»Warum? Dahin ist es ja furchtbar weit. Warum willst du ausgerechnet dahin fahren?«

»Um Elvis zu treffen zum Beispiel.« Johnny lächelte über sich selbst. Elvis treffen. »Weißt du, wer Elvis Presley ist?«

»Der Sänger«, sagte Lennart. »Von ihm ist was in der Jukebox. Mama spielt es manchmal, wenn ich da bin.«

»Spielt noch jemand anders Elvis?«

»Ich weiß es nicht. Das hab ich bis jetzt nicht gehört. Und wie willst du es anstellen, ihn zu treffen?«

»Das ist gar nicht so leicht«, sagte Johnny. »Er ist so beliebt, dass er Leibwächter haben muss und Zäune und Torwachen und so was.«

»Aber er muss dich doch auch treffen wollen, oder? Du sorgst ja dafür, dass ihn alle hören können, nicht? Mama sagt, wenn es nach dir ginge, würde es nur Elvis und sonst nichts in den Jukeboxen geben.«

»Ach?«

»Aber sie mag Elvis auch.«

»Und du – magst du Elvis?«

»Tja ... geht so. Wo wohnt er eigentlich?«

»In Memphis, Tennessee, im Süden von Amerika.«

»Wirst du hinfahren?«

»Das weiß ich nicht. Man sollte es vielleicht tun.«

»Dort gibt es Neger«, sagte Lennart. »Wir haben in der Schule darüber gesprochen. Im Süden von Amerika wollen die Weißen nicht, dass die Neger in dieselbe Schule gehen wie die Weißen.«

»Das gilt nicht für alle Weißen in Amerika«, sagte Johnny, »aber es gibt immer Idioten. Und besonders viele im Süden.«

»Ist Elvis ein Neger?«

Johnny lachte auf. Lennart lächelte, vielleicht hatte er nur Spaß gemacht, vielleicht auch nicht.

»Nein, er ist kein Neger. Seine Stimme klingt nur so.«

Lennart klapperte fast rhythmisch mit den Zähnen.

»Du erfrierst ja.« Johnny erhob sich. »Wir fahren. Im Auto ist es wärmer, wenn die Sonne reinscheint.«

Sie gingen zum Duett, der bei dem Wäldchen wartete. Johnny fuhr rückwärts hinaus. Lennarts Zähne klangen jetzt wie Kastagnetten.

»Damit könntest du auf dem Jahrmarkt auftreten«, sagte Johnny.

»Im nächsten Monat kommt er zu uns«, sagte Lennart. »Wenn Markttag ist. Den haben wir jedes Jahr.«

»Ach?«

»Der Jahrmarkt ist immer dabei, beim Markttag. Da gibt es einen Fakir.«

»Mister Swing«, sagte Johnny.

»Genau! Mister Swing!« Lennart zitterte wieder. »Kennst du den?«

»Ja. Er ist Fakir und gleichzeitig Starker Mann«, sagte Johnny.

»Woher kennst du ihn?«

»Wir haben zusammen gearbeitet.«

»Was!? Bist du auch Fakir gewesen?«

»Nein. Aber ich hab für die Schausteller gearbeitet. Ich hab einen der Laster gefahren, sie beladen, hab Zelte aufgerichtet und Bühnen gebaut und so was.«

»Oh, das klingt aber toll.« Lennart schien es ein wenig wärmer geworden zu sein. »Ich würde auch gern mit solchen Jahrmarktwagen herumreisen.«

»So lustig war das gar nicht. Man musste immer nur Sachen anheben und schleppen.«

Lennarts Zähne hatten aufgehört zu klappern. Bevor sie losgefahren waren, hatte er sich hinter dem Auto angezogen und sich in die Decke gewickelt, die jetzt um ihn herum auf dem Sitz lag. Johnny hatte das Fenster geschlossen und die Sonne schien warm herein.

»Ich würde Mister Swing gern treffen«, sagte Lennart und guckte Johnny an. »So wie du Elvis treffen möchtest.«

»Ich kann es einrichten, dass du ihn kennen lernst«, sagte Johnny. »Wenn ich in einem Monat wieder hier bin.«

»Kommst du dann mit?«

Lennarts Stimme klang etwas ängstlich.

»Wenn du Mister Swing triffst? Na klar, aber er ist kein bisschen gefährlich.«

»Er steckt sich Nadeln durch die Wangen und isst Glühlampen«, sagte Lennart.

»Für so was muss man ein netter Mensch sein.« Johnny lächelte. »Wenn man so was macht, ist man eher dumm als gefährlich.«

»Ist er dumm?«

»Nein, nein. Er ist nett und ... gewitzt. Außerdem ist es sein Job.«

»Und dann ist er auch noch Feuerschlucker«, sagte Lennart.

Johnny sah Mister Swing vor sich, oder Sune Jonasson, wie er in Wirklichkeit hieß, den rasierten Schädel, die schwarz geschminkte Haut, den Mund voller Benzin, der Feuer über die Zuschauer spie, die auf Holzbänken in dem gottverlassenen Varietézelt hockten, ihre Gesichter flackernd in den zuckenden Flammen. Die offenen Münder. Der Gestank nach Feuer und Benzin. Der Gestank nach Schnaps.

»Ich könnte ihm ja mein Zähneklappern vorführen«, sagte Lennart. »Vielleicht ist das ein guter Trick.« Er schlug wie zur Probe die Kiefer zusammen. »Aber dann muss ich erst mal baden, und zwar lange.«

»Du kriegst eine Wanne auf die Bühne gestellt«, sagte Johnny.

»Das ist gut, falls es im Zelt anfängt zu brennen, wenn Mister Swing Feuer spuckt!«

Johnny drosselte in einer scharfen Kurve das Tempo und fuhr dann wieder schneller. Der Schotter knirschte am Straßenrand.

»Eine Wanne auf der Bühne ist wirklich gut«, sagte Johnny.

»Hat dein Bruder auch bei den Jahrmarktleuten gearbeitet?«, fragte Lennart.

Jetzt waren sie also wieder dort gelandet. Er hatte geglaubt, Lennart habe es vergessen. Jedenfalls hatte er sich eingebildet, dass sie inzwischen über so viel anderes gesprochen hatten, dass das Thema nicht mehr interessant war. Aber für den Jungen war alles interessant. Er wollte alles lernen, was es auf der Welt gab.

»Nein, Seved hat nicht dort gearbeitet. Nicht direkt.«

»Was war denn sein Beruf?«

»Er fuhr zur See«, sagte Johnny. »Er ist Seemann geworden.«

»Möchtest du deswegen das Meer sehen? Weil dein Bruder zur See gefahren ist?«

»Ja ... ich möchte das Meer sehen, weil es groß ist. Man kann nicht bis zum Ende sehen.«

»Ist er in Amerika gewesen?«

»Er war überall auf der Welt, glaube ich, außer in Australien.«

»Was macht er denn jetzt?«

»Ich weiß es nicht, Lennart. Wir haben uns schon eine ganze Weile ... nicht mehr getroffen.«

»Und warum nicht?«

»Ich weiß es nicht.«

»Hast du keine Briefe bekommen?«

»Schon lange nicht mehr.«

»Wie lange nicht?«

»Fünf Jahre.«

»Oh.«

Es war viele Jahre her, seit Johnny zuletzt eine Nachricht von Seved bekommen hatte, einige Zeilen, in Eile und Zorn an Bord hingekritzelt. Auf dem Papier waren Ölflecken. Nach all den Jahren roch es immer noch nach Öl. Johnny hatte den Brief vor zwei Wochen hervorgenommen und wieder die Flecken gezählt und den Geruch vom Maschinenraum eingesogen.

War es Zorn? Zunächst hatte er das geglaubt, jahrelang. Jetzt war er nicht mehr sicher. Er hatte Seveds Brief niemandem gezeigt. Vielleicht war das falsch.

»Ist er lange hier gewesen?«, fragte Lennart.

»Hier zu Hause?«

Der Junge nickte.

»Auch das weiß ich nicht. Vielleicht. Vielleicht ist er im Augenblick sogar hier.«

»Wollt ihr euch dann nicht treffen?«

»Darauf habe ich keine Antwort, Lennart.«

Sie kamen an der Kirche vorbei. Dreihundert Meter entfernt sah er das Wirtshaus. Er beugte sich vor und schaltete das Autoradio an. Sie gerieten mitten in die Nachrichten:

Die großen Schwarzenorganisationen in den USA hatten an die Demonstranten appelliert, die Proteste vor der Präsidentenwahl einzustellen.

»Was bedeutet appellieren?«, fragte Lennart.

»Ich weiß es nicht.« Johnny bog vom Weg ab und parkte vorm Wirtshaus. »So was lernt man in der Realschule.«

»Ich kann ja in einem Nachschlagewerk nachgucken«, sagte Lennart. »Mama hat gesagt, wir kaufen eins.«

In *Stewes Bar* saßen zwei Gäste. Die Jukebox war stumm. Stewe hob grüßend die Hand, als Lennart und Johnny hereinkamen. Johnny stellte Lennart vor und nickte zur Wurlitzer.

»Da hast du ihn, deinen gleichaltrigen Freund.«

»Noch ein Elfjähriger«, sagte Lennart.

»Geh hin und sag deinem Kumpel guten Tag.«

Lennart lächelte.

»Vielleicht möchte er ein bisschen spielen?« Er sah Johnny an. »Wie heißt er?« Lennart guckte zur Jukebox. »Wie weißt du übrigens, dass es ein Er ist?«

»Gute Frage, Junge«, sagte Stewe.

»Das erkennt man an der blauen Farbe«, erklärte Johnny. »Erinnerst du dich nicht an deine Gesichtsfarbe von vorhin?«

Lennart ging zur Box und drehte sich um.

»Ich hab gefragt, wie er heißt.«

»Wurlitzer 1600 AF«, sagte Johnny. »Er spielt achtundvierzig Plattenseiten.«

»Vierundzwanzig Platten«, sagte Stewe. »Das reicht.«

»Guck mal, wir sind gleich groß!« Lennart hatte sich neben die Box gestellt.

Das stimmte nicht ganz, aber in einem Jahr würde Lennart die Box überragen.

»Hundertdreiundvierzig Zentimeter«, sagte Johnny. Er machte einen Schritt auf die Box und Lennart zu. »Bald wiegst du auch genauso viel wie die Box. Hundersiebenundsechzig Kilo.«

Lennart lachte.

»Dann will ich mal gleich was Gutes zu essen holen«, sagte Stewe, »sonst schaffst du das Gewicht nicht. Was möchtest du haben?«

»Hm ...«

»Im Esssaal oben gab's Baisers mit Sahne und Schokoladensoße. Davon ist bestimmt noch was übrig.«

Stewe verließ rasch die Bar. Sie hörten ihn die Treppe zum Restaurant des Wirtshauses hinaufpoltern.

»Wie gefällt dir dein Freund Wurlitzer?«, fragte Johnny.

»Tja ...«

»Ist er nicht hübsch?«

Die Box war auf altmodische Weise schön. Rot, blau, die Tasten rot und die Titelstreifen von derselben blassen roten Farbe eingerahmt. Die Front war golden und umgeben von einem Notenmuster, das in das wogende Blau, Rot und Weiß hineingemalt worden war. Der Mechanismus durch eine Öffnung zu sehen. Und der Ton war gut.

»Du vergleichst ihn wohl gerade mit der Box in *Lisas Café*, wie?«

»Ja ...«

»Die bei *Lisas* stammt aus derselben Familie«, sagte Johnny, »aber sie ist jünger, von sechsundfünfzig, drei Jahre jünger als du.«

»Ein I-Dötzchen also«, sagte Lennart. »Aber wir sind immerhin Brüder.«

Johnny antwortete nicht. Lennart zeigte auf die Box.

»Dieselbe Familie, hast du ja gesagt. Da kann man sie wohl Brüder nennen?«

»Vielleicht«, antwortete Johnny. »Aber ihn da gibt es in sechstausend Exemplaren. Und ... den Bruder bei *Lisas* in neuntausend.«

»Oh, eine große Familie.«

Stewe kam zurück mit einem Berg Baisers in einer Schüssel. Er stellte sie auf die Bartheke.

»Und nun haut rein. Ich hol nur noch Teller und Besteck.«

Johnny und Lennart gingen zur Theke.

»Wir können uns auf die Barhocker setzen«, sagte Johnny.

Die beiden Gäste an dem Tisch im hintersten Teil der Bar erhoben sich, gingen zur Musikbox und studierten die Titelstreifen. Es waren ein Mann und eine Frau. Sie müssen uns gehört haben, dachte Johnny. Der Mann war um die fünfundvierzig, und die Frau mindestens zehn, fünfzehn Jahre jünger. Sie hatte dunkles Haar und kam ihm irgendwie bekannt vor. Der Mann schaute auf.

»Hier herrschen ja noch die fünfziger Jahre«, sagte er laut zu ihnen.

»Wie die Box, so die Musik«, antwortete Stewe, der gerade Teller auf die Theke stellte.

Der Mann steckte eine Münze hinein. Die Box knirschte, schüttelte sich und lief an. Eine akustische Gitarre, ein akustischer Bass, eine Stimme. *Well, that's all right, mama, that's all right for you.*

»Gute Wahl!«, grölte Stewe.

»Elvis' erste Platte«, sagte Johnny.

»Ist die auch von dreiundfünfzig?«, fragte Lennart.

»Ziemlich nah dran«, sagte Stewe und beugte sich über die Baisers auf der Theke. »*That's All Right* wurde schon vor vierundfünfzig gespielt, im Sommer.« Er hielt einen Finger hoch, als rechne er etwas Wichtiges aus. »Und sein Rundfunkdebüt ist genau zehn Jahre her, wenn ich richtig nachdenke. Das ist ja ein Ding.«

»Der fünfte Juli«, sagte Johnny. »Sie haben es in der Nacht zum Fünften in Memphis aufgenommen.« Er drehte sich zu Lennart um. »Es war ein Montag.«

»Woher weißt du das denn?«, fragte Lennart.

»Das gehört zu meinem Job«, sagte Johnny.

»Lernt man das auch in der Realschule?«, fragte Lennart.

»Im Rock-'n'-Roll-Kurs, aber der kommt erst im vierten Jahr.«

»Du musst nur so lange aushalten, Junge«, bemerkte Stewe, der vermutlich gar nicht wusste, was eine Realschule ist.

»Singt der schon seit zehn Jahren?«, fragte Lennart. »Das ist aber lange.«

»Das ist erst der Anfang«, sagte Johnny.

»Ist er genauso alt wie du?«, fragte Lennart.

»Elvis wurde fünfunddreißig geboren, also ist er … neunundzwanzig.«

Lennart nickte. Er nahm einen Mund voll Baisers und begann an den Fingern der rechten Hand zu zählen.

Elvis sang immer noch, jetzt einen neuen Song. Ein Echo.

»*Blue Moon of Kentucky*«, sagte Stewe. »Ist gleichzeitig rausgekommen.«

»Johnny …«, sagte Lennart, »bist du gestern nicht fünfunddreißig geworden?«

»Genau.«

»Dann bist du also … neunundzwanzig geboren. Dann hast du ja die gleiche Zahlenkolonne wie Elvis, kann man sagen, nur umgekehrt. Fünfunddreißig und neunundzwanzig.«

»Schlaues Kerlchen«, sagte Stewe.

»Darüber könnt ihr ja sprechen, wenn ihr euch trefft«, sagte Lennart und guckte zu Johnny auf. »Dann habt ihr was zu reden.«

»Willst du Elvis treffen?«, fragte Stewe.

»In Memphis, Tennessee«, sagte Lennart.

»Nun iss mal deine Baisers«, sagte Johnny.

Lennart gähnte, als sie hinaus auf die Treppe kamen. Er hatte drei Portionen gegessen. Jetzt fehlen nur noch hundertdreißig Kilo, Junge, hatte Stewe gesagt.

Lennart gähnte wieder.

»Bist du müde?«

»Ein bisschen.«

»Möchtest du nach Hause?«

»Ja … vielleicht. Aber musst du nicht arbeiten?«

»Die Arbeit kann warten«, sagte Johnny.

Sie gingen zum Duett. Er hörte Schritte hinter sich und sah den Mann und die Frau aus der Bar über den Parkplatz zu einem schwarzen Mercedes gehen, der am Straßenrand parkte. Die Frau ging um das Auto herum und wartete, während der Mann aufschloss. Sie schaute hoch, zeigte jedoch keinerlei Anzeichen, dass sie ihn oder Lennart erkannte. Sie kam ihm bekannt vor. Heute trug sie nicht das rote Kleid. Er blinzelte, und als er wieder hinschaute, saß sie schon im Mercedes, der in Richtung Landstraße fuhr. Er sah dem Auto nach, das hinter der Kirche verschwand.

»Was ist?«, fragte Lennart.

»Nichts.« Johnny öffnete die Autotür. »Jetzt fahren wir nach Hause zu deiner Mama.«

Fünf Minuten später war Lennart unter der Decke eingeschlafen.

9

Johnny trug Lennart die Treppe hinauf. Der Junge wachte nicht mal auf, als er klingelte. Elisabeth sah besorgt aus.

»Was ist passiert?«

»Nichts. Er ist einfach eingeschlafen. Es war sehr warm im Auto.«

»Warum ist er denn in eine Decke eingewickelt?«

»Dürfen wir reinkommen?«, fragte Johnny.

Sie trat zurück und machte Platz in der Türöffnung. Lennart murmelte etwas und öffnete die Augen, schloss sie jedoch sofort wieder.

»Ich begreife nicht, wie er so tief schlafen kann«, sagte Johnny über die Schulter. »Er schläft ja wie ein Dreijähriger.«

»Er hat wahrscheinlich Nachholbedarf«, sagte Elisabeth.

»Was will er denn nachholen?«

»Schlaf natürlich.«

Johnny legte Lennart vorsichtig aufs Bett und verließ das Zimmer. Elisabeth schloss die Tür.

»Habt ihr zu Mittag gegessen?«

»Mit… nein, er hat alles andere gegessen, nur kein Mittag.«

»Hmh.«

»Es reicht bestimmt«, sagte Johnny.

»Was habt ihr denn gemacht?«

Jetzt kommen neue Fragen, dachte Johnny. Der Junge schlägt ganz nach ihr. Die Fragen nehmen nie ein Ende.

»Wir sind getaucht«, sagte er. »Vom Badesteg.«

»Getaucht?! Lennart kann doch gar nicht tauchen.«

»Jetzt kann er's.«

»Himmel, stell dir vor, da wär was passiert!«

»Das Wasser war tief genug. Hör mal, Elisabeth, du wolltest doch, dass er und ich heute etwas unternehmen, oder? Hast du nicht gesagt, ihm fehle ein Mann in der Nähe? Nun hat er ihn. Ich hab ihm Tauchen beigebracht. Es hat ihm gefallen. Hättest du ihm Tauchen beibringen können?«

»Ne…in, entschuldige, Johnny.« Sie lachte kurz auf. »Du weißt doch, wie Mütter sind.«

Nein. Er wusste nicht, wie Mütter waren. Er wusste viel, aber das nicht. Er bewegte sich auf den Vorraum zu. Sie legte ihm eine Hand auf den Arm.

»Entschuldigung, das war eine dumme Bemerkung. Ich hab nicht nachgedacht.«

»Es macht nichts«, entgegnete er.

»Manchmal muss ich aufpassen, was ich sage. Ich bin so gedankenlos.« Sie lächelte. »Du … kannst es mir gern erzählen. Das weißt du.«

Johnny nickte zur geschlossenen Tür hin.

»Ich habe noch nie jemanden getroffen, der so viel fragt. Eine Frage nach der anderen.«

»Er ist gerade in dem Alter«, sagte sie.

»Das ist es nicht allein.«

»Konntest du denn antworten?«

»Nach bestem Vermögen.« Er nickte wieder zur Tür hin. »Jetzt weiß er jedenfalls eine Menge über Elvis.«

»Das hab ich geahnt«, sagte sie. »Bleibst du zum Essen? Ihr habt ja noch nicht zu Mittag gegessen.«

»Für heute bin ich mit der Arbeit fertig«, sagte er.

»Dann hast du doch sicher Hunger? Ich bin selbst erst gerade nach Hause gekommen und hab noch nichts gekocht. Es gibt nur Reste von gestern Abend.«

»Dann bleibe ich gern.«

Er saß wieder an ihrem Tisch. Janssons Verführung auf die Baisers. Mit den letzten getrockneten Totentrompeten vom vergangenen Herbst hatte sie ein Omelett zubereitet.

»Es kommt dich langsam teuer zu stehen, mich zu ernähren«, sagte er.

»Die Pilze sind gratis«, antwortete sie. »Du kannst mich ja ein andermal zum Mittagessen einladen.«

»Magst du Konserven?«

»Nur keinen Dorschrogen«, sagte sie.

»Ich werd's mir merken.«

»Hat er nach seinem Vater gefragt?«

Fragen, die überrumpelten. Sie schoss ihre Fragen auch aus der Hüfte ab. Das hatte Lennart von ihr geerbt. Es war nicht das Alter.

»Er grübelt wohl sehr viel darüber nach«, sagte Johnny. »Ich hab ihm versprochen, in den Cafés Ausschau zu halten. Nach Bertil.«

»Du lieber Gott.«

»Was hätte ich antworten sollen?«

»So meine ich das nicht. Ich meine, dass es sinnlos ist, dort Ausschau zu halten, eher in Bars oder ...«

Sie brach in Tränen aus, ohne Vorwarnung. Johnny legte ihr eine Hand auf den Arm, so wie sie es vorher bei ihm gemacht hatte. Sie schaute auf.

»Entschuldige, Johnny. Du brauchst nicht ...«

»Lassen wir das, Elisabeth. Du brauchst mir nichts zu erklären.«

Der Himmel wurde weiß in der Dämmerung. Johnny fuhr durch den Ort und sah den grünen Schein aus dem Fenster von *Lisas Café*. Jemand hatte die Wurlitzer angeworfen.

Vor dem Café standen einige Fahrräder und Mopeds. Drei Mädchen waren auf dem Weg hinein, und das war gut. Es waren die Mädchen, die ihre Münzen in die Musikbox steckten, und dann forderten die Jungen die Mädchen auf.

Waren Jungen allein in einem Lokal, hockten sie in einer Ecke herum und die Box in ihrer. Solange es Mädchen gab, gab es Hoffnung.

An der Ausfahrt war er allein. Eine Ausschachtung nördlich der Kreuzung war ein Zukunftsversprechen oder ein Menetekel: Die Grube zeugte davon, dass die Landstraße um den Ort herum geführt werden sollte, sobald die Behörden genügend Geld beisammen hatten, dass sie die Ausschachtung füllen konnten. Glänzende Ein-Kronen-Münzen, die man zu etwas Besserem verwenden könnte. Dieser Ort würde sich selbst überlassen bleiben, wenn die Straße um die kleine Ansammlung von Gebäuden herumführte. Niemand würde mehr hindurchfahren. Die Leute würden daran vorbeibrausen.

Er fuhr schneller und der Duett protestierte grunzend. Er wollte nicht wissen, wie es in den Innereien seines Autos aussah. Es war auch zum Tode verurteilt. Was macht Elisabeth in einem Jahr, in zwei? Was macht Lennart? Wird er auf die Realschule gehen? Dann musste er irgendwo allein in der Stadt wohnen. Oder zieht Elisabeth mit ihm um? Ich hätte sie fragen sollen. Der Junge kann nicht allein in der Stadt leben. Niemand sollte weit von zu Hause weg wohnen, wenn es nicht unbedingt nötig ist. Und von hier entfernen sich die Menschen selten. Sie bekommen niemals das Meer zu sehen.

Seved und er waren auf dem Weg zum Meer gewesen. Seved war vorangegangen. Es ist nicht weit, hatte er gesagt. Aber es war weit. Johns Beine waren zu kurz gewesen. Hinter dem Hügel, hatte Seved gesagt. Hinter den Bäumen dort liegt das Meer. John wusste wohl, dass es nicht stimmte, aber er hatte nichts gesagt. Als Seved zum ersten Mal aus dem Pflegeheim abgehauen war, hatte die Polizei ihn in einem Wald einen oder zwei Kilometer entfernt von dem Bauernhof aufgegriffen, wo er selbst bei Pflegeeltern untergebracht worden war.

Jetzt lenkte ihn die Stimme aus dem Autoradio von den Erinnerungen ab. Sie klang weit entfernt, wie aus dem Telefonhörer, es war eine männliche Stimme. Sie erzählte in ruhigem Ton, dass sich die Bohrarbeiten in Frankreich als nicht ausreichend herausgestellt hatten. Was bedeutete das? Der Nachrichtensprecher erklärte es nicht. Er sagte nur, dies sei ein weiterer Rückschlag bei den Rettungsarbeiten. Das war jedem klar. Die eingesperrten Männer konnten sich das auch ausrechnen. Oder hatte man es ihnen nicht gesagt?

Johnny sah das Esso-Schild am anderen Ende der Kurve. Bis zur Tankstelle waren es zwei Kilometer.

Zwischen dem Ort, wo Seved lebte, und dem Bauernhof, auf dem John untergebracht war, hatte der Abstand fast zwanzig Kilometer betragen, vielleicht mehr.

Sie waren abgehauen, Seved aus dem Pflegeheim und John vom Bauernhof, und hatten sich auf halbem Weg getroffen. Sie hatten sich umarmt und Seved hatte gelacht und John hatte geweint. Sie waren über das Feld gegangen, und dann war das Taxi gekommen.

Es war zum Hof gefahren und dann in den Ort. John und Seved hatten einander bei den Händen gehalten, bis die Tante und der Onkel sie getrennt hatten. Seved hatte geschrien. John hatte geweint. Was sollten sie tun?

Was-zum-Teufel-sollten-sie-tun?

Seved musste wegziehen, weit nach Norden. Sie konnten sich nirgendwo mehr treffen. Dann war er auch weggezogen. Die Leute kamen nicht mit ihm klar. Niemand kommt mit dir klar, John, hatte die Tante gesagt.

Johnny parkte vor dem Motel. Auf dem Parkplatz davor standen ein Saab und ein Rekord. Der Saab wirkte sehr neu. Vor der Tankstelle qualmte ein Laster wie eine alte Dampflok.

Bodil Fyhr stand hinter dem Tresen und lächelte wie eine Mutter. Er hatte immer gefunden, so müsste eine Mutter lächeln.

»Geht's wieder nach Hause?«, fragte sie.

»Ja.« Er nickte zu der Tür hinter ihr. »Ich müsste mich nur mal eben frisch machen.«

Er betrat den Verschlag, der ihr Büro war. Neben dem Waschbecken hing ein Kalender von einem Benzinkonzern. Auf dem Bild war ein Feld unter einem wolkenlosen Sommerhimmel zu sehen. Fröhliche Bauern, die Heu auf Heureiter luden, gut gelaunte Mädchen. Die Mädchen hatten alle Zöpfe in derselben Farbe wie das Heu. Er sah, dass der Kalender vom vorletzten Jahr war.

Draußen am Tresen war Bodil mit einem Kunden beschäftigt. Es war ein älterer Mann in einem karierten Hemd und mit Mütze. Vielleicht ein Rentner. Er schrieb seinen Namen in das Anmeldebuch, bekam einen Schlüssel, nickte und ging. Bodil sah plötzlich sehr besorgt aus.

»Der Kalender da drinnen ist vom vorletzten Jahr«, sagte Johnny.

»Ist das wichtig?«

»Tja ... vielleicht nicht.«

»Mir gefällt das Bild«, sagte sie. »Ich hab den Kalender hängen lassen, seit Egon gestorben ist«, sagte sie, schlug das Anmeldebuch zu und legte es in ein Regal hinter dem Tresen.

»Ist es im vorletzten Sommer passiert?«

»Im Juli«, sagte sie. »Es war sein Kalender.«

Der Mann in dem karierten Hemd kehrte zurück. Er trug eine Art Rucksack in der Hand. Sein Gesicht war runzlig und freundlich.

»*I wanna park closer to the room*«, sagte er.

Bodil sah Johnny hilflos an.

»*I wanna get closer with the car*«, wiederholte der Mann. Er war ganz ruhig. Es schien ein selbstverständlicher Wunsch zu sein. »*Get a little bit closer.*«

»Was sagt er?«, fragte Bodil Johnny. »Ich versteh ihn nicht.«

»*There is ... only ... this*«, sagte Johnny und machte eine Handbewegung zum Parkplatz hinaus. Er wandte sich an Bodil. »Er möchte etwas näher am Zimmer parken.«

»*Only that space?*«, fragte der Mann »*Isn't this supposed to be a motel?*« Er drehte sich um.

»*There is only this.*« Johnny zeigte wieder hinaus.

»Okay, okay«, sagte der Mann, ohne seine gute Laune zu verlieren. »*Thanks, son.*«

Er ging zu seinem Saab, der quer geparkt war. Der Mann hatte einen schwankenden Gang.

»Ich wusste gar nicht, dass du Englisch kannst, Johnny!«

»Es klang eher amerikanisch«, entgegnete er. »Ist er ein Amerikaner?«

»Jedenfalls ist er nicht von hier«, sagte Bodil. »Wo hast du so gut Englisch gelernt?«

»*Atlas Music Company Catalog* und die Betriebs- und Wartungsanleitungen«, antwortete er und ging zum Tresen. »Schau doch noch mal im Anmeldebuch nach, was er eingetragen hat.«

Sie nahm den dünnen Ordner aus dem Regal, schlug das heutige Datum auf und fuhr mit dem Zeigefinger an den Eintragungen entlang.

»Ich kann seinen Namen nicht entziffern«, sagte sie.

»Woher kommt er?«

»Lies selbst.« Sie schob ihm das Anmeldebuch zu.

Er las: DETROIT, ILL., USA.

»Was will ein Amerikaner hier?« Bodil legte den Ordner zurück ins Regal.

Johnny zuckte mit den Schultern.

»Wieso fährt er einen Saab?«, fragte sie. »Die fahren doch keinen Saab in Amerika?«

»Den hat er wahrscheinlich gemietet.«

»Warum mietet er keinen Ford? Oder einen Buick?«

Sie kannte die meisten amerikanischen Automarken. Die hatte sie vermutlich bei der Tankstelle gegenüber und beim Motel gesehen, und bei den Halbstarken.

»Vielleicht kann man die hier nicht mieten«, sagte Johnny.

»Was macht er hier?«, wiederholte Bodil.

»Ich vermute, er ist ein Tourist.«

»Tourist? Hierher kommen doch keine Touristen.«

»Und warum unterhältst du dann dieses Motel?«

»Doch nicht wegen der Touristen.« Sie sah sich um, als ob sie zum ersten Mal hier wäre. »Unsere Gäste sind Leute auf der Durchreise.«

»Darf ich noch mal ins Anmeldebuch schauen?«, bat er.

Sie hatte Recht. Die Unterschrift war schwer zu entziffern. Aber er suchte nicht nach einem amerikanischen Namen.

»Gestern war hier eine Frau in einem roten Kleid«, sagte er.

»Ja?«

»Erinnerst du dich an sie?«

»Nein.«

»Sie fuhr einen Amazon«, sagte er. »Der stand da draußen, dunkelblau.«

»Warum fragst du, Johnny?«

»Ich erinnere mich, weil ... sie später im Café auftauchte. Sie hat mit mir gesprochen.«

»Hier hat niemand in einem roten Kleid gewohnt«, sagte Bodil und stellte den Ordner wieder ins Regal. »Letzte Nacht hat hier überhaupt keine Frau gewohnt. Und die Nacht davor auch nicht.«

Hab ich das alles geträumt?, dachte er. War ich etwa im Delirium? Nein. Bodil wird sich erinnern, dass ich hier war.

»War ich gestern hier, Bodil?«

»Bist du betrunken, Johnny?«

»War ich gestern Abend hier?«, fragte er. »Hab ich mit dir gesprochen?«

»Natürlich warst du hier, Johnny. Wenn ich hier war, dann warst du auch hier.« Sie beugte sich vor. »Was ist los?«

»Nichts«, sagte er.

10

Johnny ging auf die Tür zu.

»Wohin willst du? Du willst mich doch wohl nicht mit dem Amerikaner allein lassen?«

»Er sah nett aus, Bodil.«

»Aber wenn er was will? Er muss doch was essen. Ich verstehe ihn ja nicht!«

»Setz ihm Geröstetes mit gebratenen Bananen vor«, sagte Johnny. »Mit Erdnussbutter.«

»Gebratene Ba…?«

»Das ist Elvis' Lieblingsgericht. Alle Amerikaner essen das.«

»Wo soll ich denn Bananen herkriegen? Ich hab doch keine Bananen im Haus. Und wie heißt das … Erdn…?«

»Erdnussbutter. Das sind gemahlene Erdnüsse. Glaub ich.«

»Noch nie gehört. So was gibt's hier nicht.«

»Du kommst schon mit ihm zurecht, Bodil.« Er öffnete die Tür. Die ungeölten Scharniere quietschten protestierend, als hätte Bodil Fyhr mit dem Schmieren auf einen Moment wie diesen gewartet. »Bis dann.«

»Johnny? Johnny! Du kannst mich nicht mit dem allein lassen! Stell dir vor, er …«

Aber die Tür quietschte noch einmal und schnitt Bodil Fyhrs Stimme ab. Johnny ging über den Parkplatz auf den

Duett zu. Plötzlich stieg der Amerikaner aus dem Saab, der fünf Meter entfernt parkte. Er schwang eine Aktentasche. Johnny öffnete die Autotür. Über das Autodach hinweg sah er das Gesicht des Amerikaners. Stirn und Wangen des Mannes waren zerfurcht von Falten; in seinem Kinn war ein Grübchen. Er hatte die Mütze abgenommen.

»*Thanks for the advice, son*«, sagte der Mann und streckte die Hand über das Dach. »*Milt Ericson, Detroit, Illinois. That's the US.*«

Johnny reichte ihm die Hand. »John ... Johnny Bergman.« Milt Ericsons Händedruck war sehnig und unerwartet fest.

»Bergman, Sweden«, fügte Johnny hinzu.

»*You're about the first damned Swede I've met on this trip who can speak a bit of English*«, sagte Milt. »*I saw your boots in there. And that hair. Straight out of the fifties!*«

Johnny verstand nicht genau, was der Mann meinte. Die Stimme war tief und schien irgendwo aus dem Zwerchfell zu kommen. Es war das erste Mal, dass er Amerikanisch in Wirklichkeit hörte.

»Entschuldige, wenn ich mich aufdränge«, fuhr Milt in seinem breiten Englisch fort, und Johnny verstand fast, was er sagte, »aber die Straßen waren so leer diese Woche.« Er sah sich wieder um. »Dies ist bei Gott das stillste Land, das ich je gesehen habe. Niemand sagt etwas. Du bist verdammt der erste Schwede, der geantwortet hat, als ich ihn angesprochen habe.«

»Englisch ist ... eine schwere Sprache«, sagte Johnny in einem Englisch, das ihm vorkam, als stolpere es vorwärts.

»Du machst das ausgezeichnet, Junge.« Milt schaute zum Moteleingang. »Darf ich dich zu einer Tasse Kaffee einladen?«

Johnny warf einen Blick auf seine Armbanduhr.

»Hast du es eilig?« Milt sah auf den Duett. »Ist das dein Auto? Das ist bei Gott das hässlichste Auto, das ich je gesehen habe.« Er blickte wieder auf. »Entschuldige, aber mir scheint, du kannst so was vertragen.« Er betrachtete wieder den Duett, der unter seinem Blick zu schrumpfen schien. »Ich hab mein ganzes Leben mit Autos zu tun gehabt, aber diese ... Kiste würde in Detroit nicht als Auto durchgehen.«

Johnny wusste nicht, was er antworten sollte, ob er überhaupt antworten sollte. Ungefähr verstand er, was Milt sagte. Er hatte den Duett beleidigt. Der Duett war ein alter Freund.

»Du weißt doch, dass Detroit die Autohauptstadt der USA ist? Motor City. Das weißt du doch, oder?«

»Sprich ... nicht schlecht über mein Auto«, sagte Johnny.

Milt lachte laut.

»Das gefällt mir, Junge. Du bist um keine Antwort verlegen. Das seh ich dir an. Wie ist es nun mit einem Kaffee?«

»Mein Urgroßvater stammt aus dieser Gegend«, erzählte Milt, als sie bei Kaffee und Zuckergussgebäck saßen. Bodil Fyhr hatte sie dazu eingeladen. Da sie normalerweise ziemlich knauserig war, wurde Johnny klar, wie sehr sie sich fürchtete, mit Milt allein zu bleiben.

»Ich bin der Erste in der Familie, der das alte Land besucht«, fuhr Milt fort.

»Willst du ... bleiben?«

»Für immer? Nein, nein, nur ein paar Wochen.«

»Hast du ... hast du ...«

»Ob ich den Ort gefunden habe, von dem wir stammen? Willst du das wissen?« Johnny nickte. »Tja ... das Dorf hab ich ja schon von zu Hause aus aufgespürt, aber dort steht nichts mehr. Ich war vorgestern dort. Es gab nicht mal mehr einen Schuppen, den man mir hätte zeigen können.« Er lächelte, sein Gesicht zog sich zusammen und sah mit einem Mal aus wie eine zusammengeknüllte Papiertüte. »Und im Übrigen gab es auch niemanden, der mir etwas hätte zeigen können.« Milt lachte. »Es gab nur andere Bruchbuden. Es war wie in Montana. Plus Wald.« Er hielt das Gebäck hoch und studierte es, eingehend. »Nachdem meine Vorfahren weggegangen sind, ist alles verkommen. Wo das Haus vielleicht gestanden hat, gab es nur noch ein paar Kühe auf einer Weide. Nicht mal die Grundmauern waren übrig.« Er sah Johnny über das Gebäck hinweg an. »So was sieht man, wenn man hier herumfährt. Kühe, aber keine Leute. Und überall Steinmauern.« Milt legte den Kuchen hin. »Man kann verstehen, dass die Leute weggegangen sind.« Er hob die Hand, als würde er etwas wiegen. »Zu müde, um Steine zu stapeln, die armen Teufel.«

Johnny nickte.

»Aber du bist geblieben.« Milt lächelte. »Dein Urgroßvater hat beschlossen zu bleiben.«

»Scheint ... so.«

»Was machst du denn, Junge? Du siehst nicht aus wie ein Bauerntölpel.«

Johnny zeigte auf die Jukebox. Es war eine Seeburg Q-160S, ein 80er-Magazin, auf das er stolz war. In diesem Augenblick spürte er, dass er froh darüber war, Milt gerade hier getroffen zu haben und jetzt auf die Box zeigen zu können. Er hätte Milt erklären können, dass sie in der Lage war, 45er und speziell produzierte 33er mit vier Songs je Seite zu mischen, aber für die Fachausdrücke hätte er den *Atlas Music Company Catalog* gebraucht.

»Die Jukebox?«, fragte Milt. »Spielst du damit? Fährst du rum und lässt Jukeboxen laufen?«

»Ich ... die gehört mir«, sagte Johnny.

»Das ist deine?« Milt stand plötzlich auf und ging zu der Jukebox. »Das ist ein feines Stück. Seeburg. Mhm. Ich könnte dir etwas über Jukeboxen erzählen. Ich mochte Jukeboxen schon immer.« Er drehte sich zu Johnny um. »Warum hast du die hier stehen?«

»Ich hab noch mehr. Ich ... ich ...«

»Sammelst du Jukeboxen?«

»Nein, das ist mein Job.«

»Du bist Aufsteller? Du besitzt und wartest Jukeboxen?«

»Ja.«

»Das ist ja ein Ding.«

Milt legte die Hand auf die Glasfront der Seeburg. Er verstummte. Plötzlich lag etwas wie Sensation in der Luft, als ob die Stille im Raum etwas ganz Neues wäre. Johnny hatte sich an Milts ununterbrochenes Reden gewöhnt.

Jetzt legte Milt seine Hand zärtlich auf das Gehäuse der Box.

»Die ist bestimmt erst ein paar Jahre alt.« Er fuhr mit der Hand über die roten Tasten. »Schön. Aber du hättest kurz nach dem Krieg dabei sein sollen, Junge. Da gab es Sachen. Hitone Symphonola, Colonel ... Vogue.« Er zeigte auf die Wand. »Seeburg hatte eine kleine Wandbox, tja, die konnte auch ohne Wand stehen, Melody Parade hieß die, man konnte fünf Songs wählen, und es konnten bis zu sechs Boxen auf ein und derselben Bartheke stehen. Man konnte sich auch eine auf den Tisch stellen lassen. Musik zum Essen.«

»Die kenne ich nicht«, sagte Johnny.

»Die kennen viele nicht. Du bist zu jung. Es war eins der ersten Modelle, die sie aus den Wandboxen machten.«

Milt studierte die Titelstreifen. Beim Lesen schien er schwach die Lippen zu bewegen. Er schaute auf. »Ich kenne keinen von diesen Songs. Der einzige Name, den ich kenne, ist Elvis. Aber was für Musik es *damals* gab.«

»Was war das für Musik?«, fragte Johnny.

»Tja ... Sachen wie *Could Be* von Sammy Kaye, *I Get Along Without You Very Well* vom Larry Clinton's Orchestra, *Annabelle* ... ich glaube, das war vor Milt Herth.«

Milt kehrte an den Tisch zurück und setzte sich. Er hob die Kaffeetasse und schaute misstrauisch hinein.

»Kein Wunder, dass es in dieser Gegend kaum noch Leute gibt. Die, die nicht in die USA gegangen sind, sind an diesem Gift gestorben.« Er nahm einen Schluck und zog eine Grimasse. »Woraus kocht ihr den? Aus Asphalt?«

»Asphalt«, antwortete Johnny und hob seine Tasse.

»Was heißt das auf Schwedisch?«

»Asphalt.«

»Dasselbe Wort?«

Johnny nickte und nahm einen Schluck vom Kaffee, der bei Bodil meist ziemlich schwach war im Vergleich zu anderswo.

»Mein Großvater war der Letzte in unserer Familie, der noch Schwedisch konnte«, sagte Milt. »Er hat meinem Vater ein paar Wörter beigebracht, aber für mich waren keine mehr übrig. Das ist schade.«

»Gar nichts?«

»Hmh … irgendwas hat er wohl gesagt, aber ich habe es vergessen. Obwohl … es gibt ein … *is… ist… ister…band*! Daran erinnere ich mich. Easterband. *Isterband*. Ich weiß nicht, was das bedeutet.«

»*Isterband*?«

»Ja. Bedeutet das etwas? Gibt es so ein Wort?«

»Das ist eine …«

Johnny überlegte, was Wurst auf Englisch hieß. Er hatte es schon mal gehört. In Amerika hatten sie ein besonderes Wort für Wurst. Jetzt fiel es ihm ein.

»Das ist ein *hot dog*«, sagte er.

»Hot dog? *Isterband* ist ein *hot dog*?«, fragte Milt. Er sah zweifelnd aus, noch runzliger als vorher. »Gab es zu Urgroßvaters Zeiten *hot dogs*?«

Johnny nickte.

»Gibt es die immer noch? *Isterband*? Ist das Nahrung aus dem neunzehnten Jahrhundert oder gibt's die immer noch? Die möchte ich mal probieren, *Isterband*. Ich hab nichts gegen Würstchen. Ich bin nicht religiös.«

Johnny versuchte in Milts treuherzige Augen zu sehen. Der Mann schien ihn nicht auf den Arm zu nehmen. *Isterband*. Sie saßen genau in dem Land, in dem Milch, Honig und *Isterband* vom Himmel fielen.

Er stand auf.

»Wohin willst du, Junge?«, fragte Milt. »Geh nicht, bevor du …«

»Warte.« Johnny hob die Hand. Er ging hinaus zu Bodil. Sie zuckte hinterm Tresen zusammen.

»Was steht morgen auf dem Speiseplan, Bodil?«

»Hm ... Frikadellen, glaub ich.«

»Hast du keine *Isterband* in der Tiefkühltruhe?«

»Nein, aber im Kühlschrank. Warum fragst du?«

»Könntest du dem Amerikaner eine machen? Mit Béchamelkartoffeln.«

»Jetzt kapier ich gar ...«

»Er möchte eine Spezialität probieren. Er hat schon mal von *Isterband* gehört.«

Bodil nickte mit offenem Mund.

Johnny kehrte in das Café zurück.

»Morgen«, sagte er.

Milt Ericson winkte, als Johnny vom Parkplatz fuhr. Das karierte Hemd des Amerikaners leuchtete so kräftig in der Dämmerung, dass es Johnny an einen Busch im Herbst erinnerte.

»Du gehst hier nicht weg, bevor du mir nicht deine Telefonnummer gegeben hast, Junge«, hatte er gesagt. »Wenn ich auf noch mehr Probleme in dem alten Land stoße, weiß ich, dass ich dich anrufen kann. Und du bist der Einzige, der Englisch spricht.«

»Ich bin meistens ... unterwegs«, hatte Johnny gesagt.

»Es ist ja nur für den Notfall.«

Milt hatte ihm seine Adresse gegeben.

»Hoffentlich kommst du mal zu Besuch im neuen Land, Junge. Ich habe ein großes Haus. Es gibt viel Platz. Meine Frau ist nicht mehr unter den Lebenden.« Er hatte auf den kleinen Motelanbau gezeigt. Der wirkte in der Umgebung fast genauso fremdartig wie Milt Ericson selbst in seinem schreiend bunten Hemd. Sie passen zusammen, hatte Johnny gedacht, das Motel und Milt. Motels sind eine amerikanische Erfindung. »Dies ist noch eine Woche mein Basislager. Wenn du zufällig vorbeikommst, schau bei mir rein.«

»Fährst du dann … nach Hause?«

»Japp. Dann hab ich das hier gesehen.« Er ruderte mit den Armen. »Dann habe ich gesehen, woher ich stamme.«

»Kauf dir ein anderes Auto!«, rief er, als Johnny beim Stoppschild hielt, um auf die alte Landstraße einzubiegen.

Johnny hatte den Zettel mit Milts Adresse auf das Armaturenbrett gelegt. Als das Auto in ein tiefes Loch auf der mit Schotter bedeckten Straße rumpelte, segelte der Zettel zu Boden und verschwand aus Johnnys Blickfeld. Jetzt fuhr er durch einen Wald. Die Straße wurde enger und die Tannen schienen ihn und das Auto zu bedrängen. So fühlte es sich manchmal an. Es wurde dunkel, das gemahnte an den August. Eine ruhige Stimme im Radio erzählte, dass Ranger VII viertausend Aufnahmen von der Mondoberfläche machen würde. Er dachte wieder an Milt. Sollte ihm der Mond fremder sein als das Hochland hier? Es war nicht sicher. Er wusste nicht, ob Milt eine Kamera dabeihatte, aber er nahm es an. Fotos von einer Kuhweide oder einer Steinmauer. Ein überwuchertes Stück Land. Von hier stamme ich.

11

Die Straße machte einen riesigen Bogen, und er sah den Ort am anderen Ufer der Bucht. Der See ging in die sumpfigen Weiden über und ließ alles durchsichtig erscheinen. Land und Wasser waren nicht zu unterscheiden. Im Winter war das anders, dann war alles zu einem weißen Fußboden gefroren, doch jetzt, in der Augustdämmerung, könnte man verführt werden, übers Wasser zu gehen. Aber er hatte das Auto noch nie in der Parkbucht abgestellt und es versucht.

Der Ort sah aus wie alle Orte in dieser Gegend. Häuser und Höfe wurden hoch vom Kirchturm überragt. Die Dächer gingen in einer einzigen gezackten Linie ineinander über, die niedriger war als die Horizontlinie des Waldes. Die Gulf-Tankstelle am Ortseingang sah verlassen aus im feurigen Licht des Abendhimmels. Ein einsamer Volvo PV stand neben einer der drei Tanksäulen, aber er konnte kein Personal und keinen Fahrer entdecken.

Ihm begegneten keine Autos, als er an der Kirche, dem Kiosk und dem Marktplatz vorbeifuhr. Vor dem Kiosk stand eine Borgward Isabella, aber niemand stieg aus oder ein. Der Kiosk schien wie geblendet im Abendlicht, er sah aus wie ein blindes Auge.

Das *Rondo* lag dunkel da. Es hatte drei Fenster zur Landstraße, und drinnen sah er nur ein feuergelbes Licht. Er kannte die Lichtquelle. Es war sein Licht, er hatte es dort drinnen aufgestellt.

Er parkte hinter dem Café. Auch das Gartencafé auf der anderen Seite des Schotterplatzes sah verlassen aus. Es war ein schöner Abend, nur die Menschen fehlten. Er hob seine Platten aus dem Duett und hörte eine Stimme hinter sich.

»Bei uns ist heute Nacht eingebrochen worden, Johnny.«

Er drehte sich um und sah Monas Gesicht am Fenster.

»Was ist passiert?« Er ging auf die Treppe zu.

»Die hier haben sie eingeschlagen.« Sie klopfte auf die Fensterscheibe. »Birger hat es entdeckt, als er heute Morgen kam.« Sie klopfte wieder. »Wir haben eben neue Scheiben eingesetzt. Aber sie haben kein Geld geklaut. Es war ja nichts in der Kasse, und die Klappe der Box haben sie nicht aufgekriegt.«

»Wahrscheinlich haben sie gedacht, es lohnt sich nicht, die auszunehmen«, sagte er. »Da ist ja sowieso keine Kohle drin.«

Sie antwortete nicht.

»Was meint die Polizei?«

Sie lachte auf, ein raues Lachen.

»Na, wenn es nichts zu stehlen gab, gibt es ja auch kein geklautes Geld, das man wiederfinden muss«, sagte Johnny.

»Wir hätten vermutlich einen Flipper haben müssen«, sagte sie. »Das bringt Geld.«

»Damit es garantiert was zu klauen gibt?«

Sie lächelte.

»Ihr habt ja schnell eine neue Scheibe bekommen.«

»Ich weiß nicht, was Birger dem Glaser angedroht hat.«

»Vielleicht eure Kopenhagener«, antwortete Johnny und öffnete die Hintertür an der Treppe und betrat die Küche des Cafés. Er hörte ein Lachen aus dem Lokal. »Viele Gäste heute Abend?«

»Ein paar Jugendliche«, sagte Mona, »die üblichen.«

»Ich hör keine Musik.«

»Eben haben sie noch was laufen gehabt.«

»Und was?«

»Keine Ahnung«, sagte sie. »Ich hab keine Ahnung von Poprock oder wie das nun heißt, das weißt du doch.« Sie zeigte auf die große Kaffeemaschine, die neben der Tür zum Lokal silbern glänzte. »Möchtest du etwas?«

»Später. Was haben die Diebe denn mitgehen lassen? Irgendwas werden sie doch genommen haben.«

»Den Bäckerschnaps natürlich«, antwortete sie. »Der Kanister war nur noch ein Viertel voll, deshalb hat Birger ihn gestern Abend im Keller stehen lassen. Ich hatte ihm eingeschärft, nie etwas zurückzulassen. Die sind wegen des Schnapses eingebrochen.«

Der Bäckerschnaps. Oder besser Konditorschnaps. Echter starker Alkohol, Kirsch, Cognac, Birne, Würze in Plastikkanistern für die Konditoreien, aber nicht immer landete der Inhalt der Kanister im Backwerk. Er hatte sich selbst den einen oder anderen Kanister mit dem einen oder anderen Konditor geteilt, der für den Tag Feierabend hatte.

»Und die ganze Sukkade«, sagte Mona, »und alle eingelegten Kirschen.«

»Was wollen die denn damit?«

»Die sind doch in Schnaps eingelegt«, antwortete sie.

»Du lieber Himmel.«

»Die müssen wir wohl auch einschließen«, sagte sie. »Vielleicht in deiner Jukebox.« Sie lächelte ein breites Lächeln. »Du sagst ja, die ist sicher.«

»Bitte keine Cocktailkirschen. Es reicht, dass die Gören manchmal Cola in den Schlitz gießen.«

»Das ist doch nur einmal passiert.«

»Hast du schon mal eine Box gereinigt, die mit Coca-Cola verklebt ist?«, fragte er.

»Sag Bescheid, wenn du etwas essen möchtest«, sagte sie und schloss die Fensterhälfte.

Er nickte und ging ins Café. Einige Gesichter wandten sich ihm zu. Er meinte sie alle zu kennen. Drei Jungen, zwei Mädchen.

»Hallo, Johnny. Hast du was Gutes dabei?«, fragte einer der Jungen. Er sah aus wie ein etwas klein geratener Halbstarker, schwarze Lederweste, die Haare glänzend von Brillantine.

»Nein.«

»Rolling Stones?«, fragte eins der Mädchen. »Hast du die Rolling Stones?«

»Sind schon drin in der Box«, sagte er. »*It's All Over Now.*«

»Hast du keine neuere Scheibe von denen?«

»Gibt keine neueren«, sagte er, öffnete die Tasche und nahm die frisch gebohrten Platten heraus. Der Geruch nach frisch geschnittenem Vinyl war immer noch wahrnehmbar.

»Müssen die so aussehen?« Einer der Jungen zeigte auf die 45er, die Johnny in den Händen hielt. Der Junge trug ein Hemd und einen dünnen Pullover, enge Hose. Seine Haare waren kurz geschnitten. »Ist sonst nicht ein kleineres Loch in der Mitte?«

»Nicht für die Box«, sagte Johnny. »Die braucht große Löcher. Kleine Löcher für den Plattenspieler zu Hause.«

»Sind deine Platten eine Spezialanfertigung?«

»Nein. Ich muss sie selber bohren.« Er hielt die Platte hoch. »Bis vor einem Jahr konnte man in der Mitte ein Plättchen herausdrücken, dann hatte man ein größeres Loch. Die Hersteller dachten auch an die Jukeboxen. Aber jetzt pfeifen sie drauf. Deshalb muss ich die Platten selbst präparieren.«

Johnny öffnete die Rock-Ola und las das Zählwerk ab. Im letzten Monat war keine der hundert Platten vierzigmal oder öfter gespielt worden. Dem am nächsten kamen Alma Cogan, die Beatles, Cliff Richard, Rolling Stones und Chuck Berry: *No Particular Place To Go.*

Die Vierunddreißig war siebenundzwanzigmal gespielt worden. Vielleicht mochten die Leute sie nicht mehr. Oder sie war nichts für die Jugendlichen im *Rondo*. Die wenigen Jugendlichen des Ortes waren immer hierher gekommen, aber das änderte sich allmählich. Vor einigen Jahren hatte Johnny geglaubt, hier werde er eines Tages Jugendliche treffen, die er noch als Kleinkinder gekannt hatte, aber jetzt wusste er, daraus wurde nichts.

Vielleicht ist die Vierunddreißig hier nicht so gut gegangen, weil in diesem Ort noch zu wenig abgerissen worden war. Hier konnten Buden zusammenbrechen, ohne abgerissen zu werden. Die Leute gingen weg und ließen die Schuppen einfach wie geschrumpfte Erinnerungen zurück.

»Jeder darf sich was wünschen, gratis.«

»Wir wissen ja nicht, was du Neues mitgebracht hast«, sagte das Mädchen, das nach den Rolling Stones gefragt hatte. Er versuchte sich zu erinnern, wie sie hieß. Es war ein Name, der mit B anfing.

»Darum geht es jetzt nicht«, sagte er. »Ich möchte wissen, welche Platten in der Box populär sind.«

»Machst du eine Untersuchung?«, fragte der kleine Halbstarke.

»Mal los«, sagte Johnny. »Was möchtest du hören, Junge?«

»Elvis natürlich.«

»Und was?«

»*Suspicion.*«

»In der Jukebox ist zu viel Elvis«, sagte der kurz geschorene Junge.

Das Mädchen hieß Barbro. Sie sehnte sich von hier weg. Während er Kaffee trank und ein Butterbrot mit Ei und Anschovis aß, leistete sie ihm Gesellschaft. Er wollte sie einladen, aber sie wollte nichts.

»Hier ist nichts los«, sagte sie. »Wenn man klein ist, fällt einem das nicht auf, aber jetzt.« Sie fingerte an der Tischplatte herum. »Wenn man älter wird, merkt man es.«

»Wie alt bist du, Barbro?«

»Achtzehn.«

»Gehst du noch zur Schule?«

»Letztes Jahr bin ich auf die Haushaltsschule in der Stadt gegangen«, antwortete sie, »aber nur sechs Monate.«

»Und was machst du jetzt?«

»Vielleicht krieg ich einen Job bei der Schulspeisung, wenn die damit anfangen.« Sie zeigte durchs Fenster in eine unbestimmte Richtung. »Ab Oktober gibt es eine Schulspeisung im Gemeindehaus. Das ist neu.«

»Klingt doch gut.«

»Wenn ich den Job kriege, bleib ich hier.«

»Ist doch gut, oder?«

»Ich weiß nicht.« Sie schaute zu den anderen, die am Fenstertisch Karten spielten. »Dann bleibe ich hier. Verstehst du, wie ich das meine? Dann bin ich ... gezwungen zu bleiben.«

»Was zwingt dich denn? Oder wer?«

»Die ... Erwachsenen«, sagte sie. »Meine Eltern. Und andere Erwachsene.«

»Die können dich doch nicht zwingen.«

»Sie scheinen ... nervös zu sein«, sagte sie. »Als würde man aus diesem Gefängnis ausbrechen, abhauen von hier.«

»Du brauchst nicht abzuhauen«, sagte er. »Du gehst einfach weg. Und es muss ja noch nicht das Ende bedeuten, in der Schulspeisung zu arbeiten. Du bist doch erst achtzehn. Du kannst dort zum Beispiel zwei Jahre arbeiten, und dann fährst du hinaus in die Welt.«

»Genau das möchte ich«, sagte Barbro, »in die Welt hinaus.«

»Das schaffst du.«

»Du fährst ja auch rum«, sagte sie.

»Diese Welt ist nicht besonders groß«, sagte er.

»Aber man kriegt was Neues zu sehen«, sagte sie, »nicht jeden Tag dasselbe.« Sie zeigte wieder nach draußen, diesmal auf die Häuser und die Landstraße. »Hier ist immer alles gleich. Immer.«

»Wenn du bei der Schulspeisung anfängst, ist das etwas Neues«, sagte er. »Montag Leber, Dienstag Dorschrogen, Mittwoch Speckpfannkuchen.«

Sie lächelte.

Er schob den Teller mit dem halb aufgegessenen Butterbrot beiseite und zündete sich eine Zigarette an.

»Hast du ein bestimmtes Ziel?«

»Ja ... etwas, das größer ist als dies.«

Der Halbstarke an dem anderen Tisch grinste. Er hatte es gehört.

»Dann reicht es, wenn du zwölf Kilometer fährst«, rief er durch den Raum. »In die Stadt.«

»So meine ich es nicht.« Sie beugte sich näher zu Johnny und fügte leiser hinzu: »Ich möchte in eine ... Großstadt. Ist das komisch?«

»Kein bisschen. Warst du schon mal in der Hauptstadt?«

»Nein. Aber du doch bestimmt?«

»Ja, da muss ich manchmal eine Lieferung abholen.«

»Ich möchte ... nach England«, sagte sie noch leiser. »Bist du da mal gewesen?«

»Nein, aber es liegt am Weg nach Amerika.« Er lächelte. »Wenn man mit dem Schiff nach Amerika fährt, kommt man erst nach England. Nach Liverpool.« Er lächelte wieder. »Die Beatles stammen aus Liverpool.«

»Bist du schon mal in Amerika gewesen?«

»Nein. Aber ich ... denke an Amerika. Ungefähr wie du an England denkst, vermute ich.« Er nahm einen Zug von seiner Zigarette und blies den Rauch in eine andere Richtung. »Ich bin mehr als fünfzehn Jahre älter als du und träume immer noch davon, wegzugehen. Du hast also noch genügend Zeit vor dir.«

»Ich will nicht warten ...« Sie brach mitten im Satz ab.

»Du willst nicht so lange warten? Nein. Das ist gut.« Er drückte seine Zigarette aus und kippte den Rest Kaffee in einem Schluck hinunter. »Und ich glaube, dass du England sehen wirst. Und noch mehr.«

Sie antwortete nicht. Er lächelte wieder, die Kaffeetasse in der Hand.

»Jukeboxen in Amerika zu betreiben, das muss doch lohnender sein als hier?«, fragte sie nach einer Weile.

»Die Konkurrenz ist härter«, sagte er. »Und vermutlich braucht man eine Menge Extra-Genehmigungen.«

»Dann fahr hin und beschaff sie dir«, sagte sie.

Sie berät und ermuntert mich, dachte er. Jetzt ist sie es, die zuhört. Sehe ich so verzweifelt aus?

Er verließ den Ort auf demselben Weg, auf dem er gekommen war, an der Kirche und der Tankstelle vorbei. Die flammte nicht mehr im feurigen Abendlicht. Dies war nicht seine Gegend, aber dort, wo er jetzt wohnte, sah es genauso aus. Oder wo er seine Werkstatt hatte. Die Landschaft änderte sich erst unten bei den großen Ebenen im Süden, dort war man gewissermaßen in einem anderen Land, dort war der Dialekt so anders, dass man Zeichensprache zu Hilfe nehmen musste. Er hatte an dem großen Sund gestanden, aber auf der anderen Seite war kein Meer zu sehen. Auch oben in der Hauptstadt sah man kein Meer. Wasser, aber kein Meer. Das Meer war weiter westwärts.

Auf der schnurgeraden Straße durch das Moor dachte er an das Mädchen, Barbro. Sie hatte souverän gewirkt, so, als sei es noch nicht so eilig mit der Reise. Als ob sie wüsste, dass sie es schaffen würde, und die Gewissheit gab ihr Kraft, sich seiner zu erbarmen. Ja. Sie hatte es gesehen. Wusste sie es? Sie wusste vermutlich gar nichts. Man musste nichts wissen. Es war einfach zu sehen.

Die schnurgerade Straße war lang. Er hätte eine Weile am Steuer schlafen können. Er brauchte Schlaf. Die vielen Nächte, in denen es spät geworden war, hatten seinen Schlaf durcheinander gebracht, er fand nicht einmal Ruhe, wenn er ihn suchte. Auf dem Philipsspieler unter dem Armaturenbrett drehte sich eine Platte von Elvis. Der Lautsprecher im Auto war nicht der Stärkste, und Elvis' Stimme klang schwach. Er öffnete das Fenster, durchdringende Gerüche strömten herein. Wenn die Sonne versank, setzten die Moore Feuchtigkeit und Düfte frei und ihm war, als senke sich alles über ihn. Er fuhr an den Straßenrand, hielt an, stieg aus und zündete sich eine Zigarette an. Es war ganz still. Elvis hatte aufgehört zu singen. Kein Lufthauch rührte sich. Dann hörte er den Schrei eines Tieres. Er wiederholte sich, und Johnny dachte, es könnte ein großer Vogel sein. Er hörte Schritte im Moor, vielleicht weit entfernt, vielleicht ein Jäger. Dann war es wieder lange still. Auf der Straße waren keine Autos unterwegs, und über ihm gab es keine elektrische Beleuchtung, kein menschliches Licht, kein Neon. Plötzlich war er allein auf der ganzen Welt. Er brauchte nirgendwohin mehr zu reisen.

Er parkte das Auto, stieg aus, sein Körper war steif. Er streckte die Arme über den Kopf und senkte sie wieder. Er dachte an das Gespräch mit dem Mädchen, Barbro. Sie würde etwas anderes zu sehen bekommen als das, was er jetzt um sich herum sah. Sie hatte vielleicht Recht, vielleicht musste sie richtig abhauen, nicht nur einfach wegfahren.

Der Kiosk an der Ecke des Marktplatzes begann im frühen Abendlicht zu leuchten. Er sah aus wie eine AMI-Box. Er meinte eine Silhouette vor der Luke zu sehen. Irgendetwas lebte hier immerhin noch.

»'n Abend, Bergman«, sagte die Silhouette, als er die Luke erreichte. Kalle Hörkell hatte es schon immer hier gegeben, niemand wusste, wer zuerst da gewesen war, Kalle oder der Kiosk. Hörkell wedelte mit einer behandschuhten Hand. Er trug immer weiße Handschuhe, hatte jedoch nie erklärt, warum. Johnny hatte ihn auch nicht gefragt, nicht mal versucht, es zu erraten. Vielleicht ein Ekzem oder eine ungewöhnlich sorgfältige Hygiene. Hörkell verkaufte Zeitungen, Tabak und Süßigkeiten, aber auch Würstchen mit Kartoffelmus. »Darf's eine Wurst sein, Bergman? Gegrillt?«

»Warum nicht.«

»Kartoffelmus?«

»Ja, gerne. Eine Portion genügt.«

»Ich habe gerade frisches gekocht«, sagte Hörkell.

An der Seite des Kiosks hing ein Schild, es ragte fünf Zentimeter über den Giebel hinaus. Mit großen Buchstaben hatte Hörkell einmal ECHTES MUS darauf geschrieben, aber ein Spaßvogel hatte ECHTE MAUS draus gemacht, und so stand es immer noch da. Weder Johnny noch Hörkell hatten den Witz begriffen, aber Hörkell hatte es stehen lassen. Irgendjemanden wird das schon anlocken, hatte er gesagt. Aber wozu?, hatte Johnny gefragt.

»Mit Gurken und Preiselbeeren?«, erkundigte sich Hörkell. »Das Würstchen in einem Brötchen?«

»Wie immer, Kalle.«

»Also scharfer Senf, nicht?«

Johnny nickte. Aus den Augenwinkeln nahm er wahr, wie eine Seite des *Svenska Dagbladet* über den Marktplatz geweht wurde. Die Räume der Skånska Banken auf der anderen Seite des Platzes lagen im Schatten einer großen Eiche, als ob das Gebäude sich verstecken wollte. Das Schild war dunkel. Vor einigen Jahren hatte hier ein Raubüberfall stattgefunden, oder besser ein Einbruch. Für den Ort war das ein riesiges Ereignis gewesen. Es hatte im *Dagbladet* gestanden. Dreißig Kilometer weiter südlich hatten die Räuber das Auto stehen lassen. Es war ein Volvo PV gewesen. An der Landesgrenze waren sie in einem Saab geschnappt worden. Warum haben sie die Automarke gewechselt?, hatte Hörkell gefragt. Das Auto zu wechseln ist das eine, aber gleich die Marke?

Er bekam sein Essen auf einem Pappteller serviert. Hörkell hatte die Beilagen hübsch zu beiden Seiten der Muskugel drapiert, die er etwas flach gedrückt hatte. Darunter ragten die Würstchenenden hervor, beide waren leicht angebrannt.

Er ging am Beerdigungsinstitut vorbei und betrat *Ljungs Café*, das Wand an Wand mit dem Institut lag. Es bimmelte, als er die Tür öffnete. Der Laden war leer, und er konnte auch niemanden im Café entdecken. In der Küche hörte er Wasser laufen. Er spürte einen Lufthauch im Nacken. Der stieß die Schwingtür zur Küche auf.

Erik Ljung tauchte in der Türöffnung auf. Er trug einen Anzug, elegant wie immer.

»Mach bitte die Tür zu, Bergman, es zieht.«

Johnny schloss die Tür zur Straße und nickte zum Café.

»Ruhiger Abend.«

»Es ist zu windig. Die Leute trauen sich nicht raus.«

»Und keiner spielt Musik«, sagte Johnny.

Das kommentierte Ljung nicht.

»Es ist nichts los«, stellte Johnny fest und dachte an das Mädchen, Barbro. Sie wohnte in der Stille, und alle anderen hier wohnten auch in der Stille.

»Genau«, antwortete Ljung mit einem Gesichtsausdruck, den Johnny nicht kannte. Ljungs Augen schienen irgendwo anders zu sein, in einem anderen Raum.

»Was?«

»Niemand lässt die Jukebox spielen.« Ljung machte eine hilflose Geste. Vielleicht war er verlegen. In seinem Gesicht war immer noch dieser merkwürdige Ausdruck. »Es gibt Leute, die sich beklagen.«

»Das musst du mir wohl erklären, Ljung.«

»Sie beschweren sich über die Musik.«

»Wer?«

»Gäste. Die Cafégäste.«

»Wenn keiner was spielt, dann kapier ich nicht, worüber sie sich beklagen«, sagte Johnny.

»Wenn jemand was spielt«, erklärte Ljung. »Die Leute wollen … in Ruhe essen.«

»Die Leute? Wer denn?«

Johnny zeigte in den Caféraum. Er war leer.

»Die … anderen. Nicht die Jugendlichen.«

»Was willst du mir damit sagen, Ljung? Worauf willst du hinaus?«

Ljung schien an etwas Unangenehmem zu kauen. Er räusperte sich. Auf seiner Stirn war ein Schweißtropfen, aber der konnte auch von der Backofenwärme in der Bäckerei kommen.

»Und … Geld bringt es auch nicht mehr«, fuhr er fort.

»Hast du Kassensturz gemacht?«, fragte Johnny.

»Du hast doch den Kassenschlüssel«, sagte Ljung.

»Der scheint ja nicht nötig zu sein.«

»Du weißt, was ich meine, Bergman.« Wieder räusperte sich Ljung. »Die Geschäfte gehen nicht mehr so gut.«

»Gut oder nicht, du kriegst immer noch dreißig Prozent.«

»Es ist nicht gut ... wenn die Leute sich beschweren. Das ist es nicht wert ... die paar Kronen mehr.«

»Sollen wir die Musik auswechseln? Wir können diesen Monat Glenn Miller und Bing Crosby einlegen. Sinatra. Siw Malmkvist? Und die Vierunddreißig und Fiedel-Olle hast du ja schon.«

»Dann bleiben die Jugendlichen weg.«

»Was zum TEUFEL willst du denn, Ljung?«

Ljung murmelte Unverständliches.

»Was hast du gesagt?«

»Es hat keinen Zweck mehr, egal, was man tut. Das siehst du doch selber.«

»Das Einzige, was ich sehe, ist jemand, der keine Geschäfte mehr machen will«, sagte Johnny. »Der nicht zusammenarbeiten will. Der nicht ... zusammenhalten will.« Jetzt spürte er das Gewicht der Plattentasche in seiner Hand, ein Todesgewicht.

Ljung antwortete nicht. Er sah beschämt aus, vielleicht auch nur gleichgültig. Johnny merkte, wie schwer es ihm fiel, den Unterschied zu erkennen. Vielleicht sah eine Münze eigentlich auch gleich aus auf beiden Seiten. Jetzt sah Ljung aus, als würde er wiederkäuen. Er zupfte an seinem Jackettärmel.

Hier gab's keine Münzen mehr zu holen, das war jedenfalls klar.

»Ich nehm die Box gleich mit«, sagte Johnny und marschierte ins Café. Er sah sie, eine Wurlitzer 2204, die an einen bequemen alten Lehnstuhl erinnerte. Die war hier nicht mehr zu Hause. Die war hier nicht mehr willkommen. Sie war einsam. »Du musst mir helfen, sie rauszutragen.«

»Aber warte doch, Bergman, Schei...«

Johnny hörte nicht mehr hin. Er hatte schon den Stecker herausgezogen und die Front geöffnet und war dabei, die Platten herauszunehmen. Ljung war ihm gefolgt.

»Ich hab doch für heute noch nicht mal geschlo…«

»Sperrst du bitte die Türen auf?«, unterbrach Johnny ihn.

»Das kannst du doch nicht machen!«

»Es ist meine Box.« Er fuhr fort, die Platten herauszunehmen, zweiundfünfzig Stück, hundertvier A- und B-Seiten. Ljung hatte soeben seine B-Seite gezeigt. Er hatte keine A-Seite. »Ich mach, was ich will.«

Johnny verstaute die Platten in der Tasche. Die meisten waren neu, ungespielt. Sie würden bei jemandem gespielt werden, der es besser verdiente.

Er zerrte an der Box und zog sie langsam zu sich heran. Sie wog hundertzweiundsechzig Kilo. Er maß den Abstand zwischen dem Laden und dem Café. In der Tür war eine Milchglasscheibe, die ungefähr genauso hoch war wie die Box. Die Tür wirkte schmal.

»Wir müssen die Tür aushängen«, sagte er.

Ljung schaute zwischen Box und Tür hin und her und dann aus dem Fenster wie auf der Suche nach Hilfe.

»Zum Teu… Bergman, hör doch mal zu, das ka…«

»Oder wir müssen sie durchs Fenster hieven«, schnitt Johnny ihm das Wort ab. »Entweder oder.«

Er wusste, dass die Box durch die Türöffnung passte. Er hatte sie ja selbst aufgestellt vor vier Jahren. Ein halbes Jahr später hatte Ljung das Café gekauft. Ljung wusste nichts über die Breite und Tiefe.

»Verdammt noch mal, Bergman, das ist doch nicht meine Schuld!«, schrie Ljung. Er machte einen Schritt ins Lokal hinein. »Du scheinst das nicht … nicht zu begreifen.«

»Ich begreife nicht? Was begreif ich nicht?« Johnny spürte das Gewicht der Box an seinem Körper. Das Gewicht war real. Er packte fester zu und verstand, dass es um sie ging, genau um sie, die Box. »Ich kapier schon.«

»Es ist vorbei, Bergman. Jedenfalls geht's langsam aufs Ende zu. Die Leute wollen keine Jukeboxen mehr. Die sind überholt. Junge Leute kaufen sich Plattenspieler. Und Popmusik kannst du doch ununterbrochen im Radio hören.

Kapierst du das nicht? Das ist nicht meine Schuld, Bergman. Ich bin nicht der Einzige…«

Johnny ließ die Wurlitzer gegen die Wand krachen. Sie schien vor Schmerzen zu beben. Er drehte sich um.

»Nicht der Einzige, was? Nicht der Einzige, der keine Box mehr in seinem Café haben will? Wer noch?« Johnny machte einen Schritt auf Ljung zu, der sich zurückzog und die Arme in Abwehrhaltung hob. »Sag's mir, wer noch?«

»Nie… nie…«, sagte Ljung und schob die Tür mit seinem Hintern auf.

»Ni…? Nina wer? Nina Karlsson? Nina Blomblad?«

Er zielte aus vier Meter Entfernung einen kurzen geraden Haken gegen Ljung. Der drehte sich in einer einzigen Bewegung, die fast einstudiert wirkte, und stürzte auf die Schwingtür der Küche zu, stieß sie auf und Johnny sah ihn weiter auf die Küchentür zum Hof zustolpern, dann war Ljung verschwunden.

Links von Johnny wurde plötzlich die Ladentür geöffnet. Die Glocke klingelte schrill. Johnny stand immer noch mit vorgestreckter linker Hand da. Aus dem linken Augenwinkel sah er jemanden eintreten, einen Arm, ein Bein, eine Farbe.

»Guten… Abend.« Er hörte eine Frauenstimme. Einen verwunderten Tonfall.

12

Johnny wandte den Kopf, hielt die Arme jedoch schützend vor den Körper. Die Frau rührte sich nicht. Johnny ließ die Hände sinken und drehte sich um.

»Guten Abend.«

»Ist ... geöffnet?«

Er kannte sie nicht. In der ersten Sekunde hatte er geglaubt, es sei die Frau in Rot, es war seltsam, aber diese Frau war jünger und kleiner. Und hielt ein kleines Kind an der Hand. Es war ein Mädchen mit blonden Zöpfen. Es sah mit großen Augen zu Johnny auf.

»Ich weiß es nicht«, sagte er, »aber ich glaub schon.«

»Wo ist der Konditor?«

»Das weiß ich auch nicht.« Johnny nickte zur Schwingtür hin. »Er kommt bestimmt bald wieder.«

Die Frau schaute auf das Mädchen hinunter, das zur Eistruhe guckte.

»Wir wollten ein Eis kaufen.« Sie sah auch zur Truhe. »Aber vielleicht geht das nicht.«

»Na klar doch.« Johnny ging zur Truhe und öffnete sie. »Was möchten Sie haben?«

»Ein Eis am Stiel, Vanille«, sagte die Frau.

Das kleine Mädchen hatte schon die Hand ausgestreckt. Johnny sah einen Faden, der sich aus ihrer Strickjacke gelöst hatte. Die Frau schaute ihn mit einem müden Glanz in den Augen an. Sie trug eine dünne Kette um das Handgelenk, die ihr fast über die geballte Hand rutschte. Johnny vermutete, dass sie darin eine Münze hielt. Er spähte zu den Eissorten hinunter und entdeckte nach einigen Sekunden die Schachtel mit den schmalen Eis am Stiel. Vanille war das kleinste Eis und das billigste. Er sah wieder auf. Das kleine Mädchen hatte sich der Truhe genähert und betrachtete das Eisplakat, das an der Seite klebte, genau in Augenhöhe des Kindes. Johnny kauerte sich vorsichtig hin.

»Wie heißt du?«, fragte er. Das Mädchen antwortete nicht. Es machte einen Schritt rückwärts, als ob er sie erschreckt hätte.

»Sie heißt Monika«, sagte die Frau.

Johnny legte einen Daumen auf das Eisplakat.

»Möchtest du ein bestimmtes Eis haben, Monika?«

»Wir möchten nur Vanille«, sagte die Frau.

»Heute gibt es Eis gratis«, verkündete Johnny.

»Gratis ...?«

»Der Konditor hat es noch nicht geschafft, das Schild aufzuhängen«, sagte Johnny. »Das Angebot gilt auch nur eine Stunde vor Ladenschluss.« Er richtete sich wieder auf und lächelte die Frau an. »Ich glaub, er ist rausgegangen, um ein Stück Pappe für das Schild zu besorgen.«

Die Frau blickte ihn an. Sie wusste, dass er log. Sie schaute auf ihre Tochter hinunter, und er sah, dass sie sich entschieden hatte.

»Der Onkel sagt, dass du dir ein Eis aussuchen darfst, Monika. Möchtest du etwas anderes als Vanille? Möchtest du etwas mit Schokolade?«

Das Mädchen machte wieder einen Schritt auf das Plakat zu.

»Bis jetzt kennt sie nur Vanille«, erklärte die Frau.

»Ist das Ihre Tochter?«, fragte Johnny.

»Ja.«

Das Mädchen sah zu seiner Mama auf.

»Was möchtest du haben, Mäuschen?«

»Vanille«, sagte das Mädchen.

»Du darfst dir… ein größeres Eis aussuchen, wenn du möchtest.«

»Vanille«, wiederholte das Mädchen.

»Nimm zwei«, sagte Johnny, bückte sich und holte zwei Eis am Stiel aus der Truhe, »nimm drei.«

Er gab dem Kind das Eis. Das Mädchen streckte beide Hände aus.

»Hübsches Mädchen«, sagte er zu der Frau.

»Wer bezahlt das?«, fragte sie.

»Heute ist es gratis, wie gesagt.«

»Jemand muss doch bezahlen.«

»Dann also der Konditor«, sagte Johnny. »Er schuldet mir Geld.«

»Das versteh ich nicht ganz.«

»Wir haben Geschäfte zusammen gemacht, aber damit ist es jetzt vorbei.«

»Dann sagen wir einfach danke schön.«

»Das ist doch kein Grund sich zu bedanken«, antwortete er.

Die Frau drehte sich um und ging langsam mit dem Kind durch den Raum. Bevor sie ihn verließen, legte die Frau eine Fünfundzwanzig-Öre-Münze auf den Glastresen.

Er hörte die Schwingtür zur Küche leise schwingen.

»Hast du dich jetzt beruhigt, Bergman?«

Er drehte sich um. Ljung war auf der Schwelle stehen geblieben, bereit zu fliehen, wenn Johnny die geringste Bewegung machte.

»Ich bin ruhig. Ruhiger als du, Ljung.«

»Du wolltest dich doch prügeln.«

»Keineswegs.«

»Können wir jetzt wie Erwachsene miteinander reden?«, fragte Ljung. Er leckte sich mehrmals über die Unterlippe.

»Es gibt nichts zu reden. Hilfst du mir, die Box rauszuschaffen? Oder muss ich zum Marktplatz gehen und ein paar Halbstarke holen?«

Nachdem die Frau und das Kind gegangen waren, hatte er draußen einen Thunderbird vorbeifahren sehen. Die breite Chromleiste an der Längsseite des Autos hatte vom Kühlergrill bis zur hinteren Spitze der Schwanzflosse aufgeblitzt. Die runden Rücklichter glühten wie die am Hinterteil eines Jagdflugzeugs. Der V8-Motor hatte einmal wie zur Warnung geröhrt, die vielleicht Ljung galt. Jetzt hörte Johnny einen anderen Motor vom Marktplatz, noch bösartiger, vielleicht einer mit 400 PS mit den zwei Vierfach-Registervergasern. Auch Ljung hörte das Röhren, das wie ein Schrei aus dem Abgrund war.

»Die dürfen hier nicht mehr rein«, sagte er. »Die Thunderbird-Clique darf sich hier nicht blicken lassen.« Er leckte sich wieder über die Lippe. »Einige von den Kerlen haben mir im letzten Winter einen Tisch und zwei Stühle zerlegt.«

»Aber wenn ich sie bitte, mir tragen zu helfen, dann dürfen sie doch reinkommen.« Johnny bewegte ein Bein. »Vielleicht haben sie Sehnsucht nach diesem Ort?« Er bewegte das andere Bein. »Ich hol die Clique.«

»Mal ga... ganz ruhig, Bergman.« Ljung machte einen Schritt in den Raum hinein. »Es ist nicht meine Schuld, kapierst du das? Ich hätte die Box gern behalten, wenn sie ... Geld gebracht hätte.«

»Aber Leuten, die sie spielen könnten, erteilst du Lokalverbot«, sagte Johnny.

»Du warst nicht hier, Bergman. Du hast nicht gesehen, wie ...«

»Wie sie einen Stuhl zerlegt haben? Was glaubst du denn, was sich in den anderen Lokalen in dieser Gegend abspielt? Mensch, Ljung, dies hier ist der Ort, wo sich die Leute treffen. Sie haben keinen anderen Treffpunkt, wo sie hingehen können. Und dann gibt's eben manchmal Krach. Das bleibt nicht aus.«

»Bei mir dulde ich das aber nicht.«

»Dann verkauf deinen Laden.«

»Das werd ich auch tun.« Ljung sah plötzlich bedrückt aus und gleichzeitig wütend. »Darauf wird's hinauslaufen.«

»Ach?«

»Bildest du dir ein, dass Jukeboxen alles sind, was die Leute nicht mehr wollen? Nee, du. Die wollen auch diese Art Lokale nicht mehr. Guck dich doch um, Bergman. Wie viele Gäste haben wir heute Abend?«

»Hmh.«

»Es ist ... unmodern«, sagte Ljung. »Cafés dieser Art sind aus der Mode. Alle hocken zu Hause auf ihrem Hintern und glotzen ins Fernsehen, neben sich die verdammten Thermoskannen.« Er schnippte mit den Fingern. »Jetzt geht es nur noch ums Fernsehen.«

»Aber sie kaufen doch wenigstens noch den Kuchen zu ihrem Kaffee in den Thermoskannen?«

»Nicht mal das, Bergman.« Ljung wedelte plötzlich mit der Hand in Richtung Marktplatz, wo wieder ein Auspuff knatterte. »Nicht mal das. Du weißt aber auch gar nichts, Bergman.« Er redete wieder lauter. »Hast du nicht gesehen, dass Svensson seinen Lebensmittelladen ausgebaut hat? Hast du das nicht gesehen? Bald gehört Svensson der ganze Marktplatz. Und weißt du, was die inzwischen auch verkaufen? Kekse! Kuchen! Sogar Torten. Hast du so was schon mal gehört?«

»Woher ... woher kommt das alles?«, fragte Johnny.

»Die Backwaren? Na, jedenfalls nicht von hier. Das ist in Plastik gewickelter Mist, den irgendeine Gaunerfirma weiter im Norden ausscheißt. Auswurf des Teufels, sag ich dir! Weißt du, wie das Zeug schmeckt? Weißt du das?« Ljung hatte zwei Schritte in den Raum hinein gemacht. Plötzlich sah er aus wie ein schweres Mittelgewicht und Johnny ging wieder in Deckung. Ljung schien es nicht zu merken. »Hast du eine Ahnung, wie das schmeckt, du verdammter Jukebox-Kasper?«

»Nein. Du? Hast du es probiert, Ljung? Das kann man sich doch mit dem Hintern ausrechnen, dass es wie Scheiße schmeckt.«

Mit dem Hintern rechnen, mit dem Hintern backen, auf dem Hintern Fernsehen glotzen. Ein sehr vielseitiges Körperteil. Aber Johnny sagte nichts. Ljung war hysterisch.

»Weißt du, was das Schlimmste ist, du verdammter Landstreicher? Weißt du, was?«

»Kann es noch schlimmer kommen?«, fragte Johnny.

»Die Leute KAUFEN dieses verdammte Teufelszeug auch noch! Was sagst du dazu, Bergman?«

Ljung holte mit der Hand aus, die mit einem unangenehmen Geräusch an den Türrahmen krachte. Es musste ordentlich wehgetan haben, aber er schien es nicht einmal zu merken. Er war wie ein Betrunkener, der sich prügelte, ohne es zu merken. Johnny wusste, wie das war.

»Hast du die Regale hier im Laden gesehen, Bergman? Hast du gesehen, wie viel noch übrig ist von heute Morgen?«

»Das hab ich nicht bemerkt.«

»Be... merkt? Wann verdammt noch mal merkst du eigentlich etwas? Mehr als die Hälfte ist noch da. Mehr als die Hälfte! Was soll ich damit machen? Vielleicht in deine blöde Jukebox stecken, he?«

Ljung gab das Lachen eines Wahnsinnigen von sich.

»Man kann sich eben nicht auf die Leute verlassen«, sagte Johnny.

»Was? Was? Ist das alles, was dir dazu einfällt? Hier haben sie eine erstklassige Konditorei, außerdem die einzige in der Stadt, und dann gehen sie hin und schmeißen ihr Geld raus für einen Scheiß, der sogar noch teurer ist als meine Waren.«

»Das hab ich doch gesagt. Man kann sich nicht drauf verlassen, dass alle treu sind.« Johnny zeigte auf die Jukebox. »Sie wollen die beste Musik nicht mehr hören. Sie wollen sich nicht mal mehr irgendwo treffen.«

»Hmh.«

»Wir reden auch über *mein* täglich Brot, Ljung. Auch ich lebe davon. Ohne die Cafés bin ich aufgeschmissen. Und wenn du von dem minderwertigen Mist von irgendeiner Firma redest, kann ich das mit den jämmerlichen Plattenspielern vergleichen, die sich die Leute kaufen. Hast du mal gehört, was für einen Klang die haben?«

»Nein.«

»Einfach SCHEISSE. Die klingen wahrscheinlich genau wie Svenssons fabrikmäßig hergestellte Kuchen schmecken. Verstehst du?«

Ljung nickte. Er sah plötzlich vollkommen erschöpft aus. Sie hatten jetzt die zwölfte Runde hinter sich. Er hatte keine Kraft mehr, die Jukebox rauszubugsieren. Nicht mal ein Stück Kuchen hätte er noch tragen können.

»Zum Teufel, lass die Box stehen«, sagte er. »Ich will sie behalten. Leute wie du und ich müssen zusammenhalten.«

»Das hab ich doch gesagt, Ljung.«

Auch Johnny fühlte sich erschöpft. Sein Kopf glühte, innen und außen. Er spürte ein leises Jucken im Körper. Seine Kehle war trocken, als hätte er eine Box meilenweit durch die Prärie transportiert.

»Möchtest du einen Schluck, Bergman? Ich hab heute Nachmittag einen Kanister Kirsch bekommen.«

Johnny spürte seinen Puls in den Schläfen hämmern. Wieder juckte es irgendwo. Es war ein langer Tag gewesen.

»Ja«, antwortete er, »warum nicht.«

Er wurde von seinem eigenen Niesen wach. Er nieste mehrmals. Dort unten lag eine Schicht Staub: Mehl und hundert andere kleine Partikel, die ihn in der Nase kitzelten. Es musste Morgen sein, da es hell war in der stillen Bäckerei. Vorsichtig hob er den Kopf und hörte den Regen gegen die Scheibe schlagen. Das war das einzige Geräusch, bis er in der Türöffnung Füße und Beine sah und eine Stimme hörte.

»Gut geschlafen?«, fragte Ljung.

Johnny drehte den Kopf. Er merkte, dass er auf einer Matratze lag und mit einem Laken zugedeckt war. Er hatte nicht auf dem nackten Fußboden übernachtet. Das war ein gutes Zeichen.

Er richtete sich auf.

»Wie spät ist es?«

»So spät, dass ich jetzt anfangen muss«, antwortete Ljung. »Ich bin sowieso schon eine Stunde später dran als sonst.«

»Ich muss los.« Johnny stand auf. Ihm war weder schwindlig noch schlecht. Allzu tief konnten sie nicht in den Kirschkanister geschaut haben. Sonderbarerweise erinnerte er sich an nichts. Vom späten Abend und der Nacht war ihm keine Erinnerung geblieben.

»Warte noch einen Augenblick, dann kriegst du was frisch Gebackenes«, sagte Ljung.

»Eine Tasse Kaffee reicht mir«, antwortete Johnny.

»Dann bedien dich selbst da draußen.«

Er verließ die Stadt, ohne Jukebox. Ljung hatte sich entschuldigt, und er hatte sich auch entschuldigt. Das *Phoenix* war nicht weit von hier entfernt. Der Ort, in dem das Café war, lag an seinem Heimweg. Da konnte er die Wartung der Jukebox dort genauso gut jetzt statt in drei Wochen vornehmen. Er könnte versuchen, es Astrid zu erklären, Astrid im *Phoenix*, Astrid vom *Lunden*, die Astrid vom Dienstagstanz. Das war ich nicht, Astrid. Ich möchte es vergessen. Vergessen wir es. Ich bitte um Entschuldigung. Himmel. Ein Glück, dass Sjögren mich nicht hört. Ich übernachte heute nicht bei ihm. Nur ein kurzer Besuch im *Phoenix*.

Er machte noch bei zwei anderen Lokalen Halt, bevor er das *Phoenix* betrat. Darüber war es Nachmittag geworden, und er war seit dem Morgen durch Regen gefahren. Von seiner Stirn rann Wasser. Er spürte einen Tropfen auf der Nase. Astrid war nicht da. Hinter dem Tresen stand dieselbe Frau wie letztes Mal, als er hier gewesen war, an dem Katermorgen, und sie war ihm immer noch neu. Sie erkannte ihn wieder. Im Laden waren keine Kunden.

»Ach, wie nett«, sagte sie.

»Ich hab deinen Namen letztes Mal nicht verstanden«, sagte Johnny und reichte ihr die Hand. »Ich heiße Johnny Bergman.«

»Ich weiß«, sagte sie und gab ihm die Hand. »Britt Ekstrand.«

»Ich wollte die Jukebox warten«, sagte er.

»Ich bring dir was«, sagte sie. »Was möchtest du haben?«

»Kaffee und ... eine Holländerschnitte«, sagte er, während er die Sahnestücke hinter dem Glas musterte.

Plötzlich hörte er die Musik von der Box drinnen im Café. Ein einleitendes kleines Gitarrensolo, eine Stimme, *now and then there's a fool such as I.*

Johnny betrat das Café. Eskil Skörd stand vor der Jukebox und schnippte mit den Fingern.

»Ich hab dich da draußen gesehen«, sagte er. »Ich wollte etwas Passendes spielen.«

»*A Fool Such As I*?« Johnny ging zum nächsten Tisch und setzte sich. »Meinst du dich selber, Eskil?«

»Ich meine Elvis.« Eskil nickte zur Jukebox. »Du magst doch Elvis.«

Er kam an den Tisch und ließ sich Johnny gegenüber nieder. Eine Weile schwieg er. Draußen fuhr ein Laster mit großer Geschwindigkeit vorbei. Das Wasser spritzte bis zu den Fensterscheiben hinauf, und Eskil zuckte zusammen.

Die Platte war zu Ende.

»Letztes Mal bist du abgehauen, bevor wir reden konnten«, sagte Eskil.

»Reden? Gibt es etwas, worüber wir reden müssten?«

»Okay, okay.«

Johnny nahm einen Fuselgeruch wahr, als sich der Friseur über den Tisch beugte. Er schien nicht betrunken zu sein, andererseits vertrug er riesige Mengen. Er konnte eine ganze Flasche Klaren getrunken haben. Oder Haarwasser.

Eskil beugte sich noch näher.

Im Hintergrund begann Elvis wieder zu singen, jetzt oder nie.

»Hast du schon was wegen der Nieten von meinem Alten rausgefunden?«, fragte Eskil. »Sind sie ... was wert?«

»Ich hab's noch nicht geschafft, Eskil.«

Britt brachte Kaffee, Kuchen und ein Glas Wasser. Die Kanne hatte einen Sprung im Deckel.

»Könnte ich auch ein Glas Wasser haben?«, fragte Eskil.

»Nimm meins«, schlug Johnny vor.

»Ich hol ein neues Glas«, sagte Britt.

Eskil sah ihr nach. Sie verschwand in der Küche rechts vom Tresen.

»Die ist in Ordnung«, sagte er und wandte sich Johnny zu. »Also ... es ist so, Vater hat gefragt. Er hat jetzt noch ein paar mehr. Nieten.«

»Wie geht es ihm?«

»Ganz gut.«

Johnny goss ein wenig von der dünnen Sahne in seinen Kaffee und beobachtete die verschiedenen Brauntöne, die sich in der Tasse wölkten. Er hatte noch keinen Happen von seiner Holländerschnitte genommen, war nicht einmal mehr sicher, ob er sie wollte.

»Du ... Eskil ... du erwartest doch nicht allen Ernstes, dass diese Nieten etwas wert sind ...«

»Natürlich nicht, es geht um meinen Alten.«

Johnny stocherte in dem Kuchen herum und schaffte es, ein wenig Vanillecreme auf die Gabel zu bugsieren.

Britt brachte Eskils Wasser. Er nahm das Glas und trank es in einem Zug leer. Johnny sah, wie seine Hand zitterte, als er es absetzte.

Eskil schaute auf die Uhr.

»Wahrscheinlich ist Vater jetzt auf dem Marktplatz und kauft neue Lose«, sagte er.

»Hat er ein System?«, fragte Johnny. »Damit er nur Nieten zieht?«

»Soweit ich weiß nicht.«

Plötzlich wurde die Ladentür mit Geschepper aufgerissen. Eine Gestalt kam hereingestürzt.

»Eskil? Ist Eskil hier?« Die Tür zum Café wurde aufgestoßen. »Esk... da bist du ja!« Johnny sah einen großen Körper, ein kräftiges Gesicht, das er nicht kannte. »Dein Vater, Eskil. Auf dem Marktplatz. Dein Vater hat einen Schlaganf...«

Aber Eskil war schon aufgesprungen und hinausgerannt, die Treppe hinunter, über die Straße und den Marktplatz zum Stand, wo die Lose verkauft wurden, am südlichen Ende der Brücke.

Johnny lief hinter Eskil her und sah Gösta Skörd der Länge nach auf dem Asphalt liegen. Vier oder fünf Personen beugten sich über ihn. Aus der entgegengesetzten Richtung, von der Schuhfabrik her, sah Johnny einen weiß gekleideten Mann herbeilaufen, der Bezirksarzt, aber gleichzeitig fühlte er, dass alles zu spät war, für Gösta Skörd war es aus, und es war passiert, bevor er etwas hatte tun können für ihn.

Er sah Eskil neben dem Kopf seines Vaters niedersinken. Johnny schaute wieder auf und sah das Gesicht des Lotterieverkäufers über der Tombola schweben. Es war ein älterer Mann in Gösta Skörds Alter. Er sah auf den Körper vor dem Stand hinunter, und dann hin zum Arzt, der immer noch nicht bei ihnen angekommen war. Dann sah er Johnny an. Sein Blick ließ Johnny nicht mehr los.

13

Johnny rauchte auf der Treppe unter dem Augustmond. Er konnte die Unebenheiten auf der Mondoberfläche erkennen, vielleicht Krater, vielleicht Meere. Die Fotos, die Ranger VII gemacht hatte, zeigten, dass es dem Menschen möglich wäre, ohne größere Veränderungen der augenblicklichen Raumfähren auf dem Mond zu landen. Man musste nur durch das Weltall fliegen. Es war gar nicht weit, gerade zwei Meter über Blomstrands Werkstatt.

Der Mond war bläulich, Johnny formte die Hand zu einer Höhle und hielt den Planeten zwischen Zeigefinger und Daumen. Oder war es eine Sonne? Eine tote blaue Sonne, die ein anderes Licht reflektierte. Das weiße und blaue Licht ergoss sich über die Stadt. Mitten auf der Straßenkreuzung schimmerte etwas wie eine Wasserpfütze, aber heute hatte es gar nicht geregnet. Vielleicht war es Motoröl oder nur das Licht. Er nahm einen Zug von seiner Zigarette und dachte an Eskil Skörd. Jetzt gehörte der Karton mit den Nieten seines Vaters Eskil. Johnny nahm noch einen Zug unter dem blauen Licht. Noch war es nicht Nacht. In vierzig Metern Entfernung sah er einen Mann und eine Frau langsam an der Schule vorbeispazieren. Er kannte die beiden nicht. Der Mann trug ein weißes Hemd mit aufgekrempelten Ärmeln und Hosenträger, die sich auf dem Rücken kreuzten, die Frau ein Baumwollkleid, dessen Muster er aus der Ferne nicht erkennen konnte. Er meinte ein Lachen zu hören. Im selben Moment klingelte ein Telefon, einmal und noch einmal, und er begriff, dass es sein eigenes Telefon war, das in der Küche läutete.

»Hallo?«

Er hatte die Kippe in die Kaffeedose auf der Veranda geworfen, eine Zwei-Kilo-Dose, war schnell in die Küche gegangen und hatte beim vierten Klingeln abgenommen.

»Hallo ... ist da Johnny?«

Eine Jungenstimme.

»Hallo, Lennart.«

»Sie sind gerettet!«, sagte Lennart. »Die in der Grube.«

»Wirklich? Das wusste ich gar nicht.«

»Ich hab's gerade im Radio gehört«, erzählte Lennart.

»Das freut mich aber.«

»Es waren neun Männer. Die Leute oben haben einen Rettungstunnel gegraben, achtundsechzig Meter tief und einen Meter breit.«

»Was für eine Arbeit«, sagte Johnny.

»Durch den Tunnel haben sie die Männer hochgehievt.«

»Das freut mich wirklich sehr.«

»Weißt du, wie viele Tage die in der Grube festgesessen haben?«, fragte Lennart.

»Warte mal ... mindestens sechs. Vielleicht sieben.«

»Mehr als acht Tage! Das ist doch wahnsinnig.«

»Vielleicht ist es eine Art Rekord.«

»Ich werd's rauskriegen.«

»Mach das, Lennart.«

»Kommst du zum Markttag?«

Wieder eine Frage wie aus der Hüfte geschossen.

»Wann war der noch gleich?«, fragte Johnny.

»Am letzten Wochenende in diesem Monat«, antwortete Lennart. »Bis dahin sind es noch drei Wochen.«

»Ich komme«, versprach Johnny.

»Glaubst du, Mister Swing kommt auch?«, fragte Lennart.

»Das weiß ich leider nicht.« Johnny wischte etwas trockene Erde vom Fensterbrett. Draußen sah er einen sandfarbenen Buick, der vor Blomstrands Werkstatt parkte und der vorher nicht da gewesen war. Es war ein Cabriolet, das Verdeck war heruntergeklappt. Er konnte keinen Menschen im Buick sehen. »Aber wenn Swing da ist, dann besuchen wir ihn.«

»Ist ihm das denn recht?«, fragte Lennart.

»Klar, Lennart.«

Die Werkstatttüren wurden von innen aufgeschoben und Bosse Kula erschien. Er setzte sich in den Buick und fuhr ihn langsam in die Werkstatt. Es schien ein Electra-62 zu sein, ein 225er, 325 PS und mit stufenloser Schaltung in der Dynaflowkiste. Johnny wusste nicht, wessen Auto es war. Bosse Kula konnte es kaum gehören, es sei denn, er hatte in der Lotterie gewonnen.

»Mama will auch noch mit dir sprechen«, sagte Lennart. »Tschüs!«

Johnny wartete mit dem Hörer in der Hand. Die Werkstatttür wurde geschlossen. Ein leerer Laster fuhr in Richtung Westen vorbei und schleuderte Kies auf Johnnys Auffahrt.

»Du kommst also zum Markttag vorbei«, sagte Elisabeth in sein Ohr.

»Das habe ich vor.«

»Aber es ist dann ja noch zu früh für die übliche Wartungsrunde ...«

»Wer wird sich denn den Markttag entgehen lassen«, sagte er. »Und den Jahrmarkt.«

»Lennart hat erzählt, dass du früher bei den Schaustellern gearbeitet hast.«

»Ja. Aber das wusstest du doch schon.«

»Und beim Varieté. Das wusste ich nicht.« Er meinte ein Lächeln zu hören. »Ich kann mir gar nicht vorstellen, wie du im Varieté auftrittst.«

»Mein Auftritt beschränkte sich darauf, dass ich auf Mister Swings Brust stand, während er auf einer zwei Quadratmeter großen Fläche aus Scherben von Branntweinflaschen lag«, antwortete Johnny. »Außerdem hab ich die Bühne aufgebaut.«

»Wieso ausgerechnet Branntweinflaschen?«

»Weil die immer zur Hand waren«, sagte Johnny.

»Ich verstehe.«

»Aber ich hab das Showbusiness aufgegeben. Diese Art Showbusiness.«

»Auch das verstehe ich.«

Dann sagte sie nichts mehr. Er hörte das Rauschen in der Telefonleitung. Es kletterte auf dem Weg zu ihr kleine Erhebungen hinauf und wieder hinunter und über eine große Anhöhe. Der Höhenunterschied zwischen ihnen betrug mehrere hundert Meter. Im südlichen Teil des Landes fiel der erste Schnee immer auf die Telefonleitungen und unterbrach die Gespräche. Aber dieses Gespräch war nicht unterbrochen. Er konnte sie atmen hören, oder waren es Geräusche in der Leitung?

»Wir werden wahrscheinlich umziehen«, sagte sie jetzt.

»Ach?«

»Die Leute reden«, fügte sie hinzu.

»Haben sie das nicht immer getan?«

»Du weißt, was ich meine, Johnny. Und für Lennart ist alles so ... schrecklich. Er ist traurig. Seine Schulkameraden ärgern ihn jetzt noch mehr. Ich hatte gehofft, es würde sich legen, aber es ist schlimmer geworden.«

»Inwiefern?«

»Sie finden anscheinend, dass er sich verändert hat seit Bertils Verschwinden.«

»Wie verändert?«

»Ich weiß es nicht, Johnny.« Er hörte sie wieder atmen. »Er hat sich ja gar nicht verändert. Er ist nur stiller geworden. Er sagt nicht mehr viel.«

»Das hab ich nicht gemerkt.«

»Wenn du mehr als ein paar Stunden mit ihm zusammen wärst, würdest du es merken«, sagte sie.

In ihren Worten war keine andere Botschaft versteckt, jedenfalls nahm er sie nicht wahr. Da war nur ein bekümmerter Tonfall.

»Was machst du heute Abend?«, fragte sie, ohne seine Antwort abzuwarten. Vielleicht war keine Antwort nötig. Sie hatte gar keine Frage gestellt.

»Tja ... guck mir den Mond an«, sagte er. »Er ist blau, und es ist babyleicht, auf ihm zu landen. In vierzig Jahren kann man wahrscheinlich dort Urlaub machen.«

»Und was unternimmt man dann da so?«

»Tja ... isst was Gutes, guckt sich einen Krater an und fliegt wieder nach Hause.«

»Vielleicht kann ich dort ein Café eröffnen«, sagte sie.

»Du willst also zum Mond ziehen?«

Er hörte sie wieder atmen, aber es kam keine Antwort.

»Es dauert wahrscheinlich noch ein paar Jahre, ehe die Raketen hin- und wieder zurückfliegen«, sagte er.

Sie sagte immer noch nichts.

»Elisabeth? Elisabeth?«

Jetzt hörte er ein anderes Geräusch.

»Elisabeth, was ist los?«

Sie schluchzte auf, ein schnelles Einatmen. Vielleicht der Versuch, kurz zu lachen.

»Ent... entschuldige, Johnny. Es ist nur so ... ich weiß es nicht.«

»Woanders ist es immer besser.«

»Nein.«

»Es geht vorbei«, sagte er.

»Was geht vorbei?«

»Das mit Lennart, seinen Schulkameraden.«

»Aber bis dahin? Wie geht es ihm da?«

»Er ist ein prima Kerl, Elisabeth. Er ist auf Zack. Er schafft ...«

»Ich weiß trotzdem nicht, wohin wir ziehen sollen«, unterbrach sie ihn. »Wir haben kein Geld, ein Umzug kostet und ... ja, ich weiß ja nicht mal, ob ich einen Job kriege.« Sie sprach schnell, so schnell, dass er ihr kaum folgen konnte. »Und Lennart muss zur Schule gehen, die fängt ja bald wieder an, und ich müsste erst eine Wohnung finden.«

Er wusste nicht, was er sagen sollte. Ganz ruhig, Elisabeth. Ganz ruhig. Nein, das konnte er nicht sagen, es würde ihr nicht helfen. Sie beherrschte die Kunst ruhig zu bleiben besser als er.

»Ich … ich könnte auch vor dem Markttag vorbeikommen«, sagte er. »Wenn du willst … dann können wir eingehender über die Pläne reden.«

»Hast du denn hier oben irgendwas zu erledigen?«, fragte sie.

»Da geht immer eine Box kaputt«, antwortete er.

»Soll ich darauf hoffen?«

»Hoff lieber, dass der Duett durchhält.«

»Wolltest du ihn nicht austauschen?«, fragte sie.

»Ich hätte das Gefühl, ihm Unrecht zu tun. Er hat so lange mit mir durchgehalten.«

»Aber die Karre hast du doch schon, seit du mit den Jukeboxen angefangen hast!«

»Ja.«

»Der Duett gehört zu dir.«

»Nee … eher zu dem, was ich tue. Zu den Boxen.«

»Besteht da ein Unterschied?«, fragte sie nach einigen Sekunden.

Ja. Das war eine gute Frage. Gab es einen Unterschied? Wer war Johnny Bergman ohne seine Boxen? Oder so: ohne dies Leben auf den Straßen zwischen Cafés und heruntergekommenen Tanzböden. Was sollte werden, wenn es vorbei war? Wer würde er werden? Ein gewöhnlicher Chauffeur? Niemals. Mechaniker in einer Fabrik oder Werkstatt? Nein. Handelsreisender mit Kurzwaren? Nein, das hatte er schon hinter sich. Das waren nicht die Straßen, auf denen er unterwegs sein wollte. Der Mann für alles auf dem Jahrmarkt? Eine der schwereren Nummern in der sensationellen Show vom Varieté de Paris? Nein, damit war er auch fertig. Mit dieser Art Showbusiness.

»Da ist ein Unterschied«, sagte er. »Ich hab was anderes im Kopf als Jukeboxen.«

»Ich weiß.«

»Mit denen ist es sowieso bald vorbei.«

»Sag doch nicht so was.«

Plötzlich wollte er nicht mehr darüber reden. Er wollte überhaupt nicht reden. Er war sehr müde, als wäre er siebenhundert Kilometer gefahren und eben erst nach Hause gekommen und hätte nicht einmal Zeit gehabt, sich auf einen Stuhl zu setzen und die Stiefel auszuziehen.

»Ich ruf an, bevor ich bei euch reinschaue«, sagte er.

Jetzt war der Mond weiter entfernt, schwerer zu erreichen, eher gelb als blau. Der Augusthimmel war heute Abend schwärzer als seit Monaten. Er sah einen Lichtpunkt, der sich links vom Mond bewegte, vielleicht Ranger VII oder ein fallender Stern.

Bosse Kula fuhr den Buick rückwärts aus der Werkstatt, stieg aus und nickte Johnny zu, der seine Zigarette ausdrückte und ihm zuwinkte. Er verließ das Haus und ging zu Bosse hinüber. Johnny nahm den scharfen Geruch von Schweißflammen wahr, der immer noch in der Luft hing. Bosse zündete sich eine Zigarette an und Johnny sah ein paar frische Brandspuren am Kinn des Jungen, als das Gesicht kurz von der Streichholzflamme angeleuchtet wurde. Es ist nicht gerade gesund, ausgerechnet hier zu rauchen, dachte Johnny.

»Schweißt du ohne Schutzbrille, Bosse?«

»Sie ist mir raufgerutscht.«

»Das kann gefährlich werden, besonders für die Augen.«

»Sie ist raufgerutscht, hab ich doch gesagt.«

Bosse strich sich mit einer irritierten Handbewegung über das Kinn. Einige der Wunden fingen an zu bluten. Er nahm einen Zug von der Zigarette und wischte sich mit einem Finger das Blut vom Kinn. Jetzt sah er aus, als hätte er Preiselbeeren gegessen und es allzu eilig dabei gehabt.

»Du blutest«, sagte Johnny.

»Was geht dich das an?«

»Nichts«, antwortete Johnny. »Ich hab nur gedacht, du wolltest dir die Wunden säubern.«

»Die säubere ich, wenn ich es will«, sagte Bosse Kula, warf die Zigarette auf den Asphalt und trat sie aus.

»Schneidiger Buick«, sagte Johnny. »Zweiundsechziger, oder?«

Bosse Kula antwortete nicht. Er ging über die Einfahrt zurück in die Werkstatt und begann, die schweren Türen zu schließen.

»Wem gehört die Karre?«

»Mir jedenfalls nicht«, murmelte Bosse zwischen den Türen.

»Du bist ein guter Mechaniker«, sagte Johnny. »Mir scheint, alle wollen ihre alten Kisten nur von dir reparieren lassen.« Er schaute zum Buick. »Und die neuen auch.«

Er hörte Bosse etwas murmeln.

»Vielleicht kriegst du meinen auch noch mal hin?«

Bosse Kula lachte auf, Johnny den Rücken zugekehrt, aber es klang nicht froh.

»Der ist nicht groß, aber er ist alt«, sagte Johnny.

Bosse hatte sich umgedreht.

»Was fehlt ihm denn?«

»Ich weiß nicht, wo ich anfangen soll«, antwortete Johnny.

»Aha, aber ich muss mir morgen erst mal ein anderes Auto vornehmen«, sagte Bosse.

»Wem gehört der Buick?«, fragte Johnny wieder.

»Valle Lönnborg.«

»Wem?«

»Valle Lönnborg. Er ist neu zugezogen. Hat das Hotel gekauft, glaub ich.«

»Das Bahnhofshotel? Oder das Stadthotel?«

»Stadthotel.«

»Das ist ja ’n Ding.«

»Er ist reich, heißt es.«

»Ist ja klar. Das Stadthotel und der Buick.«

»Das schlägt die Jukebox und den Duett, Bergman.« Bosse grinste.

»Aber wirklich.«

»Ich hab ihn fertig«, sagte Bosse Kula. Er grinste wieder und sah diesmal nicht maulig aus. »Möchtest du eine Probefahrt machen?« Bosse Kula nahm ein Stück Plastikfolie vom Rücksitz und deckte es zum Schutz über den Beifahrersitz, der breiter war als der ganze Duett. »Steig ein, Bergman. Ich bring ihm das Auto nach Hause.«

»Hast du denn deinen Führerschein wiedergekriegt?«

»Was geht dich das an?«

Bosse ließ alle in der Stadt am späten Abend den V8-Motor hören, 6,57 Liter, 401 PS, ein mächtiges Getöse wie Raumschiffe über der Sturegatan. Johnny dachte kurz an Milt Ericson, und er wünschte, Milt wäre jetzt hier und könnte sehen, dass sie etwas hatten, wessen sie sich nicht mal in Detroit City schämen müssten.

Würde Milt von sich hören lassen? Nein. Zu diesem Zeitpunkt war er wohl bereits auf dem Heimweg.

In Höhe des *Trekanten* versuchte Bosse die Schallmauer zu durchbrechen. Das Café war geschlossen und Johnny sah seine AMI im nackten Schein der Nachtbeleuchtung dort drinnen. Der Buick war jetzt das einzige Auto auf den Straßen. Wenn er so weiterfuhr, würden sie bald Gesellschaft kriegen, und zwar von einem Streifenwagen. Vor dem *Melins* gelang Bosse der Durchbruch, aber es gingen keine Fensterscheiben zu Bruch. Er drehte sich mit einem breiten Grinsen zu Johnny um, und seine Augen leuchteten. Er war in seinem Element, hinterm Steuer, ein Halbstarker ohne eigenes Auto und Führerschein, aber in seinem Element.

Mit einer Vollbremsung hielt er vor der Auffahrt zur Krankenstation.

»Willst du reinfahren und dich nähen lassen, Bosse?«

»Äh … was?«

»Das Kinn«, sagte Johnny. »Dir das Kinn flicken lassen.«

»Mir das Maul zusammennähen lassen wie du, Bergman?«

»Was meinst du denn damit?«

»Du hast deinen Hintern im Gesicht, Bergman«, sagte Bosse und hoppelte über die Kreuzung.

Hintern im Gesicht, dachte Johnny. Das wär was für Ljung.

»Da wohnt er.« Bosse nickte nach links. Sie bogen in eine Allee ein und fuhren auf eine Ansammlung von gelben Holzgebäuden zu, die so nah beieinander lagen, dass die gesamte Anlage an ein Schloss erinnerte.

»Das ist ja das alte Arzthaus«, sagte Johnny. »Hat er das Sanatorium dazugekauft?«

»Er ist wahnsinnig reich, sagen sie.«

»Du kannst mich hier rauslassen, Bosse.«

»Wir sind doch fast da.«

»Ich kenne ihn nicht«, sagte Johnny. »Dies ist dein Job. Ich geh zu Fuß nach Hause. Es ist ein schöner Abend.«

»Es ist Nacht«, sagte Bosse Kula.

»Es ist eine schöne Nacht«, sagte Johnny.

»Wie du willst«, sagte Bosse Kula und trat voll auf die Bremse. Der Buick rutschte zwanzig Meter über den Schotter durch die Allee und hinterließ Bremsspuren wie ein Traktor. Soweit Johnny sehen konnte, war kein Fenster des Sanatoriums erleuchtet. Die Gebäude standen seit einem Jahr leer. Die Luft war unverändert gesund in dieser Gegend, aber die Krankenhäuser in der Stadt schickten ihre Lungenkranken nicht mehr hierher. Vielleicht war die Lungenkrankheit ausgerottet. Das hätte ruhig eher passieren können. Seine Mutter war daran gestorben. Sie hatte nie hier gelegen, er wusste nicht, ob es zu der Zeit schon ein Sanatorium gewesen war. Aber er wusste, dass sie Blut gehustet hatte. Das war eine seiner frühesten Erinnerungen. Sie hatte ein rotes Kleid getragen.

Auf halbem Weg nach Hause wurde ihm klar, dass Bosse von der Lönnborgresidenz auch zu Fuß nach Hause gehen musste. Sie hätten zusammen durch die Stadt zurückgehen können. Aber er war nicht sicher, ob Bosse scharf auf seine

Gesellschaft war. Er war nicht der Typ, der eine andere Gesellschaft brauchte als die der Karre, an der er gerade werkelte.

Johnny überquerte den Marktplatz. Die Neonröhren am Würstchenstand leuchteten noch, obwohl es schon spät war, und als er um die Ecke bog, sah er eine Person dort drinnen, einen dunklen Kopf und einen weißen Mantel, der im Licht der Leuchtstoffröhren sauber wirkte. Johnny sah auf seine Armbanduhr, es war nach elf.

Die Frau im Kiosk hatte ein Gesicht, an das er sich erinnern würde, wenn er sie einmal wiedersähe. Es war gleichzeitig blass und dunkel. Sie war eine Fremde für ihn, und er dachte, sie müsste aus einem anderen Land im Süden kommen. Jetzt verkaufte sie hier Würstchen. Auf dem Marktplatz waren keine Autos und vor dem Kiosk keine Kunden. Deswegen wirkte es sonderbar, dass sie noch geöffnet hatte. Wenn sie überhaupt geöffnet hatte. Vielleicht hatte sie geschlossen und war nur noch nicht gegangen. Aber die Glasluke war offen.

Er hatte plötzlich Hunger.

»Gibt's noch ein paar Würstchen?«, fragte er.

Sie hatte ihn schon kommen sehen. Ihre Augen wirkten müde. In ihrem Blick lag eine Schwere, als ob sie etwas in ihrem Inneren bedrückte.

»Nur ein paar angebrannte«, sagte sie. »Ich will gerade schließen.«

»Wie sehr angebrannt?« Er lächelte.

»So verbrannt, dass nicht mal die Jungs sie haben wollten«, antwortete sie.

Er verstand, was sie meinte. Abends fragten die Zehnjährigen des Ortes nach verbrannten Würstchen mit Brot für fünfzig Öre, manchmal fünfundzwanzig Öre. Das Verkohlte machte ihnen nichts aus. Wenn die Clique die Würstchen abgelehnt hatte, mussten sie wirklich sehr verbrannt sein.

Sie hielt ein Würstchen mit der Zange hoch. Es war kohlrabenschwarz.

»Dann verzichte ich doch lieber«, sagte er.

»Aber ich hab noch ein bisschen Mus«, entgegnete sie. »Es ist noch warm.«

»Ich nehm ein paar Löffel«, sagte er, »mit Gurke und Preiselbeeren.«

»Auf einem Pappteller?«

»Lieber mit einem Stück Brot.«

Ein Halbstarkenauto fuhr vorbei, während sie die Portion vorbereitete, es klang wie ein schlecht behandeltes Chevrolet Sports Coupé. Er wusste es, ohne hinzusehen. Jemand aus dem Auto pfiff schrill. Das Pfeifen folgte dem Chevrolet, der in westliche Richtung davonröhrte.

»Vielleicht hatten die auch Hunger«, sagte er, als er das Mus entgegennahm.

»Ich mag sie nicht«, antwortete sie.

»Och, die sind ganz harmlos.«

»Es ist ein bösartiges Auto«, sagte sie, und er verstand nicht, was sie damit meinte. Er fragte nicht nach. Vielleicht verstand er es doch.

»Letzte Woche haben sie Mus gegen dies Fenster geworfen.« Sie nickte zu der Scheibe schräg vor Johnny.

»Die? In dem Chevrolet?«

»Ja«, nickte sie.

»Das sind lauter Bauerntölpel, die vor der Stadt wohnen«, sagte er. »Ich fürchte, die wissen es nicht besser.«

»Das macht keinen Unterschied«, sagte sie.

»Wie meinen Sie das?«

»Die sehen alle gleich aus. Die Jungen und die Autos.«

»Aber manche sind bösartiger?«

»Ja.« Sie hob zwei schwarze Würstchen an und ließ sie in eine unsichtbare Mülltonne fallen.

»Ich kenne Sie nicht«, sagte er. »Sind Sie neu zugezogen?«

»Im letzten Jahr«, sagte sie, »aus einer anderen Stadt.«

»Aber in der Würstchenbude arbeiten Sie erst neuerdings?«

»Seit zwei Wochen«, antwortete sie.

»Und wie ist es?«

»Mir gefällt es.«

Johnny aß sein Mus mit einer Gabel.

»Es ist mein erster Job«, sagte sie.

»Ach?«

»Vorher war ich zu Hause.«

Er nickte.

»Bei den Kindern. Aber jetzt sind sie größer.«

Johnny nickte wieder.

»Sie gehen zur Schule«, fuhr sie fort, »und sprechen besser Schwedisch als ich.«

»Sie sprechen gut«, sagte er, »perfekt.«

»Wir kommen aus Ungarn«, sagte sie.

Er nickte ein drittes Mal. Ungarn. Er wusste, was in Ungarn zu der Zeit passiert war, als er manchmal nicht wusste, was ihm selbst passierte. Auf dem Hochland gab es Leute aus Ungarn, einige hier, einige da. So viel begriff er, dass es für sie immer noch ein neues Land war.

»Die Würstchen schmecken in Ungarn besser«, sagte sie. »Dort werden sie mehr gewürzt.«

»Haben Sie schon mal *Isterband* gegessen?«, fragte er.

»Nein«, antwortete sie, »ist das eine Wurst?«

»Eine Art Wurst«, antwortete er. »Die kommt von hier. Ein bisschen geräuchert und säuerlich. Die schmeckt besser als warme Würstchen.«

»Komisch, dass ich noch nie davon gehört habe«, sagte sie.

»Die könnten Sie hier verkaufen«, sagte er, »*Isterband* mit Brot.«

»Ich werd mal den Besitzer fragen«, sagte sie.

Jetzt kam der Chevy aus der anderen Richtung vorbei und Johnny hörte wieder das Gepfeife und lautes Lachen. Vielleicht rief einer der Idioten etwas, aber er verstand es nicht. Das Auto klang plötzlich, als würde es ebenfalls lachen. Ein bösartiges Auto.

»Leckeres Mus«, sagte er nach einer Weile. Er nahm den letzten Happen und warf die Serviette in den Papierkorb rechts von der Luke. »Jetzt möchte ich Sie aber nicht weiter aufhalten. Sie wollen doch bestimmt nach Hause zu Ihrer Familie. Es ist ja schon spät.«

»Die ... wohnt nicht hier«, sagte sie.

»Ach?«

»Nein.«

Das war alles. Er sah ihr an, dass sie nicht mehr sagen würde.

»Dann also vielen Dank«, sagte er. Sie nickte mutlos. Eine Sekunde lang hatte er überlegt, ob er sie zu einer Tasse Kaffee einladen sollte, oder Tee, wenn sie jetzt schloss, aber es war nur ein Reflex gewesen, etwas, das genauso schnell gekommen war, wie es ging, etwas, das er vor drei, vier Jahren gesagt hätte, aber nicht jetzt. Er hatte sie nicht gefragt, wie sie hieß.

Als er sich zehn Schritte entfernt hatte, drehte er sich um, und sie stand noch genauso da, als ob sie auf einen weiteren Kunden wartete. Für den würde es nur noch Brot zu essen geben, Brot und Senf. Unser täglich Brot und Senf, dachte er und überquerte die Bahngleise. Die Warnlampen vor dem Bahnhof blinkten gelb, ein grelles Licht. Die Stadt war jetzt still, es war kein Röhren von einem zehn Jahre alten Chevy Coupé zu hören, kein bösartiges Gepfeife. Die Bauerntölpel waren zu ihren Misthaufen zurückgekehrt.

Er versuchte zu schlafen, aber der Zug war abgefahren, der Schlafzug. Das hatte einmal jemand an einem Abend kurz vor Ladenschluss in einem Lokal gesagt. Entweder ist man dabei im Schlafzug, oder es bleibt einem nichts anderes übrig, als wieder aufzustehen und etwas anderes zu tun.

Johnny hatte schon viele dieser Züge verpasst, und auch diesmal verpasste er ihn. Er stand wieder auf und öffnete eine der beiden Kleiderschranktüren. In einem Bord hatte er einen Stapel Kataloge gesammelt, den er herunternahm und durchsah. Mit dem Katalog, den er gesucht hatte, ging er zum Küchentisch.

Lennart war jetzt elf Jahre alt. Als er selbst elf gewesen war, hatte Wurlitzer das 700er-Modell herausgebracht. Das war neunzehnhundertvierzig gewesen. Der Weltkrieg hatte begonnen, aber im Kinderheim war davon kaum etwas zu merken. Nur das Essen wurde noch schlechter. In dem verdammten Heim hatte er gelernt, keine ordentliche Nahrung zu sich zu nehmen.

Die Gerichte, die Elisabeth ihm zu Lennarts Geburtstag vorgesetzt hatte, waren das Beste, was er in seinem ganzen Leben gegessen hatte. Für etwas Gutes war es nie zu spät. Das war mein Geburtstag. Vielleicht mein bester. Besser jedenfalls als damals, als ich elf war. Im Heim hatte er nicht gelernt, Geburtstag zu feiern, als würde es gar nichts bedeuten, dass man geboren war. Und es bedeutete ja auch nichts. Damals nicht. Wozu war es überhaupt gut, geboren zu sein.

Er war einmal von dort abgehauen, aber da gab es Seved nicht mehr, zu dem er gehen konnte, er wusste es und ging trotzdem durch den Wald, zur Straße, vielleicht war es an seinem Geburtstag gewesen.

Die Fotos im Katalog waren schwarzweiß, doch er konnte die Farben vor seinem inneren Auge sehen. Das 700er-Modell hatte gelbe Pfeiler an jeder Seite und grüne und rote Ornamente an der Vorderfront. In dem Katalog stand ein Text, den er mehrmals gelesen, aber nie richtig verstanden hatte, ein Werbetext von Wurlitzer: »*On the Model 700, pilasters of rich Italian onyx may be illuminated either by using bulbs of varying colors to attain a rich blending of shades, or by using bulbs of a single color to match the predominant note of the location's decorating scheme … another Wurlitzer triumph in glamourous lighting.*« Der letzte Satz bedeutete, dass man die Jukebox in einer Farbe leuchten lassen konnte, die zum Dekor des Lokals passte, aber das würde problematisch werden, wenn man die Farben mit der Einrichtung von Lokalen wie *Hennings, Trekanten, Lisas, Phoenix, Ljungs, Sigges Grill, Stures, Kulas Bar, Moréns* in Einklang bringen wollte. Himmel, es *gab* kein Dekor in den Lokalen, in denen seine Jukeboxen standen, sie waren selbst das »glamourous lighting«, das es dort gab.

Im selben Jahr war die Wurlitzer mit einem 800er-Modell herausgekommen, ein Luxusmodell, gerahmt von den längsten Farbzylindern, die das Unternehmen jemals für seine Modelle verwendet hatte. Johnny hatte sie nie in Wirklichkeit gesehen, aber er hatte Leute getroffen, die sie gesehen hatten, oder es jedenfalls behaupteten. Er hätte gern eine 800er besessen. Ein rotierender Farbzylinder streute Licht, das von zebrafarbenen Azetatlampen auf der Rückseite des Pfeilers gebrochen wurde, das Licht flammte wie Feuer.

Er stand im Werkstattschuppen und wählte *Blue Moon* auf der Fanfare, die er letzte Woche von einem Sommerlokal im Westen geholt hatte, das für diese Saison geschlossen hatte.

Zum ersten Mal seit seinem Einstieg in das Geschäft hatte er eine Box, die er nirgends aufstellen konnte. Das war ein Zeichen. Bald würde er hier drinnen haufenweise Boxen stapeln. Sie mit Elvis' Stimme aus der alten Welt füllen und wie ein Idiot herumlaufen. Nein, er würde sie alle gleichzeitig spielen lassen, dreißig Boxen auf einmal, dreißig Elvisse auf einmal, sie an den Strom anschließen und starten, wie ein letztes Konzert, eine Messe, bevor alles zur Auktion ging.

Blue Moon begann sich zu drehen. Die Box blieb stumm.

Er setzte sich auf einen der beiden wackligen Schemel in der Werkstatt. Plötzlich fühlte er sich einsamer denn je. Es war ein Gefühl, das so sehr schmerzte, dass er aufstand und sein Hemd öffnete, als brauche er Luft. Es schmerzte in seiner Brust, als hätte er einen Schlag von einem dieser Halbstarken bekommen. Er lehnte sich gegen die Fanfare. Sein Körper wurde geschüttelt und in seinem linken Auge brannte es. Er bemerkte, dass er weinte.

Er wusste nicht, wann der Gedanke gekommen war. Vielleicht im Schlaf letzte Nacht, in einem Traum, an den er sich nicht erinnerte. Aber er wusste, dass der Gedanke zu ihm unterwegs gewesen war. Er hatte sich dagegen gewehrt, solange er Kraft hatte, hatte die unvollkommenen Erinnerungen verdrängt, aber in diesem Sommer konnte er sich nicht mehr wehren. Der Gedanke war da. Er reiste zurück in der Zeit. Sehe ich das so? Muss ich erst dorthin zurückkehren, in diesem alten Auto, um danach dieses Leben vorwärts leben zu können?

Er kehrte zu den Wegen zurück, auf denen er sich seit seiner Kindheit nicht mehr bewegt hatte.

Eins von den beiden Häusern könnte es gewesen sein. Er wusste, wo er in den ersten Jahren gewohnt hatte, wo er geboren wurde. Hinterher war er nie mehr zurückgekehrt. Ich bin nie hier gewesen. Ich hab einen Bogen gemacht um diesen Ort. Die Erinnerungen, die hängen geblieben sind, tauchten erst in der Zeit auf, als ich nicht mehr hier war. Ich konnte nie tiefe Wurzeln schlagen, und wenn man keine tiefen Wurzeln schlägt, bekommt man nie einen Halt. Man kann jederzeit wieder herausgezogen werden. Es ist verdammt leicht, einen wieder rauszuziehen. Man zieht sich selbst raus.

Er stieg aus dem Auto. Das Haus linker Hand war weiß verputzt und das rechts mit gelben Eternitplatten verkleidet. Es waren kleine Häuser, drei oder vier Zimmer.

Er stand vor dem weißen Haus. Er erinnerte sich an etwas Weißes. Es konnte alles Mögliche sein. Eine kleine Pforte aus Gusseisen schwang langsam im Wind mit einem Ton wie von einem Tier. Die Pforte war niedrig, wie für ein Kind. Er berührte sie.

Eine Frau öffnete die Haustür. Sie musste ihn durchs Fenster gesehen haben. Die Frau war alt, vielleicht achtzig, vielleicht noch älter. Sie hatte die Haare mit einer breiten Spange hochgesteckt. Das Haar hatte die gleiche Farbe wie die Pforte, die gegen Johnnys Schenkel schlug. Die Frau hatte offensichtlich keine Angst. Sie kam auf die Treppe hinaus und ließ die Tür hinter sich offen. Sie schien weit sehen zu können, nicht nur die fünf Meter bis zu ihm, sondern noch weiter. Der Garten war klein, ein Viereck um das Viereck des Hauses.

»Bitte?«, sagte sie. »Wen suchen Sie?«

Er machte einen Schritt auf den Gartenweg. Die Steinplatten waren von Gras und Unkraut überwuchert.

»Wen suchen Sie?«, wiederholte die Frau. Sie wirkte immer noch nicht ängstlich.

»Ich bin bloß mal ... vorbeigekommen«, sagte Johnny.

Sie stand auf der Treppe und sah auf ihn herunter, nein, nicht herunter, dort unten, wo er stand, war er fast in Augenhöhe mit ihr.

»Ich glaube, ich hab hier gewohnt, als ich klein war«, fuhr er fort.

Sie antwortete nicht. Vielleicht nickte sie.

»Aber ich weiß nicht, ob es das richtige Haus ist«, sagte er. »Ob es dieses ist oder vielleicht das da drüben.« Er nickte zum Eternithaus. »Ich glaub, eins von diesen beiden war es.«

»Wie war der Name?«, fragte sie.

»Mein Name? John ... Johnny Bergman.«

»Bergman?« Sie schien wieder an ihm vorbeizuschauen, über die Schotterstraße hinweg. »Heißen Sie Bergman?«

»Ja.« Er machte noch einen Schritt weiter auf das Grundstück. Hier war etwas, das ihm bekannt vorkam, vielleicht ein Duft.

»Dann haben Sie nicht hier gewohnt«, erklärte sie.

»Wie bitte?«

»Es ist lange her«, sagte sie. »Wir wohnen schon lange hier, aber so lange nun auch wieder nicht.«

»Vielleicht war es nicht dies Haus.«

»Mein Mann ist letztes Jahr gestorben«, sagte sie. »Er stammte von hier. Er hätte es vielleicht gewusst.«

»Ja.«

»Die Leute, denen wir das Haus abgekauft haben, hatten keine Kinder«, sagte sie. »Vielleicht weiß Bergstrand es.« Sie zeigte auf das Eternithaus. »Die haben schon hier gewohnt, als wir einzogen.«

»Danke«, sagte er, drehte sich um, ging durch die Pforte und schloss sie hinter sich. Die alte Frau blieb auf der Treppe stehen.

»Bergstrand«, wiederholte sie und zeigte wieder auf das Nachbarhaus.

Er ging die wenigen Schritte zum nächsten Grundstück. Dort gab es keine Pforte. Ein Briefkasten hing schief an einem Holzpfahl, der längst hätte ausgetauscht werden müssen.

Auf halbem Weg zur Tür, die einen neuen Anstrich brauchte, blieb er stehen. Was können mir diese Menschen erzählen? Was kann ich von ihnen erfahren? Was will ich wissen? Was … sollte ich wissen?

Er drückte auf die Türklingel, aber es war kein Ton zu hören. Er drückte noch einmal, doch es blieb still. Dann klopfte er an die Tür. Als er sich zum Gehen wandte, hörte er von drinnen ein Geräusch. Die Tür wurde geöffnet, nur einige wenige Zentimeter. Er sah eine Bewegung, ein Gesicht.

»Ja …?«

»Entschuldigung«, sagte Johnny, »ich wollte Sie nur … etwas fragen.«

»Ja?« Es konnte eine Männerstimme, aber auch eine Frauenstimme sein. »Was wollen Sie?«

»Ich heiße Bergman, und ich möchte wissen, ob ich … hier gewohnt habe, als ich klein war.«

»Wie bitte?«

Er wiederholte es.

»Hier wohnt kein Bergman«, sagte die Stimme, die immer noch kein erkennbares Gesicht hatte.

»Nicht jetzt. Es ist mehr als … dreißig Jahre her.«

»Bergman?«

»Ja.«

»Die sind schon vor langer Zeit weggezogen.«

Das Fenster ließ nicht viel Tageslicht ins Zimmer. Es war mit schweren Übergardinen verhangen. Johnny hatte Lust sie aufzuziehen.

Der alte Mann stand am Fenster. Er drehte sich um und kehrte in den Raum zurück, wo Johnny neben einer Bettcouch stand. Vielleicht schlief Bergstrand hier.

»Sie haben in diesem Haus gewohnt«, sagte Bergstrand. »Es sieht heute noch genauso aus wie damals.«

Er setzte sich in einen Sessel und machte eine Handbewegung zur Couch. Johnny setzte sich.

»Es gab einen Jungen.« Bergstrand hatte eine helle Stimme und ein Gesicht ganz ohne Falten. Seine Augen waren blassblau.

»Das … war mein Bruder«, sagte Johnny, »mein großer Bruder. Er war einige Jahre älter als ich.«

»Ach ja?«

»Er hat manchmal Besorgungen für Sie gemacht«, sagte Johnny.

»Wirklich?«, sagte Bergstrand. »Na ja, die Erinnerung ist auch nicht mehr das, was sie mal war.«

Er strich sich über die Stirn.

»Deine Mutter hat dich in einem Wagen geschoben.«

Johnny spürte, wie eine heftige Welle seinen Körper durchflutete, die im Magen begann und sich aufwärts und abwärts bewegte.

»Sie … können sich also an mich erinnern?«

»Du hast immer wie am Spieß geschrien, und sie hat dich im Wagen spazieren gefahren, damit du still bist, nehme ich an.«

»Woran … erinnern Sie sich noch?«

Bergstrand wandte sich wieder zum Fenster, als wären die Erinnerungen dort draußen zu finden.

»Manchmal denke ich an deine Familie«, sagte er und drehte sich wieder zu Johnny um. »Was damals passiert ist. Manchmal schießen einem ja solche Gedanken durch den Kopf. Besonders wenn man allein ist. Was wird aus Nachbarn, die man einmal gehabt hat. So was. Was ist aus den Kindern geworden.« Bergstrand rutschte ständig im Sessel herum, als sei es ihm unmöglich, eine bequeme Stellung zu finden.

»Haben Sie Kinder?«, fragte Johnny.

»Wie bitte? Kinder? Wir hatten keine Kinder. Elna konnte keine kriegen. Oder es hat an mir gelegen. Vielleicht lag es an mir.«

Bergstrand blickte wieder zum Fenster, zum Nachbarhaus.

»Ihr habt nicht lange hier gewohnt«, sagte er. »Deine Mutter ist krank geworden, nicht?«

Johnny nickte.

»Es war so schrecklich.« Bergstrand sah wieder aus dem Fenster. »Sie war eine schöne Frau, deine Mutter. Immer gut gekleidet.« Er blinzelte Johnny mit seinen blassen Augen an. »Ihr hattet es nicht gerade fett, aber sie hatte Stil.«

In dem dunklen Zimmer konnte Johnny Bergstrands Augen kaum erkennen.

»An deinen Vater kann ich mich nicht richtig erinnern«, fuhr Bergstrand fort. »Er hat in einem anderen Ort gearbeitet, oder wie war das?«

»Das weiß ich nicht.«

»Ich hab ihn später nie wieder gesehen«, sagte Bergstrand.

Johnny versuchte eine bequeme Lage auf der gestreiften Bettcouch zu finden. Im Raum roch es süßlich und säuerlich zugleich, ein alter Geruch.

»Was macht dein Bruder jetzt?«

»Ich … weiß es nicht«, sagte Johnny.

»Ach so.«

Einige Sekunden saßen sie schweigend da.

»Wie hast du hierher gefunden?«, fragte Bergstrand und beugte sich zu ihm vor. Sein Blick wirkte jetzt schärfer. »Du warst noch klein, als ihr … verschwunden seid.«

»Ich habe es herausgefunden.«

Johnny hörte Bergstrand die Haustür schließen. Er sah, wie sich eine Gardine in dem kleinen verputzten Haus jenseits der gestutzten Fliederhecke bewegte. Er ging den ungepflegten Gartenweg entlang. Plötzlich hatte er Ohrensausen, es klang wie Meeresrauschen. Ihm wurde schwindlig, der Schwindel kam wie eine Woge. Sie war schon fast vorbei, ehe sie kam. Sein Hals war trocken, als hätte er lange gesoffen. Er blinzelte. Ein Auto näherte sich wie in einem Nebel. Er blinzelte noch einmal und seine Sicht wurde klarer. Das Auto fuhr langsam, ein Amazon S, auf dem Fahrersitz nahm er die Haare einer Frau wahr, sie bewegten sich im Wind. Er sah etwas Rotes, ihr Kleid. Das Auto fuhr am Haus vorbei und war weg. Lautlos. Werde ich langsam taub?, dachte er.

Hinter dem Hof ragte der Hügel auf. Dort oben war er gewesen. Wie lange war es her, fünfundzwanzig Jahre, siebenundzwanzig? Über dieses Feld war er gelaufen. Von dort war das Taxi gekommen, von der Wiese neben der Straße, also nicht weit entfernt vom Hof. Es war seine zweite oder dritte Pflegestelle gewesen. In der Familie hatte es eine fast erwachsene Tochter gegeben und einen kleineren Jungen. Ihn und John hatten vielleicht ein, zwei Jahre getrennt. Er hatte Johnny überredet, auf dem Heuboden über der Scheune durchs Heu zu gehen. Darunter war die Luke, und die war offen gewesen. Johnny hatte im Fallen einen Riegel zu fassen bekommen und den Absturz überlebt.

Auf der nördlichen Seite fiel die Straße steil ab und kehrte in einem Halbkreis zum Hof zurück.

Der Hofplatz war groß und zaunlos. Neben einem Heuhaufen stand verlassen ein rostiger Pflug. Er parkte den Duett neben dem Pflug. Die Türen zur Scheune standen halb offen. Es roch nach Heu und Chemie, ein trockener Geruch. Zwei Jagdhunde bellten von einem Hundezwinger am hinteren Ende neben dem Wohnhaus. Die harten Laute prallten an der Anhöhe ab und hüpften zurück.

Johnny ging über den Hof, auf dem einige Hühner herumliefen. Das Haus lag im Schatten, ein schwarzes Haus. Während er den Hof überquerte, tauchten keine Erinnerungen in ihm auf. Er wusste nur, dass er immer auf dem Weg weg von diesem Haus gewesen war, niemals auf das Haus zu, wie jetzt. Er sollte umkehren, sich in seinen Duett setzen und die vertrauten Wege zurückfahren.

Er war stehen geblieben, wie zur Umkehr bereit, bevor ihn die Erinnerungen auf diesem Hofplatz überfielen, der wie eine Wüste war, in der sich nichts anderes bewegte als die Hühner, doch auch die waren plötzlich verschwunden. Das Hundegebell war verstummt. Eine Katze auf der Jagd glitt lautlos über den Hof. Jetzt hörte er den Zug, wie einen Ruf. In diesem Augenblick erinnerte er sich an das Heulen des Zuges, der ferne Ruf, der ihm gegolten hatte. So hatte er es als Kind empfunden.

Johnny sah, wie sich die Tür öffnete und ein Mann aus dem Schatten trat. Sein Hemd war bis weit hinunter auf die Brust geöffnet. Er stieg in ein Paar Stiefel, die auf der offenen Veranda standen, während er Johnny im Auge behielt. Das war ein Blick, den Johnny zu kennen meinte. Noch war er zu weit entfernt. Er machte drei Schritte vorwärts. Er erkannte das Gesicht.

»Was willst du?«, fragte das Gesicht.

Johnny antwortete nicht. Er ging näher.

»Wer zum Teufel sind Sie?«, fragte der Mann, der ein paar Schritte die Treppe hinuntergekommen war. Sein Blick huschte nach links zum Hundezwinger, in dem die Hunde wieder angefangen hatten zu bellen. Plötzlich drehte er sich um, als wollte er losstürzen und seinen Elchstutzen holen.

»Ich geh gleich wieder«, beschwichtigte Johnny den Mann.

»Was sagst du?« Der Mann drehte sich wieder zu ihm um.

»Du bist Göte, nicht?«

»Woher wissen Sie, wie ich heiße?«

»Ich bin John. John Bergman.«

»Bergman? Du?«

»Erinnerst du dich an mich?«

»Der Ausbüxer«, sagte Göte.

Johnny antwortete nicht. Die Hunde waren wieder verstummt. Göte kam die Treppe herunter. Die Tür hinter ihm stand offen, und Johnny hörte von drinnen Stimmen, vielleicht Nachrichten im Radio, aber er verstand keine einzelnen Wörter.

»Das ist ja … du, John?«

»Dich gibt's also noch«, sagte Johnny.

»Ich war der Einzige, der den Hof übernehmen konnte.«

»Wo sind deine Eltern?«

»Auf dem Friedhof.« Göte zeigte zu der Anhöhe, als würde sie die Gräber enthalten.

»Deine Schwester?«

»In der Stadt. Sie ist bei der ersten Gelegenheit abgehauen.«

»Aber du bist geblieben.«

»Wie du siehst.«

Johnny drehte sich um. Die Katze lag ein paar Meter entfernt und betrachtete ihn.

»Ich muss wieder los.«

»Aber warum bist du hergekommen?«

»Ich weiß es nicht.«

»Du weißt es nicht? Stimmt was nicht mit dir? Was ist los, John?«

»Hast du ein Glas Wasser?«

»Komm rein, dann kriegst du Wasser.«

»Habt ihr keinen Brunnen?« Johnny sah sich um. »Hier hat es einen Brunnen gegeben.«

Göte hob die Hand und zeigte auf etwas hinter Johnny. Er drehte sich um und sah den Brunnen vor dem Scheunengiebel.

Er ging hin und pumpte Luft ohne Widerstand, dann fühlte er, dass die Pumpe zu arbeiten begann. Das Wasser floss in einem dünnen Rinnsal. Er beugte sich vor und trank. Es schmeckte nach kaltem Rost.

»Die wird schon lange nicht mehr benutzt«, sagte Göte hinter ihm.

Johnny wischte sich den Mund ab. Ihm war schwindlig geworden, als er den Kopf hob, nur eine Sekunde lang. Er hielt sich am Brunnen fest. Dann hörte er wieder Götes Stimme.

»Es ist auch schon lange her, seit du hier warst.«

»J… ja.«

»Ich hab dich vermisst, nachdem sie dich abgeholt haben.«

»Sie haben mich … abgeholt?«

»Die Alte von der Kommune.«

»Deine Eltern … wollten mich doch nicht mehr.«

»Wolltest du denn hier sein?«

Göte stand ihm auf der anderen Seite des Brunnens gegenüber. Die Pumpe war vor langer Zeit grün gestrichen gewesen, aber jetzt war die Farbe abgeblättert. Johnny erinnerte sich an die grüne Farbe.

»Du hast mehrere Male versucht abzuhauen, John.«

»Ja.«

»Das ging ja nicht«, sagte Göte.

»Was?«

»Da konnten wir dich doch nicht behalten. Das ging nicht.«

Johnny antwortete nicht. Aus der Pumpe tropfte es. Die Brunnenplatte war schwarz von Wasser.

»Wie ist es dir ergangen?«

»Gut«, antwortete Johnny.

»Das freut mich.«

»Und dir?«

»Tja … ich komm zurecht. Ich bin allein.«

»Ach?«

»Es gibt keine Frauen, die hierher ziehen wollen.« Göte betrachtete den nassen Stein. Das Wasser begann schon zu verdunsten. Er schaute auf. »Und was ist aus deinem Bruder geworden?«

»Wie meinst du das?«

»Dein Bruder. Den hatten sie doch woanders untergebracht. Zu ihm wolltest du wohl, als du abgehauen bist, nicht?«

»Ja.«

»Was ist aus ihm geworden? Wo ist er?«

»In der Hauptstadt«, antwortete Johnny.

»Ach, und was macht er da?«

»Arbeitet im Büro.«

»Im Büro? Donnerwetter. Der hat's geschafft.«

Johnny nickte.

»Aber du arbeitest nicht im Büro, oder?« Göte machte eine Kopfbewegung zum Duett hin. »Das ist nicht gerade ein Büroschlitten.« Er lächelte. »Der hat schon einiges auf dem Buckel.«

»Es ist mein bester Freund«, sagte Johnny.

Göte musterte den Duett eingehender. Die Katze verschwand darunter und tauchte auf der anderen Seite wieder auf.

»Es tut mir Leid ... dass sie dich abgeholt haben. Ich hab das nicht so gemeint. Erinnerst du dich daran?«

»Nein.«

»Aber so war es.«

»Ich erinnere mich, dass du mich umbringen wolltest«, sagte Johnny.

»Ach, das. Es war doch nur ein Spaß.«

»Was meinst du?«

»Damals im Heu. Das meinst du doch auch?«

»Unter anderem.«

»Es war nur ein Spaß«, wiederholte Göte.

»Habt ihr nach mir noch mehr Pflegekinder gehabt?«

»Ja ...«

»Und haben sie es überlebt?«

»Ha, ha.«

»Ich muss los.« Johnny bewegte die Beine.

»Jetzt weißt du, wie es hier aussieht«, sagte Göte. »Komm doch mal wieder vorbei.«

Plötzlich hörte Johnny das Geräusch von Pferdehufen hinter der Scheune.

»Hast du immer noch Pferde?«, fragte er.

»Nein, schon lange nicht mehr.«

»Ich dachte, ich hätte was gehört.«

»Hier gibt's keine Pferde«, sagte Göte.

Warum hatte er sich ausgerechnet für diesen Hof entschieden? Er verschwand im Rückspiegel, Göte verschwand. Es hatte andere Höfe gegeben und andere Häuser. Vielleicht war sowieso alles egal.

Seved war einmal auf dem Weg dorthin gewesen. Er hatte die Anhöhe gesehen, hatte er gesagt. Sie hatte den Hof verdeckt und er war statt nach Süden nach Osten gegangen. Die Sonne hatte ihn falsch geleitet.

Johnny wusste nicht, ob das stimmte. Vielleicht spielte es auch keine Rolle, was man sagte, was man tat. Doch. Hier sitze ich ja jetzt, hier auf dieser Reise. Ich tue etwas, was wichtig für mich ist.

14

Der August schritt voran, Autofahrten kreuz und quer über schlechte Straßen. Die Wälder, durch die er fuhr, wurden in der Dämmerung tiefer und dunkler, standen wie Wände hinter den Straßengräben. Die schmalen Wege, die in die Wälder führten, waren kaum noch zu erkennen.

Die Nadel der AMI, die bei Hennings stand, war abgenutzt. Es war über Nacht passiert und beeinträchtigte den Klang, aber doch nicht so sehr, dass Sven drei Tage, bevor Johnny kam, die Stromzufuhr hätte abschalten müssen.

»Warum zum Teufel hast du das gemacht?«

»Du wolltest doch sowieso kommen.«

»Es ist doch egal«, sagte Johnny, »ob die Box an ist oder aus.«

Sven sagte nichts. Er mochte Johnny nicht in die Augen sehen. Vielleicht tat es ihm Leid. Das war schwer zu erraten, er war nicht der Typ, der um Entschuldigung bat.

»Ich hab die Kasse gesehen«, sagte Johnny. »Entweder hast du dir die Hälfte unter den Nagel gerissen, oder du hast deinen Laden einen halben Monat geschlossen gehabt.«

»Natürlich. Ich hab mir das Geld unter den Nagel gerissen«, sagte Sven. »Ich hab mir einen Nachschlüssel anfertigen lassen.« Er breitete einen Arm aus. »Ich hab Geld gebraucht.«

»Ich bin drauf angewiesen«, sagte Johnny. »Ich hab keine Kuchen zu verkaufen. Das hier ist mein Job.«

»Gib mir nicht die Schuld, Johnny.« Sven sah sich um, als würde sich der Schuldige irgendwo im Café verstecken. »Ich kann nichts dafür, dass die Leute nicht mehr so häufig die Musikbox spielen.«

Johnny wischte sich über Stirn und Augen, rieb seine Augenlider. Dahinter wurde es schwarz und rot. Als er die Hand wegnahm, war alles in seinem Blickfeld gestreift.

»Ich möchte nur, dass du die AMI nicht abstellst, bis ich komme«, sagte er. »Das ist das Einzige, was ich will.«

»Ja, ja.« Sven hielt die Handflächen hoch. »So soll's sein.«

Johnny sah zur Jukebox, die stumm an der schmalen Wand stand. Sie hatte im Lauf der Jahre viel mitgemacht. Vielleicht war es jetzt Zeit zum Ausruhen, Zeit für die Pensionierung. Wie alle Jukeboxen war auch sie vom Boden bis zur Decke ständig in dicke Rauschwaden gehüllt, manchmal in stechende Essensdünste, wie in der *Centrumbar*. Die gefährliche Luft setzte dem feinen Mechanismus sehr zu. Johnny war immer wieder fasziniert, wie weit die Boxenhersteller mit ihren Erfindungen der Zeit voraus waren. Dass es für jede Bewegung, die in der Maschine ausgeführt werden musste, ein feines mechanisches Teil gab. Dass es trotz allem funktionierte, trotz der Einwirkungen durch Luft und Menschen. Es war ein Wunderwerk, die Jukeboxen waren Wunderwerke. Dass es möglich war, etwas so Kompliziertes und gleichzeitig so Schönes herzustellen. Die Jukebox war wie ein Cadillac im Lokal. Und die Jukeboxen waren tatsächlich mit dem Hintergedanken an die klassischen amerikanischen Markenwagen entwickelt worden, nicht nur was das Aussehen anging, sondern auch den Klang, es war das Autogeräusch, das vor allem die Wurlitzer zu etwas Besonderem machte, der kratzige Bass, die schweren, primitiven Töne von Musik, die man nirgendwo anders als in der Box oder in einem Auto hören konnte.

Sie waren allein im Café. Der Nachmittagshimmel war mit Wolken bedeckt. Johnny hatte auf dem Weg hierher einen Wind gespürt, der den nahenden Herbst ahnen ließ, der anders als im Sommer zwischen den Häusern pfiff. Die Straße war leer gewesen, ein Saab 92 hatte vor dem Farbladen gegenüber geparkt, aber Menschen waren nicht unterwegs gewesen. Der Wind hatte alle Geräusche übertönt.

Der Saab war Johnny irgendwie bekannt vorgekommen.

»Nur noch diesen Herbst«, sagte Johnny, »dann kannst du machen, was du willst.«

»Wie meinst du das?«, fragte Sven. »Nur noch diesen Herbst?«

»Es ist der letzte Herbst«, sagte Johnny und wandte sich zu Sven um. »Es ist der letzte Sommer. Oder es war der letzte Sommer.« Er zuckte mit den Schultern. »Dies ist die letzte Saison.«

»Wovon redest du, Bergman?« Sven sah aufrichtig erstaunt aus. Sein Mund hatte sich geöffnet und wieder geschlossen, bevor er zu reden anfing. »Willst du deinen Job aufgeben? Das kannst du doch nicht machen.«

»Wieso nicht?«

»Weil … weil … das ist dein Job.« Sven gestikulierte mit seiner großen knochigen Hand in Richtung Jukebox. »Den hast du immer gemacht. *Du* bist der Job. Wer soll ihn erledigen, wenn nicht du, Bergman? Das … geht einfach nicht.«

»Niemand soll ihn machen«, sagte Johnny. »Es ist ein überflüssiger Job. Der wird bald nicht mehr gebraucht.«

»Ich muss mich wirklich bei dir entschuldigen, dass ich die Box einige Tage abgeschaltet habe, Bergman. Entschuldige. Hätte ich gewusst, dass du …«

»Das ist es nicht«, unterbrach Johnny ihn. »Es ist nur … ein weiteres Beispiel.«

»Wofür?«

»Dass eine neue Zeit anbricht.«

»Aber wir wollten doch noch hier sitzen, wenn wir Greise sind«, sagte Sven. »Wenn das einundzwanzigste Jahrhundert anbricht, wollten wir noch hier sitzen.«

»Ja?« Johnny sah, dass Sven den Mund öffnete und wieder schloss. Er wirkte älter, wenn er das tat, als wäre das neue Jahrhundert bereits angebrochen und Sven ein sehr alter Mann. »Das können wir ja trotzdem machen.«

»Das ist … nicht dasselbe«, sagte Sven.

»Nein.«

»Da hast du's. Du weißt es selber. Es wäre doch blöd, mit den Jukeboxen aufzuhören, Bergman?«

»Es ist nicht meine Entscheidung«, sagte Johnny.

»Das verdammte Fernsehen ist schuld«, behauptete Sven.

»Man kann nicht alles aufs Fernsehen schieben.«

»Fernsehen und das dritte Programm im Radio«, sagte Sven. »Seit die angefangen haben, geht alles zum Teufel. Übrigens hat das schon mit dem zweiten angefangen.« Er stand plötzlich auf, der Stuhl fiel mit einem trockenen Geräusch auf den Boden. »Die … die drücken einfach einen ganzen Berufsstand weg. Das ist so beschissen.«

»Redest du von den Konditoren, Sven?«

»Ich rede in erster Linie von dir, Junge. Jukebox-Johnny.«

»Ich glaub nicht, dass man es einen Berufsstand nennen kann«, sagte Johnny.

»Wie zum Teufel soll man es denn sonst nennen? Die Jukeboxen können sich doch nicht selber warten, oder? Allein Platten austauschen? Selbst die Nadeln wechseln? Die sind doch wie Säuglinge, Mensch! Man braucht Fachleute, die sich um sie kümmern! Können Säuglinge sich selbst die Windeln wechseln? Können sie die Windeln selber waschen?« Er bückte sich und stellte den Stuhl wieder hin. »Man braucht immer kompetente Leute, die wissen, wie man es macht.«

Es war immer noch ein leerer Nachmittag, niemand war unterwegs dort draußen auf der Straße, niemand betrat die Konditorei. Jetzt, da keine Leute im Café waren und an den Tischen rauchten, konnte Johnny den Duft nach Zucker und Vanille riechen. Es waren keine starken Gerüche, Zucker und Vanille, aber es gab sie schon so viele Jahre hier drinnen, dass nichts sie verdrängen konnte, höchstens vorübergehend. So war es in allen Konditoreien und Cafés. Plötzlich dachte er, dass es Düfte waren, die auch in die alte

Zeit gehörten, dass sie schließlich im Wind verschwinden würden, wenn die Bude abgerissen wurde. Vom Winde verweht. Vanilleduft im Wind.

»Was willst du machen, Bergman? Wenn du mit den Boxen aufhörst?« Sven riss ihn aus seinen Gedanken.

»Ich weiß es nicht.«

»Ich hab dir doch gesagt, du musst mit Flippern anfangen. Und mit diesen einarmigen Banditen.«

»Und ich hab dir gesagt, das ist nichts für mich.«

»Wo besteht denn da der Unterschied? Dann kannst du doch genauso herumreisen wie jetzt.«

»Das ist ein riesiger Unterschied.«

»Du kannst ja beides haben, Boxen und Flipper«, sagte Sven.

»Nein.«

»Aber warum nicht?«

»Erinnerst du dich, dass du eben noch gesagt hast, die Boxen sind … ich. Als ob wir zusammengehörten?«

»Vielleicht hab ich das gesagt.«

»Sie gehören zu mir«, sagte Johnny.

»Genau.« Sven zeigte mit einem grauen Zeigefinger auf ihn. »Ihr gehört für immer zusammen.«

»Mir gefallen die Farben der Flipper nicht«, sagte Johnny. »Und die von den Groschengräbern auch nicht. Den Banditen.«

»Willst du mich verarschen, Bergman?«

»Alles ohne Musik«, sagte Johnny. »Und die Flipper machen die Leute nervös. Sie machen mich nervös.«

»Ich glaub, du bist einfach müde«, sagte Sven. »Du hast den Scheiß satt.«

»Ich weiß nicht.«

»Du hast diese Gegend satt.«

»Nein.«

»Du bist zu viele Jahre herumgefahren. Das ermüdet.«

»Das ist es nicht.«

»Was ist es dann?« Sven beugte sich über den Tisch. Johnny sah Spuren von Mehl in seinen Haaren. »Da ist doch noch was anderes, oder? Es sind nicht nur die schlechten Zeiten.«

Johnny antwortete nicht. Durchs Fenster sah er den Saab immer noch vor dem Farbladen stehen. Plötzlich fiel ihm ein, wo er ihn schon einmal gesehen hatte.

»Du brauchst eine Frau«, sagte Sven, »eine gute Frau. Vielleicht sogar einfach irgendeine Frau. Schlechte Frauen sind nicht die schlechtesten.«

»Da hast du Recht«, sagte Johnny.

»Aber auf Dauer sind schlechte Frauen nicht gesund«, behauptete Sven.

»Das hab ich nicht gemeint«, antwortete Johnny und drehte sich zu Sven um. »Ich habe gemeint, dass ich wohl eine Frau brauche.«

»Sieh einer an.«

Aus dem Augenwinkel nahm Johnny eine Bewegung beim Saab wahr. Jemand war eingestiegen und hatte gerade die Tür zugeschlagen. Er hörte einen Motor starten, bei viel zu hoher Drehzahl. Der Saab wendete und fuhr langsam am *Hennings* und an dem Duett vorbei, der draußen stand. Der Saab hielt mitten auf der Straße an, fuhr dann weiter und war aus seinem Blickfeld verschwunden.

Sven war seinem Blick gefolgt. »Was hatte das denn zu bedeuten?« Er drehte den Kopf, um besser sehen zu können, aber der Saab war weg. »Jemand, den du kennst?«

Die Ladentür wurde geöffnet, und Milt Ericson kam herein, immer noch im selben großkarierten Hemd.

»*The jukebox man!*«, rief der Amerikaner schon im Laden, und seine Stimme rollte zur offenen, festgehakten Cafétür herein. Er lachte laut. Sein Lachen klang wie eine Betonmischmaschine in der Stille. Diesmal trug Milt einen Hut mit einer breiten Krempe. »Ich hab dein schreckliches Auto da draußen gesehen.«

»Was sagt er?«, fragte Sven. »Wer ist das? Einer von diesen Verrückten von Solhem?«

»Ein Amerikaner«, antwortete Johnny. »Aber er heißt Ericson.«

»Ein Amerikaner, hier?«

»Du hast doch die Brüder Cartwright gesehen«, sagte Johnny.

»Ist er ein Cowboy?«, fragte Sven.

Milt war auf dem Weg ins Café und hatte schon die rechte Hand ausgestreckt.

»*Isterband*!«, rief er. Er nahm den Hut im Gehen ab. »*Isterband*!«

»Er ist verrückt«, sagte Sven.

Milt war in dem alten Land geblieben.

»Mir hat es so gut in Bodils Hotel gefallen«, sagte er, während sie bei einem Kaffee und Svens frischen Kopenhagenern saßen.

Sven hatte alles auf den Tisch gestellt und wollte wieder gehen, als Milt ihn an seinem Pepita-Jackett zog, das Sven immer trug, wenn er die Backstube verließ.

»Warum nimmst du dir keinen Stuhl und setzt dich zu uns, mein Freund?«

»Was sagt er?« Sven schaute Johnny an.

»Ich glaube, er will, dass du dir einen Stuhl nimmst und dich zu uns setzt.«

»Niemals«, sagte Sven, nickte Milt zu und ging weg. Milt wandte sich wieder zu Johnny um:

»Du bist also unterwegs und wartest deine Bestände.« Er nickte zur Jukebox. »Ich vermute mal, die da gehört dir auch.«

»Du musst langsamer sprechen«, sagte Johnny. Das Englisch fühlte sich eigenartig an im Mund, als würde er auf etwas kauen, das er sonst selten in den Mund steckte. Es war genau wie beim letzten Mal, als er die fremden Wörter aussprach. Es war etwas anderes, als in einem Katalog Englisch zu lesen, in dem er die Fachausdrücke gelernt hatte.

»Das-ist-wohl-deine-Jukebox?« Milt zeigte auf die AMI.

»Ja.«

»Und wie geht's?«

»Wie geht was?«

»Wie gehen die Geschäfte?«

»Nicht besonders.«

»Warum nicht?«

»Sieh dich ... doch um.« Johnny machte eine Handbewegung über das Café. »Keine Gäste.«

Er sah Milt zögern.

»Was ist?«

»Brauchst du ... Geld?«, fragte Milt. »Damit du mehr investieren kannst? Kapital?«

»Ich verstehe nicht.«

»Brauchst du ... finanzielle Unterstützung?« Milt lächelte. »Es ist ein rein geschäftlicher Vorschlag.«

»Ich brauche ... keine Hilfe.«

Milt sah Johnny an und dann das fette süße Gebäck auf seinem Teller. »Das ist genauso hilfreich beim Abnehmen wie *Isterband*«, sagte er.

»Ich nehme an, du hast *Isterband* probiert.«

»Delikat«, sagte Milt, »besonders die leicht geräucherten.«

»Mhm.«

»Ich schulde dir eine große Gegenleistung, Junge.«

»Wofür? Früher oder später wärst du sowieso auf *Isterband*... gestoßen.«

»Ich-rede-nicht-von-*Isterband*«, sagte Milt etwas leiser und beugte sich gleichzeitig weiter über den Tisch.

»Wovon redest du denn?«

»Bodil.« Milt lächelte.

»Bodil? Was ist mit Bodil?«

»Was für eine Frau«, sagte Milt.

»Herr im Himmel«, entfuhr es Johnny.

»Ja«, sagte Milt, »eine Gabe Gottes.«

»Kannst du ... sehr ... langsam ... erzählen, was ... passiert ist?«, fragte Johnny.

»Du bist jederzeit willkommen«, hatte Milt gesagt, als sie sich vor *Hennings* trennten.

»Das bin ich immer gewesen«, hatte Johnny geantwortet. »Das brauchst du mir nicht zu sagen.«

»Nein … entschuldige. Das war etwas dumm ausgedrückt. Ich bin nur so verdammt froh, verstehst du, Junge? Dass mir das passieren konnte!«

Johnny hatte genickt.

»Geht Bodil jetzt mit dir nach Amerika?«, hatte er gefragt.

»Nach Am… nein, nein, davon war überhaupt nicht die Rede.« Milt hatte ihn angeschaut, lange und mit einem besonderen Ausdruck in den Augen. »Würdest du … sie vermissen?«

Johnny hatte nicht geantwortet.

Der Ausdruck in Milts Augen war geblieben. Er spiegelte nicht nur Freude.

»Sie hat in diesen Tagen häufig von dir geredet«, hatte Milt gesagt.

»Ach?«

»Sie sieht in dir etwas wie … einen Sohn.«

»Soll ich dich jetzt Vater nennen?«

Milt hatte gelacht.

»Du hast Humor, Junge. Das gefällt mir.« Dann war er wieder ernst geworden. Er hatte sich umgesehen, als nehme er an, ihnen höre jemand zu. »Findest du … dass ich sie dir wegnehme?«

»Ich glaube, du verstehst das nicht«, hatte Johnny gesagt.

»Ich verstehe mehr, als du denkst. Vielleicht wirke ich wie ein dummer Amerikaner, aber ich bin nicht dumm.«

»Das hab ich auch nicht behauptet.«

Johnny hatte die Autotür geöffnet.

»Wohin willst du jetzt?«

»Nach Hause«, hatte Johnny geantwortet.

»Ist es weit?«, hatte Milt gefragt.

»Ja.« Johnny hatte sich in den Duett gesetzt, den Motor gestartet und war losgefahren, ohne zum Abschied zu winken.

Er stellte das Radio an: Ab dem ersten September wurden die Prämien für die Lebensversicherung gesenkt. Eine Fähre hatte in voller Fahrt eine Kaimauer in der großen Stadt unten im Süden gerammt. Justizminister Robert Kennedy beabsichtigte, für den Senat im Staat New York zu kandidieren.

Er fuhr an den Straßenrand, stieg aus und zündete sich eine Zigarette an. Der Schotter unter seinen Lederstiefeln fühlte sich hart und trocken an. Er ging nur ein paar Schritte auf das Feld, sah sich um und steckte die Zigarette zwischen die Lippen, holte seinen Pimmel raus und ließ sein Wasser über dem keimenden Herbstweizen ab.

Als er fertig war, wusch er sich die Hände mit der feuchten Erde und trocknete sie im Gras ab. Hier oben war es still, keine Tiere, keine Menschen, keine Fahrzeuge. Er konnte meilenweit über das Hochland sehen, er befand sich auf einem der höchsten Punkte.

Er hatte auf einem Feld gestanden und Seved neben ihm, es waren die Sekunden gewesen, bevor sie losgehen wollten, abwärts. Sie sahen keine Häuser, keine Straßen, keine Menschen, keine Taxen. Hier können sie nicht fahren, hatte Seved gesagt. Ich hab Hunger, hatte John gesagt. Wir klauen uns ein paar Äpfel, hatte Seved vorgeschlagen. Jetzt gibt's doch gar keine Äpfel, hatte er gesagt und war in einen Bach getreten, der im Gras verborgen gewesen war. Irgendwo wachsen immer Äpfel, hatte Seved geantwortet. Die Socke in seinem Schuh war nass geworden. Er hatte ihn ausgezogen und sie ausgewrungen. Die trocknet schnell, wenn du sie ins Gras legst, hatte Seved gesagt. Sie hatten sich auf dem Rücken ausgestreckt und in die Sonne geblinzelt. Seved hatte an einer Roggenähre gekaut. Kann man blind werden, wenn man in die Sonne guckt?, hatte John gefragt. Weiß der Teufel, hatte Seved geantwortet. Wenn man die Augen in der Sonne zumacht, wird es rot und schwarz, hatte John gesagt, und auch wenn man gegen die Augen drückt. Wenn man dann wieder guckt, sieht man Streifen. Ich mach die Augen nicht zu, hatte Seved gesagt und sich auf die Seite gedreht und Johns Hand gepackt, als wollte er sie nie loslassen, dann war er aufgestanden und hatte gesagt, es sei Zeit zu gehen.

In der Nacht hatten sie in einer Scheune schlafen wollen. Der Bauer oder jemand anders hatte sie gesehen, als sie sich näherten. Er war ein wenig nervös, weil er in der Scheune schlafen sollte, aber es war auch aufregend gewesen. Er war sehr durstig gewesen. Hunger hatte er keinen mehr. Als die Scheinwerfer des Taxis in die Scheune leuchteten, war es so gewesen, wie wenn man in die Sonne starrt. Er hatte die Augen geschlossen, aber Seved hatte weiter hingestarrt.

Als er zum Duett zurückkehrte, hatte er plötzlich furchtbaren Durst, es war diese Art Durst, der Juckreiz hervorrief.

Er zündete sich noch eine Zigarette an. Die Horizontlinie des Waldes war dunkel geworden, bald würden alle Farben verschwunden sein und nur noch Dunkelheit herrschen.

Der Zigarettenrauch stieg wie eine dünne Wolke über ihm auf. Er fühlte Sehnsucht nach einem Klaren im Körper, sie war wie ein Schatten, der über seiner Brust lag. Er schüttelte den Kopf, trat nachdrücklich die Kippe aus, setzte sich wieder ins Auto und fuhr den Hügel hinunter auf das schwache Licht zu, das noch im Westen glomm.

Bis zum Markttag waren es noch vier Tage, dem Jahrmarkt. Lennart, Elisabeth. Mister Swing.

Halte ich so lange durch? Heute ist Dienstag. Ich brauche nicht zu schlafen bis dahin, ich kann arbeiten, ich muss nicht nach Hause fahren. Ich habe genügend Werkzeug dabei, ich brauche nicht viele Platten auszutauschen. Niemand schreit mehr nach den neuesten Hits, sogar die Vierunddreißig wird nicht mehr so häufig in den Boxen gespielt, vielleicht haben sich die Leute die Platte selbst gekauft und spielen den Scheiß Tag für Tag zu Hause, Monat für Monat, sie ist für alle Zeit unser, wenngleich leiernd, hässlich und schief, Runde um Runde auf dem Plattenteller, bis die Abrisskugel durch die Wand donnert.

Die Lichter der Esso-Tankstelle glitzerten wie eine Stadt, lange bevor er sie erreichte. Als er zu dem Motel einbog, sah er Milts Saab vor dem Eingang. Das konnte kein Mietwagen mehr sein. Milt musste ihn gekauft haben.

Der Saab war das einzige Auto. Auf dem Lastwagenparkplatz bei der Tankstelle hatten zwei Laster gestanden. Durch das Fenster zum Café sah er zwei einzelne Männer an ihren Tischen essen.

Bodil stand wie üblich hinter dem Tresen. Johnny kam es so vor, als hätte sie mindestens dreißig Jahre dort gestanden. Nichts würde ohne sie funktionieren, nicht mal die Tankstelle da unten würde funktionieren.

»Johnny!«

Ihr Gesicht sah wie immer aus, und doch ein wenig anders. Aber er bemerkte es vielleicht nur, weil er es wusste.

»Wo ist Milt?«, fragte er.

»Er hat gesagt, er wollte dich treffen«, antwortete sie und machte ein paar Schritte zur Seite. »Johnny …«

»Er hat mir was Interessantes erzählt«, unterbrach er sie.

»Was Interessantes?«

»Du weißt, was ich meine.«

»Bist du böse, Johnny?«

»Böse? Warum sollte ich?«

Einer der Lastwagenfahrer kam aus dem Café, setzte sich die Mütze auf und nickte Bodil zu.

»Die *Isterband* war wirklich gut«, sagte er.

Johnny begann zu lachen, und es war, als bräche er in Tränen aus. Es passierte einfach so, ohne Vorwarnung.

»Verdammt witzig«, sagte der Fahrer, warf ihm einen wütenden Blick zu und verließ rasch den Raum.

»Verscheuch mir nicht meine Gäste«, sagte Bodil.

»Verscheuchen? So lange du *Isterband* auf der Karte hast, werden sie nicht verschwinden.« Er drehte sich zu ihr um. »Hat Milt inzwischen übrigens etwas mehr Schwedisch gelernt?«

»Er ist … nett«, sagte sie.

»Das will ich aber auch hoffen.«

»Du findest mich vermutlich … albern«, sagte sie, »uns beide.«

»Nein«, antwortete er, »es kam nur ein bisschen überraschend.«

Er wollte sagen, dass er keine Ahnung gehabt hatte, schluckte die Worte jedoch hinunter, bevor sie herauskamen. Er hatte kein Recht, sie zu verurteilen. Sie hatte ihn hier übernachten lassen, wenn er abgefüllt war. Sie hatte ihn nicht verurteilt. Am nächsten Morgen hatte sie frisch gekochten Kaffee bereitgehalten, sehr starken Kaffee, sie hatte ihm *Isterband* mit Bratkartoffeln und Spiegeleiern, rote Bete dazu, das hatte ihm Kraft gegeben, sich ins Auto zu setzen und weiterzumachen.

»Und nun?«, fragte er.

»Wie meinst du das?«

»Was passiert mit dem hier?« Er machte eine Handbewegung durch das Lokal.

»Falls du denkst, ich besteig ein Schiff und fahre nach Amerika, dann täuschst du dich«, sagte sie.

»Es gibt auch Flugzeuge.«

»Glaubst du, ich würde mich jemals in ein Flugzeug setzen?«

»Du weißt, was ich meine, Bodil.«

»Ich bleibe hier«, sagte sie.

»Und Milt?«

»Er bleibt auch hier.« Sie lächelte.

»Hat er denn Arbeit?«

»Hier kann man einen Mann manchmal gut brauchen, das weißt du, Johnny. Du hast mir selber schon so manches Mal etwas repariert.«

»Weiß er, wie ein Hammer aussieht?«

»Er ist geschickt«, antwortete sie.

Zunächst wollte Johnny noch etwas richtig Gemeines sagen, schluckte es jedoch hinunter.

»Und wie kommt ihr jetzt mit der Sprache klar?«, fragte er. »Kannst du inzwischen etwas Englisch?«

»*Yes, box, all right*«, sagte sie und lächelte ein so liebes und schüchternes Lächeln, dass er plötzlich eine heftige Wärme in der Brust spürte, stärker als die Gier nach Alkohol, gleichzeitig empfand er eine große Traurigkeit darüber, dass er mit einem Vorurteil hergekommen war, er bereute es. Rasch ging er um den gläsernen Tresen herum und umarmte sie. Er hielt sie noch in den Armen, als Milt eintrat.

»Es ist seltsam, was alles passiert«, sagte sie. »Da glaubt man, alles bleibt beim Alten, und dann passiert etwas.«

Sie saßen in der Küche. Milt war mit einem Hammer weggegangen, er wusste, wann er zu verschwinden hatte.

»Wir haben neue Zeiten«, sagte Johnny.

»Nein«, sagte sie. »Jedenfalls herrschen hier keine neuen Zeiten.«

Durchs Fenster konnte er die Tankstelle sehen. Die Beleuchtung wirkte merkwürdig hell. Bodil hatte diese Tankstelle in all den Jahrzehnten gesehen, immer dieselbe, nur die Automarken hatten sich geändert, aber selbst sie hatten immer der Vergangenheit angehört. Hier kamen nie neue Autotypen vorbei, sie stammten immer aus dem vergangenen Jahrzehnt.

»Dann sind es wohl neue Menschen«, sagte er.

»Du meinst Milt?« Sie lächelte wieder das schüchterne Lächeln. »Ja, er ist neu.«

»Vielleicht meine ich dich«, sagte er.

»Ich sollte neu sein? Das wäre mir nur recht.« Er sah ihr Gesicht im Spiegel neben den Kaffeemaschinen auf der anderen Seite der Küche. Sie sah ihr eigenes Gesicht. »Diesem alten Weib würde es gut tun, wenn es ein paar Runzeln loswürde.«

»So was operieren sie in Amerika«, sagte Johnny. »Du gehst rein mit einem Gesicht wie eine vertrocknete Feige, und wenn du rausgehst, ist es glatt wie eine Wurstpelle.«

»Nee, lieber nicht.«

»Vielleicht möchte Milt das? Dich mit nach Amerika nehmen, und dann operieren sie dich, und deine Haut ist glatt wie eine Wurstpelle.«

»Er mag Wurst gern, aber es gibt Grenzen«, sagte sie und ließ ihren Blick vom Spiegel zu ihm wandern. »Du hast immer von Amerika gesprochen, Johnny. Vielleicht solltest du hinfahren.«

»Das war nur so ein Gerede«, sagte er.

»Dabei braucht es aber nicht zu bleiben. Es ist noch gar nicht lange her, da hat Milt gesagt, du würdest gut nach Amerika passen.«

»Er weiß nicht, wovon er redet.«

»Er weiß jedenfalls, wie es in Amerika ist.«

»Aber er weiß nicht, wie es hier ist.« Johnny klopfte auf den Tisch, als wollte er unterstreichen, dass hier hier war, in dieser Küche, in der er seit zehn Jahren jeden oder jeden zweiten Monat gesessen hatte. »Wie ich bin.« Er zog die Hand zurück. »Wer ich bin.«

Sie antwortete nicht. Unten bei der Tankstelle war etwas in Bewegung gekommen. Sie schien den Bewegungen mit Blicken zu folgen. Ein Laster mit Anhänger war mit einem schwierigen Rückwärtsmanöver beschäftigt.

»Ich weiß, was du denkst«, sagte er.

»Ach?«

»Ich hab oft genug hier gesessen, um zu wissen, was du manchmal denkst.«

»Ich hab an dich gedacht, aber das war ja nicht besonders überraschend«, sagte sie. »Wir haben ja auch gerade über dich gesprochen.«

»Aber wir haben von dir geredet, Bodil.«

»Nein, von dir.« Sie lächelte wieder. »Wir haben von dir gesprochen, Johnny. Immer willst du dich drücken, wenn es um dich geht. Dabei ist es überhaupt nicht gefährlich, einmal auch über sich selbst zu sprechen. Es ist nützlich.«

»Ich versuch mich ja gar nicht zu drücken«, entgegnete er.

»Es genügt nicht, nur anderen zuzuhören«, sagte sie. »Ihren Sorgen, oder was es ist.«

»Ich finde, ich rede verdammt viel«, antwortete er. »Im Augenblick rede ich viel.«

»Manchmal weichst du dir selber aus«, sagte sie. »Vielleicht merkst du das nicht mal.«

»Ich merke so viel, dass ich merke, was du denkst«, sagte er. »Und ich geb dir Recht, es ging um mich. Du glaubst, dass ich es bin, der nicht weiß, wer ich bin. Als ich sagte, Milt weiß nicht, wer ich bin.«

»Es ist gar nicht so leicht, sich darüber im Klaren zu sein, wer man ist.«

»Man kann es wissen und gleichzeitig nicht wissen«, sagte er.

»Vielleicht ist es so. Es ist schwer, dauernd über sich selbst Bescheid zu wissen.«

»Das kann die Hölle sein, und du weißt es«, sagte er und stand auf.

Als er fahren wollte, kam Milt aus einem der Zimmer des Motels. Er hatte immer noch den Hammer in der Hand. Johnny ging vom Gas und drehte das Seitenfenster herunter.

»Ich dachte, wir würden uns auch noch ein bisschen unterhalten, Sohn.«

»Dann bin ich also jetzt dein Sohn?«

»Sohn? Das sagen wir bloß so, ›Sohn‹, ungefähr wie man Junge sagt oder ...«

»Ja, ja«, unterbrach Johnny und begann die Scheibe hochzudrehen. »Ich muss los.«

»Los und los. Kannst du nicht noch ein Weilchen bleiben? Wir könnten eine Tasse Kaffee trinken.«

»Ich kann keinen ... Kaffee mehr trinken. Es war schon zu viel.«

Ihm fiel es wieder schwer, die Wörter zu finden, sie waren irgendwo anders, sie steckten im Jukeboxkatalog aus Chicago.

»Du kommst doch mal wieder?«, fragte Milt.

»Warum sollte ich nicht?«, fragte Johnny zurück.

»Ich weiß nicht ... ich dachte ... ach, scheiß drauf, ich möchte mich gern mit dir unterhalten.« Er lachte auf. »Du bist der Einzige in dieser Gegend, der Englisch spricht.«

»Dann musst du es Bodil beibringen.«

»Sie? Sie bringt mir Schwedisch bei. Sie sagt, das ist besser und dass es leichter ist.«

»Sie hat Recht«, antwortete Johnny.

Milt lauschte plötzlich auf das Radio, das Johnny im Auto eingeschaltet hatte, ein leises Nachrichtengrollen vom Echo des Tages.

»Reden die von Kennedy?«, fragte Milt und beugte sich ein wenig zur Fensteröffnung herein. »Ich meinte gehört …«

Johnny hörte zu. Es war eine Wiederholung der Nachricht von Robert Kennedys Entscheidung, für den Senat zu kandidieren. Diesmal war es ein längerer Beitrag, der das politische Leben des jüngeren Bruders nach dem Mord des Präsidenten beschrieb.

Johnny gab es Milt wieder, so gut er konnte.

»Für den Senat? Damit gibt sich der Junge nicht zufrieden, achtundsechzig kandidiert er bestimmt für das Präsidentenamt«, sagte Milt. »Leider.«

»Magst du ihn nicht?«

»Ob ich ihn mag? Darauf kannst du Gift nehmen, dass ich das tu. Ich mochte Jack auch, obwohl er aussah wie Mamas Liebling. Er hätte etwas bewegen können, wenn er hätte weitermachen dürfen.« Milts Kopf hing immer noch halb ins Auto. Johnny sah, dass er grüne Tupfer in den Augen hatte und ein wenig blau und gelb, wie letzte Spuren seiner Ahnen. »Und mit dem Bruder wird es auch böse enden.«

»Wie meinst du das?«, fragte Johnny.

»Bob wird kandidieren, und sie werden ihn kaltstellen, die werden ihm die Flügel beschneiden, falls er versucht, ins Weiße Haus zu fliegen.«

»Welche ›die‹?«, fragte Johnny.

»Darüber können wir reden, wenn du das nächste Mal vorbeikommst«, sagte Milt und zog seinen Kopf aus dem Duett zurück.

Eine Stunde vor Mitternacht war er zu Hause. Er wählte wieder die Nummer, ließ es vier-, fünf-, sechsmal klingeln.

Er hatte sich noch nie ausgemalt, was passieren würde, wenn sich jemand meldete.

Irgendwann würde jemand abheben.

Was sollte er sagen?

Er legte auf, ging in die Küche und goss sich ein Glas Wasser ein. In Blomstrands Werkstatt leuchtete es, Schweißflammen, die die hohen Fensterscheiben blau färbten. Bosse Kula war wieder dabei, einen Amerikaner zu zerlegen.

Ich könnte Milt hierher bringen, ihm Bosse vorstellen. Ein Amerikaner und ein Experte in Amerikanern. Milt kommt aus der Autoindustrie, vielleicht weiß er alles.

Johnny wusste nichts von Milt, nicht mehr als das, was der Amerikaner beim ersten Mal erzählt hatte. Vielleicht war Milt Chef der gesamten Autoindustrie in Detroit gewesen. Vielleicht hatte er Geld wie Heu, es konnte gar nicht anders sein. Er konnte einfach beschließen, in einem neuen Land zu bleiben, lange nachdem er hatte heimfahren wollen. Er konnte einfach beschließen, ein neues Leben anzufangen. Ja. Von vorn anfangen. Johnny hörte ein fürchterliches Geschepper aus der Werkstatt, eine Karosse war zu Boden gefallen. Kula hatte eine große Sache in Arbeit. Es war bald zwölf, aber Kula nahm keine Rücksicht. Die nächtlichen Geräusche aus der Werkstatt waren ein Teil dieser kleinen Stadt, wie die Güterzüge, die nachts fuhren.

Er trank noch ein Glas Wasser und spürte wieder das Jucken, ein Schauder, der ihm über die Schultern lief.

Er könnte rübergehen und Blomstrand wecken, der Alte hatte einen guten Schlaf, selbst wenn Kula hinter der nächsten Wand Motorblöcke zerschlug.

Er trat auf die Treppe hinaus und zündete sich eine Ritz an. Das blaue Licht der Schweißflammen drang durchs Fenster, zuckte quer über die Straße und erlosch unter der Straßenlaterne.

Die Unruhe wollte nicht verschwinden. Es gab kein Ziel, wohin er jetzt fahren könnte, wenn er sich nicht einfach ins Auto setzen und die ganze Nacht fahren wollte, nur fahren.

Es war nicht nur die Gier nach Branntwein. Es war nie allein das eine.

Während Milt erzählt hatte, hatte er wieder die Einsamkeit gespürt, dieses große Gefühl, das wie eins der Felder war, über die er als kleiner Junge gelaufen war, als niemand anders neben ihm herlief, und das Feld war so groß gewesen, dass er das Ende nicht sehen konnte. Es war kein Traum. Es war ein Gefühl, das ihn mehr beunruhigte als alles andere. Dieses verdammte Feld, das plötzlich einfach hier war. Jetzt. Er lief. Plötzlich war er auf dem Mond. Er saß in einer Raumfähre und machte Aufnahmen von sich selbst, wie er da unten über das gelbe Feld lief.

Johnny schloss die Augen, nahm einen letzten Zug und schnippte die Asche in die Kaffeedose. Im Sand zischte es. In der Dose lagen tausend Kippen oder zwölfhundertachtzehn. Es war viel Geld in der Dose begraben.

Er ging hinein. Jetzt fühlte er sich etwas besser. Er setzte sich aufs Bett, ohne Licht anzuknipsen. Die Dunkelheit schien ihn zu beruhigen. Überall war es nun still. Er ließ sich auf die Seite fallen und hatte das Gefühl, als dauerte es lange, bevor sein Kopf auf dem Kissen auftraf, als ob er in den Weltraum fiele.

15

Er hatte den Kopf in die Seeburg gesteckt und brachte die Rolle mit der Hand zum Kreiseln. Die Haube hing über ihm, eine Kuppel, die das Licht des Raumes geradewegs in das Innere der Jukebox lenkte. Zum zweiten Mal hatte sich die Titelstreifenrolle bei dieser Box verhakt. Das erste Mal ist es an einem Abend im November passiert. Erinnerst du dich?, hatte Sigge gefragt, als Johnny eintrat. Da war es hier voll. Es gab nicht einen einzigen Sitzplatz.

Johnny drückte den Kontaktsatz, bewegte die Titelstreifenrolle. Sie drehte sich reibungslos.

»Was möchtest du hören?« Er drehte sich zu Sigge um, der im gesegneten Licht der Getränkevitrine stand. Er war von einem Glorienschein umgeben. »Ich lad dich ein.«

»Vielen Dank, dann nehm ich Bobby Bare.«

»*Detroit City*?«

»Nein, die neue. Die du letzte Woche eingelegt hast.«

K3. *Have I Stayed Away Too Long*. Bei den Sommer-Top-Ten am letzten Samstag ausgeschieden, nein, nicht ausgeschieden, die Platte würde keine Chance haben hineinzukommen, sie belegte den dreizehnten Platz, den Jugendlichen in *Sigges Grill* war sie gleichgültig. Bobby Bare hatte sein *Detroit City* gehabt, der würde immer in den Boxen bleiben und in der Erinnerung von allen Leuten, die in *Sigges Grill* waren, als die Nachricht kam.

»Und danach nehmen wir den Detroitsong«, sagte Sigge. Er war an der Spüle beschäftigt, trocknete etwas ab, was Johnny nicht sehen konnte. »Das war noch Musik. Ich mag diesen Pop nicht. Beatles, Rolling Stones, Shanes.« Er sah auf. »Das ist keine Musik für die Jukebox. Sie passt nicht. Sie hat kein Gewicht, oder wie man das nennen soll.«

»Was passt denn am besten?«

Johnny ging zur Theke und nahm eine Cuba-Cola entgegen. Sie war kalt in der Hand.

»Das weißt du«, sagte Sigge.

»Wir haben schon vierzig Elvissongs in der Box«, sagte Johnny.

»Und trotzdem bleiben die Leute weg«, sagte Sigge.

»Vielleicht gerade deswegen«, antwortete Johnny.

»Was redest du denn da für einen Scheiß? Das sieht dir ja gar nicht ähnlich.«

»Im August sechsundfünfzig ist Elvis in Florida in Amerika aufgetreten, und der Berichterstatter in der Zeitung wollte ihn auf den elektrischen Stuhl setzen«, erzählte Johnny.

»Warum zum Teufel wollte er das?«, fragte Sigge.

»Weil er ihn für gefährlich hielt.«

»Inwiefern gefährlich?«

»Tja ... für die Jugendlichen. Vermutlich für das ganze Land. Für die Amerikaner ... für die Zukunft.«

»Warum erzählst du mir das, Bergman?«

»Ich weiß es nicht.«

»Hat der das wirklich so geschrieben in der Zeitung ... dass man Elvis auf den elektrischen Stuhl setzen sollte?«

»Ungefähr so.«

»Woher weißt du das?«

»Ich hab's gelesen.«

»Du kannst doch wohl nicht Amerikanisch lesen?«

»Ich hab eine Übersetzung in einem Katalog gefunden.«

»Hm.«

»Der Kerl hat geschrieben, Elvis' Publikum sei ein Haufen kranker Idioten von Jugendlichen, die eine Tracht Prügel bräuchten.«

Sigge lachte auf.

»Trifft an und für sich auf die zu, die hierher kommen.«

»Du sprichst von deinen Gästen, Sigge.«

»Was hat er noch geschrieben?«

»Tja ... dass Elvis der größte Bluff in der Geschichte der Vergnügungsbranche sei. Dass er nicht singen, nicht Gitarre spielen, nicht tanzen kann.«

»Ich hab ihn noch nie gesehen«, sagte Sigge. »Vielleicht kann er ja wirklich nicht tanzen.« Er prostete Johnny mit einem Glas Bier zu. »Hast du ihn gesehen?«

»Nur im Film. Da hat er getanzt.«

»War er gut?«

»Der Film? Nee, der war Mist.«

»Dann hatte der Kerl vielleicht Recht?«

»Elvis kann singen, oder?«

»Ja. Elvis kann singen.«

»Der Kerl hat geschrieben, die Menschheit sei verloren, wenn solche wie Elvis weiter auftreten dürften«, sagte Johnny.

»Wann war das, hast du gesagt?«

»Sechsundfünfzig. Das ist acht Jahre her. Ist die Menschheit verloren?«

»Manchmal frag ich mich das wirklich«, antwortete Sigge.

»Wegen Elvis?«

»Quatsch. Trotz Elvis.« Sigge lächelte, prostete ihm noch einmal zu, setzte das Glas ab, ohne zu trinken, und hörte auf zu lächeln. »Aber eins geht bestimmt unter, das ist dieser Schuppen. Sie wollen die Bruchbude im Frühling abreißen.«

»Warum?«

»Himmel, Bergman, was glaubst du? Der Brief ist gestern gekommen. Sie wollen ein neues Zentrum bauen, und warum sollten sie diese Bude stehen lassen mitten in all dem Glas und Beton? Für mich gibt's dann keinen Platz mehr.«

»Willst du nicht bleiben?«

»Glaubst du, die wollen mich behalten? Bist du verrückt? Hier soll ein großes schönes Kaufhausrestaurant entstehen.

Genau hier soll es stehen. Glaubst du, dann wollen sie *Sigges Grill* noch haben?«

»Ich hab hier ja auch Interessen zu vertreten«, sagte Johnny.

»Die Box? Meinst du, die wollen sie haben?«

»Keine Ahnung.«

»Ich sag nichts«, sagte Sigge.

»Nein, ich höre es.«

»Möchtest du eine Grillwurst mit Mus, Bergman?«

Johnny hatte Wurst und Mus dankend abgelehnt. Das Leben mit Wurst und Mus musste auch aufhören.

Sigge hatte zugesehen, während Johnny arbeitete. Sigges Schädel leuchtete jetzt noch stärker im Nachmittagslicht, das zur Tür hereinfiel und dem kleinen Mann einen doppelten Glorienschein verlieh. Mit diesem Zeichen könnte er es weit bringen im Leben, dachte Johnny.

»War das die letzte Wartung?«

»Im September komm ich wieder«, antwortete Johnny.

»Am ersten Februar mach ich dicht«, sagte Sigge. »Du darfst gern zur Beerdigungsfeier kommen.«

»Hast du schon Pläne?«, fragte Johnny.

»Vielleicht hab ich die Möglichkeit, eine Würstchenbude zu pachten.« Sigge breitete die Arme aus. »Aber das ist ja nicht mit dem hier zu vergleichen.«

Johnny wusste nicht, was er sagen sollte. Sigge war mit seinem Lokal verwachsen, dem großen länglichen Raum zu einer Straße hinaus, auf der die schweren Laster vorbeidonnerten. Überall donnerten die schweren Fahrzeuge vorbei.

»Man braucht wahrscheinlich eine Frau«, sagte Sigge. »Das würde alles leichter machen.« Er drehte sich wieder um. »Es heißt, Unglück ist zu zweit leichter zu tragen.« Er zog die Tür hinter sich zu. Der obere Teil war verglast und das Licht um Sigges Kopf verschwand nicht. Er hatte keine Haare und die Strahlen schienen genau durch seinen Schädel zu leuchten, als wäre der plötzlich durchsichtig geworden. Jemand sollte seine weiche Hand auf diesen Schädel legen, dachte Johnny. Eine Frau.

»Vielleicht kann ich eine Frau pachten«, witzelte Sigge.

»Das ist wohl nicht nötig«, antwortete Johnny. »Auf dem Gebiet hattest du doch noch nie Probleme.«

»Alles dreht sich um Frauen«, sagte Sigge, »oder?«

»Wie meinst du das?«

»Tu nicht so, Bergman. Du weißt ganz gut, wovon ich rede.« Sigge war wieder bei der Box, legte die Hand auf das Glas. Die Box war hundertsiebenundvierzig Zentimter hoch und Sigge war vielleicht sieben Zentimeter größer. Wie er so dastand, sah er aus, als wäre er mit der Box verwandt, vielleicht ein Bruder, vielleicht ein Cousin, dieselbe Größe, dieselbe Breite. »Wir sind eigentlich nichts ohne Frauen. Sie sind ... ein Teil von uns, den wir verloren haben. Wir vermissen ihn wie den Satan und versuchen ihn zu finden.«

»Das klingt ja fast religiös, Sigge.«

»Ich sage bloß, dass wir keine richtigen ... Kerle sind, wenn wir keine Frau haben.« Er nahm die Hand von der Jukebox und wedelte in Richtung Johnny. »Und jetzt darfst du sagen, dass ich kein richtiger Kerl bin.«

»Das würde ich nie tun«, sagte Johnny. »Dann könntest du ja dasselbe von mir sagen.«

»Du hast doch wer weiß wie viele Frauen gehabt«, sagte Sigge.

»Aber nicht richtig. Das war mehr ... wie gepachtet.«

Er parkte vor dem Bahnhof. Es war einer der größten im Land, der Knotenpunkt des südlichen Landesteils. Er kannte Leute, die hier als Weichensteller arbeiteten, nervöse Männer, die immer nervöser wurden, je mehr Zeit verging. Sie erwachten mitten in der Nacht, hab ich es richtig gemacht, habe ich die Weiche richtig gestellt, standen um drei Uhr auf und begaben sich auf den Weg zum Bahnhof, um das zu kontrollieren, was schon viele Male kontrolliert worden war. Es war schwer, auf diese Weise zu leben. Einer der Weichensteller war durchgedreht, noch bevor er fünfzig wurde, er zog brummelnd durch die Straßen, versuchte den Verkehr an Straßenkreuzungen zu attackieren.

Jeder, der in diesem Land einmal eine Reise unternommen hatte, war auf diesem Bahnhof umgestiegen, oder er war zumindest hindurchgefahren. Hierher gelangte man von überallher, von hier konnte man überall hinfahren. Über dieser Stadt hatte immer eine Art Rastlosigkeit gelegen, als ob sie selbst sich auch auf die Reise machen wollte, sich in den Zug setzen und von allem wegfahren, genau wie viele andere, den riesigen Rangierbahnhof hinter sich lassen. Der lebte ein ewiges Leben unabhängig von der Stadt, der brauchte keine Stadt, nur Züge.

Johnny ging durch die Anpflanzungen der Esplanade vor dem Bahnhof und öffnete die Glastür von *Thimons Konditorei*.

Die Konditorei gab es hier schon fast genauso lange wie den Bahnhof. Das Café war im ersten Stock mit Ausblick über die Esplanaden, den Bahnhof und die Züge, die die Cafégäste bald wieder fortführen würden. Es war ein Café für Durchreisende. Man konnte andere Dialekte hören, andere Sprachen. Bei *Thimons* waren schon Schwarze eingetreten, Chinesen. Einmal hatte Johnny einen Mann, der wie ein Indianer aussah, auf eine Brezel zeigen sehen. Er hatte mit leiser, singender Stimme etwas Unverständliches gefragt. Die Verkäuferin hatte genickt, wie hypnotisiert, und geantwortet: Ja, die sind preisgekrönt, leicht und lecker.

Diese durchreisenden Gäste aus der Welt hatten Johnny auf die Idee gebracht, ein Scopitone im Café aufzustellen. Das war im Frühling gewesen.

Es war eine Filmjukebox aus Frankreich, die es seit vergangenem Jahr gab. Die Italiener hatten ihre Cinebox schon einundsechzig herausgebracht, mit einem magischen Tonband, aber das Modell hatte Johnny nicht gesehen. Stattdessen hatte er diesen Franzosen in der Hauptstadt gekauft und ihn zu Krafft im *Thimons* gebracht, der skeptisch gewesen war, vielleicht auch erschrocken.

Wie zum Teufel funktioniert die?, hatte Krafft gefragt.

Johnny hatte versucht, es ihm zu erklären, ihm zu zeigen. Das Scopitone sah ähnlich aus wie eine gewöhnliche Jukebox, mit Titelfenster und Münzschlitz, aber ganz oben war ein Bildschirm.

Die sieht ja aus wie ein Zyklop, hatte Krafft gesagt. Die kann die Leute ja zu Tode erschrecken.

Johnny hatte die Box in Gang gebracht. Der Mechanismus bestand aus einem Filmprojektor, und anstelle von Platten war die Maschine mit vierzig schwarzweißen 16-Millimeterfilmen gefüllt. Es gab auch Farbfilme, und Johnny hatte Krafft vorgeschlagen, einen Teil der schwarzweißen auszutauschen, wenn er die Farbfilme bekam. Die Cinebox war schon in Farbe.

Wer einen Film sehen und hören wollte, brauchte etwas Geduld. Man steckte eine Krone hinein und wartete, dass eine rote Lampe aufleuchtete, dann konnte man seinen Wunsch eintippen. Die Maschine ratterte los, wenn der zuletzt gezeigte Film zurückgespult war. Das Karussell drehte sich mit den vierzig Filmen bis zu dem bestellten, legte ihn ein für die Vorführung, und dann begann es auf dem Bildschirm: Gesang, Musik, Autos, Motorräder, Frisuren wie Zuckerwatte. Klavier, Gitarren, Tanz.

Die ersten Filme waren mit Bobby Rydell, Vince Taylor, The Keller Sisters. Und Brigitte Bardot, Johnny Halliday.

Das Scopitone hatte Leute angelockt.

Sie war schon am ersten Abend kaputtgegangen.

Johnny hatte den ganzen nächsten Tag damit verbracht, den Filmprojektor wieder in Gang zu bringen. Der Mechanismus war empfindlicher als irgendein anderer, mit dem er schon einmal zu tun gehabt hatte. Die Feinjustierungen wurden immer noch weiterentwickelt.

Und die Filme rissen mit verflixter Regelmäßigkeit.

Sonst ist das Ding nicht schlecht, hatte Krafft Anfang des Sommers gesagt. Das ist ja fast wie Fernsehen. Das ist viel besser als Fernsehen, hatte Johnny geantwortet. Rock-'n'-Roll-Songs im Film, hatte Krafft gesagt. Glaubst du, das ist zukunftsträchtig? Dass die Künstler ihre Songs auf Platte und für den Film aufnehmen? Du hast sie doch schon hier, hatte Johnny geantwortet, hier im *Thimons*. Die Zukunft ist schon da, Einar. Dann hat die Scheißzukunft aber eine hässliche Angewohnheit, sie hält sich sehr zurück, hatte Einar gesagt und ihn zu einer preisgekrönten Brezel eingeladen.

Das tat er jetzt auch, servierte sie auf der Spüle in der Küche hinter der Kasse. Ein junger Mann stand an der Kasse, ein Geselle. Krafft nannte ihn Geselle, Konditorgeselle. Der Junge kam jeden Morgen in aller Herrgottsfrühe mit dem Zug aus einer kleineren Stadt drei Meilen weiter nördlich.

»Gestern sind fünf Filme gerissen«, erzählte Krafft.

»Hm.«

»Brigitte Bardot – im Eimer.«

»Aha.«

»Ich könnte die ganze Box mit Brigitte Bardot füllen«, sagte Krafft. »Dann ist es nicht so schlimm, wenn sie kaputtgeht.«

»Mal sehen, was ich finde«, antwortete Johnny. »Alma Cogan ist übrigens mit einem neuen Film auf dem Markt.«

»Ich hab diesen Song von Tennessee bis zum Umfallen im Sommer gehört, diesen Walzer. Ich glaub, ich möchte sie nicht auch noch sehen.«

»Nee-hee.«

»Aber die Bildqualität ist ja nicht gerade die beste, vielleicht macht es gar nichts«, fuhr Krafft fort.

»Die Bilder werden immer schärfer.«

»Und die Filme sind ja auch nicht billig.«

»Die Preise werden sinken.«

»Dann wird also alles nur besser?«, sagte Krafft.

»Ich hoffe es.«

»Lass uns dafür beten«, sagte Krafft, ohne seine Hände zu falten.

»Wie geht's dir sonst?«, fragte Johnny.

»Es ist ruhig, wie du siehst. Jedenfalls im Augenblick. Manchmal glaubt man, die Leute würden nicht mehr reisen, aber dann kommt plötzlich ein Haufen Fremder und man kapiert, dass sich die Räder da draußen immer noch drehen.«

Johnny nickte und kaute die leichte Brezel, die fast wie Luft schmeckte.

»Da oben ist im Augenblick nur ein Gast.« Krafft zeigte zur Treppe, die zum Café hinaufführte.

»Dann geh ich mal rauf und bring die Filme in Ordnung«, sagte Johnny.

Von links starrte ihn die Filmbox mit ihrem einzigen großen Auge an. Er stand ganz oben auf der Treppe. Der Raum war merkwürdig geformt, wie ein Keil, die breite Basis innen und die Spitze zum Fenster hin. Dort sah Johnny den Rücken des einzigen Gastes, ein Mann, der seinen Mantel nicht ausgezogen hatte, eine Art Trenchcoat, der in der schwachen Beleuchtung grau oder braun sein konnte. Der Mann drehte sich nicht um, als Johnny das Treppengeländer aus poliertem Holz umrundete und zum Scopitone ging, der zwischen dem Fenster und dem Mann stand. Johnny stellte die Werkzeugtasche auf dem polierten Fußboden ab, öffnete die Box und begann zu arbeiten. Als er sich langsam aufrichtete, um seinen Rücken zu strecken, drehte der Mann den Kopf, nur ein wenig, aber genug, dass er Johnny irgendwie bekannt vorkam.

Johnny bückte sich und nahm einen weiteren Film heraus. Als er sich wieder aufrichtete, sah er, dass der Mann aufgestanden war und in Richtung Treppe ging, auf Johnny zu. Johnny erkannte ihn. Es traf ihn wie ein Schlag. Auch der Mann erkannte ihn. Er hielt mitten im Schritt inne, mit weit offenem Mund und hoch gezogenen Augenbrauen.

»Bergman!«

»Bertil!« Johnny legte die 16-Millimeterrolle auf die Box. »Was machst du hier?« Was zum Teufel machst du hier, hatte er fragen wollen. »Wohin bist du unterwegs?« Bertil hatte im *Thimons* gesessen, und dort saßen nur Leute, die unterwegs waren. »Wo bist du gewesen?«

Bertil beantwortete keine der Fragen. Er ging weiter, auf die Treppe zu. Johnny machte einen Schritt vorwärts.

»Wohin, zum Teufel, gehst du, Bertil?«

Bertil blieb wieder stehen, blinzelte, sah Johnny an, als hätte er nicht gehört, was er gesagt hatte.

Er trug einen Mantel und nichts weiter, hatte keinen Koffer bei sich. Vielleicht war sein Gepäck in einem Schließfach im Bahnhof. Jetzt hielt er den Blick gesenkt, als hätte er etwas auf dem Boden entdeckt, das vorher nicht da gewesen war.

Er schaute auf.

»Geh zur Seite, Bergman.«

»Erst wenn du mir sagst, was du hier treibst.«

»Was meinst ... was geht di...«

»Du hast einen Sohn, der sich fragt, wo du VERDAMMT NOCH MAL geblieben bist, Bertil. Du hast eine Frau.«

»Geh zur Seite, Bergman.« Bertil machte einen weiteren Schritt vorwärts, hob die Hand, streckte sie mit gespreizten Fingern vor. »Mach du nur weiter mit deinen idiotischen Apparaten und lass mich in Ruhe.«

»Erst sagst du mir ...«

Aber weiter kam Johnny nicht. Bertil machte noch einen Schritt vorwärts und drückte seine Faust in seine Brust, kurz über dem Zwerchfell, es war ein kräftiger Knuff, und Johnny spürte, wie ihm die Luft wegblieb. Er beugte sich vor, als suche er Halt auf dem verdammten Boden, den Bertil vorhin studiert zu haben schien, und aus den Augenwinkeln sah er Bertil weitergehen, ein großer Schatten im Mantel. Johnny presste die Hand gegen das Zwerchfell, um dieses ekelhafte Erstickungsgefühl einzudämmen, das sich durch seinen Brustkorb aufwärts presste, und als er eine weitere Bewegung des Schattens wahrnahm, streckte er blitzschnell sein rechtes Bein vor. Er sah Bertil schwanken und fallen, und gleichzeitig erschien Kraffts längliches Gesicht auf der Treppe. Johnny hörte ein Grunzen von Bertil, der jetzt auf allen Vieren kroch, sein Kopf hing über der Treppe, vor Kraffts rotem Gesicht, und er hörte, dass Krafft etwas schrie, verstand aber nicht, was.

Johnny richtete sich auf, der Schmerz nach dem Schlag breitete sich jetzt in seinem Körper aus und verebbte. Er holte Luft und sah, wie Bertil aufstand und wieder einen Schritt auf die Treppe zumachte.

»Halt ihn auf, Einar!«

Krafft war jetzt oben. Er sah verwirrt zwischen Johnny und Bertil hin und her.

»W...wa..., das ist doch ein Gast ...«

Bertil begann die Treppe hinunterzugehen, ohne sich umzusehen.

»Bleib stehen, Bertil!«

Bertil verschwand Schritt für Schritt und Johnny stieß Krafft beiseite, der ihm im Weg stand. Er stürmte die Treppe hinunter und auf der zweiten oder dritten Stufe von unten gelang es ihm, Bertil an den Schultern zu packen. Bertil versuchte weiterzugehen, ohne sich umzusehen, aber Johnny folgte ihm dank der Zentrifugalkraft oder was zum Teufel es war, und als sie im Erdgeschoss ankamen, drehte Bertil sich um und versuchte, Johnny einen Schlag zwischen die Augen zu versetzen, aber Johnny duckte sich weg und die Faust zischte ins Leere und Johnny hörte, wie sein Kopf gegen Bertils Brust prallte, der aufstöhnte und an seinen Haaren zerrte, die oben viel zu lang waren, allzu leicht zu packen. Johnny spürte einen fürchterlichen Schmerz durch den ganzen Kopf, zum Hals hinunter, und ihm blieb nichts anderes übrig, als seine Faust genau in die Stelle zu schlagen, wo er Bertils Schritt vermutete, und das gelang ihm eine Sekunde, bevor sich sein Skalp vom Schädel zu lösen drohte.

»Polizei!«, schrie Krafft.

Auf dem Backtisch lagen Mandelschnitten und ein halb aufgeschnittener Hefezopf. Sie saßen auf Küchenstühlen in der Backstube und Johnny massierte immer noch seine Kopfhaut. Bertil massierte immer noch seinen Schritt. Krafft goss mit ruhiger Hand Kaffee ein. In der Stellage stapelte sich Backblech um Backblech mit zerbrechlichem Gebäck, Makronen, Korinthenbrötchen, Zimtwecken und Hefekränzen.

»Jeder von euch nimmt jetzt eine Mandelschnitte, sonst ruf ich die Polizei«, sagte Krafft.

»Willst du uns etwa anzeigen, weil wir keine Mandelschnitte essen?«, fragte Johnny.

»Schnauze, Bergman«, befahl Krafft.

Johnny schielte aus dem Augenwinkel zu Bertil. Seine Augäpfel waren rot und seine Wangen mit Bartstoppeln bedeckt. Es war erstaunlich, dass er ihn überhaupt wiedererkannt hatte. Er sah aus wie jemand, der in Scheunen übernachtete.

Bertil versuchte die Haltung auf dem Stuhl zu verändern.

»Tut's weh?«, fragte Johnny.

»Nicht me… mehr als dir«, antwortete Bertil.

»Dann könnt ihr euch ja die Hand reichen«, sagte Krafft, »und die Sache hat sich erledigt.«

»Erledigt?«, sagte Bertil. »Er… er hat mich doch überfallen.«

»Du weißt, warum«, sagte Johnny.

»Ruhig, ganz ruhig.« Krafft hielt die linke Hand hoch.

»Kannst du uns eine Weile allein lassen, Einar?«

Johnny sah zu Krafft auf, der immer noch mit der Kaffeekanne in der Hand dastand.

»Erwachsene Männer, die sich im *Thimons* prügeln«, sagte Krafft. »Das ist noch nie passiert.«

»Es wird nicht wieder passieren«, sagte Johnny.

»Hm.«

»Kannst du uns allein lassen, Einar?«

Krafft sah von Johnny zu Bertil und wieder zurück. Bertil starrte auf die Mandelschnitten. Es roch nach Mandeln, Zucker und Zimt.

Der Konditor stellte die Kaffeekanne neben einem Stapel Backförmchen ab.

»Ich bin in der Küche«, sagte er und nickte zu dem Gestell mit den Backblechen. »Wenn da was zu Bruch geht, dürft ihr neue backen.«

»Wir werden uns nicht prügeln«, sagte Johnny. »Geh jetzt, Einar.«

Sie hörten, wie Krafft dort draußen hustete und sich räusperte, als ob er sie damit davon abhalten könnte, eine Schlägerei anzufangen.

»Du kannst mir eins auf den Sack geben, aber du kannst mich nicht daran hindern, von hier wegzufahren, Bergman.«

Bertil schaute auf. Seine Augen waren rot gesprenkelt wie von Blut.

»Warum?«

»Was warum? Das geht dich doch nichts an, Bergman.«

»Ich möchte nur wissen warum.«

Bertil nahm eine Mandelschnitte, musterte sie und biss hinein, als wäre es ein Brocken Zement. Er kaute nicht. Auf dem Tisch stand eine Vase mit Blumen. Johnny hob die Hand und befühlte ein Blütenblatt. Es war aus Plastik.

»Das ist … eine Privatangelegenheit«, antwortete Bertil schließlich. »Die geht niemanden anders an als … die Familie.«

»Wo ist denn deine Familie, Bertil?« Johnny ließ die Blume los. »Warten Elisabeth und Lennart am Bahnhof auf dich?«

Bertil antwortete nicht. Er nahm den Bissen aus dem Mund und wickelte ihn in die Serviette ein. Als er den Kopf senkte, sah Johnny eine breite verkrustete Wunde auf seinem Schädel. Sie mochte eine Woche alt sein.

»Wie hast du es geschafft, dich die ganze Zeit versteckt zu halten?«

Bertil sah auf. Jetzt blinzelte er, als ob die Beleuchtung in der Backstube zu stark geworden wäre.

»Ich bin nicht … hier gewesen. Nicht in der Gegend.«

»Nach dir wird gesucht«, sagte Johnny.

Bertil zuckte mit den Schultern.

»Vielleicht hat dich jemand gesehen und schon die Polizei benachrichtigt«, fuhr Johnny fort. »In einer Viertelstunde können sie hier sein.«

»Dann sitze ich schon im Zug.«

»Wohin?«

Wieder zuckte Bertil mit den Schultern.

»Nach Süden oder nach Norden?«, fragte Johnny. »Hast du noch keine Fahrkarte gekauft?«

»Ich sag nichts mehr, Bergman.«

»Was soll ich denn Elisabeth sagen, Bertil? Was soll ich Lennart sagen?«

»Triffst du sie?«

»Ich hab sie in den vergangenen sieben Jahren jeden Monat einmal getroffen oder wie man das nennen soll. Jedenfalls Elisabeth. Das weißt du doch.«

Bertil nickte.

»Interessiert es dich, wie es ihnen geht?«, fragte Johnny. »Wie es ihnen jetzt geht?«

Bertil strich sich über die Stirn. An seinen Schläfen glitzerten Schweißtropfen. Die Hände waren zerkratzt und die Handflächen voller Schwielen.

»Warum bist du überhaupt wieder hierher gekommen?«, fragte Johnny.

»Von hier fährt der Zug ab«, sagte Bertil und stand auf. »Ich muss gehen.«

»Willst du zurück zur See?«

»Was zum Teufel!« Bertil stand einen Meter vom Tisch entfernt und sah auf Johnny hinunter. Sein Gesicht wirkte aufgedunsen. »Was weißt du davon?«

Johnny erhob sich. Er sah, dass Bertil die Hände zu Fäusten geballt hatte.

»Was soll ich ihnen sagen?«, wiederholte Johnny seine Frage.

»Elisabeth weiß es«, sagte Bertil. Er öffnete und schloss die Hände. »Frag sie, wenn du es unbedingt wissen willst.«

»Was?«

»Elisabeth weiß ... warum ich abgehauen bin«, sagte Bertil. Dann drehte er sich wie im Zeitlupentempo um. »Jetzt geh ich, Bergman. Versuch mir nicht zu folgen.«

Johnny war ihm gefolgt, aber mit Abstand. Die Figur, die Bertil war, verschwand durch die Bahnhofstüren, als Johnny das *Thimons* verließ. Vor dem Bahnhofseingang parkte ein Linienbus und versperrte ihm die Sicht.

Ich kann nichts machen. Er kann in den Zug steigen und ich kann ihn nicht wieder herauszerren, und ich glaube auch nicht, dass die Polizei es könnte. Johnny dachte an Elisabeth, an den Jungen. Was wollten sie eigentlich mit ihm? Ihn durchfuhr ein Impuls, quer über die Bepflanzungen zu laufen, durch den Bahnhof und auf dem Bahnsteig hin und her zu rennen. Wie in einem Film. DU DRECKSKERL FÄHRST NIRGENDWOHIN. Erst musst du es erklären. Frag Elisabeth, hatte er gesagt. Was ist mit mir? Johnny überlief ein Schaudern, als ob der Wind im Norden umgekehrt und zurückgekommen wäre, kälter und mit größerer Kraft. Ist es das … Verschwinden? Dass Leute verschwinden. Vom Winde verweht. Bleib, du … Dreckskerl. Johnny zitterte wieder. Er versuchte klar durch die Erinnerungen zu sehen. Bleib …

Im Zimmer sind keine Worte mehr, auch sie sind vom Winde verweht. Seved entfernt sich auf dem Gang, John stürzt hinterher. Dort draußen gibt es nichts, woran er sich festhalten könnte, der Zaun ist nicht mehr da. Er packt Seved. Es bleibt nichts anderes übrig, als ihn zu packen. John begreift, das ist JETZT, JETZT geschieht es. Dann gibt es nichts mehr. Lass mich los!, schreit Seved. John schreit: DU FÄHRST NIRGENDWOHIN, DU DRECKSKERL. Seved hatte gesagt, er könnte nachkommen, aber das war lange her, schon vor Stunden. Da war es heller gewesen. Wir sind verdorben, hatte Seved gesagt. Verstehst du das nicht, John? Sie haben uns schon vor langer Zeit verdorben. Von Anfang an. Ich fühle nichts mehr. Wir gehören nicht zu denen, die fühlen. John packt ihn wieder. Bleib hier, du Scheißkerl.

»Lass ihn gehen.« Krafft stand neben Johnny. »Ich weiß nicht, was der treibt, aber eins kann ich dir sagen, den kannst du nicht mal mit Gewalt zurückhalten.«

Johnny antwortete nicht.

Krafft legte ihm eine Hand auf die Schulter. Eine leichte Hand. Sie erinnerte ihn an etwas.

»Du bist noch nicht mit den Filmen in der Box fertig, Bergman.«

Als er aus der Stadt herausfuhr, schien ihm die Sonne in den Nacken. Es war wieder wärmer geworden, obwohl sich die Sonne in Richtung Meer entfernte. Er stellte das Radio mitten in den Nachrichten an: Bei den Behörden herrscht großer Mangel an kompetenten Maschinenschreiberinnen.

Eine halbe Meile außerhalb der Stadt gab es einen Rastplatz am See.

Er stand auf dem Steg, rauchte und sah zu, wie der Rauch in der Dämmerung davontrieb. Am anderen Ufer glommen die Lichter eines Hofes auf. Zwei Jungen ruderten in einem Kahn mit zwei Angeln im Bug vorbei. Einer der Jungen winkte und er winkte zurück. Der Kahn verschwand hinter einem Schilfdickicht. Er hörte einen Jungen lachen und wünschte, er säße selbst in einem Boot, und das Einzige, woran er denken würde, wären die Barsche, die darauf warteten, nach dem Haken zu schnappen, auf den er einen fetten Wurm gezogen hatte. Ich hab nicht so häufig geangelt, wie ich es als Junge gewollt hätte. Jungen sollen angeln, dann geht es ihnen gut. Er nahm noch einen Zug und spürte, wie seine Hand zitterte. Ich kann heute Nacht bei *Sjögrens* schlafen. Ich will nicht nach Hause. Ich habe keine Kraft, mir heute Nacht das verdammte Knistern von Kulas Schweißfunken anzuhören.

Im *Phoenix* war noch Licht. Es war eine halbe Stunde vor Ladenschluss. Astrid stand hinterm Tresen, er hatte sie durch das Fenster gesehen, als er vorbeigefahren war. Im Café hatte er Eskil gesehen. Andere Gäste waren nicht da.

Er parkte auf dem Marktplatz. Die Losbude lag im Abendschatten. Die Holzluke war geschlossen. Der alte Skörd lag unter der Erde. Johnny blieb ein Weilchen unter dem Ahorn nah am Bach stehen, rauchte noch eine Zigarette. Er hatte Nackenschmerzen, als ob er den ganzen Tag mit gebeugtem Kopf dagesessen hätte. Als er auf das Café zuging, sah er einen Kapitän vor der Treppe halten, während Astrid und Eskil gleichzeitig herauskamen. Er wartete an *Sjögrens* Hausecke. Astrid drehte sich um und schloss ab. Im *Phoenix* war es jetzt dunkel, auch die Neonbrezel über der Treppe war ausgeschaltet. Astrid sagte etwas zu Eskil, das er nicht verstand, und dann stieg sie in den Kapitän, der mit quietschenden Reifen startete. Er fuhr rückwärts, während er an Johnny vorbeischoss, aber Johnny konnte nicht erkennen, wer am Steuer saß. Als er wieder vortrat, sah er Eskil immer noch vor dem *Phoenix* stehen. Er überquerte die Straße.

»Mir kam es doch so vor, als hätte sich etwas bewegt«, sagte Eskil.

»Wie geht es?«, fragte Johnny. Er sah, dass Eskil schwankte. »Wie geht es?«

»*Long Tall Sally* ist Samstag rausgeflogen.«

»Das hab ich nicht gemeint.«

»Ich auch nicht«, sagte Eskil.

16

Eskil saß am offenen Fenster, wie zum Sprung bereit, als würde Musik vom *Lunden* zum Fenster hereingetragen wie ein Versprechen. Aber der letzte Abend der Saison war vorbei, der letzte Dienstagstanz. Es war nicht einmal Dienstag.

»Übernachtest du bei *Sjögrens?*«, fragte er und nahm einen Schluck aus seinem Glas.

»Ja.«

»Na, dann prost.«

Johnny hob sein Glas, prostete Eskil zu und trank. Es war nur eine leichte Mischung, nicht viel Klarer im Glas. Er hatte stopp gesagt, als Eskil einschenkte.

Sie saßen im Frisiersalon, auf den mit Kunststoff bezogenen Stühlen an dem schrägen Tisch neben der Tür.

»Manchmal sitze ich hier«, hatte Eskil gesagt, als sie hereingekommen waren. »Das beruhigt ein wenig.«

Johnny sah sich selbst und den Friseur in den großen Spiegeln an der Wand gegenüber. Ihre Gesichtsfarben wechselten ständig in dem rotierenden Licht der Friseursäule und streiften sie schwarz und gelb, wäre es Tag gewesen, dann wäre es rot und weiß.

Die beiden Barbierstühle vor den Spiegeln sahen aus wie elektrische Stühle. Johnny nippte am Glas. Es schmeckte nach nichts, nur süß. Ja. Von hier aus gesehen wirkten die lederbezogenen Monster wie elektrische Stühle. Auf dem Fußboden und unter den Stühlen ringelten sich elektrische Leitungen.

Es roch nach Haarwasser und Rasierwasser und nach abgeschnittenen Haaren, ein süßer und gleichzeitig verbrannter Geruch, den es nur in Frisiersalons gab. Es ist wie in der Bäckerei, dachte er, genauso und doch ganz anders. White Horse Haarwasser anstelle von Kirschwasser, Brillantine anstelle von Vanillecreme.

Eskil hatte Flaschen und Döschen auf zwei Regale gestellt, die zu beiden Seiten der Spiegel befestigt waren. Johnny sah die Scheren und Messer silbern aufblitzen, wenn das rotierende Licht von draußen sie traf. Sie waren ordentlich auf der Ablage unter den Spiegeln aufgereiht. Eskil war genau. Ihm zitterten vielleicht die Hände, aber sein Werkzeug legte er ordentlich hin. Beim Distriktarzt konnte es vor kleineren Eingriffen kaum anders aussehen.

Auf dem Tisch zwischen ihnen lagen einige Nummern der Illustrierten *Bildjournalen*. In einer kleinen Vase steckte eine einsame Plastikblume.

Johnny spürte immer noch einen schwachen Schmerz in der Brust, wenn er sich bewegte, und seine Kopfhaut tat immer noch weh.

Eskil sagte etwas, das er nicht verstand.

»Was hast du gesagt?«

»Du hast dich nicht weiter nach diesen … Losen erkundigt?« Eskil beugte sich mit dem Glas in der Hand vor. »Die Nieten von meinem Vater.«

»Nein … ich wüsste nicht, wen ich fragen sollte.«

»Die gehören ja jetzt mir«, sagte Eskil.

Lass sie einfach verschwinden, dachte Johnny. Wenn ich nicht von diesen verflixten Losen rede, verschwinden sie vielleicht.

»Vielleicht sind sie doch was wert«, fuhr Eskil fort.

Er nahm wieder einen Schluck und starrte vor sich hin. Im Spiegel sah Johnny einen Laster am Fenster hinter ihnen vorbeifahren, lautlos, als ob jemand dort draußen den Ton abgeschaltet hätte. Eskil drehte sich wieder zu ihm um.

»Ich hör immer noch das Geräusch, wie sie eine Schaufel Erde auf den Sarg geworfen haben«, sagte er.

»Mhm.«

»In der Erde waren Steine. Die müssen Kratzer in den Sarg gemacht haben.«

Johnny konnte nichts sagen, das Einzige, was er tun konnte, war einen weiteren Schluck zu nehmen.

»Man möchte doch, dass der Sarg wenigstens eine Weile schön ist«, erklärte Eskil.

Johnny behielt das Glas am Mund.

»Es waren nicht viele Leute da«, sagte Eskil.

Johnny war nicht auf der Beerdigung gewesen. Er hatte Gösta Skörd nicht gut gekannt. Eskil hätte ihn vermutlich gefragt, wenn er ihn hätte dabeihaben wollen.

»Vater war nicht gerade beliebt im Ort«, sagte Eskil. Er nahm einen Schluck und lachte. Es klang, als wäre ihm etwas im Hals stecken geblieben. »Aber dann hätten eigentlich mehr Leute kommen müssen, um zu feiern, wie man so sagt.« Er räusperte sich und stellte das Glas auf den Tisch. »Ich glaube, das ist der wahre Grund, wieso das Haus voll wird, wenn ein anderer abkratzt.«

»Warum glaubst du das?«

Eskil legte plötzlich die Hand vor die Augen und rieb sich die Augenlider.

»Ich weiß es nicht.«

Johnny trank wieder. Er war ganz erstaunt, als er sah, dass das Glas leer war.

Eskil nahm die Hand von den Augen.

»Man lernt, wie die Leute von vorn und hintenrum sind«, sagte er, »auf der A- und der B-Seite.«

»Manchmal ist die B-Seite besser«, sagte Johnny.

»Stimmt auch.«

»Und manchmal kann man sich täuschen.«

»Ja, bei Gott.«

»Manchmal begreift man gar nicht, warum«, sagte Johnny.

»Trinkst du noch einen, Bergman?«, fragte Eskil und sah auf das leere Glas in Johnnys Hand.

»Höchstens noch einen kleinen.«

Er hatte neben dem Duett gestanden, den er bei der Anschlagtafel geparkt hatte. Es waren fünfhundert Meter bis zum *Sjögrens*, und er hätte leicht hinfahren können. Er war schon hundertmal Auto gefahren, wenn er getrunken hatte, und mehr als heute Abend.

Er hatte die Autotür geöffnet und seine Tasche mit den Platten und die ewige Reisetasche herausgenommen, hatte abgeschlossen, das Gepäck hochgehoben und war über den Marktplatz gegangen.

Vielleicht bin ich ein anderer geworden, hatte er gedacht. Ich lasse das Auto stehen. Ich habe das dritte Glas abgelehnt.

Der erste und der zweite Klare hatten gar keinen Halt gefunden. Plötzlich kam ihm der Alkohol sinnlos vor. Es war dasselbe Gefühl von Sinnlosigkeit, das er im letzten Jahr empfunden hatte, aber diesmal stärker, viel stärker, da er ein Glas in der Hand gehalten und eine Flasche Branntwein auf dem Tisch gestanden hatte.

»Willst du nicht noch einen?«, hatte Eskil gefragt.

»Ich glaub, mir liegt das nicht mehr«, hatte Johnny geantwortet.

Der Duett stand noch bei der Anschlagtafel. Daran hing ein großes weißes Plakat, das die Zeltbegegnung ankündigte, die Sonntag begann, ein vier Tage währendes Beten und Singen in dem großen weißen Zelt, das schon auf der Wiese jenseits der Brücke errichtet worden war. Er hatte sie jedes Jahr gehört, wenn er dort in den letzten Augusttagen gestanden hatte, den Gesang, den Jubel, die verschiedenen Zungen. Die Schreie des Predigers: »EIN FEUER HAT BEGONNEN ZU BRENNEN UNTER DEM DACH DER VERHÄRTETEN DÄMONEN.«

Johnny hatte nach oben geblickt, wenn er das Gegröle aus dem Zelt hörte, zu einem tiefen dachlosen Himmel aufgeschaut. Er hatte dort oben keine Dämonen entdecken können. Die Dämonen befanden sich andernorts, und er war sicher, dass der Pastor keine Ahnung hatte, wo die wirklichen Dämonen waren.

Er öffnete den Kofferraum und stellte die Taschen hinein. Ein Laster schlich am Marktplatz vorbei.

Als er sich gerade hinter das Steuer gesetzt hatte, hörte er von der Schuhfabrik ein Moped heranknattern. Er sah eine Figur über die Kreuzung kommen und auf den Platz schleudern. Es war eben erst acht Uhr morgens und kein Mensch war auf dem Platz, und das war vermutlich ein Glück. Der Mopedfahrer schien ein Junge zu sein. Er trug eine gestrickte Zipfelmütze. Irgendetwas stimmte an ihm nicht.

Der Fahrer würgte den Motor ab und rollte auf Johnny zu. Das Moped sah neu aus. Es war schwarz. Der Victoria-Motor blitzte frisch geputzt.

»Hallo!«, sagte der Junge und hielt neben der offenen Autotür an.

»Hallo.«

»Wer bist du?«, fragte der Junge und kratzte sich an der Stirn unter der Mütze. »Ich bin Mats!«

»Ich bin Johnny.«

»Ich hab ein Moped!«, sagte der Junge und lächelte. Er hatte ein Lächeln, das kam und ging, kam und ging, als hörte er Sachen, die Johnny nicht hören konnte. Eine zweite Stimme im Kopf.

»Ist das dein Moped?«, fragte Johnny.

»Ich hab ein Moped!«, wiederholte der Junge. »Es heißt Rex Favorit.«

Johnny sah jetzt, dass er älter als fünfzehn war. Etwas war mit den Augen. Sie schauten überallhin, nur nicht ihn an. Das seltsame Lächeln floss hin und her über das Gesicht. Vielleicht war er aus Biskopsbo, der Klapsmühle außerhalb des Ortes. Aber dort gab es keine jungen Verrückten, soweit Johnny wusste. Und niemand von denen fuhr Moped.

»Zwei Gänge!«, sagte Mats, startete die Rex und drehte eine Runde um den Platz, den schwankenden Oberkörper über die Vorderradgabel gebeugt, kehrte zurück zum Duett und würgte den Motor wieder ab.

»Du musst mal jemanden bitten, sich die Kompression anzuschauen«, sagte Johnny.

Mats schien ihn nicht zu hören. Er beugte sich vor, schaute ins Auto.

»Du hast ja ein Radio!«, sagte er. »Ein Radio im Auto.«

»Ja.«

»Was ist das für ein Radio? Wie heißt das?«

»Es ist ein Philips«, antwortete Johnny. »Das Modell heißt Esplanad.«

»Wir haben hier auch eine Esplanade«, sagte Mats. »das ist eine Straße.«

»Ich weiß«, sagte Johnny.

»Wohnst du hier?«, fragte Mats.

»Nein. Ich wohne weit weg.«

»Was ist das da?« Mats zeigte auf den Plattenspieler.

»Ein Plattenspieler«, sagte Johnny.

»In einem Auto! Was ist das für ein Plattenspieler? Wie heißt er?«

»Auch ein Philips«, antwortete Johnny. »Das Modell nennt man Auto-Mignon.«

»Funktioniert der im Auto?«

»Es ist eine Spezialkonstruktion«, sagte Johnny, »ein automatischer 45er für Autos. Die Musik wird über das Radio wiedergegeben.« Er zeigte auf die Öffnung. »Hier steckt man die Platte rein, dann macht das Gerät den Rest.«

»Der muss aber viel Geld gekostet haben.«

»Ich hab ihn vor drei Jahren gekauft«, sagte Johnny. »Da hat er zweihundertsechzig Kronen gekostet.«

»Oh«, sagte Mats.

»Aber dein Moped ist viermal so teuer.«

»Oh«, sagte Mats. Er schaute zum Lenkrad hinunter und dann wieder auf. »Kannst du nicht mal was spielen?«

»Ja … was möchtest du hören?«

»Irgendeine gute Musik«, antwortete Mats.
»Was magst du denn gern?«
Plötzlich verschwand das Lächeln aus dem Gesicht.
»Ich … weiß nicht.«
»Hast du in der letzten Zeit nichts Gutes gehört?«, fragte Johnny.
»Ich … weiß nicht.«
Johnny drehte sich auf dem Autositz um und zeigte zum *Phoenix*.
»Dort gibt es eine Jukebox«, sagte er. »Geh hin und hör dir was an, wenn du willst.«
»Da geh ich nicht rein«, sagte Mats.
»Warum nicht?«
»Die lachen«, sagte Mats.
»Wer lacht?«
Mats antwortete nicht. Sein Blick war irgendwo anders.
Johnny stellte einen Fuß auf den Boden und Mats rollte rückwärts mit dem Moped, sodass Johnny aussteigen konnte. Er öffnete den Kofferraum und nahm die Platten heraus.
»Ich spiel mal was, dann kannst du entscheiden, ob es dir gefällt«, sagte er.
Mats blieb auf seinem Moped sitzen. Johnny schaute einen der Ordner durch und schob eine Platte ein. Gitarre, Bass, Schlagzeug. Gesang. Er drehte die Lautstärke hoch. Die Musik hallte über den Marktplatz bis hin zur Schuhfabrik. Er hatte die höchste Lautstärke eingestellt. Mats stampfte den Takt mit einem Fuß auf dem Asphalt. Der Zipfel seiner Strickmütze bewegte sich, wenn er den Kopf vor und zurück warf. Er lächelte und Johnny kam es so vor, als sehe er ihn sekundenlang an. Johnny & der Duett: Die ambulante Jukebox.

Er verließ den Ort ohne Frühstück, abgesehen von dem jämmerlichen Kaffee, den Sjögren vor sechs gebraut hatte. Und der hatte den Magen wie eine leere Tonne mit Teer verkleistert. Er fühlte sich leer, als würde er einen Strom hinuntergleiten und nirgends Halt finden. Ja. Als ob er abwärts glitte. Es ging um gestern und um heute. Die Begegnung mit Mats hatte ihm etwas sagen wollen, was er im Augenblick nicht richtig verstand. Es war kein Zufall, dass der große Junge auf seiner Rex angefahren gekommen war. Mats fuhr im Kreis mit seinem Moped, immer im Kreis, als sei er außerhalb von allem, und war es doch nicht. Jetzt fuhr Johnny durch die Moore. Beide Seiten der Straße waren von Torfstichen gesäumt, die Torfballen stapelten sich wie Steinblöcke, abgestützt von breiten Holzleisten. Es war eine offene Landschaft, jedoch auf andere Art offen als weiter oben im Hochland. Wer sich dort draußen bewegte, konnte in verborgenen Löchern versinken, die wie Teiche voller Treibsand waren. Im letzten Jahr waren dort einige unglückliche Multebeerenpflücker verschwunden. Man hatte eine Suchaktion eingeleitet, aber nur die Multebeeren gefunden, jedoch nicht die Pflücker. Es hatte unglaublich viele Multebeeren gegeben in dem Jahr, eine Art Rekord. Vielleicht waren die Pflücker durchgedreht und weitergestürzt in den Abgrund auf der Suche nach noch mehr Gold. Er drehte den Kopf. Draußen auf diesem breiten Moor war es passiert. Ihm fiel ein, dass Milt ihm bei ihrer letzten Begegnung oder irgendwann vorher erzählt hatte, er habe inzwischen Multebeeren probiert. Bodil hatte Multebeeren gepflückt und Marmelade daraus gekocht. Johnny hatte ihn nicht verstanden und Milt hatte den Krug mit der Multebeermarmelade geholt. Cloudberries, hatte er gesagt. Wolkenbeeren.

Lennart ging auf dem Trottoir auf der anderen Straßenseite entlang, umgeben von einem Trupp Kinder. In fünfzig Metern Entfernung sah Johnny die Schule, eine Festung aus Stein, die allzu schwarz war in den Schatten des Nachmittags. Ihm kam es so vor, als wären Gitter vor den Fenstern.

Lennart ging allein, mitten in einem leeren Kreis. Er schien zu Boden zu blicken, nach etwas zu suchen. In der Hand hielt er die Schultasche aus Stoff.

Johnny wendete, fuhr an die Bordsteinkante heran und hupte mehrmals. Die Kinder drehten alle gleichzeitig den Kopf. So blieben sie stehen, während Lennart sich auf den Beifahrersitz setzte, und sie schauten dem Duett lange nach, als Johnny davonfuhr.

»Nächstes Mal nehme ich den De Soto«, sagte er.

»Kannst du nicht eine Platte auflegen?«, fragte Lennart. »Das wäre toll.«

»Lass einfach die Platte spielen, die schon drinliegt«, sagte Johnny.

Lennart schaltete das Gerät an. Sie fuhren in Richtung Ortsausgang. Die Häuser zu beiden Seiten der Esplanade waren klein, hell und viereckig, wie aufgereihter Würfelzucker. Die Hecken um jedes Haus waren zugewachsen.

Lennart sah sich um.

»Hier ist es nett«, sagte Johnny.

Lennart antwortete nicht. Aus dem Radiolautsprecher tönte der Song, Schlagzeug, Gitarre, ein trippelndes Saxophon, Stimme, *A poor man wants the oyster, a rich man wants the pearl, but the man who can sing when he hasn't got a thing, he's the king, of the whole wide world.*

»Das ist Elvis, oder?«, fragte der Junge.

»Und ob!«

Lennart nickte. Sein Hals war sehr schmal. Sonnenreflexe blitzten durch seine Haare, es sah aus, als hätte er einen kleinen Glorienschein.

»Er singt von einem König, oder?«

»Ja, gewissermaßen.«

»König der ... Welt«, sagte Lennart.

»König der ganzen weiten Welt«, übersetzte Johnny.

»Ist Elvis der König?«

»Ja ... so könnte man sagen.« Johnny hielt vor einem Stoppschild und bog dann auf die Landstraße ein. »Aber dieses Lied handelt wohl eher davon, dass man nicht viele Reichtümer zum Leben braucht.« Er lächelte Lennart zu. »Manchmal genügt schon ein Lied, dass es einem gut geht.«

»Von einem Lied kann man sich aber keine Milch kaufen«, sagte Lennart.

»Hast du das schon mal probiert?«

»Ich hätte es gestern probieren sollen«, antwortete Lennart. »Auf dem Weg von der Molkerei nach Hause ist mir die Milchflasche runtergefallen, und wir hatten keine Milch.«

»Oje.«

»Es war das letzte Geld«, sagte Lennart. »Und dann lass ich die Milchflasche fallen.« Er schaute zu Johnny auf. »Sie war so glatt.«

»Das ist mir auch mal passiert«, antwortete Johnny.

Freitag, dachte er. Gestern war Donnerstag und heute ist Freitag. Heute bekommt Elisabeth ihren Lohn.

»Die Katzen haben sich bestimmt gefreut«, sagte er, »als du die Milchflasche hast fallen lassen.«

»Ich musste mir eine Schaufel im Laden leihen, damit ich die Glasscherben auffegen konnte«, erzählte Lennart.

»Das hast du gut gemacht«, sagte Johnny.

»Da liegt der Bauernhof.« Lennart zeigte in die Landschaft.

Sie fuhren denselben Weg wie beim letzten Mal, zu Moréns Strandparadies.

Der Song war zu Ende.

»Mir kommt dieses Königslied bekannt vor«, sagte Lennart.

»Du hast es bestimmt schon in der Jukebox im Café gehört«, erwiderte Johnny. »Es ist vor zwei Jahren herausgekommen, und da habe ich es dort eingelegt.« Er bog zum See ab. »Wurde Dritter auf der Hitliste.« Auf dem Weg zum Parkplatz hinauf musste er an einer Ausweichstelle anhalten, um einen Traktor vorbeizulassen. »Das war Anfang … November zweiundsechzig, glaube ich.«

»Daran kannst du dich erinnern?«, fragte Lennart.

»Weil es Elvis ist«, antwortete Johnny.

»Der König der ganzen, weiten Welt.«

»Yes.«

»Möchtest du König der ganzen Welt sein, Johnny?«

Er parkte oberhalb des Cafés. Die Stege lagen noch am Badeplatz, aber niemand badete mehr. Der August war fast vorbei und die Saison war zu Ende. Das hing nicht mehr vom Wetter ab. Ein weißer P 1800 parkte vor dem Kiosk. Die Tanzfläche lag verlassen da, und die Wurlitzer stand jetzt drinnen im Café. Die Spulen waren heiß geworden und durchgebrannt, ein schlechtes Omen für die Zukunft.

»König?«, antwortete Johnny. »Ich glaube, ich kann nicht gut genug singen.«

Lennart kicherte. In seinen Augen war jetzt ein Leuchten, das jeden froh stimmen könnte.

»Dann musst du eben reich werden.«

»Genau das fehlt mir noch«, sagte Johnny und stellte den Motor ab. »Was hast du gesagt, wann Elisabeth von der Arbeit nach Hause kommt?«

»Wir haben noch genau eine Stunde«, sagte Lennart.

Morén kam aus dem Café gehumpelt, als sie an dem flachen Volvomodell vorbei darauf zugingen. Morén hob die Krücke zum Gruß. Er war nicht allein.

»Du kennst doch Wigén?«, sagte er und machte eine ruckartige Kopfbewegung zu dem Mann, der hinter ihm auf der Schwelle stand. Wigén war klein und breit und trug einen Trenchcoat, der zwei Monate zu früh aus dem Schrank geholt worden war. Er war vielleicht zehn Jahre älter als Johnny, und er war das größte Schlitzohr auf dem Hochland.

»Ich sehe, du hast eine neue Karre«, sagte Johnny und streckte seine Hand aus.

Wigén zog die Lippen hoch, seine geschickte Imitation eines Lächelns. Er hob den Blick zum Parkplatz.

»Der Duett macht noch immer mit, wie ich sehe.«

»Nur aus praktischen Gründen«, sagte Johnny. »Die Boxen passen einfach nicht in einen P 1800.«

Wigén öffnete den Mund, entblößte seine Zähne und stieß einen Laut hervor.

»Die Volvofamilie ist groß und vielfältig«, sagte er. »Genau wie die Jukeboxfamilie.« Er trat in den Sonnenschein hinaus. »Ich kann vier Stellplätze verkaufen. Interessiert?« Wigén beugte sich zu Lennart hinunter. Nicht sehr tief. »Und wer bist du?«

»Ein Freund von Johnny«, antwortete Lennart.

Wigén machte wieder seinen Lachtrick.

»Wo sind diese Plätze?«, fragte Johnny.

»Hier und da«, sagte Wigén. »Zwei in der Provinz, zwei außerhalb.«

»Ich will die Jukebox in der Kaserne«, sagte Johnny.

Wigén sah Morén an: Hast du gehört, was der Knallkopf sich einbildet? Morén schüttelte amüsiert den Kopf.

»Die ist die Einzige, die sich noch lohnt«, sagte Johnny. »Das weißt du, Wigén.«

»Du musst deine Tätigkeit erweitern, Bergman«, sagte Wigén. »Das hab ich dir schon mal gesagt.«

»Wir können ja tauschen«, sagte Johnny. »*Ljungs Café* und das *Trekanten* gegen die Kaserne.«

Jetzt rasselte es in Wigéns Kehle, ein Lachen wie von einem Toten.

»Ljung hat den Verstand verloren«, sagte er. »Wusstest du das nicht?«

»Wie meinst du das?«, fragte Johnny.

»Der ist losgegangen und hat alle Kuchen und Zwiebäcke in Svenssons Lebensmittelladen geklaut. Sie konnten ihn erst aufhalten, als er schon wieder draußen war. Er hatte zwei Müllsäcke dabei, in die hat er alles gestopft. Es waren zwei Regale voll. Weißt du, was er dann gemacht hat?«

Johnny schaute zu Lennart hinunter. Der Junge hörte aufmerksam zu.

»Ich kann's mir schon denken«, sagte Johnny. »Das war nur seine Art zu protestieren.«

»Gegen was?«

»Gegen die neuen Zeiten. Die neuen schlechten Zeiten.«

»Bringt doch nichts«, sagte Wigén, »und apropos, Bergman, du musst jetzt mal ernsthaft über deine eigene Zukunft nachdenken.«

Johnny antwortete nicht. Lennart hatte gerade ein Eis von Morén bekommen, das in seiner Hand sehr groß wirkte.

»Komm mal mit, Junge.« Wigén legte einen Arm um Johnnys Schultern und zog ihn den Abhang hinunter zum Steg. »Ich muss mit dir reden.«

Der See lag ganz still da, nichts rührte sich auf der Wasseroberfläche, kein Wind, kein Boot, keine Badenden, kein Vogel. Das Wasser schien sich schon auf den Winter vorzubereiten. Wigéns Arm lag immer noch um Johnnys Schultern, wie der eines Vaters, der sich um den Lebensunterhalt seines Sohnes Sorgen macht. Was ist mit ihm los?, dachte Johnny. Um was für einen unsauberen Gefallen will er mich bitten?

Sie standen auf dem Steg. Johnny konnte bis auf den Grund sehen, wie auf den Grund eines Glases. Dort unten glänzten silberne Fischchen. Wigén holte tief Luft und sah über den See, drehte den Kopf von rechts nach links.

»Hier ist es schön«, sagte er.

Johnny nahm den Geruch seiner Zigarren wahr, den strengen Geruch, der von seinem derb geschnittenen Anzug ausging, ein Anzug, der wie aus einem anderen Jahrhundert zu stammen schien. Ihm wurde blitzartig klar, dass Wigén wie jemand wirkte, der aus dem neunzehnten Jahrhundert kam, sein ganzes Aussehen wirkte altmodisch. Aber gleichzeitig bewegte er sich ständig in der Zukunft, er redete nur von der Zukunft, dem Business der Zukunft.

»Ich weiß, dass dies einer deiner Lieblingsorte ist, Bergman.« Wigén zeigte übers Wasser. Zwischen den Fingern hielt er eine nicht angezündete Zigarre. »Wenn man auf der Landstraße lebt, braucht man schöne Plätze, zu denen man zurückkehren kann.« Er machte eine Bewegung, die den Abhang hinter ihnen umfasste, das Café, den Tanzboden, den Kiosk, den Umkleideraum, das Plumpsklo, den Parkplatz, die Ferienhäuser hinter dem Parkplatz. »Aufsteller zu sein bedeutet ein hartes und einsames Leben. Man braucht so was wie das hier. Die Seele braucht so einen Ort.«

»Wenn Morén nicht wäre, wäre es ein perfekter Ort«, erwiderte Johnny.

»Ohne ihn gäbe es das alles hier nicht«, sagte Wigén. »So muss man denken.«

Johnny drehte den Kopf. Morén und Lennart waren nicht mehr zu sehen. Er sah Wigéns Sportwagen, den Duett und Moréns traurigen Dodge. Was für ein verdammtes Trio. Die Bäume zwischen Café und Tanzplatz standen regungslos da, als würden sie auf etwas warten. An Land war es genauso still wie auf dem See.

»Hast du schon nachgedacht, Bergman?«, fuhr Wigén fort.

»Worüber?«

»Über die Zukunft natürlich.«

»Mach du dir keine Sorgen um meine Zukunft, Wigén.«

»Du hast phantastische Möglichkeiten, wenn du nur richtig nachdenkst«, sagte Wigén. »Du hast die besten Voraussetzungen, das große Geld zu machen.«

Wigén war der richtige Mann, vom großen Geld zu reden, der mit seiner großen Zigarre. Jetzt zündete er sie an mit Fingern, die aussahen wie diese Würstchen, die es zu Weihnachten gab. Der Rauch trieb widerstandslos übers Wasser, die erste Wolke des Tages.

»Du weißt ja wohl, dass es vorbei ist, Bergman?« Wigén hatte sich ihm wieder zugewandt, seine dunklen Augen waren fast auf der Höhe von Johnnys Kinn, die Augenbrauen scharf gezeichnet, wie aufgemalt. Es gab Leute, die nannten Wigén hinter seinem Rücken Zigeuner. »Die Jukeboxen. Das goldene Zeitalter der Jukeboxen ist vorbei.«

»Ich bin auch mit Silber zufrieden«, sagte Johnny.

»Ha, ha, du hast Humor, Junge.« Wigén wedelte mit seiner Zigarre. »Manchmal ist das vielleicht hilfreich.«

»Es geht nicht ums Geld«, sagte Johnny. »Mir liegt nichts am großen Geld.«

»Man braucht es sich nur zu nehmen, da draußen gibt es alles.« Wigén schien Johnny nicht gehört zu haben. Er wedelte wieder mit seiner Zigarre, jetzt über den See und den stummen Hof am anderen Ufer, als ob die großen

Reichtümer unter dem Katenboden verborgen lägen. »Du hast alle Möglichkeiten, Bergman.« Er nahm einen Zug. »Aber man muss vorwärts gehen und darf nicht an den alten Zeiten festhalten.« Er versuchte wieder zu lachen. »Wie in diesem Song, wie heißt der noch gleich? Jetzt ist es vorbei mit den alten Zeiten.«

»Du hast keine Ahnung von Jukeboxen, Wigén.«

»Ich hab Ahnung von Geschäften.«

Johnny antwortete nicht. Er hörte einen leisen Ruf hinter sich und drehte sich um. Lennart kam aus dem Café und winkte. Er hob den Arm und zeigte auf sein Handgelenk.

»Wir müssen jetzt fahren«, sagte Johnny. »Der Junge muss nach Hause.«

»Ich möchte dir ein Geschäft vorschlagen«, sagte Wigén.

»Und das wäre?«

»Bowlingbahnen.«

»Aha?«

»Die sind jetzt im Kommen. Minibowlingbahnen in Restaurants. Das gibt einen Mordszirkus, wenn die Gäste langsam besoffen werden und die Kugeln werfen. Das halten die Stunden durch.«

»Ich hab's schon mal gesehen«, antwortete Johnny.

»Das ist die Zukunft«, sagte Wigén.

»Gott steh uns bei.«

»Ich möchte, dass du dich der Sache annimmst«, fuhr Wigén fort, ohne auf ihn zu achten.

»Was zum Teufel sagst du da?«

»Ich hab mittlerweile zehn Bowlingbahnen. Ich will, dass du dich um sie kümmerst.« Wigén nahm wieder einen Zug von der Zigarre und stieß eine neue Rauchwolke aus. »Daran verdienst du mehr als an all deinen Boxen zusammen, das kann ich dir versprechen. Und einige von deinen Jukeboxen kannst du ja aufgestellt lassen, wenn du willst.«

»Soll das ein Witz sein, Wigén?«

»Wenn es um Geschäfte geht, mach ich nie Witze, Bergman.« Wigén neigte sich näher. »Was sagst du also?«

»Nie im Leben.«

»Der Jahrmarkt wird schon aufgebaut«, sagte Lennart. Sie hatten das Ortsschild passiert. Es war teilweise von Laubwerk verborgen. »Ich hab heute Morgen nachgeschaut.«

»Mhm.«

»Sie haben auch eine Bühne aufgebaut, für das Var... Var...«

»Varieté.«

»Wird Mister Swing auch da sein?«

»Das weiß ich wirklich nicht, Lennart. Wenn es das Varieté de Paris ist, dann ist er wohl da.«

»Gehen wir hin?«

»Das ist noch nichts für dich.«

Varieté de Paris war wirklich nicht für Kinder geeignet, das war mal sicher. Eigentlich war es für niemanden geeignet. Er sah die Bühne vor sich. Die Artisten, die einander unter den besoffenen Kommentaren des Conférenciers ablösten. Eine nackte Frauenbrust, noch eine. Der ganze Körper. Ein betrunkener Alter, der auf einem Minifahrrad über die windschiefen Planken fuhr. Ein betrunkener Zauberer, der den Hut, Stock und die Säge fallen ließ. Einer, der mit blutendem Maul Glühbirnen fraß. Mister Swing.

»Ich will Mister Swing kennen lernen«, sagte Lennart. »Das haben wir doch abgemacht.«

»Wir können heute Abend ja mal bei ihm vorbeigucken«, sagte Johnny. »Hinter der Bühne.«

»Ja!«

»Wenn deine Mutter es erlaubt.«

»Och.«

Johnny parkte vor dem Mietshaus. Er schaute hinauf und sah Elisabeth am Fenster. Sie winkte und verschwand.

Lennart stieg aus.

»Bis heute Abend«, sagte Johnny.

»Kommst du nicht mit rauf?«

»Ich muss zu *Lisas Café* und die Box warten«, sagte Johnny.

Er sah Elisabeth aus der Haustür treten.

»Das ist ja eine Überraschung«, sagte sie. »Ich dachte, du würdest erst morgen kommen, zum Markt.«

»Wir waren draußen am See«, erzählte Lennart. »Ich hab ein Eis gekriegt.«

»Ich mach gerade was zu essen«, sagte Elisabeth. »Es reicht auch für dich, Johnny.« Sie zerstrubbelte Lennarts Haare. »Erst recht, wenn dieser Junge schon gegessen hat.«

»Bei Morén«, sagte Johnny.

»Du schiebst immer alle Schuld auf Morén«, sagte Elisabeth.

»Ich muss runter zu *Lisas* und nach der Box sehen«, sagte er.

»Das hab ich schon erledigt, als ich vor einer Dreiviertelstunde gegangen bin«, antwortete sie. »Die Box steht noch.«

»Ich hab die Zuggleise etwas verändert«, sagte Lennart. »Die Tunnel.«

»Dann esse ich gern mit, wenn es dir keine Mühe macht«, sagte Johnny und stellte den Motor ab.

Elisabeth hatte Fisch mit Eiersoße gekocht. Freitags kommt das Fischauto, hatte sie gesagt. Er hatte sich zweimal nachgenommen. Es gab reichlich Soße, die grün gepunktet war von Petersilie. Lennart hatte Soße und Kartoffeln gegessen, aber keinen Fisch. Von Fisch wird man intelligent, hatte Johnny behauptet und die Gabel mit einem Stück Schellfisch hochgehalten. Ich will nicht superintelligent werden, hatte Lennart geantwortet, Mama hat mir zu viel Lebertran gegeben, als ich klein war.

Als Lennart in sein Zimmer gegangen war, um die Eisenbahn aufzustellen, war Johnny sitzen geblieben, während Elisabeth den Tisch abdeckte. Er spürte ein Sausen im Kopf, wie ein Wind, der auf dem Weg dorthin war und nur dorthin.

Elisabeth setzte den Kaffeekessel auf. Er hatte jetzt einen heißen Kaffee nötig. Wieder sauste es im Kopf. Er brauchte etwas Starkes, etwas, das kein Branntwein war.

Plötzlich wünschte er, er wäre stumm. Wäre er doch niemals ins *Thimons* gegangen und wäre der verdammte Zug schon lange vorher mit Bertil abgefahren.

»Du siehst blass aus, Johnny«, hörte er Elisabeth durch die Bilder in seinem Kopf sagen, den 16-Millimeterfilm.

Er schüttelte die Filmbilder ab.

»Fühlst du dich nicht gut?«

»Nein.«

»Wann warst du zuletzt zu Hause?«

»Zu H... wieso zu Hause?«

»Wann hast du dich zuletzt mal ein wenig erholt?«

»Fünfundfünzig«, sagte er, »vor der Frühlingssaat.«

Sie lächelte, aber sie sah nicht froh aus. Es war etwas in ihren Augen. Er hatte es schon unten auf der Straße gesehen.

»Du bist selber blass«, sagte er.

»Tja ...«

»Ist was passiert?«

Sie blieb am Herd stehen, wartete, dass der Kaffee kochte, beugte sich darüber. Die Haare hatte sie zu einem Zopf gebunden. Von hinten wirkte ihr Hals sehr schmal. Wie Lennarts Hals.

Sie drehte sich um.

»Ich muss bei *Lisas* aufhören«, sagte sie.

»Auf...hören?«

»Ja.«

»Aber du arbeitest doch sowieso nur halbtags?«

»Jetzt nicht mal mehr das.« Sie versuchte wieder zu lächeln. »Der Konditor kann es sich nicht leisten, mich zu behalten, sagt er.« Sie hob den pfeifenden Kaffeekessel vom Herd. »Er sagt, es tut ihm Leid.« Sie hielt den Kessel in der Hand. »Margareta muss auch aufhören.«

»Verda... was für ein Schwein.«

»Es ist nicht seine Schuld.«

»Du hast da nun bald zehn Jahre gearbeitet.«

Sie zuckte mit den Schultern.

»Nach so langer Zeit kann er dich nicht einfach rausschmeißen.« Johnny erhob sich. »Wer kümmert sich dann um den Laden? Er lässt sich doch nie blicken, der Kerl.«

»Seine ... Frau, glaube ich.«

»Seine Frau?! Hat DIE jemals ihren Fuß in den Laden gesetzt?«

Elisabeth antwortete nicht.

»Ich werd mal ein Wörtchen mit ihm reden«, sagte Johnny.

»Was kannst du schon erreichen, Johnny?«

»Ich weiß es nicht.« Er versuchte zu lächeln. »Ihm einen Schrecken einjagen.« Er schaute zum Flur, meinte zu hören, dass Lennart die Eisenbahn zur Probe laufen ließ. »Lennart und ich können Mister Swing mitbringen.«

Sie fragte nicht, wer Mister Swing war. Er wusste nicht, ob sie von ihm gehört hatte.

»Es gibt keine anderen Jobs«, sagte sie.

Er wollte sie daran erinnern, dass sie vom Umziehen gesprochen hatte, besaß aber genügend Verstand, den Mund zu halten. Es musste nach ihren Bedingungen geschehen, nicht nach denen von diesem verdammten Brotwalker. Wenn sie umzog, dann sollte sie es tun, weil sie es wollte. So sollte es sein.

»Die Behörden brauchen gute Maschinenschreiberinnen,« sagte er.

»Das ist nicht witzig, falls du das denkst«, antwortete Elisabeth.

»Aber es ist wahr. Ich hab's in den Nachrichten gehört.«

»Wie viele Behörden gibt es denn in dieser Gegend?«, fragte sie. »Außerdem will ich nicht tippen.«

Sie guckte aus dem Fenster.

»Einen Monat darf ich noch bleiben«, sagte sie, den Blick auf das Gras und den Park draußen geheftet. »Bei *Lisas*.«

»Darfst?! DARFST?!«

»Oder wie man das nennen soll.«

»Ich hol die Wurlitzer raus«, sagte er. »Der Kerl ist die Wurlitzer nicht wert.«

Was für eine Drohung. Ich müsste was Besseres haben, was ich rausholen kann. Eine Bowlingbahn. Ein halbes Dutzend Einarmige Banditen.

»Ich muss also auf jeden Fall umziehen«, stellte sie fest.

»Hast du mit Lennart darüber gesprochen?«, fragte er.

»Der Konditor hat es mir erst heute gesagt, am Nachmittag.«

»Oh …« Johnny sah sich in der Küche um. Auf der Spüle stand das schmutzige Geschirr. Sie hatte den Kaffeekessel wieder abgesetzt. »Trotzdem hast du heute gekocht, ohne etwas … zu sagen.«

»Was sollte ich denn machen? In den Schellfisch heulen?« Sie kam rasch an den Tisch, stellte den Kaffeekessel auf einen Untersatz und setzte sich. »Vielleicht ist es gut so.« Sie schob Teller und Tassen über den Tisch. »Hier passiert ja sowieso nichts Sinnvolles.«

Wieder lief der Film in seinem Kopf ab. Fast spürte er den Schmerz, wie einen Phantomschmerz, wie die Haarwurzeln im Begriff waren sich zu lösen, als Bertil an dem allzu langen Deckhaar gerissen hatte.

Er wollte gerade etwas zu Elisabeth sagen, als Lennart plötzlich in der Türöffnung stand und fragte, ob er bereit sei.

17

Wir wollten ja einen Tisch für die Eisenbahn bauen«, sagte Johnny. »Wenn wir das Bett verschieben, haben wir auf der anderen Seite Platz.«

»Noch ist die Anlage nicht so groß«, sagte Lennart.

»Das wird sie, wenn wir einen Tisch haben.« Johnny nahm mit den Händen Maß aufs Bett zu. »Zwei Quadratmeter müssten reichen.«

Lennart sagte nichts. Vorsichtig rollte er die Lok auf den Gleisen vor dem Bahnhofsgebäude hin und her. Die Waggons waren noch nicht angekoppelt. Die Lok konnte ungehindert in beide Richtungen fahren.

Lennart koppelte einen Waggon nach dem anderen an.

»Ich hab ... Mama gehört«, sagte er, während er die kleinen Figuren auf dem Bahnhof verschob. »Was sie dir in der Küche erzählt hat, von der Arbeit.«

Johnny hörte Elisabeth abwaschen, das Wasser rauschte kräftig.

»Was hast du gehört, Lennart?«

»Das von der Arbeit, hab ich doch gesagt. Dass sie nicht mehr im Café weiterarbeiten kann.«

»Es scheint so ...« Johnny hörte das Wasserrauschen abbrechen. »Aber das letzte Wort ist noch nicht gesprochen.«

»Dann können wir vielleicht umziehen«, sagte Lennart. »Wenn sie nicht mehr im Café arbeitet, können wir vielleicht wegziehen.«

»Möchtest du das?«

»Hier ist es nicht schön«, sagte Lennart.

»Heute Abend ist Jahrmarkt«, sagte Johnny. »Und morgen beginnt der Markttag.«

»Das ist doch nur gerade jetzt«, sagte Lennart. »Hinterher ist alles wieder wie immer.«

»Und wie ist das?«

»Langweilig.«

»Warum?«

»Eben ... weil's langweilig ist.«

»Hast du niemanden, mit dem du spielen kannst?«

»Ich hab mehrere, mit denen ich spielen könnte, aber ich will nicht. Das macht auch keinen Spaß.«

»Und was macht sonst noch keinen Spaß?«

Verflixt. Johnny biss sich auf die Zunge. Das kommt dabei raus, wenn man mit dem Hintern denkt.

»Nichts«, antwortete Lennart und hob den Kopf. Er startete den Zug, der in die Rechtskurve ratterte. Er fuhr durch den ersten Tunnel und dann in den Wald, der aus sechs glänzend grünen Tannen bestand.

Johnny hörte Elisabeths Stimme durch den Flur: »Möchtet ihr einen Nachtisch haben?«

Lennart sah Johnny an und schüttelte den Kopf.

»Du kannst meinen haben«, sagte Lennart.

»Ich weiß ja nicht, was es gibt«, erwiderte Johnny.

»Ich werd hier ein bisschen umbauen«, sagte Lennart, hielt den Zug an und hob einen Tunnel hoch.

Es ist besser, wenn ich jetzt gehe, er möchte es, und das verstehe ich. Johnny erhob sich vom Fußboden. Das waren zu viele Fragen.

»Vielleicht gibt's Schokoladenpudding«, sagte er und versuchte seinen Rücken zu strecken. »Oder Wackelpudding.«

»Ich mag keinen Wackelpudding«, antwortete Lennart.

Am Nachmittag leerte Johnny den Kassenbeutel der Wurlitzer. Der Konditor kam ins Café. Er trug Alltagskleidung. Johnny kippte die Münzen auf den Tisch. Es war ein einsames Geräusch, die wenigen Fünfundzwanziger und Ein-Kronen-Münzen stießen kaum aneinander. Ich bin wirklich so was wie ein blöder Fischer, der seine Netze in verlassenen Wassern überprüft, dachte er. Oder vergifteten Wassern. Die Münzen lagen still, eine neben der anderen. Der Konditor pickte sich eine Krone heraus und betrachtete das Profil des Königs. Dann ließ er das Geldstück wieder zwischen die anderen fallen. Viel Silbergeklingel entstand nicht.

»Es lohnt sich kaum, das zu teilen«, sagte er.

»Nein, du hast ja auch schon genug«, sagte Johnny.

»Was meinst du denn damit, Bergman?«

»Das, was ich sage. Dass du offenbar deine dreißig Prozent nicht brauchst.«

»Dreißig Prozent von ...«

Der Konditor machte eine Handbewegung über den Münzen.

»... hundert Kronen sind ...«

»Dreißig Kronen«, unterbrach Johnny ihn, »das ist es doch, was du Elisabeth in der Woche bezahlst.«

»Jetzt hör mir mal zu, Bergm...«

»Warum verdammt noch mal hast du sie rausgeschmissen? Sie arbeitet doch schon genauso lange hier wie du.«

»Kapierst du denn gar nichts?«

Der Konditor sah durch die Glastür in den Laden, wo seine Frau versuchte, ein Gebäckstück mit der Zange zu greifen. Es war immer noch kein Kunde gekommen, an dem sie trainieren konnte. Vielleicht sollte ich etwas bestellen, was schwer mit der Zange zu greifen ist, dachte Johnny, etwas, das zu zerbrechlich ist. Etwas aus Kartoffelmehl. Es geht nicht, wird sie sagen und weggehen und die Schürze denen überlassen, die es können.

»Du willst es nicht kapieren.« Der Konditor fuchtelte wieder über den Münzen herum. »Du willst ja nicht mal das hier begreifen.«

»Ich kapiere es«, sagte Johnny

»Warum meckerst du dann rum? Das ist nicht fair, Bergman.«

»Gegen sie, ja. Sie arbeitet doch nur halbtags. Sie braucht den Job.« Johnny schaute in den Laden und sah, dass Lisa weggegangen war. »Sie ist … allein. Sie muss ihre Familie allein versorgen.«

»Ich weiß«, sagte der Konditor. »Glaubst du, ich weiß das nicht?«

»Kannst du nicht noch ein wenig warten?«

»Auf was? Bessere Zeiten?« Der Konditor lachte. »Im Augenblick haben wir doch angeblich die besten Zeit, die es jemals gab.«

»Mhm.«

»Es sind gute Zeiten für alle, nur nicht für das Café.«

»Und für Jukeboxen auch nicht«, sagte Johnny.

»Fang doch lieber mit Flippern an. Ich versteh nicht, warum du das nicht schon längst getan hast. Das bringt doch mehr als das Doppelte. Dreimal so viel.«

»Auch dreimal so viel Arbeit.«

»Vor Arbeit hast du dich doch nie gescheut, Bergman.«

Johnny antwortete nicht. Er sah Lisa zurückkommen, durch den Raum gehen und die Tür öffnen, als wollte sie Kunden anlocken. Das Licht im Laden veränderte sich.

Der Konditor fingerte wieder an einer Münze herum, an einem schmutzigen Fünfundzwanziger.

»Es tut mir wirklich sehr Leid«, sagte er, »aber ich kann es mir nicht leisten, Elisabeth zu behalten.«

Der Platz vor *Lisas* war leer, abgesehen vom Duett und dem Auto des Konditors, einem Kapitän Luxus. Zwei Fahrräder waren in einem überdachten Gestell aufgehängt. Rechts von der Kreuzung näherte sich langsam ein Amazon. Die Sonnenreflexe ließen die Frontscheibe schwarz erscheinen. Als das Auto vorbeifuhr, sah Johnny, dass die Frau hinterm Steuer ihm einen raschen Blick zuwarf, dann aber gleich wieder nach vorn schaute. Das war sie. Es war dasselbe rote

Kleid. Es war die Frau, mit der er im *Lisas* gesprochen hatte, sie, die in Bodils Motel gewesen war oder auch nicht. Er wusste es, sie war es, aber ihr Gesicht war anders, als sie ihn hastig angesehen hatte. Waren es die Sonnenreflexe? Die Schatten im Auto?

Er wollte ihr nicht folgen. Er schloss die Augen, öffnete sie wieder und der Amazon war verschwunden, obwohl die Straße nach links ziemlich lange geradeaus führte. Dort gab es keine Möglichkeiten abzubiegen, keine anderen Straßen oder Kreuzungen.

Die Autoskooter waren unverändert seit der Zeit, als er hier gearbeitet hatte. Sie brauchten immer noch frische Farbe, jetzt mehr denn je. Die Farbe war abgeschabt von Millionen Zusammenstößen auf der Bahn, die genauso lebensgefährlich durchhing wie damals.

»Ab wann kann man fahren?«, fragte Lennart.

Es war kein Personal in Sichtweite.

Der Jahrmarkt war auf einer Wiese errichtet worden, wo sonst Kühe weideten. Alles war genauso aufgebaut wie damals, als er Stangen und Bretter herumgeschleppt hatte. Gelangweilt hatte er sich nicht. Die Leute waren nett gewesen, verrückt, aber nett.

»Wo sind die denn alle?«, fragte Lennart.

Sie waren durch das Drehkreuz hineingegangen, das sich ohne Widerstand gedreht hatte. Das Kartenhäuschen war leer. Ein Plakat hing daran, auf dem stand, dass um neunzehn Uhr geöffnet wurde, also in knapp einer Stunde.

»Wahrscheinlich sammeln sie Kraft vor dem großen Publikumsansturm«, antwortete Johnny.

Er sah die drei Wohnwagen am hinteren Ende der Wiese. Zu seiner Zeit hatten sich die Jahrmarktsleute mit einigen Flaschen neben dem Sofa oder dem Bett erholt, Kraft getankt für einen langen Abend.

»Da ist das Varieté!«

Lennart zeigte auf eine Bühne, die zwei Meter über dem Erdboden aufragte, wie ein Balkon, vor einer Wand aus bemalten Latten, auf denen eine Botschaft stand, die heute wie damals dieselbe war: VARIETÉ DE PARIS – BERÜHMT IN ZWÖLF LÄNDERN! Seit damals waren also keine neuen Länder hinzugekommen. Oder Landstriche, denn um die ging es eigentlich. Die Buchstaben brauchten Farbe. Alles hier brauchte Farbe. Wie Skörds Nieten. Das waren Farben, die es bald nicht mehr geben würde. Er ging einige Schritte näher an die Bühne heran, die noch genauso lebensgefährlich wacklig wirkte wie früher. Die aufgemalten Bilder auf den Planken rund um die Bühne waren dieselben, der Zylinder, die Sterne und die Zauberpeitsche, die Abbildung einer griechischen Statue, das Bild vom Fakir, der einem panisch fliehenden Drachen Feuer nachspuckte. Mitten auf der Bühne war ein Mikrophonständer aufgebaut.

»Haben die auch einen Drachen?«, fragte Lennart, der neben ihm stand und die bemalten Wände betrachtete.

»Er war zu alt und musste aufhören«, sagte Johnny.

»Wie hieß er?«

»Lennart.«

Lennart kicherte. Plötzlich betrat ein Mann mit rotem Hemd und schwarzer Hose die Bühne.

In einer Stunde würde er ein Cape darüber tragen. Vielleicht auch einen sehr hohen Zylinder. Es war derselbe Mann wie damals.

Er schnippte gegen das Mikrophon, den Blick in die Ferne gerichtet. Die beiden dort unten schien er nicht zu sehen.

»HAL-LO, HAL-LO«, wiederholte er. »HAL-LO. DIES-IST-EIN-TEST-EIN-TEST. NIMM'S HEMDE WEG, NIMM'S HEMDE WEG, ES KOMMT EIN WARMER …«

»Greger!«

Der Mann trat an den Rand der Bühne und spähte hinunter.

»Greger! Hier!« Johnny hob die Hand. »Hier sind wir.« Sie standen ganz allein auf dem Platz. Greger müsste sie eigentlich sehen.

»Was zum Teu... bist du das, Bergman?« Der Mann machte noch einen Schritt und stand schwankend dicht am Rand, als führe er eine Balancenummer vor. »Was machst du denn hier?«

»Euch besuchen.«

»Ich komm runter.« Greger wankte einen Schritt rückwärts. »Geh nicht weg.«

»Wer ist das?«, fragte Lennart, als die Figur außer Sichtweite war.

»Er ist der Conférencier des Varietés«, antwortete Johnny. »Ihm gehört der ganze Jahrmarkt.« Johnny lächelte. »Conférencier ist der edelste Job hier.«

»Da kommt er«, sagte Lennart.

»Bergman!« Der Mann war sehr groß, einen halben Kopf größer als Johnny, mehr als einen Meter größer als Lennart. Er schlug Johnny auf die Schulter. »Bist du es wirklich, Bergman? Es ist bestimmt schon hundert Jahre her.«

»Zehn«, sagte Johnny. »Aber zuletzt haben wir uns vor drei Jahren gesehen. Hast du das vergessen, Greger?«

»Zehn, hundert, drei, ist doch alles dasselbe«, sagte Greger und sah Lennart an. »Ist das dein Sohn?«

»Nein. Das ist ein ... Kumpel.«

Greger lachte. Johnny roch den Alkohol. Etwas anderes hatte er nicht erwartet. Greger hatte sich nicht verändert. Er sah immer noch aus wie jemand, dem es nicht gut ging, dem das aber egal war. In seinen Augen war ein übertriebener Glanz. Er hatte zugenommen, sein Gesicht hing herunter und war gleichzeitig in die Breite gegangen.

»Du hast dich überhaupt nicht verändert, Bergman.« Greger lachte wieder und blinzelte Lennart zu. »Leider.«

»Danke gleichfalls«, erwiderte Johnny.

»Der Halbstarke unseres Varietés.« Er packte Johnny wieder an der Schulter. »Hast du die anderen schon gesehen?«

»Wir sind gerade erst angekommen. Wer von den Alten ist denn noch dabei?«

»Sune natürlich und Ingrid. Und der alte Jupiter ist auch noch da.«

»Himmel.«

Der alte Jupiter war der Fahrradakrobat.

»Phantastisch, nicht?«, sagte Greger.

»Und wie geht es Ingrid?«

»Gut. Wie immer.« Er sah sich um, als müsse Ingrid in der Nähe sein. »Sogar besser. Sie trinkt nicht mehr so verd... viel.« Er sah Johnny an, sah Lennart an und dann wieder Johnny. »Wie geht's dir selbst ... in dieser Beziehung?«

»Gut.«

»Du siehst ziemlich gut aus.«

»Danke gleichfalls.«

»Verdammter Lügner.« Greger sah wieder Lennart an. »Entschuldige mein Gefluche, Junge.« Er streckte ihm die Hand hin. »Ich werd mich bessern. Wir sollten uns vielleicht bekannt machen. Ich heiße Greger.«

»Lennart.«

Greger drückte Lennarts Hand, ließ sie los und wandte sich wieder Johnny zu.

»Apropos Gefluche, Teufel-Karlsson ist von uns gegangen.«

»Ich dachte, er wäre ... fort.«

»Das hab ich doch gesagt.«

»Ach so, ich dachte schon ... na, du verstehst schon.«

»Nein, nein. Der ist aus hartem Holz geschnitzt. Sie haben es versucht, oder?« Greger wandte sich an Lennart. »Teufel-Karlsson hat zehn Jahre im Knast gesessen.« Er hob einen Finger, würdevoll oder als Warnung. »Er war gelernter Dieb.«

»Als er hierher kam, wurde er anständig«, sagte Johnny. »Was macht er jetzt?«

»Hat eine Werkstatt eröffnet«, sagte Greger. »Oben im Norden. Seine Firma heißt Schwert & Schweißen. Aber sein Sohn ist noch hier.«

»Magnus?«

»Ja, er wartet unter anderem die Autoskooter.«

»Wahrscheinlich ist er froh, dass er seinen Alten los ist«, sagte Johnny.

»Ich glaube wohl. Aber den Namen wird er natürlich nicht los.«

»Nein.«

»Was für einen Namen?«, fragte Lennart.

»Teufelssohn«, sagte Greger. »Magnus Teufelssohn.«

Hier hört der Junge mehr hässliche Wörter als sonst das ganze Jahr über, dachte Johnny. Das ist nicht die Realschule. Ich habe einen schlechten Einfluss auf ihn.

»Magnus flucht nie«, sagte Greger und sah auf Lennart hinunter. »Als hätte er ein Gegengift gekriegt.«

Greger hob den Blick zum Augusthimmel, der nur noch drei Tage vor sich hatte. Johnny sah die Linien in seinem Gesicht, die wie scharfe Jahresringe waren. Es gab viele Linien, in alle Himmelsrichtungen. Greger war hier gewesen, als er, Johnny, zum Varieté gekommen war, und er war da gewesen, als Johnny gegangen war. Greger war uralt. Er hatte alles gesehen, jedenfalls alles südlich der Hauptstadt. Er hatte viele Artisten in seinem Varieté gehabt, viele Kunststücke waren auf seiner Bühne vorgeführt worden. Er brannte für die Künste, die Artisten und dafür, wahre Schönheit und großen Zirkus in das graue flache Land zu bringen.

Er war nett zu Johnny gewesen in einer Zeit, als niemand nett zu ihm gewesen war.

»In einer Stunde fangen wir an«, sagte Greger. »Erlauben Sie mir, dass ich die Herren zur Vorstellung einlade.«

»Ich möchte das Varieté sehen«, sagte Lennart. Sie gingen eine Runde um den menschenleeren Platz. »Ich möchte Mister Swing sehen.«

»Ich glaube nicht, dass diese ... Show für Kinder geeignet ist.«

»Für wen ist sie denn geeignet?«

Johnny antwortete nicht, er konnte es nicht. Es war eine gute Frage.

»Ich weiß es nicht«, sagte er schließlich. »Für niemanden ... nehme ich an.« Er wusste nicht genau, inwieweit sich die Show seit seiner Zeit verändert hatte, aber die Artisten waren dieselben. Älter, aber doch dieselben.

»Ich möchte sie aber gern sehen«, wiederholte Lennart.

»Ich glaube nicht, dass deine Mama das billigen würde.«

»Wir brauchen es ihr ja nicht zu erzählen.« Lennart schaute auf. »Ich werde nichts sagen.«

»Außerdem ist sie für Kinder verboten«, sagte Johnny. »Hast du nicht das Schild am Eingang gesehen?«

»Aber der, dem das alles gehört, hat mich doch eingeladen!«

»Mister Swing wirst du trotzdem treffen«, sagte Johnny. Sie standen vor einem Wohnwagen, der wie eine Eihälfte geformt war. Die Fenster waren klein und rund, wie Bullaugen. Früher war er einmal weiß gewesen, jetzt jedoch von unbestimmter Farbe. Zur Tür führte eine kleine Treppe hinauf. Drinnen im Wohnwagen war es still. Die Gardinen waren zugezogen.

»Vielleicht schläft er«, sagte Lennart, »vor der Show.«

»Die erste Vorstellung beginnt in gut einer Stunde«, sagte Johnny. »Darauf bereitet er sich jetzt wohl vor.«

Johnny betrat die knarrende Treppe und klopfte an die Tür. Das Geräusch hallte wider rund um den kleinen Wagen.

»Vielleicht wird er böse«, sagte Lennart ängstlich. »Wenn er doch für die Show trainiert.«

Vielleicht war es wirklich falsch. Vielleicht hatte Sune sich in diesen Jahren verändert. Eine der Stricknadeln, die er sich durch die Wangen stach, war womöglich in sein Hirn gedrungen.

Die Tür wurde aufgerissen. Ein Mann mit rasiertem Schädel beugte sich heraus. Er hatte geschwärzte Augenbrauen und einen angemalten hängenden Schnurrbart. Der nackte Oberkörper glänzte in dem blassen Licht, glänzte mehr als irgendetwas anderes in der Umgebung. Auch seine

Glatze glänzte. Die Narbe auf Brust und Bauch des Mannes sah aus wie ein Zeichen, eine Schrift. Später würde Lennart sagen, dass Mister Swing wie ein Runenstein aussah. Elisabeth würde lachen. Johnny würde in eine andere Richtung schauen.

»JA?«, sagte Mister Swing.

»Hallo, Sune«, sagte Johnny.

»Aber … wa… das ist ja der Halbstarken-Bergman!« Swing riss die Tür ganz auf. »Lange her, mein Lieber.«

Jetzt war sein Gesicht nah. In jeder Wange war ein schwarzes Loch. Johnny nahm in seinem Atem den Geruch nach Petroleum und Alkohol wahr und Swings Körpergeruch nach Blut und Schweiß und Aqua Vera.

Swing entdeckte Lennart.

»Ist das dein Sohn, Bergman?«

Der Wohnwagen war geräumiger, als er von außen wirkte. Für Johnny war es wie eine Rückkehr in ein früheres Leben. Sunes Schminktisch war derselbe, der diagonale Sprung im Spiegel erinnerte an den Toilettenspiegel bei *Sjögrens*.

Das Schwert stand an seinem Platz im Schirmständer.

Die Stricknadeln lagen säuberlich aufgereiht auf dem Tisch, wie Eskils Scheren. Neben den Stahlnadeln lag eine große Schachtel mit langen Streichhölzern. Vor der Show würde Sune die Stricknadeln erhitzen, um Infektionen zu vermeiden. Auf dem Couchtisch standen eine Flasche Whisky und eine Flasche Branntwein. Die halfen auch gegen Infektionen. Aber Sune hatte heute Nachmittag nicht zu viel getrunken. Er bewegte sich sicher, war ruhiger geworden. Mitten im Raum stand ein offener Jutesack, in dem Glassplitter glitzerten.

»Schleppst du das Glas mit nach Hause?«, fragte Johnny.

»Nee, nee, ich wollte den Scheiß nur kontrollieren. Vorgestern hab ich mich verletzt, wahrscheinlich sind irgendwelche Metallsplitter dazwischengeraten. Vielleicht war es auch Flaschenglas.« Er wandte sich an Lennart, der am äußersten Rand der Pritsche saß. Sie war mit einem Überwurf bedeckt, der arabisch wirkte. »Es ist schwer, den Rücken an Flaschenglas zu gewöhnen.«

Lennart hatte seinen Rücken gesehen, als sie den Wohnwagen betraten. Er war mit einer Runenschrift bedeckt – genau wie die Vorderseite.

Sune Jonasson begann sich seinen Turban um den Kopf zu winden, Runde um Runde. Die Augenbrauen wurden von dem Turban heruntergedrückt, und seine Augen bekamen ein orientalisches Aussehen. Er wurde Mister Swing.

»Möchtest du Fakir werden, Len... du heißt doch Lennart?«

Lennart nickte.

»Du möchtest Fakir werden?«

»Ja ...«

»Ich hab bloß Spaß gemacht.« Swing rückte seinen Turban über den Ohren zurecht. »Das ist kein Leben für Jugendliche.«

»Aber du hast dich nicht verändert, Sune«, sagte Johnny.

»Ja, es ist schon erstaunlich, was so ein Turban ausmacht.« Swing hatte sich zum Spiegel umgedreht und hob eine runde Dose hoch. »Und etwas braune Creme.« Er nahm ein wenig davon auf den Finger und cremte seine Nase ein. »Man wird ein ganz neuer Mensch.«

Er machte eine Pause und sah Johnny im Spiegel an.

»Hast du Ingrid schon begrüßt?«

»Nein. Noch nicht.«

»Ich finde, das solltest du tun.«

»Mhm.«

Johnny sah Lennart an, der gerade das Schwert aus dem Schirmständer nahm, nachdem er vorher um Erlaubnis gebeten hatte.

»Der Junge kann bei mir bleiben, während ich mich vorbereite.«

Lennart schaute auf. Er hielt das Schwert am Knauf. Die Klinge war schmal und unheimlich lang. Swing ließ ein dröhnendes Lachen los.

»Bei mir brauchst du kein Schwert, Junge. Hier bist du sicher.«

Lennart guckte ihn unsicher an.

»Sune ist in Ordnung«, sagte Johnny. »Er ist netter, als er aussieht.«

»Ich kann dir ein paar geheime Fakirtricks verraten«, sagte Swing. »Es ist nicht alles so, wie es auf der Bühne aussieht.«

Ingrid öffnete die Tür zu ihrem Wohnwagen, bevor Johnny klopfen konnte.

»Ich hab dich schon durchs Fenster gesehen«, sagte sie.

»Hallo, Ingrid.«

»Ich hab gehört, dass du uns besuchst.«

»Ja, hier bin ich.«

»Du hast dich nicht verändert.«

»Darf ich … reinkommen?«

»Warum?«

»Ja … ich wollte nur guten Tag sagen, hören, wie es dir geht.«

»Es ist genauso aufregend wie immer«, sagte sie. »Im Augenblick bin ich Aphrodite und Venus in einer Person. Nein, in derselben Statue.« Sie blinzelte. Über ihrer Stirn, den Wangen und dem Hals lag ein blasser Glanz, als ob sie schon dabei war, sich für die Show zu verwandeln. »Willst du nicht sagen, dass ich mich auch nicht verändert habe, Johnny?«

»Du hast dich nicht verändert, Ingrid.«

Sie lachte kurz, ein heiseres Lachen.

»Du lügst, Johnny. Du bist ein verdammter Lügner. Hoffentlich schlägt der Junge, den du bei dir hast, nicht nach dir.«

Sie sah an ihm vorbei auf den Platz, als suchte sie Lennart mit dem Blick. Der Jahrmarkt hatte jetzt geöffnet und Leute begannen hereinzuströmen. Auf dem Weg von Mister Swings Wohnwagen hatte Johnny eine kleine Menschenansammlung vor dem Varietézelt gesehen. In einigen Minuten würde Greger anfangen, ins Mikrophon zu schreien.

»Er ist nicht mein Sohn«, antwortete er und drehte sich zu ihr um.

»Bist du sicher?«

»Wie meinst du das, Ingrid?«

»Nichts, nichts.« Sie richtete einen Haarkringel ihrer Göttinnenfrisur, die von einem goldsilbernen Band zusammengehalten wurde. »Dann komm schon rein.« Sie öffnete die Tür ganz. Sie trug bereits das antike Göttinnengewand. »Ich muss in zwanzig Minuten auf die Bühne.« Sie schloss die Tür hinter ihm. »Möchtest du einen Whisky?«

»Nein, danke.«

»Ich nehm einen.«

»Na klar.«

Sie goss sich aus einer Flasche ein, die in der Kochnische auf der Spüle stand. Es war dieselbe Whiskymarke wie bei Sune.

»Hast du keinen Durst mehr, Johnny?« Sie blinzelte ihn über das Glas hinweg an. Er vermutete, dass sie in der vergangenen Zeit noch kurzsichtiger geworden war. Draußen auf der Bühne musste es geradezu eine Befreiung sein. »Du siehst aus, als hättest du keinen Durst mehr.«

»Ich hab aufgehört«, sagte er.

»Ich auch«, antwortete sie, kippte den Whisky wie einen Schluck Branntwein und schnappte nach Luft, während sich der Schnaps in ihrem mageren Körper ausbreitete. »Fast.« Sie füllte das Glas erneut zwei Fingerbreit und blinzelte ihn wieder an. »Was verschafft uns denn die Ehre?«

»Tja … ich wollte Lennart den Jahrmarkt zeigen. Der Junge heißt Lennart.«

»Woher kennst du ihn?«

»Na ja, du weißt schon, man trifft viele Leute, wenn man herumreist. Ich kenne seine Mutter.«

»Wohnt sie hier? In diesem Kaff?«

»Ja …«

»Wer ist es?«

»Das spielt keine Rolle, Ingrid.«

»Ach?« Sie zog eine Augenbraue hoch, nur eine, und sie machte es gut. »Du bist also Babysitter?«

»Was ist, Ingrid? Was spiel…«

»Du bist also allein, wie üblich?« Sie hob das Glas an die Lippen, setzte es aber wieder ab. »Reist herum und beschäftigst dich mit Jukeboxen.« Sie nahm einen kleinen Schluck. »Erinnerst du dich noch, vor … fünf Jahren oder so, als wir in einen Ort kamen und Sune wollte etwas in einer Konditorei essen, und da standest du und hast an einer deiner Jukeboxen herumgewerkelt.«

»Klar erinnere ich mich.«

»Du hast einsam ausgesehen, Johnny.« Sie stellte das Glas auf den Schminktisch. »So was sieht man einem Menschen an. Du allein mit diesem verdammten Jukeboxklumpatsch.«

»Das ist mein Job«, sagte er.

»Aha? Und wie läuft es?«

»Tja …«

»Ich seh dir an, dass es nicht gut läuft. So was sieht man. Man braucht keine Hellseherin zu sein, um so was zu sehen.«

»Vielleicht geh ich morgen zu ihr«, sagte er.

»Was soll sie dir sagen?«

»Dass ich glücklich bis ans Ende meiner Tage lebe.«

»Dann musst du wohl zu uns zurückkommen«, sagte sie, trank den Rest aus und stellte das Glas mit einem Knallen ab. »Nee, nee, jetzt muss ich mich für die Show vorbereiten, ein bisschen trainieren.«

Johnny erhob sich.

»Du brauchst nicht zu gehen. Ich übe nicht, die Fummel fallen zu lassen.«

Sie war auch aufgestanden und hob die Arme in einer kreisförmigen Bewegung über dem Kopf.

»Weißt du, wer das ist?«

»Nein …«

»Zweimal darfst du raten.«

»Aphrodite.«

»Falsch.«

Sie streckte die Arme seitwärts aus.

»Das ist Aphrodite.«

»Wo ist da der Unterschied?«, fragte Johnny.

»Aphrodite stammt aus Griechenland und Venus aus Rom.«

»Ich meine in den Bewegungen.«

»Das ist ein Berufsgeheimnis«, sagte sie.

18

Im Zelt hing ein Geruch nach Landleben und Erwartung, nach Dünger, Pferd und mehreren Schichten Schweiß. Es war eine andere Art Zeltbegegnung, aber auch hier war die Erregung groß, und vieles war wie in Jesu Zelt. Die Gesichter waren rot, die Augen glänzend und aufwärts gerichtet, und einige Männer gaben Laute von sich, die niemand außer ihnen verstehen konnte. Unterschiede waren der Alkoholgeruch, der stärker war als selbst der Geruch nach Tieren, und der Rauchgestank. Der Qualm hatte sich bereits wie eine Wolke über den Gläubigen gesammelt. Viele der Männer waren Pferdehändler, die eine Feilschpause unten am Hügel einlegten. Dies Varietépublikum bestand nur aus Männern. Johnny saß auf der letzten Bank, dem Ausgang am nächsten, und Lennart saß neben ihm.

»Ich kann nichts sehen«, sagte Lennart. »Vor mir sind lauter große Männer.«

»Gut.« Johnny drehte den Kopf. »Du solltest ja auch überhaupt nicht hier sein. Wenn es zu … tja, zu sehr für Kinder verboten wird, schick ich dich durch die Öffnung raus.«

»Aber von hier aus kann ich Mister Swing nicht sehen.«

»Wenn er auftritt, musst du eben auf die Bank steigen.«

»Und wenn die anderen vor mir auch auf die Bank steigen?«

»Nicht wegen Mister Swing«, sagte Johnny.

»WIIILLLKOMMEN IM VARIETE DE PAAAARII«, ertönte es aus den krächzenden Lautsprechern, ein Gebrüll von irgendwo hinter der Bühne, und Johnny erkannte Gregers Stimme. Jetzt hatte der Conférencier mit wogendem Cape sein effektvolles Entree und die Pferdehändler wieherten ihre Wertschätzung. Die Show begann. Greger wandte sich mit einer einladenden Verbeugung nach rechts. Der alte Jupiter kam auf seinem Minifahrrad auf die Bühne, und Johnny hörte das Schlurfen von Jupiters Galoschen, wenn sie den Boden unter den Fahrradpedalen berührten. Jupiters Gesicht war rund und angespannt, konzentriert auf die Aufgabe.

Als Mister Swing die Stricknadeln durch seine Wangen stach, stand Lennart auf der Bank. Er hielt sich die Augen zu, spähte aber zwischen den Fingern hindurch.

Er beugte sich zu Johnny hinunter, der sitzen geblieben war.

»Es tut nicht weh.« Dann sah Lennart wieder Mister Swing an, der die Nadeln durch sein Gesicht bohrte. »Er fühlt nichts.«

»Gut zu wissen«, sagte Johnny.

Swing zog die Nadeln heraus und hielt zeremoniell eine Karaffe mit Petroleum hoch. Er nahm einen Mund voll, griff nach der Fackel, die an einem wackligen Gestell an der Wand hing, hielt sie sich vors Gesicht, spie Petroleum ins Feuer und die Flammen leckten wie Zungen an den vorderen Bankreihen. Zwei Männer in derben Anzügen warfen sich zurück und wurden von den hinter ihnen sitzenden Männern aufgefangen. Durch das Zelt ging eine Woge von Gelächter. Das Publikum bekam, was es erwartet hatte. Dabei stand das Beste noch bevor.

Ingrid reckte die Arme in den Himmel, der langsam dunkel wurde über dem Zeltdach. Sie hatte ein Diadem im Haar. Ihr Blick ging in die Ferne, Millionen Lichtjahre von diesem stinkenden Zelt entfernt. Johnny sah Lennart von der Seite an, der sich wieder hingesetzt hatte. Es war sinnlos, auf die Bank zu steigen, da jetzt sämtliche Kerle im Zelt, die ganze Versammlung, auf den Bänken standen. Johnny blieb sitzen. Er sah Ingrids Hände über all den Schädeln, mehr nicht. Durch den Körper des Mannes, der vor Johnny stand, ging ein Zucken, als ob er in Stücke zerbrechen würde. Er begann in Zungen zu sprechen. Johnny sah Ingrid mit dem Finger gen Himmel zeigen.

»DIE GÖTTIN DER LIIIIEBE!«, schrie Greger ins Mikrophon. »DAS GROSSE WUNDERWERK DES HIMMELS UND UNIVERSUMS, DIE WUUUUNDERSCHÖNE APHRODITE IST NUN ZU UNS AUF DIE ERDE HERABGESTIEGEN, HERUNTER INS VARIETE DE PAAARIII, UND SIE KOMMT, WIE IHR VATER URANUS SIE AUS DEM SCHAUM DES MEERES ERSCHAFFEN HAT! MEINE HERRSCHAFTEN, HIER UND NUR HIER: DIE NACKTE SCHÖNHEIT DER LIEBE!«

Das Gebrüll im Zelt blies den Rauch unter der Zeltdecke in den Abend hinaus. Johnny wusste, was dort vorn auf der Bühne passierte. Ingrid hatte das antike Gewand auf die dreckigen Planken fallen lassen und ein weiteres Mal die Arme ausgestreckt, aber jetzt war sie nackt, so, wie sie zur Welt gekommen war. Das Gebrüll nahm kein Ende. Johnny konnte nichts sehen, Lennart sah auch nichts. Mist, warum sind wir nicht gegangen, als Swing fertig war, dachte Johnny. Was passiert denn jetzt? Er blieb sitzen, während alle anderen Männer im Zelt auf den Bänken hüpften. Wer sind wir? Ist das alles nur, weil wir Männer … Er sah sich um, fast erstaunt. Was sind das für verdammte Idioten? Ingrid ist nicht in einem Film. Sie hört, sie sieht. Ich hatte es vergessen. Oder fällt es mir nur auf, weil ich sie kenne? Wäre ich sonst so wie die hier?

»Was passiert da eigentlich?«, fragte Lennart. Er sah ganz klein aus auf der Bank. »Was machen die da vorn?«

»JAHOOO!«, schrie einer der Männer auf der Bank vor ihnen.

»Nichts«, sagte Johnny, »wir gehen.«

»Ist es vorbei?«, fragte Lennart.

»Es ist so sehr vorbei, wie es nur vorbei sein kann.« Johnny stand auf. »Für uns ist es schon lange vorbei.«

Die Dunkelheit hatte sich gesenkt. Sie waren eingehüllt von Farben, die Farben gehörten zum Jahrmarkt, jetzt waren sie viel kräftiger und bewegten sich, orange, rot und gelb, alles bewegte sich, und Johnny dachte, von ferne gesehen könnte es wirken, als hinge alles zusammen, als wären alle Autoskooter und Karussells und rotierenden Raketen ein einziges schaukelndes Karussell.

Von irgendwoher tönte aus einem Lautsprecher krächzende Musik. Das Feld war jetzt voller Menschen, Familien, Kinder, einsamer Männer, die sich mit energischen Schritten bewegten, wie um zu zeigen, dass sie nicht allein waren, dass sie ein Ziel hatten: den Schießstand, die Würstchenbude, den Losverkäufer, weiß der Geier.

Johnny hörte Schreie von den Autoskootern und das dumpfe Geräusch, wenn sie zusammenkrachten. Der Gummischutz an der Vorderfront der Skooter schien derselbe wie vor zehn Jahren zu sein.

»Ich lad dich zu einer Karambolage ein«, sagte er und nickte zur Bahn.

Sie gingen hin. Es war gerade Zeit für eine neue Runde. Die Skooter füllten sich rasch.

»Steig ein«, sagte Johnny und zeigte auf den Skooter, der ihnen am nächsten war. »Es ist der letzte. Ich bezahle inzwischen.«

»Und was ist mit dir?«

»Ich nehm die nächste Runde. Und du kriegst zwei Fahrten.« Er lächelte. »Wir müssen ja richtig zusammenstoßen.«

»Das wird aber teuer …«

»Nun geh schon, ehe ein anderer dir das Auto wegschnappt.«

Lennart schaffte es gerade vor einem etwa Zwanzigjährigen. Er sprang in das Auto und winkte Johnny zu, der bezahlen ging.

Der Strom wurde eingeschaltet. Die Autos bewegten sich in alle Richtungen. Lennart krachte in ein Auto vor ihm und wurde gleichzeitig von hinten gerammt. Das war ja der Sinn des Ganzen. Johnny sah die Konzentration im Gesicht des Jungen.

»Hübscher Junge.«

Sie stand neben ihm. Die mythologischen Locken waren jetzt verschwunden und sie trug ein modisches einfaches Kleid.

»Er sieht seiner Mutter ähnlich«, sagte Johnny.

»Ist es etwas Ernstes?«

»Was?«

»Mit der Mutter natürlich.«

»Nein, nein.« Er sah, wie Lennart eine Kurve schaffte, ohne angefahren zu werden. Er lernte schnell. Jetzt rammte er mit voller Kraft das Auto vor ihm. »Nein, nein«, wiederholte Johnny und wandte sich zu Ingrid um. »Ich hab deinen Auftritt gesehen. Oder besser gesagt gehört.«

Sie lächelte nicht.

»War der Junge dabei?«, fragte sie.

»Er ... hat nichts gesehen. Wir waren wegen Sune da.«

»Er ist der große Star«, sagte sie, und jetzt lächelte sie ein hauchdünnes Lächeln. »Star der Starshow.« Sie suchte Johnnys Blick. »Was meinst du, wie lange ich noch im Showbusiness weitermachen kann?«

»Tja ...«

»Ach nee, klar, du hast mich ja nicht gesehen. Du kannst es gar nicht wissen.«

»Es hängt wohl von dir ab, Ingrid.«

»So einfach ist es nicht, John. Wer sich der Kunst verschrieben hat, dem bleibt keine Wahl. Sie ist es, die einen bestimmt. Man kann gar nichts tun. Man ist einfach ein Künstler, egal, ob man will oder nicht.«

»Ich verstehe.«

»Wie gut, dass du es verstehst.«

»Nun sei nicht böse ... auf mich, Ingrid.«

Sie antwortete nicht. Sie hatte eine Zigarettenschachtel hervorgenommen, steckte sich eine Zigarette in den Mund und Johnny gab ihr mit einem Streichholz Feuer. Während er das tat, fiel ihm ein, dass er den ganzen Nachmittag und Abend keine einzige Zigarette geraucht hatte. Ihr Gesicht war scharf umrissen im Licht der Flamme, dünn wie das Lächeln eben. Sie nahm einen Zug und blies den Rauch in den Himmel, der mit Sternen bedeckt war.

»Worauf soll ich denn böse sein, Johnny?« Sie nahm noch einen schnellen, nervösen Zug. »Ich hab's satt, böse auf mich selber zu sein.« Sie lächelte wieder das dünne Lächeln. »Und die anderen haben es satt, dass ich auf sie böse bin. Sie hören nicht mal mehr zu.«

»Ich finde, du solltest ... hier aufhören«, sagte er.

Lennart fuhr wieder vorbei. Er winkte. Es war eine lange Runde. Vielleicht hatte sich die Elektronik verselbständigt. Niemand würde aussteigen können.

»Und was soll ich dann machen«, fragte sie, »wenn ich die Show verlasse?«

»Es gibt doch noch andere Dinge.«

»Ich möchte bei der Kunst bleiben«, sagte sie. Die Zigarette fiel ihr aus der Hand, und sie ließ sie liegen und sah wieder zu ihm auf. »Du könntest mir übrigens erzählen, was du in Zukunft vorhast.«

»Ich verstehe nicht, wie du das meinst, Ingrid.«

»Es ist deine letzte Saison, oder? Man sieht es dir an.«

»Bist du die Hellseherin?«

»Du hast es satt, durchs Land zu kutschieren. Ich hab das hier satt.« Sie machte eine Handbewegung über den Platz. »Es ist nicht ... in erster Linie die Bühne, die Show, die verdammten Schweine im Publikum. Das kann man sich ... wegdenken, wegträumen. Es ist das Herumreisen, rundherum und rundherum, vor und zurück. Diese verdammte Reiserei und nirgends kommt man an.« Sie nickte zu den Autoskootern. »Wie die da. Fahren rundherum und kommen nirgends an.«

»Wir stoßen nicht so häufig zusammen«, sagte Johnny.

»Leider.« Sie holte wieder die Zigarettenschachtel aus einer Tasche an ihrer Hüfte. Johnny zündete ihre Zigarette an. Die Autos blieben plötzlich mit einem langen Seufzer stehen. Johnny sah Lennart im Auto sitzen bleiben und winken.

»Ich hab dem Jungen noch eine Runde versprochen. Und ich hab versprochen, mit ihm zusammenzustoßen.«

»Dann musst du dich beeilen«, antwortete sie. »Die Skooter sind schnell besetzt.«

»Es dauert nur fünf Minuten«, sagte er.

»Ich hab sowieso schon alles gesagt.« Sie drehte sich um und wollte gehen.

Er sah Lennart wieder winken und auf einen leeren Skooter neben seinem zeigen.

»Bis bald, Ingrid.« Johnny sprang über die Bande und erreichte den Skooter, bevor der Strom wieder eingeschaltet wurde. Lennart rammte ihn direkt von vorn. Der Stoßdämpfer aus Gummi half nichts. Der Zusammenprall war stärker, als Johnny erwartet hatte. Er fuhr rückwärts, geradewegs in den Skooter hinter ihm, und brauchte eine halbe Minute, bis er so weit frei war, dass er anfangen konnte, Lennart zu jagen.

An der Straße, die vom Jahrmarkt in den Ort führte, gab es nur eine Straßenlaterne. Sie nutzte überhaupt nichts, und schon gar nicht an einem Abend, an dem Nebel aus den Feldern stieg. Dahinter versanken die Geräusche des Jahrmarktes. Johnny drehte sich um. Der Markt sah aus wie eine lodernde Stadt, die von einem fremden Stern hier gelandet war. Lennart drehte sich auch um.

»Was für einen Trick hat Mister Swing dir beigebracht?«, fragte Johnny.

»Zum Beispiel, wie man Glühlampen schluckt.«

»Ui.«

»Der Trick besteht darin, dass man sie erst zu Mehl zermahlt.«

»Du hast doch hoffentlich nichts geschluckt?«

»Er hatte gerade nichts, was er zermahlen konnte.«

»Ich glaube, das ist nicht gut für den Magen«, sagte Johnny.

»Vielleicht sollte man erst mal Brot aus dem Mehl backen«, sagte Lennart.

»Und was hast du sonst noch Sinnvolles von ihm gelernt?«, fragte Johnny.

»Tja ... man muss sich sehr gerade halten, wenn man das Schwert verschluckt. Das richtige Schwert.«

»Sieh einer an. Eine gerade Haltung hat ihr Gutes.«

»Deswegen meckert Mama auch dauernd mit mir rum«, sagte Lennart. »Ich musste schon üben, mit einem Buch auf dem Kopf zu gehen.«

»Nächstes Mal kannst du es mit dem Schwert im Hals üben.«

»Bei uns zu Hause gibt's keine Schwerter.«

»Dann übst du es mit der Kohlengabel.«

Lennart lachte.

»Das machst du mir aber erst vor«, sagte er.

»Ich will doch kein Fakir werden.«

Sie gingen jetzt durchs Zentrum, das genauso klein war wie in den anderen Orten des Hochlandes. Lisas Konditorei lag finster da. Die drei großen aufgereihten Fenster sahen von dieser Seite der Straße leer und schwarz aus. Das ganze Zentrum war dunkel bis auf die Straßenlaternen, die in großen Abständen um den Marktplatz angeordnet waren. Keine Autos waren unterwegs, kein V8 grollte. Alle motorisierten Jugendlichen waren auf dem Jahrmarkt oder trieben sich auf dem Markt herum, wo die Hausierer und Rosstäuscher den nächsten Tag vorbereiteten.

Die Fenster im zweiten Stock waren erleuchtet. Johnny meinte Elisabeths Silhouette im mittleren Fenster wahrgenommen zu haben. Der Abend war plötzlich warm geworden, als ob der Sommer es sich anders überlegt hätte und auf halbem Weg wieder umgekehrt wäre und sich im dichten Dunkel wieder herabsenkte. Elisabeths Fenster waren zum Abend geöffnet. Johnnys Duett war an seinem üblichen Platz unter der Eiche geparkt. Lennart gähnte.

»Du bist müde vom Zusammenstoßen«, sagte Johnny und zerstrubbelte die weichen Haare des Jungen.

Lennart gähnte wieder.

»Morgen ist Markttag«, sagte er.

Sie standen neben dem Duett und wollten die Straße überqueren. Lennart sah zum Auto und dann Johnny an.

»Du gehst doch auch hin, Johnny?«

»Das hatte ich eigentlich vor.«

»Dann kannst du bei mir schlafen.«

»Ich bin nicht sicher, ob es deiner Mutter recht ist.«

»Du bist mein Kumpel«, sagte Lennart. »Du kannst in meinem Zimmer schlafen.«

Eilsabeth hatte die Tür schon geöffnet. Sie umarmte Lennart und lächelte Johnny an.

»I...i...iiich hab Mister Swing getroffen«, sagte Lennart mitten im dritten Gähnen.

»Der scheint dich ja sehr müde gemacht zu haben.«

»Wir haben uns ein bisschen verspätet«, sagte Johnny.

»Das macht nichts«, sagte Elisabeth. »Möchtet ihr etwas zu essen haben?«

»Bloß nicht«, antwortete Johnny.

»Ich hab drei Würstchen und zweimal Zuckerwa... wa...waaatte gegessen«, sagte Lennart gähnend.

»Dann ist es jetzt wohl höchste Zeit, ins Bett zu gehen, junger Mann.«

»Johnny kann in meinem Zimmer schlafen«, sagte Lennart.

»Ach ja?«

Sie sah Johnny an.

»Hör mal, Elisabeth ...«

»Ich hab's ihm schon versprochen«, unterbrach Lennart ihn.

»Dann müssten wir ja erst eine Matratze reinschleppen«, sagte Elisabeth. »Es ist besser, wenn er auf dem Sofa im Wohnzimmer schläft.«

»Hör mal, Elisabeth, ich wollte ni...«

»Es ist doch unnötig, dass du bei *Moréns* übernachtest«, sagte sie lächelnd. »Wenn Lennart einen Freund mit nach Hause bringt, werde ich mich doch nicht quer legen.«

»Ich habe eine Tasche im Auto«, sagte er.

»Dann hol sie schon!«, sagte Lennart und gähnte übertrieben.

»Hör jetzt auf«, sagte Elisabeth. »Dir kann der Mund stehen bleiben.«

Er hob die Stofftasche mit seinen Sachen zum Wechseln aus dem Wagen. In der schwachen Innenbeleuchtung des Autos sah der Rücksitz wie ein Müllplatz aus.

Jetzt muss ich es sagen. Er schlug die Autotür unnötig hart hinter sich zu. Sie wird sauer sein, dass ich es ihr den ganzen Tag nicht gesagt habe. Zu Recht sauer.

Das ist ja fast wie Lügen.

Von der Kreuzung näherte sich lautes Motorengeräusch, und er sah den Streifenwagen in die Straße einbiegen und auf der rechten Fahrbahn vorbeifahren. Die beiden Bullen in dem Valiant studierten ihn, als versuchten sie seine Gedanken zu lesen.

Dreißig Meter weiter hielt das Polizeiauto und fuhr mit roten Augen rückwärts. Johnny hatte die Straße noch nicht überquert. Der Bulle, der ihm am nächsten saß, beugte sich durch das heruntergedrehte Fenster.

»Und Sie sind?«

»Ich bin auf dem Weg in die Wohnung.« Johnny zeigte zu den erleuchteten Fenstern hinauf.

»Danach hab ich nicht gefragt.« Der Bulle hatte die Tür des Autos geöffnet. »Wohnen Sie hier?«

»Ich kenne ihn«, hörte Johnny den anderen Polizisten aus dem Autoinnern sagen. »Das ist Bergman mit den Jukeboxen.«

»Ach, Mensch. Der ist das.«

»Den hab ich einige Male wegen Trunkenheit eingebuchtet.« Johnny sah auf der anderen Seite des Autos ein Gesicht auftauchen. Es war älter als das des Kollegen. Und noch hässlicher. Es nickt zu Johnnys Auto. »Er kurvt dauernd in diesem blöden Duett rum.« Die kleinen Augen im Bullengesicht versuchten Johnny mit dem Blick einzufangen. »Wie geht's, Bergman? Sind Sie nüchtern? Erkennen Sie mich?«

»Nein.«

»Sind Sie nicht nüchtern?«

»Ich erkenne Sie nicht.«

»Verstehe. Würde mir wohl auch so gehen, in dem Zustand, in dem Sie sich damals befunden haben.« Er grinste und der andere Bulle grinste auch. Er drehte sich zu den Fenstern um. »Sind Sie dort eingezogen?«

»Nicht direkt.«

»Nicht direkt? Was soll das heißen? Wollen Sie dort einbrechen?«

Sie grinsten wieder.

»Ich will jemanden besuchen.«

»Wen?«

»Das geht Sie nichts an.«

Johnny spürte, wie sich seine Hände zu Fäusten ballten. Die Tasche hatte er abgesetzt. Sie hatten es gesehen.

»Ach, wirklich nicht? Willst du frech werden, du verdammter Klinkenputzer?«

Der Bulle auf der anderen Seite des Autos schlug plötzlich aufs Blech, und das Geräusch hallte weit in den stillen Abend. Johnny schaute wieder zum Fenster hinauf und sah, dass Elisabeth sich herausbeugte.

»WAS IST LOS?«, rief sie.

Der Bulle drehte sich zu Johnny um.

»Jetzt hast du die Nachbarn geweckt«, sagte er. »Das ist eine Störung der öffentlichen Ordnung.«

»Außerdem hast du dich der Erregung öffentlichen Ärgernisses schuldig gemacht«, sagte der Kollege. »Und der Verunglimpfung eines Beamten.«

»Was ist los, Johnny?«, rief Elisabeth etwas leiser. »Was macht ihr da?«

Die Bullen drehten sich wieder um.

»Kennen Sie den hier?«, rief der Bulle, der Johnny am nächsten stand.

»Ja… was ist denn?«, antwortete sie. »Er ist… ein Freund der Familie.«

»Aha«, sagte der Bulle auf der anderen Autoseite und wandte sich wieder Johnny zu und sah dann seinen Kollegen mit einer Falte zwischen den Augenbrauen an. »Ist das nicht die, die ihren Mann als vermisst gemeldet hat?«

Der Kollege sah zu Elisabeth hinauf, die am Fenster wartete.

»Von hier aus kann ich ihr Gesicht nicht erkennen«, sagte er. »Mensch, klar ist die das. Das war ja in dieser Straße.« Er sah sich um. »Es ist schon ziemlich lange her.« Er grinste Johnny an. »Der Kerl ist nicht wiedergekommen, soviel ich weiß, aber sie hat ja Ersatz gefunden.«

»Der sieht aber nicht nach viel aus«, sagte der Kollege, der zwei Schritte von Johnny entfernt stand. »Na, was ist, Halbstarker?« Er nickte zu Elisabeth hinauf. »Kannst du ihr wirklich das bieten, was sie braucht?«

Johnny spürte ein Sausen in den Ohren, als würde ihm schwindlig werden, aber es war ein anderes Schwindelgefühl als jenes, wenn sein Körper nach Alkohol schrie. Er versuchte den Blick auf die Haustür auf der anderen Straßenseite zu heften. Sein Rücken war schweißbedeckt und in seinen Armmuskeln zuckte es.

»Kann ich jetzt gehen?«, fragte er.

»Verstehe, ihr habt es eilig. Vielleicht hat die da oben am Fenster schon kein Höschen mehr an?«

Johnny bückte sich nach der Tasche und setzte sich in Bewegung.

Wenn der Kerl einen einzigen Schritt auf mich zu macht, dann schlag ich ihm in die Fresse, ich schwöre es.

Keiner der beiden Polizisten rührte sich. Der eine guckte den anderen an. Johnny war hinter dem Plymouth. Elisabeth hatte gesehen, dass er auf dem Weg ins Haus war. Ihre Gestalt war vom Fenster verschwunden.

»Na, dann mal ran an die Buletten«, hörte er hinter sich. »Viel Glück, du Ersatzmann.«

»Komm, jetzt müssen wir los und nach dem vermissten Kerl suchen!«

»Das ist unser Job.«

»Falls wir ihn finden, rufen wir vorher an, damit du rechtzeitig verschwinden kannst.«

Er hörte Gelächter, Türen wurden zugeschlagen, der Motor heulte auf. Das Auto startete mit quietschenden Reifen und einer der Polizisten hielt seine Hand zum Gruß aus dem Fenster, als sie bei der Kreuzung abbogen. Johnny spürte, wie ihm der Schweiß zwischen den Schulterblättern herunterlief. Seine Handgelenke schmerzten. Er sah Elisabeth in der Tür.

»Die haben mich angeguckt, als wäre es meine Schuld«, sagte Elisabeth. »Als ich ihn als vermisst gemeldet habe. Als ob ich ihn vergrault hätte.«

Sie hatte eine Kerze auf dem Küchentisch angezündet. Das Fenster zur Straße und der Laterne auf der anderen Seite war geöffnet. Sonst war es dunkel um sie herum. Überall war es still. Lennart schlief hinter der geschlossenen Tür in seinem Zimmer.

Was ist zwischen ihnen passiert?, dachte er. Was hat Bertil gesagt? Dass ich Elisabeth fragen soll, warum er abgehauen ist.

»Die sind ein Scheißdreck«, sagte er.

»Mir kam es vor, als würde ich den einen kennen. Den Älteren, der draußen auf der Straße stand.«

»Mhm.«

»Die haben sich nicht ein einziges Mal bei mir gemeldet«, sagte sie. »Nichts. Kein Wort davon, wie … es geht oder so.« Sie strich mit der Hand über die Kerzenflamme. »Oder wie … es uns geht.«

»Das ist denen doch scheißegal«, sagte Johnny.

»Ja … aber vielleicht gehört das auch nicht zu ihrem Job.«

Johnny nahm einen Schluck Bier. Es schmeckte wie bitteres Wasser. Dort unten konnte er den Duett sehen. Ein paar Autos fuhren vorbei, aber zu Fuß war niemand mehr unterwegs. Für Altweibersommer war es noch zu früh, aber es fühlte sich wie Altweibersommer an, wie ein milder Herbst, obwohl sie immer noch im letzten Sommermonat waren. Dieser August war anders als sonst. Etwas geschah. In seinem Leben. Im Leben anderer. Es war etwas Entscheidendes. Etwas, vor dem er nicht im Duett davonfahren konnte. Etwas, das er nicht verstand, das vielleicht niemand verstand.

»Ich hab Bertil getroffen«, sagte er. »Gestern.«

Sie ließ das Bierglas fallen, das sie gerade zum Mund gehoben hatte.

»WAS?!«

Das Glas blieb ganz, als es auf dem Tisch auftraf. Er sah ein dünnes Rinnsal schwachen, bitteren Bieres auf den Boden tropfen.

»GESTERN?!«

Sie versuchte ihre Stimme zu dämpfen.

»Was zum Teufel sagst du da, Johnny?«

Er erzählte es ihr. Es ging schnell. Er ließ nichts aus, nur das eine.

»Lieber Himmel«, sagte Elisabeth. »Herr im Himmel.«

Sie beugte sich über den Tisch, legte die Hände vor die Augen und schaute wieder auf.

»Das ist ja verrückt«, sagte sie.

»Nein.«

»Hast du das den Polizisten da unten erzählt?«

»Nein, nein.« Er versuchte ihren Blick einzufangen, der zum Fenster hinaus und auf die Straße geflattert war. »Bertil ist ja nicht mehr hier in der Gegend.«

»Aber er ist vermutlich zur Küste gefahren, oder? Das kann man der Polizei doch mitteilen?«

Johnny antwortete nicht. Er konnte nicht antworten.

»Und du wartest mehrere Tage, ehe du es mir erzählst.« Sie sah ihn jetzt an. »Das ist wirklich der Gipfel.«

»Einen Tag«, sagte er.

»Du hättest es mir sofort erzählen müssen«, sagte sie.

»Meinst du, ich hätte es nicht versucht?«

»Nein.«

Er sah das Bier weiter auf den Fußboden tropfen, stand auf, nahm den Lappen, der über dem Wasserhahn hing, und wischte das Bier vom Tisch und Fußboden auf. Im Raum roch es nach Bier, obwohl es keine besonders starke Sorte war. Er wollte immer weiter und weiter wischen, stundenlang.

»Du hast hoffentlich nichts zu Lennart gesagt?«, fragte sie in die Luft hinein.

»Wenn ich das getan hätte, dann wäre er der beste Schauspieler der Welt, Elisabeth.«

»Nein, das bist du.« Sie schaute zu ihm hinunter.

Er kauerte immer noch da und wischte den Boden mit kleinen kreisenden Bewegungen. Seine Knie begannen zu schmerzen.

Er richtete sich auf mit dem Lappen in der Hand.

»Den kannst du gleich wegwerfen«, sagte sie.

Er ging zur Spüle und warf den Lappen in den Abfalleimer.

»Ich bring gleich alles weg.« Er nahm den Plastikeimer, ging durch den Flur ins Treppenhaus und die Treppen hinunter in den Hinterhof, wo unter einem Windschutz zwei Tonnen standen. Er kippte den Eimer aus und der Inhalt verschwand in der Tonne. Hinter den Tonnen raschelte es in der Dunkelheit, einmal. Vielleicht eine Katze, vielleicht eine Ratte, vielleicht ein Bulle.

Er klappte den Deckel zu und ging zurück über den Hof. Bis hierher reichte das Licht von der anderen Straßenseite nicht. Links war eine weitere Mauer, und das Straßenlicht fiel nur auf den oberen Teil.

Sie wollten zusammen zum Markt gehen, hatten sie beschlossen. Die Familie. Und ein Freund der Familie. Daraus würde wohl nichts werden. Lennart würde allein hingehen müssen oder mit Elisabeth. Ich fahre nach Hause. Er blieb stehen, als ob ihm in diesem Moment klar wurde, was er jetzt zu tun hatte. Ich fahre nach Hause, jetzt in der Nacht. Es gibt keine andere Wahl.

Als er die Küche wieder betrat, saß Elisabeth immer noch am Tisch. Er sah, dass sie das Fenster geschlossen hatte.

»Mir war kalt«, sagte sie.

»Am besten, ich fahre jetzt«, sagte er.

»Warum?« Sie schaute auf. Sie sah … erstaunt aus. »Warum willst du nach Hause fahren, Johnny?«

»Aber Elisabeth …«

»Na, dann hau ab«, sagte sie und drehte sich zum Fenster und der Nacht draußen hinter den Scheiben. »Das ist ja immer eine Lösung für euch.« Sie lachte plötzlich, eine Art bitteres Lachen, das zu dem Biergeruch passte, der immer noch in der Küche hing. »Männer sind verdammt gut darin, einfach abzuhauen, wenn nicht alles so läuft, wie es soll.« Sie schaute zu ihm hoch. »Hau doch ab, du Feigling. Das ist nicht das erste Mal.«

»Was meinst du damit?«

»Was ich meine? Ich meine, was ich sage. Es ist nicht das erste Mal, dass du das Weite suchst vor etwas … das schwer ist.«

Er antwortete nicht. Er fühlte sich gelähmt, im Körper, im Kopf. Da war kein Blut mehr.

»Ich meine nicht den Alkohol«, sagte sie.

»Was meinst du denn, Elisabeth?«

Plötzlich schüttelte sie den Kopf.

»Ich kann nicht mehr«, sagte sie. »Fahr jetzt, Johnny.« Sie stand auf und ging zum Fenster und öffnete es mit einer abrupten Bewegung. Dann holte sie tief Luft und schaute auf die Straße. »Da unten wartet dein treues Auto, Johnny. Dein treuer Kamerad. Trab weiter, Kamerad.«

Es ist nicht das erste Mal, dass du abhaust.

Sieht sie es wirklich so?

Hat sie es so aufgefasst?

Das war doch schon so lange her. Oder noch gar nicht so lange.

Er spürte, dass das Blut wieder in seinem Körper zirkulierte, er konnte den Arm heben, das Bein bewegen.

Elisabeth kehrte ihm immer noch den Rücken zu. Sie war schön, immer noch genauso schön.

Jetzt sah er Bertil vor sich, die geballten Fäuste. Elisabeth weiß es, hatte Bertil gesagt. Er hatte seine Fäuste geöffnet und geschlossen. Frag sie, wenn du es unbedingt wissen willst.

»Dann fahr ich also«, sagte Johnny.

Sie antwortete nicht, vielleicht behielt sie den Duett im Auge, bis er unten ankam.

»Grüß Lennart«, sagte er und wollte gehen.

»Johnny!«

Er drehte sich wieder um.

»Bleib.« Sie kam auf ihn zu. »Ich brauche jemanden, mit dem ich reden kann. Heute Nacht.«

»Aber ... ich bin doch der Anlass zu allem.«

»Nein, nein«, sagte sie. »Du kannst nichts dafür.« Jetzt stand sie am Tisch. »Du kannst nichts dafür, dass Bertil dort war. In dem Augenblick.«

»Ich hätte es dir früher erzählen müssen. Du hattest Recht.« Er bewegte eine Hand. »Ich hätte mehr tun können.«

Sie antwortete nicht.

»Ich hätte es eher erzählen müssen«, wiederholte er.

»Ich versteh ja, dass es ... schwer war«, sagte sie.

»Ich hab's versucht.«

»Auch das versteh ich.« Er meinte, ein schwaches Lächeln um ihre Lippen zu entdecken. »Wollen wir noch etwas trinken?«

Sie mussten sich ein wenig ausruhen. Sie holte noch eine Flasche von dem schwachen Bier, und er setzte sich wieder an den Küchentisch. Eine Minute lang sagte keiner von beiden ein Wort. In der Zeit fuhr ein Halbstarkenauto unten auf der Straße in der Stille vorbei, mit doppeltem Auspuff. Ein Fetzen Musik blieb hängen, als das Auto weg war, der traurige Roy Orbison.

»Lennart scheint nicht direkt traurig zu sein, dass ich meinen Job verliere«, sagte sie.

»Er hat es mitgehört«, sagte Johnny, »als du mir das erste Mal davon erzählt hast.«

»Das wusstest du auch?«

Er antwortete nicht.

»Hier scheinen alle alles zu wissen, nur ich nicht«, sagte sie.

»Du hast gesagt, dass Lennart nicht traurig zu sein scheint«, sagte Johnny.

»Er will hier weg.« Sie schob eine Strähne ihrer dicken braunen Haare hinters Ohr. Er dachte an Ingrid. Ihre Haare waren auch braun unter den schwarzen Locken der Antike. »Ich habe mitbekommen, dass seine Schulkameraden nicht nett zu ihm sind.«

»Hast du mit der Schule gesprochen?«, fragte er. »Dem Direktor? Den Lehrern?«

»Hilft das was?«

»Nein.«

»Vielleicht ist es das Beste, dass ich meinen Job loswerde. Für ihn, für uns beide.«

»Ich werde versuchen, dir zu helfen«, sagte Johnny.

»Wie stellst du dir das vor?«

»Es gibt kein Café, das ich nicht kenne. Ich kann überall fragen, ob sie jemanden brauchen.«

»Ich möchte nicht mehr in einem Café arbeiten«, sagte sie.

Er nickte.

»Möchtest *du* denn immer noch … in Cafés arbeiten, Johnny?« Sie beugte sich vor. »Du weißt, wie ich das meine.«

»Ich werde wahrscheinlich auch rausgeschmissen.« Er lächelte.

Sie sah wieder aus dem Fenster, als würde ihr Blick von magnetischen Feldern der Nacht angezogen.

»Ich möchte etwas anderes sehen«, sagte sie. »Etwas ganz anderes. Bevor es zu spät ist.« Sie hob die Schultern. »Aber vermutlich ist es schon zu spät.«

»Elisabeth?«

Sie richtete den Blick auf ihn.

»Ja?«

»Darf ich dich was fragen? Ohne dass du mir… böse bist?«

»Ja, was?«

»Was war es, das Bertil veranlasst hat wegzugehen?« Johnny spürte, wie seine Stimme im Hals stockte. »Was ist an dem Abend passiert?«

19

Der Wasserhahn über der Spüle fing plötzlich an zu tropfen, wie auf Bestellung. Es war ein lautes Geräusch. Elisabeth stand auf, ging hin und drehte am Hahn. Als sie an den Tisch zurückgekehrt war, ertönte wieder das Geräusch von Wasser, das laut auf Metall traf. Es war kein angenehmes Geräusch, es war wie schwere Schläge. Sie erinnerten an die Geräusche aus Bosse Kulas Werkstatt.

»Ich hab Dichtungen im Auto«, sagte er.

»Du hast ja wohl beinah alles dabei.«

»Tja …« Er versuchte zu lächeln, »mein Auto ist fast mein Zuhause.«

»Deine Wohnung hab ich ja nie gesehen.«

»Ich hab sie auch kaum gesehen.« Er strich sich über die Stirn. Hinter seinem linken Auge begann es zu klopfen, nur die schwache Wahrnehmung eines Schmerzes, der kommen könnte. »Was ist eigentlich passiert?« Er suchte ihren Blick über dem Tisch. »An jenem Abend.«

»Warum willst du das wissen?«, fragte sie.

»Nur so.« Er rieb sich über den Augenbrauen.

Sie stand plötzlich auf.

»Ich glaube, ich habe Lennart rufen hören«, sagte sie.

Er hatte nichts gehört.

»Ich geh mal nachsehen«, sagte sie.

»Er kommt sicher raus, wenn was ist«, entgegnete Johnny. »Er kann doch schon gehen.«

»Ich schau lieber nach.«

Rasch verließ sie die Küche. Er erhob sich, ging zum Fenster und beugte sich hinaus. Es war immer noch ein Sommerabend, obgleich es schon nach Mitternacht war. Er nahm Düfte in der Nachtluft wahr, die bald in den Herbstwinden verschwinden würden.

Es ist das letzte Wochenende der Saison. Er holte tief Luft. Montag wird es windig sein.

Die Schatten überzogen den Duett mit schwarzen und weißen Streifen. Wäre er in einem Zoo geparkt, könnte man ihn für ein Zebra halten, wenn das Licht schlecht genug war.

Er dachte daran, dass dies das einzige richtige Zuhause war, in dem er sich in den letzten drei oder vier Jahren aufgehalten hatte. Sein eigenes war kein richtiges Zuhause. *Sjögrens* Vertreterzimmer erst recht nicht. Bodils Motel war dann schon eher so etwas wie ein Heim. Der Duett auch. Und die Wohnwagen damals während seiner Jahrmarktzeit auch. Und die Wohnungen der Frauen. Aber viel hatte er davon nicht gesehen, er war meistens am frühen Morgen gegangen und fast nie zurückgekehrt.

Er spürte die Kühle der Nacht im Gesicht. Draußen war er mehr zu Hause als irgendwo anders. Was ist das für ein Leben, dachte er und drehte sich um. Aber Elisabeth war noch nicht zurückgekommen, obwohl er ihre Schritte irgendwo gehört hatte. Er wandte sich wieder der Nacht der Kleinstadt zu. Soll ich in die Hauptstadt fahren? Dort gibt es einen Ort, wo ich möglicherweise hingehöre, dort, wo ein verdammtes Telefon steht, das niemand abnimmt. Vielleicht ist es auch kein Zuhause mehr, nur ein Aufbewahrungsort. Für Seved. Vielleicht ist er wie ich. Er ist nicht da, er ist immer woanders. Wenn es ihn noch gibt. Vielleicht gibt es ihn gar nicht mehr. Vielleicht bin ich ganz allein.

Jetzt hörte er wieder Schritte und drehte sich um. Elisabeth war wieder da.

»Er schläft wie ein Stein«, sagte sie. »Wahrscheinlich hab ich von draußen was gehört.«

»Da draußen ist alles tot«, sagte er. »Die Leute sind vermutlich immer noch auf dem Jahrmarkt.«

»Möchtest du ... einen Spaziergang machen?«, fragte sie. »Nur einen kurzen.«

»Und Lennart?«

»Ich hab ihm einen Zettel geschrieben für den Fall, dass er wach wird.« Sie nickte in die Nacht hinaus. »Wir gehen nur einmal um den Block.«

Der Block bestand aus acht Mietshäusern. Alle Fenster waren dunkel, außer einem im dritten Stock. Jemand dort drinnen hatte leise ein Radio laufen, die Musik senkte sich auf sie herab, als sie vorbeigingen, es war Elvis, und Johnny hörte den Text, oder er bildete sich ein, ihn zu hören, da er ihn kannte. Er nahm Elisabeths Duft neben sich wahr, aber sie gingen nicht so nah nebeneinander her, dass sie sich berührten. Sie roch nach Vanille, vielleicht Vanilleherzen, dieser Duft verschwand nicht über Nacht.

Es gab Düfte und Gerüche, die folgten einem durchs Leben. Plötzlich dachte er an den Geruch in *Sjögrens* Vertreterzimmer, der ihn immer an etwas erinnerte, woran er nicht erinnert werden wollte.

Er spürte Elisabeths nackten Oberarm an seinem, nur eine halbe Sekunde lang. Sie waren wieder vor der Haustür.

»Ich hol eben die Dichtung«, sagte er und überquerte die Straße. Elisabeth folgte ihm.

»Wie findest du da drinnen überhaupt etwas wieder?«, fragte sie.

»Das ist doch mein Zuhause«, sagte er.

»Da liegen deine Platten.« Sie nickte zu einem Karton, der rechts stand.

»Einige von ihnen.«

»Können wir nicht was spielen?«

»Jetzt?« Er sah sich um. »Hier?«

»Ich hab doch keinen Schallplattenspieler.«

»Aber die Leute schlafen.«

»Wir brauchen ja nicht so laut zu stellen.«

»Alles in Ordnung, Elisabeth?«

Sie hatte diesen besonderen Glanz in dem einen Auge.

»Es ist der letzte Sommerabend«, sagte sie. »Morgen soll es kühler werden.«

»Was möchtest du hören?«

»Musst du mich das überhaupt fragen?«

»Es gibt viel Auswahl.« Er ging um das Auto herum und zog den Karton heran. »Hier ist noch mehr.«

»Entscheide du.«

Er blätterte zwischen den Platten und wählte eine aus, öffnete die rechte Vordertür, drehte am Radio und schob *Blue Moon* in den Plattenspieler. *Blue Moon, you saw me standing alone*. Er schaute zum Haus hinüber, aber dort brannte kein Licht mehr. Der Halbmond hing über allem, schimmernd in seinem alten Blau und Weiß. Elivs jaulte mit schmelzender Stimme in der Nacht, jaulte den Mond an, sein bestes Jaulen, das bis jetzt auf Platte aufgenommen war. Elisabeth war in den Schatten hinter dem Duett stehen geblieben.

»Darf ich bitten?« Er ging die wenigen Schritte auf sie zu.

Sie tanzten auf dem Trottoir, weil das Gras im Park vor dem Haus zu hoch war. Jetzt duftete sie noch stärker nach Vanilleherzen und nach einer Blume, deren Name ihm nicht einfiel.

»Es ist zehn Jahre her«, sagte er.

Bei den Worten zuckte sie zusammen, blieb stehen und sah ihn an.

»Was meinst du, Johnny?«

»*Blue Moon*«, sagte er. »Es ist genau zehn Jahre her, seit Elvis das aufgenommen hat.«

Sie betrachtete ihn. Sie hielten einander fest, aber auf Distanz.

»Genau zehn Jahre«, sagte sie. »Hast du sie deswegen ausgewählt?«

»Nein, nein, das ist mir erst gerade eben eingefallen.«

»Hmh.«

Der Radiolautsprecher verstummte.

»Darf ich noch einmal bitten?«, fragte er.

»Der letzte Tanz des Abends«, sagte sie.

Sie spielten *Blue Moon* noch einmal, er hielt sie fest, und nirgends ging Licht an, trotzdem hatten sie das Gefühl, als tanzten sie auf einer Bühne. Er dachte, jetzt fehlt nur noch, dass die Bullen zurückkommen.

Vor elf Jahren.

Sie hatten sich nicht oft getroffen.

Bald darauf war sie mit Bertil gegangen. Wie bald?

Nein, nein, nein, nein, nein, nein.

Nein, nein, nein, nein.

Wieder war *Blue Moon* zu Ende. Elisabeth machte ein paar letzte Tanzschritte, und ihre Absätze schabten über den Asphalt. Sie waren dick und nicht höher als drei Zentimeter. Der Stoff ihres Rocks berührte seine Fingerkuppen. Der Rock reichte ihr eben halb über die Knie. Johnny nahm einen Schimmer ihrer Beine in den transparenten Strümpfen wahr. Ihr Gesicht konnte er nicht sehen. Er ließ sie los, ging zum Duett, nahm die Platte aus dem Spieler und stellte das Gerät ab.

»Mir ist kalt«, sagte sie und schlang die Arme um ihre nackten Schultern.

Elisabeth stand in der Türöffnung zu Lennarts Zimmer und schien auf die Atemzüge des Jungen zu lauschen. Johnny stand hinter ihr. Sie drehte sich um.

»Wir gehen ins Wohnzimmer«, sagte sie.

Dort war es dunkel. Das einzige Licht kam aus dem Flur von der Straßenbeleuchtung. Elisabeth setzte sich aufs Sofa, und Johnny ließ sich in dem Sessel ihr gegenüber nieder.

Ihr Gesicht war nur ein dunkles Oval.

»Ich weiß nicht, wie ich es Lennart sagen soll«, sagte sie.

»Was sagen?«

Er sah, wie sich das Oval bewegte. Jetzt konnte er die Gesichtszüge erkennen. Plötzlich bewegte sich das Licht da draußen und änderte die Form der Gegenstände im Raum und ließ ihr Gesicht heller erscheinen. Die Straßenlaterne schwankte und das Licht veränderte sich. Es war windig geworden. Er konnte es nicht hören, aber sehen.

»Was sagen?«, wiederholte er.

»Du weißt schon. Von seinem … Vater natürlich. Das, was du mir heute Abend von Bertil erzählt hast.«

»Ja.«

»Aber ich muss es ja selbst erst mal verstehen. Es ist verrückt. Bist du ganz sicher, dass es Bertil war?«

Ja. Ich hab mich mit ihm geprügelt. Er hat sich mit mir geprügelt.

»Ja, ich hab doch mit ihm gesprochen.«

»Es ist vollkommen wahnsinnig.« Sie schüttelte den Kopf. »Was ist er bloß für ein Mensch? Wie kann er so was machen?«

»Das hab ich ihn auch gefragt.«

»Und was hat er geantwortet?«

»Er war … unterwegs«, sagte Johnny. »Er hat sich entschieden. Ich konnte ihn nicht aufhalten.«

»Du hättest die Polizei rufen können.«

»Dazu war keine Zeit.«

»Sie hätten beim nächsten Halt einsteigen können. Man kann doch den nächsten Distrikt anrufen, oder?«

»Was hätten sie denn tun sollen? Man kann doch niemanden zum Aussteigen zwingen, der eine Fahrkarte hat.« Er räusperte sich, seit der vergangenen Viertelstunde steckte ihm etwas im Hals. »Man müsste ja … ein Verbrechen begangen haben.«

»Ein VERBRECHEN?! Hat er denn kein Verbrechen begangen? Was zum Teufel redest du da, Johnny?«

»Natürlich hat er das. Ich meinte nur rein jurist…«

»ICH hätte in den Zug einsteigen können«, schnitt sie ihm das Wort ab. »Hättest du mich sofort angerufen, hätte ich in den Zug einsteigen und ihn zurückhalten können. Oder? Oder ich hätte jemanden angerufen. Die Polizei gefragt. Irgendwas.«

Er wusste nicht, was er antworten sollte. Daran hatte er nicht gedacht. Er hatte bis zur letzten Minute warten wollen, bis er etwas sagte. Warum? War er feige? Wollte er Bertil für immer los sein? Warum? Weil der Kerl ein Schwein war? War er selbst auch ein Schwein?

»Ich hab versucht ihn zurückzuhalten«, sagte Johnny.

Elisabeth stand auf und verließ rasch das Zimmer. Er hörte den Wasserhahn in der Küche laufen. Es war ein hohles Geräusch. Er hatte die Dichtung ausgetauscht. Elisabeth war ins Bad gegangen, als sie in die Wohnung kamen. Ihre Augen waren rot und blank gewesen, als sie wieder herauskam.

Er hörte sie im Flur.

»Himmel, Johnny«, sagte sie hinter seinem Rücken. »Was soll ich tun?« Sie ging durchs Zimmer und setzte sich wieder. »Ich kann doch vor Lennart nicht so tun, als ob nichts wäre. Jemand anders könnte ihn ja auch gesehen haben. Lennart könnte es ... hintenrum erfahren oder wie man es ausdrücken soll. Es könnte in der Zeitung stehen.«

»Wir reden gemeinsam mit ihm darüber«, sagte er, »mit Lennart. Du und ich und ... Lennart.« Er versuchte ihren Blick einzufangen, aber ihre Augen waren im Schatten. »Schließlich hab ich ihn getroffen.«

»Herr im Himmel, ich ziehe dich wirklich in Probleme hinein!«

Er antwortete nicht, er hätte antworten sollen: Ich hab mich selbst reinmanövriert.

»Das ist schon ... okay«, sagte er schließlich.

»Bist du an so was gewöhnt?«

»Nicht auf diese Art.«

»Auf welche Art denn?«

»Tja ... es ist sonst nicht persönlich. Wenn ich mich mit jemandem im Café unterhalte.«

»Aber jetzt ist es persönlich?«

Ist es das?, dachte er.

»Wie ist es denn für dich, Elisabeth?«

»Du beantwortest eine Frage mit einer neuen Frage.«

Der Wind hatte sich gelegt. Er war nur vorbeigezogen. Das Licht hielt wieder still. Es näherten sich die frühen Morgenstunden, in denen sich draußen nicht viel bewegte. Es würde noch ein Weilchen dauern, ehe die Milchwagen zu fahren anfingen. Die Traktoren. Die Taxen. Das Land würde zu neuem Leben erwachen. Die Stadt würde zu neuem Leben erwachen. Die verkaterten Markthändler würden ihre Planen öffnen, in einigen Stunden begann der Markttag, und der Pferdehandel würde in der Dämmerung beginnen. Für jene, die nicht gewieft genug waren, war es ein brutales Geschäft. Aber selbst wenn man es beherrschte, war es brutal.

Die Dunkelheit dort draußen enthielt jetzt einen grauen Spritzer Dämmerung. Wenn er das Fenster öffnete, würde es anders riechen.

»Bald beginnt der Markttag«, sagte er. »Musst du nicht ein wenig schlafen, Elisabeth?«

»Du hast schon wieder eine Frage gestellt.«

»Das ist doch noch gar nichts gegen all die anderen Fragen, die in dieser Wohnung gestellt werden«, antwortete er, »vor allem von Lennart.«

»Ja, ich brauche Schlaf«, sagte sie. »Oder Ruhe. In den letzten vierundzwanzig Stunden ist allerhand passiert.«

Draußen zischte ein Moped vorbei, vielleicht eine Svalan oder eine Prior, jedenfalls war es ein Sachsmotor in miesestem Zustand. Johnny dachte an den jungen Zurückgebliebenen, Mats, mit seiner glänzenden Rex. Das Moped draußen wurde runtergeschaltet und dann wieder rauf und wieder runter, zwei Gänge, und das war alles, was man brauchte. Es verschwand in der Ferne, surrend wie ein Insekt, das schließlich doch noch einen Ausweg gefunden hatte.

»Ich hab gestern einen Jungen mit einem Moped getroffen«, sagte er. »Er war ein wenig zurückgeblieben.«

»Woher weißt du das?«

»Irgendwas war komisch mit ihm«, sagte er. »Aber das war es nicht ... oder doch ... ich weiß nicht, ich muss immer wieder an ihn denken.«

»Warum? Was ist passiert?«

»Nichts.« Johnny versuchte ein Bein zu strecken, das eingeschlafen war. »Es war nur so ein Gefühl. Dass etwas … das war kein Zufall. Als ich wegfuhr, hab ich es gefühlt.« Er beugte sich wieder über sein Bein. »Dass es etwas zu bedeuten hat.«

»Für wen?«, fragte sie. »Für dich? Oder für ihn?«

»Das weiß ich nicht.« Jetzt streckte Johnny das andere Bein aus. Es war auch eingeschlafen. »Vielleicht für beide.« Er lächelte, wusste aber nicht, ob sie es sah. »Ich hab ihm das Radio und den Plattenspieler gezeigt.« Er spürte, wie in sein Bein langsam wieder Gefühl zurückkehrte, ein prickelndes Gefühl. »Ich hab ihm einen Song vorgespielt.«

»Welchen?«

»Daran … kann ich mich nicht erinnern.« Er schaute in ihre Richtung. »Ich kann mich nicht erinnern. Ist das nicht merkwürdig?«

»Wahrscheinlich hast du in dem Moment an etwas anderes gedacht«, sagte sie.

Johnny sah den Jungen vor sich. Mats. Der Junge hatte ihn unter einem kurz geschnittenen Pony angeschaut. Mats traute ihm nicht. Trotzdem hatte er sich herangewagt.

»In diesem Kaff haben die ihn wahrscheinlich im Café getriezt«, sagte er. »Sie haben ihn ausgelacht. Vielleicht habe ich daran gedacht.«

»Das ist ja nicht verwunderlich«, sagte sie, stand auf und machte einen Schritt auf ihn zu. »Vielleicht hast du dich in diesem armen Jungen selbst erkannt«, fuhr sie fort, »als du klein warst.«

»Arm – wie man's nimmt. Er hatte immerhin ein fast neues Moped.«

»So hab ich das nicht gemeint.«

»Es war fast neu«, wiederholte Johnny. »Glänzender Motor.«

Sie kam noch einen Schritt näher.

»Du hast vorhin gefragt, ob ich mich nicht ausruhen will. Und das möchte ich. Aber … nicht allein.«

Jetzt war der Arm eingeschlafen. Im linken Arm hatte er kein Gefühl mehr. Er war nicht mehr ein Teil von ihm.

Sie lag darauf. Er würde ihn nicht bewegen wollen, selbst wenn er es könnte.

Der amerikanische Präriewolf hatte einen Trick, wenn er in eine Falle geriet, er nagte das Körperteil ab, das gefangen war. Vielleicht war er gefangen, aber er hatte nicht das Gefühl, in der Falle zu sitzen.

Sie schlief mit den gleichen weichen, regelmäßigen Atemzügen wie Lennart. Er fragte sich, wann sie eingeschlafen war. Er musste fast gleichzeitig eingeschlafen sein.

Hinter dem Rollo war es hell, der Morgen sickerte durch die Ritzen und das dünne Gewebe. Jetzt hörte er die Fahrzeuge dort draußen, die schweren und die leichten, Caterpillars und Mopeds.

Elisabeth schlief immer noch. Sie sah anders aus, wenn sie schlief, den Unterschied könnte er jedoch nicht beschreiben. Sie sah Lennart ähnlich, aber er wusste nicht, wie. Vielleicht war es der Mund. Und die Augen.

Sie war dieselbe und er war derselbe. Hatten sie daran beide vor weniger als einer Stunde gedacht? Hier in diesem Bett, das weder breit noch schmal war. Ihm war es so vorgekommen, als würde selbst das Bett nach Vanille riechen. Und er hatte sich eingebildet, er rieche nach Maschinenöl und Schmierfett. Dann hatte es nichts mehr bedeutet.

Er erinnerte sich, dass er gedacht hatte, Lennart müsse fest schlafen. Sehr fest schlafen oder er hatte alles gehört, obwohl sie sich bemüht hatten, so leise wie möglich zu sein.

Und sie hatten fast nichts gesagt, kaum ein Wort geflüstert. Dennoch war es keine Stille, es war weit entfernt von einem Schweigen.

Er griff mit der rechten Hand nach seiner linken Schulter und versuchte seinen Arm so vorsichtig wie möglich hervorzuziehen. Nach zwei Versuchen gelang es ihm. Der Arm hatte wie in einer Kuhle unter ihrem Rücken gelegen. Sie atmete jetzt anders, öffnete jedoch nicht die Augen.

Er richtete sich auf und sah seine Kleidung neben dem Bett auf dem Fußboden verstreut liegen. Er beugte sich vor, nahm seine Jeans, zog sie an und stand auf.

Im Flur begegnete er Lennart. Der Junge rieb sich die Augen und gähnte mit weit aufgerissenem Mund.

»Dir kann der Mund stehen bleiben«, sagte Johnny.

Lennart gähnte noch einmal und lächelte.

»Das hab ich schon zwölfhundertmal gemacht«, sagte er.

»Das zwölfhundertachtzehnte zählt«, sagte Johnny. »Nein, das zwölfhundertneunzehnte.«

»Du hast nicht in meinem Zimmer geschlafen.«

»Ich wollte dich nicht wecken. Ich hab im Wohnzimmer geschlafen.«

»Auf dem Sofa ist aber keine Decke. Ich hab nachgeguckt.«

»Ich hab schon alles weggeräumt«, sagte Johnny. »Wollen wir Frühstück machen?«

»So lange hat Mama noch nie geschlafen«, sagte Lennart, den Mund voller Butterbrot.

»Wir sind gestern Abend lange aufgeblieben«, erklärte Johnny. »Außerdem ist es ja noch früh.«

Er hatte Milch für den Kakao gekocht, zum ersten Mal in seinem Leben. Lennart hatte das altbackene Kümmelbrot von *Lisas* geschnitten und Käse und Butter auf den Tisch gestellt.

»Ein Glück, dass ich wenigstens diese Milch nicht hab fallen lassen!«, sagte Lennart, als er Kakao und Zucker mischte.

»Man soll nicht weinen über fallen gelassene Milch«, sagte Johnny.

»Das heißt doch vergossene Milch.«

»Jetzt vergießt du was auf den Teller.«

»Och.«

Wann sollten sie mit ihm reden? Heute? Morgen? Nächste Woche? Wenn er mit der Realschule fertig war? Wenn er zum Militärdienst eingezogen wurde?

»Leckerer Kakao«, sagte Lennart.

»Meine Spezialität.«

»Welches ist die schönste Jukebox, die es gibt?«, fragte Lennart.

Wieder eine Frage aus der Hüfte geschossen.

»Die schönste, die jemals gebaut wurde«, fügte Lennart hinzu.

»Tja, denkst du dabei an die Mechanik oder das Aussehen?«

»Wie sie aussieht. Die am hübschesten ist.«

»Das ist eine schwere Frage«, sagte Johnny.

»Kannst du sie nicht beantworten?«

»Klar kann ich das.« Johnny nahm einen Schluck von dem Kakao, der überraschend schnell abgekühlt war. »Aber es gibt so viele schöne.« Er nahm noch einen Schluck. »Und die sind … auf verschiedene Art schön.«

»Du darfst nur eine nennen.«

»Wurlitzer 1015«, sagte Johnny.

»Warum die?«

»Wenn du sie mal in einem großen Raum sehen würdest, könntest du verstehen, warum«, antwortete Johnny.

»Hast du denn eine, die ich mir angucken kann?«

»Nein, leider.«

»Warum nicht?«

»Erstens ist sie zu alt für mein Business, sie ist für 78er hergestellt, neunzehnhundertsechsundvierzig. Vierundzwanzig Wahlmöglichkeiten. Das bedeutet, dass die Jukebox zwölf Platten enthält.«

»Das sind aber nicht viele«, unterbrach ihn Lennart.

»Ich hab nie so eine besessen«, sagte Johnny. »Natürlich hab ich sie gesehen, aber nie eine selber gehabt.« Er lachte. »Das ist ein schwerer Brocken, eine der schwersten, die hergestellt wurden. Vielleicht die allerschwerste.« Er nickte Lennart zu, der sich gerade ein weiteres Butterbrot strich. »Schwerer als du. Zweihundertneunzehn Kilo.«

»Also auch noch schwerer als du«, sagte Lennart und biss in sein Brot. »Aber warum findest du so einen Dickwanst denn schön?«

»Die Jukebox ist nicht dick«, sagte Johnny, »sie ist nur groß und hoch.« Er stellte die Tasse ab, die er die ganze Zeit in der Hand gehalten hatte. »Das ist es nicht. Es ist das Gefühl, das Gefühl, wenn man sie sieht. Sie hat alles, was zum Aussehen nötig ist. Acht *bubbletuber*, die wabernden Ornamente vorn, die im Licht baden ... die Farben gehen von Rot in Gelb, Grün und in Blau über ... und die sichtbare Plattenabspieleinheit.«

»Das klingt doch wie bei anderen Jukeboxen auch«, sagte Lennart.

»Ich werde mal nach einer 1015 suchen«, sagte Johnny, »dann verstehst du es.«

»Hast du sie nicht in einem Katalog?«

»Das ist nicht dasselbe. Die gibt es in vielen Katalogen und in der Reklame. Wenn für Jukeboxen geworben wird, benutzen sie meist dieses Modell.« Er hob die Tasse wieder an. Sie war grün und blau. »Und in Filmen und auf Platten auch. Dieser Typ ist fast eine Art Rock-'n'-Roll-Box geworden, obwohl sie erst acht Jahre später herausgekommen ist, nachdem der Rock kam.«

»Acht Jahre«, sagte Lennart. »Von sechsundvierzig bis vierundfünfzig.« Er nahm sich eine Scheibe Brot vom Schneidebrett, das nach Wacholder roch. »Woher weißt du das? Dass der Rock vierundfünfzig kam?«

»Da hat Elvis seine erste Platte aufgenommen.«

»Ach ja, darüber haben wir ja schon geredet.«

»Es gibt einen Song von einem gewissen Jackie Brenston, der heißt *Rocket 88*. Man sagt, das war die erste Rock-'n'-Roll-Platte«, erklärte Johnny. »Das war schon einundfünfzig. Aber dann ist nichts weiter passiert, bis Elvis kam. Und ihn gibt es noch.«

»Rakete 88«, sagte Lennart. »Das klingt wie eine Eissorte.«

»Soweit ich mich erinnere, ist es ein Automodell«, sagte Johnny. »Ich glaub, das war ... Oldsmobil, die haben damals das schnellste Auto gebaut. Die Leute haben wahrscheinlich gedacht, sie könnten damit zum Mond fahren.«

»Wovon redet ihr denn?«, ertönte Elisabeths Stimme von der Tür her.

»Elvis«, sagte Lennart, »und von schnellen Autos.«

»Hätt ich's mir doch denken können.«

»Johnny und ich wollen Elvis besuchen fahren«, sagte Lennart.

»Was für eine Überraschung.«

»Für mich auch«, sagte Johnny.

»Du kannst mitkommen«, sagte Lennart, »du hast ja sowieso keinen Job mehr.«

»Noch hab ich einen«, antwortete sie und ging zur Spüle.

»Guten Morgen«, sagte Johnny.

Sie drehte sich um.

»Guten Morgen. Hast du gut geschlafen, Johnny?«

»Ich hab etwas schlecht gelegen. Der Arm ist mir eingeschlafen.«

»Das soll er ja auch«, sagte Lennart.

»Aber der Sinn ist, dass der Kopf auch schläft«, sagte Elisabeth.

»Aber jetzt musst du schnell essen, wenn du mit zum Markt willst.«

Der Platz war voller parkender Autos. Die Leute bewegten sich wie ein breiter Strom über die Kreuzung zum Marktplatz hinunter.

»Ich hab nur eine Stunde Zeit«, sagte Elisabeth. »Im Café fängt gleich die *rush hour* an.«

Sie kamen an den ersten Marktständen vorbei, wo geräucherte Würste, Rentierwurst, Elchwurst, Pferdewurst verkauft wurden. Verkäufer in fleckigen weißen Kitteln schnitten unterschiedlich dicke Scheiben von den Würsten und hielten sie den Vorbeigehenden hin. Neben den geräucherten Würsten hingen geräucherte Aale und geräucherte Maränen.

»Wollen wir eine Wurst kaufen?«, fragte Lennart.

»Igitt nee.« Elisabeth schüttelte sich.

»In diesen Würsten sind keine Rentiere«, behauptete Johnny.

»Ein Glück«, sagte Lennart. »Aber was ist denn drin?«

»Das erzähl ich dir lieber nicht«, sagte Johnny.

»Wir können ja gebrannte Mandeln kaufen«, schlug Elisabeth vor. Sie schaute zu einem langen Stand, an dem ein großes schwarzweißes Schild hing: Hausgemachte Karamellen. In Holzkästen mit aufgeklappten Glasdeckeln lagen Pralinen, Bonbons und Marzipan. Der Stand war in einen süßen Duft gehüllt. Oben unter dem Zeltdach schwirrten Hunderte von Wespen.

»Das ist ja wie in einer Bäckerei«, sagte Johnny.

»Mir reichen hundert Gramm gebrannte Mandeln«, sagte Elisabeth.

»Da ist die Hellseherin«, rief Lennart.

Sie saß vor einem Wohnwagen, der aussah wie die meisten Wohnwagen auf dem Jahrmarkt, und dieses Modell war älter als die schönste Wurlitzer der Welt. Die Hellseherin hatte sich fein gemacht und hielt eine Handfläche hoch, um den Vorübergehenden zu zeigen, dass sie darin etwas finden würde, was sie über die Zukunft wissen wollten.

Sie hörten ihre Stimme: »Soll ich Ihnen die Zukunft voraussagen? Soll ich Ihnen die Zukunft voraussagen?«

Einige Kinder hatten sich vor dem Wohnwagen versammelt und ein Stück abseits standen einige ältere zögernde Männer. Johnny sah, wie einer der Alten den gebeugten Rücken straffte und auf die Zigeunerin zuging, die ihm die Hand reichte. Gemeinsam betraten sie den Wohnwagen und die Tür schloss sich hinter ihnen.

»Glaubt ihr, dass er wieder rauskommt?«, fragte Elisabeth.

»Er kommt wie ein neuer Mensch heraus«, sagte Johnny.

»Dann sollte ich vielleicht auch reingehen«, sagte Elisabeth.

»Nein!«, rief Lennart.

Er sah plötzlich ernst aus.

»Ich hab nur Spaß gemacht, Lennart.« Sie sah Johnny an und dann Lennart. »Ich muss kein neuer Mensch werden.«

»Da kommt er«, sagte Johnny.

Die Hellseherin führte den Alten heraus, der genau wie vorher aussah. Sie drückte seine Hand, er drehte sich um und bewegte sich langsam in Richung Marktzentrum. Johnny sah, wie sich die Hellseherin ihnen zuwandte und ihre Handfläche hochhielt. Sie standen zehn Meter entfernt.

»Sie hat uns gesehen«, sagte Elisabeth. »Gehen wir.«

»Jetzt kommt sie auf uns zu«, sagte Lennart.

Die Hellseherin glitt zwischen den Menschenmassen und Ständen zu ihnen herüber. Es war eine große Frau, nicht wirklich hoch gewachsen, aber von kraftvoller Statur. Ihre Haare waren sehr schwarz. Sie trug eine Kette aus Gold und Silber. Johnny meinte einen Ring an jedem Finger zu sehen, als sie ihm die Hand reichte.

»Sie sollen mir folgen«, sagte sie.

Sie lächelte nicht, an ihr war nichts, was sie zur Verkäuferin einer Ware machte. Später würde er daran denken, dass nichts Einladendes an ihr gewesen war. Es war ernst.

»Nein, nein«, wehrte er ab.

Hinter ihm kicherte Elisabeth, aber vielleicht hatte sie auch nur plötzlich geniest. Lennart schwieg.

»Sie sollen mir folgen«, wiederholte die Frau mit einer Stimme, die weich und gleichzeitig hart war. Auch ihre Augen waren gleichzeitig hart und weich. Sie hatten nichts Arglistiges.

Er sah Elisabeth an.

»Ich hab wohl keine andere Wahl«, sagte er.

Im Wohnwagen roch es nach etwas, das er nicht kannte, ein würziger, nicht unangenehmer Geruch. Er saß auf einer schmalen Bank, die mit rotem Samt bezogen war, und die Hellseherin hielt seine Hand in der ihren.

Sie studierte die Linien in seinen Handflächen. Nicht alles waren Linien, es gab auch Narben, die wie eigene Linien durch die Hand liefen. Plötzlich machte er sich Sorgen, seine Linien könnten zu kurz sein, es gab ja etwas, das man

Lebenslinie nannte, vielleicht erkannte sie, dass seine nicht lang genug war, und sie würde es ihm sagen und er würde ihr glauben.

Sie schaute ihm in die Augen, dann wieder auf die Handfläche. Ihn durchzuckte ein Impuls, die Hand zurückzuziehen, bevor sie etwas sagte, bevor sie ein einziges Wort sagte. Plötzlich hatte er das Gefühl, es gehe um sein Leben.

20

Von draußen hörte er die Geräusche, das Brausen des Marktes: die Stimmen, Schreie, Musik, Ausrufer von Waren aus allen Teilen jener Welt, die in dieser Gegend bekannt waren. Das Brausen wurde von den dünnen Wänden des Wohnwagens gedämpft. An der Wand, wo sich das einzige Fenster befand, hing ein schwerer Vorhang. Licht sickerte hindurch, reichte aber nicht weit, nicht einmal bis zu der Bank, auf der er saß. Auf dem Tisch brannte eine Kerze, in ihrem flackernden Licht schien die Hellseherin in tiefer Konzentration versunken zu sein. Aber vielleicht spielte sie ihre Rolle auch nur gut. Oder sie musste sich darauf konzentrieren, was sie ihm über seine Zukunft zusammenlügen wollte. Es war lächerlich. Er erwog aufzustehen und zu gehen.

»Ich sehe ein leeres Feld«, sagte sie und sah auf, bevor er sich rühren konnte. Ihre Stimme schien dunkler geworden zu sein, zusammen mit dem Licht im Wohnwagen. »Ein großes leeres Feld.«

Johnny wartete. Ein leeres Feld. Das sah er jeden Tag. Leere Felder, er fuhr durch leere Felder. Diese ganze Gegend war bedeckt von leeren Feldern bis hin zum Horizont des Waldes oben auf den Höhen.

»Ein großes schwarzes Auto.« Sie schloss die Augen. »Das fährt herrrom, herrrom.« Ihr Akzent war plötzlich stärker geworden. »Rrrond herrom im Kreis auf einem Feld.« Ihre Augen blieben geschlossen, sie presste sie noch fester zusammen. »Ich sehe ein winkend Hond, ein klein Hond. Er winkt Junge.«

»Einen Hund? Sie sehen einen Hund?«

»Nein, nein, ein Hond.« Sie hob seine Hand mit ihren beiden Händen. »Ein Hond.«

»Sie sehen eine Hand.«

»Ich sehe ... etwas Rotes.«

»Rot?«

Sie nickte, ohne aufzuschauen oder die Augen zu öffnen.

»I... ist das ein Bild der Zukunft?«, fragte Johnny.

Sie antwortete nicht und saß immer noch mit geschlossenen Augen da. Johnny spürte, wie seine Hand kalt wurde in ihrem Griff, als ob das Blut die Glieder verließ, als das Herz schneller zu schlagen begann.

»Sitze ich in einem schwarzen Auto?«, fragte er.

Sie schüttelte den Kopf.

»Was zum Teufel tu ich denn?«, fragte er, und wieder spürte er den Impuls, die Hand zurückzureißen und wegzugehen, hinaus in die Gegenwart, wo Elisabeth und Lennart bei einem Stand warteten, der »hausgemachte« Karamellen verkaufte, die in einer kleinen Fabrik irgendwo auf einem öden Feld hergestellt wurden.

»Ein großes Wasser«, sagte die Hellseherin und machte mit der Hand eine Art Zeichen in der Luft. »Ich sehe ein großes Wasser.«

Ein großes Wasser. Wieder schloss sie die Augen, und jetzt kam sie ihm wie eine Indianerin vor. Das große Wasser. Waren Indianer und Zigeuner irgendwie miteinander verwandt? Ein großes Wasser. Sprach sie vom Vallsjön vor Moréns Urlaubsanlage? Das war der größte See in dieser Gegend. Liegt dort meine Zukunft? Himmel, sollte er Moréns Anlage übernehmen? Oder würde er irgendwann in ferner Zukunft am Grund des Sees liegen?

»Ein großes Wasser, bald«, sagte sie.

»Was für ein Wasser? Ist es ein See? Ein Fluss?«

»Großes Wasser«, wiederholte sie und ließ ihren Finger von seinen Handgelenken bis zu seinen Fingerwurzeln gleiten. Sie sah ihn an. »Bald großes Wasser.«

»Was sehen Sie noch?« Johnny musterte seine Hand, als ob er selbst dort Zeichen erkennen könnte. »Gibt es auch noch andere?« Er blickte auf. »Andere ... Menschen?« Sein Mund war ganz trocken.

Sie nickte schweigend.

»Und wen?«

Plötzlich ließ sie seine Hand los und sah ihn lächelnd an. Sie lächelte zum ersten Mal. In der letzten Minute hatte er eine starke Anspannung empfunden, die nachließ, als er ihr Lächeln sah. Es musste etwas Gutes bedeuten.

»Do kannst zu ihnen rausgehen«, sagte sie.

»Rausgehen? Zu ihnen? Wem?«

Sie erhob sich und er schaute zu ihr auf. Sie machte eine Geste zur geschlossenen Tür.

»Zu der Frau und dem Jungen?«

Aber sie hatte sich bereits abgewandt und öffnete einen Schrank. Er sah sie einen Blechkasten herausnehmen und ihn auf die Bank stellen. Dann drehte sie sich wieder zu ihm um.

»Es kostet zehn Kronen«, sagte sie.

»Ich weiß.« Er stand auf. »Aber war das nicht ... ein wenig kurz? Gibt es nicht mehr?«

Sie schüttelte den Kopf.

Johnny holte seine Brieftasche aus dem Jackett und zog einen der wenigen Zehn-Kronen-Scheine heraus.

»Ich habe viel Licht gesehen«, sagte sie, als er ihr den Schein reichte.

»Viel Licht? Was für Licht?«

»Es war ... viel Licht, überall«, sagte dic Hellseherin, ergriff den Zehner mit der einen Hand und machte eine Kreisbewegung mit der anderen.

Er blinzelte im Sonnenlicht. Die Sonne war hervorgekommen, obwohl sie heute nicht hätte scheinen sollen. Das

Licht schmerzte in den Augen. Als er die kleine Treppe vor dem Wohnwagen hinunterging, wurde ihm sekundenlang schwindlig. Elisabeth und Lennart warteten auf der anderen Seite der Marktgasse. Lennart hob winkend einen Arm.

»Wie war's?«, rief er, als Johnny sie fast erreicht hatte.

Johnny hatte den Eindruck, dass Elisabeth besorgt aussah, zwischen ihren Augenbrauen waren Falten.

»Ich hab's überlebt«, sagte er.

»Was hat sie gesagt?«, fragte Lennart.

»Sie hat von dir gesprochen«, sagte Johnny. »Wie gut du die Realschule schaffen wirst.«

»Quatsch.« Lennart lachte. »Jetzt sei mal ernst. Hat sie dir was Aufregendes über die Zukunft erzählt?«

»Ich ... weiß es nicht.« Johnny sah Elisabeth an. »Es war nicht ganz so ... wie ich gedacht habe.«

»Du bist blass«, stellte sie fest.

»Da drinnen war es dunkel«, sagte er.

»Wird man davon blass?«, fragte Lennart.

Johnny merkte, dass Elisabeth über seine Schulter spähte. Er drehte sich um und sah die Hellseherin aus dem Wohnwagen kommen. Sie blickte in ihre Richtung, hob eine Hand und lächelte.

»Traurig wirkt sie jedenfalls nicht«, sagte Elisabeth. »Sie würde doch wohl nicht lächeln, wenn sie dir schlechte Nachrichten über die Zukunft erzählt hätte?«

»Die erzählen doch nie Schlechtes über die Zukunft«, sagte Lennart. »Damit verscheuchen sie ja ihre Kunden.«

»Ich bin nicht ganz sicher«, sagte Johnny.

»Wessen nicht sicher?«, fragte Elisabeth.

»Dass den, der da reingeht, nur Glück und Erfolg erwarten.«

»So was hat sie dir also nicht vorausgesagt?«

Johnny drehte sich wieder um, aber da war die Hellseherin verschwunden.

»Ich glaube, sie hat auch von dem gesprochen, was war. Nicht nur von dem, was kommt.«

Der Markt bestand aus Hunderten von Ständen und Verkaufsbuden, die in Reihen und Kreisen aufgebaut waren. Das Vorankommen wurde schwerer. Sie blieben bei einem Stand mit Schallplatten stehen, Johnny sah jedoch nur Platten, die er selten kaufte, schwedische Singles, kein Rock 'n' Roll, nur Sachen, die auf die schwedische Hitliste wollten. Es gab auch zwei Holzkisten voll christlicher Platten, aufgenommen bei irgendjemandem zu Hause im Keller oder in der Missionskirche. Zehn Meter entfernt stand die Heilsarmee, zwei Männer und drei Frauen in Rot und Schwarz, zwei taktfeste Gitarren, ein kleiner Verstärker. Die Frauen waren jung und schön, sie sangen mit hoch erhobenem Kopf, ihre schwarzen Röcke saßen eng und die Blusen spannten sich über den Brüsten, die auf den Gitarren ruhten. Sie sangen von der Zukunft, wie man das Reich der Zukunft erlangen konnte. Oder vom Himmelreich, hier und jetzt.

Eine Sekunde lang dachte er an ihre Körper, ihre Brüste.

Lennart ging zehn Meter vor ihnen. Er blieb an einem Tisch stehen, wo ein Mann ein glänzendes Werkzeug vorführte, das Rüben und Salatköpfe auf mindestens zehn verschiedene Arten in Streifen schneiden konnte. Der Mann trug ein Mikrophon an einer Schnur um den Hals, und sein Wortschwall mischte sich mit dem Gesang der Soldaten von der Heilsarmee.

»Du ... schienst ein wenig mitgenommen, als du von der Hellseherin kamst«, sagte Elisabeth und berührte ihn am Ärmel. »Was hat die Alte eigentlich gesagt?«

»Nenn sie nicht so.«

»Du hättest da nicht reingehen sollen. Was hat sie gesagt?«

»Sie hat ... Seved gesehen«, sagte Johnny.

Elisabeth blieb stehen und wandte sich ihm zu.

»Sie hat Seved in der Zukunft gesehen? Deiner Zukunft?«

»Ich weiß es nicht. Aber er war es.«

»Das bildest du dir nur ein, Johnny. Wie sollte sie ihn sehen können?« Sie legte eine Hand auf seine Schulter. »Du bist es, der an Seved denkt.«

»Sie hat die Taxe gesehen. Sie hat gesehen, wie er mir gewunken hat, dass Seved gewunken hat. Es war das letzte Mal.«

»Dann hat sie doch nicht von der Zukunft gesprochen.«

»Doch, das auch.«

»Und wessen Zukunft?«, fragte sie.

»Ich weiß es nicht«, sagte er und er fühlte sich feige, feige wie früher. Vielleicht hatte die Hellseherin nicht von ihrer Zukunft gesprochen, nicht auf die Art, wie man es glauben könnte, während sie hier nebeneinanderher gingen.

Lennart wartete bei einem Spielzeugstand, gab sich aber desinteressiert.

»Haben die was für die Eisenbahn?«, fragte Johnny.

»Hier nicht«, sagte Lennart, »hier gibt's nur Sachen für kleine Kinder.«

»Warum stehst du dann hier?«

Lennart antwortete nicht. Er drehte sich zum Verkaufstisch um, der von Spielzeug übersäht war.

»Wir kaufen Glückstüten«, sagte Elisabeth.

»Gibt's die denn noch?«

»Die wird es immer geben.« Sie zeigte auf einen Pappkarton, der halb gefüllt war mit verschlossenen Tüten in blassen Farben. »Du möchtest doch sicher auch eine haben?«

Der Inhalt war geheim. Es konnte alles Mögliche sein im Wert von zwei bis zu fünfzig Kronen.

»Das ist kindisch«, sagte Lennart, »aber lustig.« Er lachte. »Vielleicht krieg ich ja ein Auto.« Er sah Johnny an. »Einen De Soto.«

»Ich kauf uns welche«, sagte Johnny.

Er kaufte drei Tüten, die wie Luft in seinen Händen waren.

»Jetzt müssten wir eigentlich etwas essen und die Tüten in aller Ruhe öffnen«, sagte er.

»Das Kaffeezelt ist da hinten.« Lennart zeigte ihnen die Richtung.

»Ich muss spätestens in einer Viertelstunde zur Arbeit«, sagte Elisabeth.

»Eine Glückstüte schaffst du noch«, sagte Johnny.

»Aber wenn da nun mal was drin ist, was ich nicht haben möchte«, sagte sie. »Was mich nicht glücklich macht.«

»Dann kannst du es mir geben«, sagte Johnny.

»Wollen wir jetzt was essen oder nicht?«, fragte Lennart.

Sie drängten sich so schnell es ging durch die Menschenmenge. Es müssen mehrere Tausend sein, dachte Johnny. Die größte Menschenansammlung auf dem Hochland.

Im Zelt roch es nach Kaffee und Sägespänen. Alle Tische waren besetzt.

»Wir müssen stehen«, sagte Elisabeth. »Dabei hätte ich mich so gern ein paar Minuten ausgeruht.«

»Bist du jetzt schon müde?«, fragte Lennart.

»Ja«, sagte Elisabeth und sah Johnny mit diesem Glanzlicht im einen Auge an.

»Dort wird etwas frei«, sagte er. »Setzt euch, ich besorg uns schnell was.«

Er sah ihnen nach, wie sie zwischen den Tischen davongingen. Elisabeth drehte sich nach ihm um, als er in der Schlange vorm Kaffeeausschank stand. Heute Nacht hatte er ihr gesagt, dass er versuchte, dieses Leben zu leben. Verflixt komisch, so was zu sagen, und er wusste nicht, warum er es gesagt hatte. Vielleicht, weil ihm jemand zuhörte, jemand, der nah war. Das war lange her, dass ihm jemand wirklich nah gewesen war. Es gab schon Dinge, die er von sich erzählen wollte, aber nicht in dem Augenblick und nicht in einer einzigen Nacht. Doch sie wollte ihm zuhören, genau wie er ihr zuhören wollte.

Er hatte daran gedacht, dass er jemanden fragen müsste, was er verloren hatte, als er klein war. Das war es, wonach er suchte, und er brauchte Hilfe, es zu finden, falls es noch existierte. Vielleicht war es tot, vielleicht war es gestorben und mit allem anderen verschwunden.

Er bezahlte zwei Tassen Kaffee, eine Limo und drei Kopenhagener, nahm das Tablett und trug es zu den langen Tischen. Ältere Männer in schwarzen Sonntagsanzügen zogen die Beine an, um ihn vorbeizulassen. Einige Gesichter kamen ihm bekannt vor, und einige grüßten ihn mit einem Nicken. Er war vorsichtig, wenn er ein Gesicht nur vage erkannte, es aber nicht genau unterbringen konnte.

»Ich muss jetzt schnell trinken«, sagte Elisabeth.

»Lass ihn warten«, sagte Johnny. »Dann kapiert er, dass er dich nicht einfach rausschmeißen kann.«

Lennart sah besorgt auf, als fürchte er, die Pläne könnten sich wieder ändern.

»Jetzt ist es sowieso zu spät«, sagte sie. »Für ihn.«

»Er soll froh sein, dass du die Marktschicht übernimmst«, sagte Johnny.

»Ich muss los«, sagte sie. »Wir sehen uns doch … nachher? Ich hab um zehn Schluss.«

»Dann musst du heute Nacht auch bleiben«, sagte Lennart.

Johnny sah ihn an und dann Elisabeth.

»Ich hab versprochen … tja …«

»Was hast du versprochen, Johnny?« Sie hatte ein Lächeln auf den Lippen, und ihm war klar, dass sie verstanden hatte.

Zwei Nächte machten eine Familie.

»Äh, es geht um Bodils Jukebox. Im Motel. Ich hab dir doch mal von ihr erzählt?«

»Was ist mit der Box?«, fragte Elisabeth.

»Ich hab versprochen, sie am Wochenende zu überholen. Es ist höchste Zeit.«

»Morgen ist Wochenende«, sagte sie, »und dann hab ich frei.«

»Können wir nicht einen Ausflug machen?!«, fragte Lennart. »Zu diesem Motel!« Er sah Johnny an. »Ich hab noch nie ein Motel gesehen.«

»Ich muss gehen«, sagte Elisabeth und winkte ihnen zu. »Falls du fährst, Johnny, bring Lennart erst ins *Lisas*.«

»Wieso?«, fragte Lennart.

»Tschüs dann.«

Sie schlängelte sich zwischen den Tischen hindurch zum Ausgang. Die Männer zogen die Beine an. Die Sonne vorm Zelt wirkte grell. Jetzt merkte Johnny, wie warm es hier drinnen war. In der Zeltöffnung drehte Elisabeth sich um und winkte ihnen noch einmal.

»Als ob sie verreisen würde«, sagte Lennart.

»Vielleicht morgen«, sagte Johnny.

»Fahren wir morgen zu diesem Motel?!«

»Mal sehen, was deine Mutter davon hält.«

»Klar will sie fahren«, sagte Lennart. »Wir fahren sonst nie irgendwohin.«

Lennart schnappte plötzlich nach Luft.

»Wir haben vergessen, die Glückstüten aufzumachen!«

Sie lagen auf einem der Stühle am Tisch.

»Das machen wir, wenn wir nach Hause kommen«, sagte Johnny. »Kannst du so lange warten?«

»Okay.«

Johnny war aufgestanden, als Elisabeth sich verabschiedet hatte. Er setzte sich wieder und trank seinen Kaffee aus, der inzwischen kalt geworden war. Elisabeth hatte ihren Kopenhagener nicht gegessen. Fliegen surrten über der Zuckerglasur. Er wedelte sie weg.

»Den bewahren wir uns für später auf«, sagte Lennart.

Johnny nickte. Er sah Elisabeth vor seinem inneren Auge. Heute Nacht hatte er ihr von Ingrid erzählt. Das ist auch ein Job, hatte sie gesagt, als ob es wirklich ein Job wäre.

»Wahrscheinlich schließt sie die Augen, wenn sie da vorn steht«, hatte Elisabeth gesagt.

»Soweit ich weiß, ja.«

»Klar ist es schwerer, wenn man älter wird.«

»Warum?«

»Ein Grund ist sicher, dass es nicht viel anderes gibt, was man tun könnte«, hatte Elisabeth gesagt, »selbst wenn man es wollte.«

»Ja.«

»Hast du etwa gedacht, ich möchte mein ganzes Leben lang Verkäuferin bei *Lisas* sein?«

»Darüber brauchst du jetzt ja nicht länger nachzudenken, Elisabeth.«

»Nein. Vielleicht sollte ich mich sogar beim Konditor bedanken. Mich ganz ausdrücklich bedanken.« Sie hatte sich auf den Ellenbogen gestützt. »Angenommen, ich wäre geblieben. Wie wäre es mir dann in zehn Jahren gegangen? Besser? Schlechter? Wie Ingrid?« Sie hatte ihn in der Dunkelheit angeschaut. »Zwischen Ingrid und mir besteht kein Unterschied.«

»Der Unterschied besteht darin, dass sie ihren Job noch hat«, hatte er gesagt. »Was das nun wert sein mag.«

»Vielleicht sollte sie auch gefeuert werden. Das wäre besser für sie.«

»Das ist nicht nötig«, hatte er gesagt. »Dieses Varieté unternimmt seine letzte Reise. Es ist die letzte Saison. Jedenfalls hat Greger das gesagt.« Johnny hatte auf der Bettkante gesessen, die Füße auf dem Fußboden. Es war kühl gewesen, aber nicht kalt. »Es sind die neuen Zeiten, hat er gesagt. Die Leute pfeifen auf die Kunst, sie sitzen zu Hause und gucken sich ihr eigenes Spiegelbild im Fernseher an.«

»Jetzt ist die alte Zeit vorbei, jetzt ist sie bald zu Ende.«

»Der Song ist auch schon uralt«, hatte er gesagt.

»Den spielen sie jeden Abend bei *Lisas*.«

»Spielen sie noch was anderes?« Er hatte sich umgedreht und ihre Silhouette wahrgenommen, die Hüften, die Beine. »Spielen sie zum Beispiel *Treat Me Nice*?«

»Komm her«, hatte sie gesagt.

»Wollen wir gehen?«, sagte Lennart. »Johnny? Johnny? Wollen wir gehen?«

Er war wieder im Zelt. Der Geräuschpegel schien gestiegen zu sein, während er in seinen Gedanken versunken dagesessen hatte. Die Schlange an der Ausgabe war lang. Ein alter Mann am Nebentisch putzte sich die Nase. Johnny meinte irgendwo dumpf eine Basstrommel zu hören. Er stand auf. Draußen war es dunkler geworden. Wieder hörte er die Trommel, einen dumpfen Wirbel.

»Ein Gewitter«, sagte Lennart.

Schwarze Wolken waren von Osten herangezogen und bewegten sich über den Himmel. Er spürte eine Spannung in der Luft wie Elektrizität. Ein Netz von Schwalben glitt tief über den Marktständen dahin, deren Zeltplanen jetzt zum verdunkelten Himmel zu gehören schienen.

Lennart schaute zu den Wolken hinauf.

»Wer den ersten Regentropfen in die Augen kriegt, hat gewonnen«, sagte er.

Auch Johnny schaute hinauf.

In seinem Kopf drehte es sich, als er überall nur Himmel sah. Er schien so nah zu sein, dass er meinte, ihn mit der Nase berühren zu können.

»Regen!«, rief Lennart.

Die Hellseherin saß vor ihrem Wohnwagen. Einige alte Männer standen auf der anderen Seite der Budengasse und dachten über die Zukunft nach. Die Hellseherin tat so, als sähe sie sie nicht. Sie schaute in den Himmel, in diesem Augenblick hörte es auf zu regnen. Einige Kinder liefen zwischen den Wohnwagen der Zigeuner herum. Die Kinder hatten lange Haare und trugen zerschlissene Kleider. Sie gehörten nicht dazu, und sie wussten es, Johnny kannte das. Er war in all den Jahren Zigeunern begegnet, sie reisten genau wie er durch die Lande. Nie suchten sie den Weg in ein sesshaftes Leben. Aber sie hatten ihr Zuhause immer bei sich. Vielleicht sollte er sich auch einen Wohnwagen anschaffen. Nein. Er hatte während der Zeit bei den Schaustellern in Wohnwagen gelebt, und das reichte. In Wohnwagen war das Saufen leichter, aber als er sah, wie sich ein Mann neben die Hellseherin stellte, dachte er, Zigeuner saufen nicht so, dass man es merkt. Der Mann könnte ihr Ehemann sein, ein Bruder oder ein Cousin, er trug einen wetterfesten Anzug und vor dem Bauch den flachen Kasten mit

Armbanduhren, die die Zigeuner immer auf Märkten verkauften.

Der Mann überquerte die Budengasse und hielt den Kasten den alten Männern hin, die immer noch zögerten, aber vielleicht glotzten sie auch nur. Johnny sah den Glanz von Gold und Silber in dem Kasten, der war gar nicht zu übersehen, rotes Gold und falsches Silber und all die Armbänder aus Stahl, deren Oberflächen silbern glitzerten. Einmal hatte er im Suff eine Uhr gekauft, die hatte nachts wie eine Laterne geschimmert, er hätte sie vor sich halten und ihr folgen können.

Einer der Männer kam plötzlich herüber und sagte etwas zu der Hellseherin, die heftig den Kopf schüttelte, und der Mann kehrte zu den anderen beiden zurück. Sie hielten ihre Armbanduhren hoch, die in einem Sonnenstrahl, der gerade durch die schwarzen Wolken drang, aufblitzten. Die Hellseherin erhob sich und verschwand in ihrem Wohnwagen.

»Jetzt lass uns gehen«, sagte Lennart.

Sie bewegten sich gegen den Strom. Alle Bewohner der Nachbargemeinden waren auf dem Weg zum großen Marktplatz.

Auf dem Platz sah Johnny eine Frau in einem roten Kleid in einen Amazon S einsteigen. Er konnte nur ihren Rücken und Hinterkopf sehen.

»Warte mal eben«, sagte er zu Lennart und ging rasch auf das Auto zu, das zwischen einem Taunus und einem Saab 93 rückwärts ausparkte. Als das Auto für eine Sekunde hielt, trat er an die Fahrertür. Die Frau wandte ihm das Gesicht zu und er erkannte sie. Sie musste es sein.

Sie drehte das Fenster herunter.

»Wir … haben uns nicht mehr unterhalten seit dem einen Mal im … im Café«, sagte er. »Das ist lange her.«

Sie schien an ihm vorbei- oder geradewegs durch ihn hindurchzusehen und antwortete nicht.

»Danach hab ich dich einige Male gesehen«, sagte er.

Aber plötzlich wurde er unsicher. Er war nicht mehr sicher, ob sie es war.

»Erinnerst du dich, dass wir uns unterhalten haben?«, fragte er.

Sie antwortete nicht und er wiederholte die Frage.

»Ich erinnere mich«, sagte sie dann, schaute jedoch weiter an ihm vorbei, als würde sie mit jemandem reden, der neben ihm stand. Johnny spürte eine Kälte am Hinterkopf, als ob ihm jemand kalten Atem in den Nacken blase.

»Wohnst du hier?«, fragte er.

»Soll ich etwas ausrichten?«, fragte sie.

»W… wie bitte?«

Hinter ihm hupte mehrmals ein Auto. Er drehte sich um und sah ein speckiges Gesicht hinter einer Windschutzscheibe.

»Willst du da Wurzeln schlagen oder was?«

»Wer bist du?«, fragte er die Frau. »Woher kommst du?«

Der Speckgesichtige hupte wieder, ein-, zwei-, drei-, vier-, fünfmal. Johnny drehte sich heftig um.

»RUHE DAHINTEN!«

Er schaute sich nach Lennart um, um zu sehen, ob er etwas gehört hatte, konnte ihn aber nicht entdecken.

Das Hupen hörte auf. Die Autotür wurde geöffnet. Der Dicke stieg aus, rasch. Johnny sah einen schweren Körper auf sich zukommen.

»Was hast du MISTSTÜCK gesagt!?«

»Wir unterhalten uns gerade«, sagte Johnny.

»Wir? Wer wir? Soweit ich sehe, führst du Selbstgespräche.«

Johnny drehte sich um. Die Frau und ihr Auto waren verschwunden. Er hatte nicht gehört, wie sie weggefahren war. Es musste in drei lautlosen Sekunden geschehen sein, während er mit diesem Idioten beschäftigt war. Er sah zum Marktplatz, dort bog der Amazon gerade nach links ab und fuhr weiter an der Südseite des Platzes entlang. Dann bog der Wagen auf die Landstraße ein und verschwand hinter einem alten Hudson. Die Frau hatte nicht mehr herübergeschaut. Sie hatte nicht gewunken. Etwas musste sie erschreckt haben.

»Jetzt haben Sie freie Fahrt«, sagte er zu dem Mann.

Der Dicke hatte sein Auto eingeparkt, war ausgestiegen und schloss die Tür ab. Jetzt sah Johnny Lennart auf der anderen Seite warten. Der Junge war zu einer Bank unten am Fluss gegangen. Dort saß er allein und guckte in eine andere Richtung. Johnny ging rasch zu ihm hinunter. Der Dicke rief ihm etwas nach, aber er drehte sich nicht um.

»Was ist passiert?«, fragte Lennart und schaute auf.

»Jemand, der parken wollte, während ich mich mit… einer Bekannten im Amazon unterhalten habe«, sagte Johnny.

»Welchem Amazon?«, fragte Lennart.

»Welch… dieser Amazon, der dahinten geparkt hat.« Johnny zeigte zu der Stelle, wo jetzt der Volvo PV des Dicken stand. »Der blaue.«

»Das war doch ein Taunus«, sagte Lennart.

»Denkst du, ich weiß nicht, wie ein Taunus aussieht?«, fragte Johnny. Er zeigte wieder zum Parkplatz. »Da steht ein Taun…« Er brach ab. Wo vorher ein Taunus gestanden hatte, stand jetzt ein blauer Amazon S.

Lennart hatte sich erhoben. Johnny starrte immer noch zu den Autos.

»Was ist, Johnny?«

»Ich glaub, ich hab eine Erscheinung.«

»Vielleicht brauchst du eine Brille?«

»Ich weiß nicht, was ich brauche«, sagte Johnny.

Er sah zu der Ausfahrt, wo die Frau verschwunden war.

»Hast du die Frau gesehen, die eben weggefahren ist?«, fragte er und wandte sich zu Lennart um. »In dem Am… in dem Auto, das da vorher geparkt hat. Hast du sie gesehen?«

»Nein … ich hab nicht hingeguckt«, antwortete Lennart.

»Sie trug ein rotes Kleid«, sagte Johnny. »Hast du das gesehen?«

»Nein ... wer war das?«
»Ich weiß es nicht.«
»Du hast doch gesagt, es war eine Bekannte.«
»Ich ... weiß es nicht«, sagte Johnny.

Sie gingen nach Hause. Nach Hause. Als ob er, Johnny, auch nach Hause ginge. Er hatte es selbst zu Lennart gesagt, nach Hause. Sie kamen an einem kleinen Fußballplatz vorbei, wo einige Jungen auf dem Schotter kickten. Als der Platz schon hinter ihnen lag, drehte Lennart sich nach ihnen um.

»Spielst du Fußball?«, fragte Johnny.

»Nein.« Jetzt schaute Lennart nach vorn. »Nein.«

»Aha. Möchtest du nicht?«

»Dann ... würde ich doch spielen«, sagte Lennart.

»Ich dachte, du wärst ein Fußballspieler«, sagte Johnny.

»Früher«, sagte Lennart. »Früher hab ich gespielt.«

»Ich hab einen Ball im Auto«, sagte Lennart.

Er hatte ihn zu Lennarts Geburtstag mitgenommen und seitdem lag der Ball im Duett und wurde immer platter.

Sie waren zu Hause angekommen.

»Hast du Durst?«, fragte Lennart.

»Ja.«

»Wir gehen rauf und trinken was«, sagte er.

In der Küche war es still. Draußen war kein Verkehr. Alle Bewohner der Stadt waren auf dem Markt.

»Darf ich mal telefonieren?«, fragte Johnny.

»Du weißt ja, wo das Telefon steht«, sagte Lennart und ließ sich noch ein Glas Wasser einlaufen.

Johnny hob den Hörer ab, wählte die Nummer und wartete, es klingelte ein-, zwei-, drei-, vier-, fünf-, sechsmal. Dann legte er auf und wandte sich ab, drehte sich jedoch sofort wieder zurück und wählte erneut.

Eins-, zwei-, drei-, vi...

Der Klingelton brach ab.

Jemand hatte den Hörer abgehoben.

»Ha...hallo?«, sagte Johnny.

Ein Knistern und dann eine Art Knall, als das tote Signal kam, das hohle, wie eine lange Linie auf irgendeinem blöden Bildschirm, die anzeigte, dass kein Leben mehr vorhanden war. Das sah er jetzt vor seinem inneren Auge. Einen Bildschirm in einem Krankenhaus.

»Hal…«, wiederholte er, aber das war natürlich idiotisch. Noch einmal wählte er die Nummer, wartete ein, zwei, drei, vier, fünf, sechs, sieben, acht, neun, zehn, elf Klingelzeichen ab, aber niemand meldete sich. Hatte wirklich jemand abgehoben? War es wie mit dem Amazon? War er im Begriff, verrückt zu werden, richtig verrückt? War er im Delirium? Konnte man ins Delirium fallen, lange nachdem man aufgehört hatte zu saufen? Ein verzögerter Effekt?

Lennart war in sein Zimmer gegangen und hatte Markthemd und Sonntagshose gegen einen Pullover und Jeans gewechselt. Er kam in den Flur. Johnny hatte aufgelegt.

»Wollen wir runtergehen und spielen?«, fragte Lennart.

Johnny antwortete nicht.

»Was ist, Johnny?«

Johnny war wieder da, im Flur, in der Wohnung, zu Hause.

»Willst du nicht lieber kurze Hosen anziehen?«, fragte er.

»Und du?«, fragte Lennart zurück.

»Man soll eine Frage nicht mit einer anderen Frage beantworten«, erwiderte Johnny.

Sie spielten auf dem schmalen Rasenstreifen auf der anderen Straßenseite. Der Duett war ihr einziger Zuschauer. Sie hatten Lappen aus dem Kofferraum hingelegt, um die Torpfosten zu markieren. Lennart war gut im Antäuschen. Es gelang ihm zweimal hintereinander, Johnny auszutricksen.

»Du bist ja der reinste Garrincha«, sagte Johnny und wischte sich den ersten Schweiß von der Stirn.

»Och.«

»Weißt du, wer Garrincha ist?«

»Ja … ein Brasilianer.«

»Der beste Brasilianer«, sagte Johnny. Er nahm Lennart den Ball ab und täuschte erst links an und spielte dann rechts. »Ich hab ihn bei der Weltmeisterschaft im Fernsehen gesehen. Achtundfünfzig.«

»Da war ich erst fünf Jahre alt«, sagte Lennart.

»Aber du weißt, wer Garrincha ist.«

»Ich kann ja lesen«, sagte Lennart.

Johnny lächelte.

»Er ist der Beste.«

»Ist nicht Pelé der Beste?«, fragte Lennart.

»Nein«, sagte Johnny, umrundete Lennart, lief die zehn Meter über den Platz und schoss den Ball zwischen die ölfleckigen Lappen.

»Toooor!«, rief er und riss die Arme hoch. »Johnny Garrincha Bergman.«

»Das war gemein«, sagte Lennart. »Du hast mich überrumpelt.«

»Du hast doch schon drei Tore geschossen«, sagte Johnny. »Eins muss ich ja wohl auch schießen dürfen.«

Lennart lief dem Ball nach, bevor Johnny ihn holen konnte. Er war ein guter Fußballspieler. Im Ort gab es bestimmt eine Jungenmannschaft, in der er gespielt haben musste. Allein konnte er sich das Dribbeln und Antäuschen nicht beigebracht haben, selbst wenn er schon mal was über Garrincha gelesen hatte. Irgendetwas war passiert. Ich weiß, was passiert ist. Hatte Bertil ihm Tricks beigebracht? Nein. Bertil war kein Fußballspieler. Angler vielleicht, Brassenangler, eine Milliarde Gräten. Torwart vielleicht, irgendwann in der Abenddämmerung. Papa, Papa, hältst du den? Hältst du den? Hältst du DEN!?

»HÄLTST DU DEN?!«, rief Lennart von der anderen Seite des Platzes und schoss, der Ball kam sehr schnell und hatte einen Drall, da half es nichts, dass Johnny sich ihm entgegenwarf.

Der Ball war unter den Duett gerollt, und Johnny wollte ihn holen. Er bückte sich und sah, dass der Ball sich unterm

Motorblock festgeklemmt hatte. Er musste um das Auto herumgehen und darunterkriechen. Der Ball war voller Motoröl. Das war keine Überraschung. Er wischte es im Gras ab.

»NOCH MAL!«, rief er und warf den Ball zu Lennart zurück. Dann verschob er die Torpfosten, damit das Tor das richtige Maß bekam.

»Den Nächsten krieg ich«, sagte er und ging in Stellung, um den Ball zu halten, und Lennart schoss.

21

Sie tranken Wasser in der Küche, ein Glas nach dem anderen. Im Flurspiegel hatte Johnny gesehen, wie rot er war. Ihm ging es gut. Die Zigarette, die er geraucht hatte, nachdem sie fast zwei Stunden lang aufs Tor geschossen hatten, hatte ihm nicht geschmeckt. Du solltest in einer Mannschaft spielen, hatte er zu Lennart gesagt. Der Junge könnte ein Garrincha werden, mit geraderen Beinen. Nicht hier, hatte Lennart gesagt, nicht in dieser Stadt. Du solltest spielen, hatte Johnny wiederholt. Du auch, hatte Lennart geantwortet. Hast du nie in einem Club gespielt? Ich hatte nie Zeit, hatte Johnny geantwortet, und das war fast die Wahrheit.

Es war wieder Abend geworden. Wieder kam die Dunkelheit überraschend, wie es immer im August war. Man wusste, dass es so war, und doch war man überrascht. Es waren nur noch zwei Tage bis zum September.

Lennart hatte das Transistorradio eingeschaltet, das auf der Küchenanrichte neben dem Brotkasten stand, mitten in die Nachrichten, und die Stimme war dieselbe wie immer. Lennart hatte sie sehr laut gestellt: Bei Rassenunruhen in Philadelphia in den USA waren am heutigen Vormittag zur Ortszeit Hunderte von Menschen verletzt worden. Lennart stellte das Radio leiser.

»Bedeutet Rassenunruhen, dass Neger und Weiße sich gegenseitig verprügeln?«, fragte er.

»Ja … aber es sind wohl vor allem die Neger, die protestieren«, antwortete Johnny. »Erinnerst du dich, wir haben doch vom amerikanischen Süden gesprochen.«

»Liegt Philadelphia im Süden?«, fragte Lennart.

»Ich … glaube nicht«, sagte Johnny. »Es liegt wohl etwas weiter nördlich.« Er lächelte. »Ich weiß ehrlich gesagt nicht so genau, wo der Süden anfängt oder wo er endet.«

»Ich hab einen Atlas«, sagte Lennart und lief rasch aus der Küche.

Johnny trank noch ein Glas Wasser. Er fühlte sich im Augenblick immer noch wohl in seinem Körper, vielleicht auch in der Seele. Er öffnete das Fenster und atmete die Düfte des Abends ein. Der Duett schimmerte im Mondlicht. Er musste nach diesem Ölleck schauen.

»Es liegt ziemlich weit oben.« Lennart kam mit einem aufgeschlagenen Schulatlas zurück. »Das ist wohl doch nicht der Süden.« Er reichte Johnny den Atlas. »Willst du mal sehen?«

Johnny schaute hin. Philadelphia lag in der Nähe von New York. Das war ziemlich weit im Norden des großen Landes. Er sah nach links, landeinwärts. Chicago lag etwa genauso weit nördlich. Und Detroit. Die Seen waren groß dort, größer als der Vallsjön.

»Kommt die Philadelphiakirche von Philadelphia?«, fragte Lennart.

»Mhm … vielleicht gehört das zusammen.«

»Bei uns gibt es eine Philadelphiakirche«, sagte Lennart.

»Die gibt es überall«, antwortete Johnny. »In dieser Gegend findest du sie in jedem Ort.«

»Warum?«

»Ich weiß es ehrlich gesagt nicht. Hier gibt es ja viele Freikirchen. In dieser Gegend glauben die Leute vielleicht ganz besonders an Gott.«

»Warum?«

»Keine Ahnung.«

»Glaubst du an Gott?«

»Das … weiß ich wohl auch nicht.«

»Entweder weiß man das oder nicht«, sagte Lennart.

»Ich weiß nicht, ob es ihn gibt«, sagte Johnny. »Ich hab ihn noch nie gesehen.«

»Kann man Gott denn sehen?«

»Sie sagen es.« Johnny schaute wieder in den Atlas und dann wieder auf. »Oder ... ihn fühlen.«

»Wie fühlen?«

»Fühlen, dass er ... einem helfen kann. Vielleicht.«

»Kann er dir helfen?«, fragte Lennart.

»Mir bei was helfen?«

»Tja ... wobei du Hilfe brauchst.«

»Das glaube ich nicht.« Johnny versuchte zu lächeln. »Bis jetzt hat er mir noch nicht geholfen.«

»Ich glaube, es gibt ihn«, sagte Lennart. »Mama glaubt das auch.«

»Mhm.«

»Glaubt Elvis an Gott?«, fragte Lennart.

»Ja. Er soll ziemlich gläubig sein.«

»Da kannst du mal sehen«, sagte Lennart. »Er glaubt, dass es Gott gibt.«

»Im Süden ist das anders, glaub ich«, sagte Johnny. »Da glauben alle an Gott. Das ist dort wohl selbstverständlich.«

»Wo ist denn nun der Süden?« Lennart beugte sich wieder über die Karte. Johnny hielt den Atlas niedriger, damit Lennart etwas sehen konnte.

»Hier unten.« Er legte seinen Zeigefinger auf den Namen Alabama. »Und hier.« Er zeigte auf Tennessee. »Hier ist Elvis zu Hause. Tennessee.« Er zeigte auf den schwarzen Kreis. »Hier liegt Memphis.«

»Mis-sis-sip-pi«, las Lennart. »Memphis liegt am Fluss Mississippi.« Er sah lächelnd auf. »Könntest du Mississippi buchstabieren?«

»Nicht ohne Atlas.«

»Es gibt auch einen Staat, der Mississippi heißt«, sagte Lennart und zeigte auf die Karte.

»Und Louisiana«, sagte Johnny. »Das liegt hier unten. Siehst du, hier?« Er zeigte auf den Punkt einer Stadt im nordwestlichen Louisiana. »Das ist Shreveport. Hier ist Elvis zum ersten Mal vor Publikum aufgetreten. Das wurde im Radio direkt übertragen. Die Show hieß Louisiana Hayride.«

»Wann war das?«

»Vierundfünfzig.« Johnny schloss die Augen. »Im Herbst, glaub ich. Oktober.«

»Da war ich etwas über ein Jahr«, sagte Lennart.

»Und ich war etwas mehr als fünfundzwanzig«, sagte Johnny.

»Die Zeit vergeht«, sagte Lennart.

»Das war der Abend, an dem Elvis in ganz Amerika bekannt wurde«, sagte Johnny, »und bald auf der ganzen Welt.«

»Können wir nicht hinfahren? Nach Shrr...shrre... wie das nun heißt.«

»Klar können wir das«, sagte Johnny, »erst nach Memphis und dann nach Shreveport.«

»Und Philadelphia.«

»Phililadelphia lassen wir aus, finde ich. Zu viele Unruhen.«

»Ist es im Süden nicht noch schlimmer?«, fragte Lennart.

»Du fragst zu viel«, sagte Johnny. Der Junge denkt zu schnell, dachte er. Zu schnell für mich. »Wir müssen eben vorsichtig sein, wenn wir dort sind.«

Lennart nickte, ohne zu fragen.

»Wann kommt Elisabeth?«, fragte Johnny.

»Sie hat um zehn Schluss«, antwortete Lennart.

Johnny schaute auf seine Armbanduhr.

»Wollen wir hinfahren und sie abholen?«, fragte er.

Der Motor lief noch. Er hatte eine Taschenlampe aus dem Handschuhfach genommen, und Lennart hatte ihm geleuchtet, während er den Ölstand kontrollierte. Es war noch Öl da, aber nicht mehr viel. Das bedeutete, dass der ganze Motor Öl verlor.

Im Osten sah er einen schwachen Schein, als sie aufs Zentrum zufuhren.

»Der Jahrmarkt ist immer noch geöffnet«, sagte Lennart. »Es ist der letzte Abend.«

»Möchtest du hinterher noch mal hin? Wenn wir Elisabeth abgeholt haben?«

»Das erlaubt Mama wohl nicht«, sagte Lennart.

»Wir werden sie ganz lieb bitten«, sagte Johnny.

»Aber nur ein Weilchen«, antwortete sie, als er fragte. »Ich bin müde.«

»Wie war der Tag?«

»Wie üblich an Markttagen.« Sie lachte. »Die Frau des Konditors hat einen Vorgeschmack gekriegt, wie das ist.«

»Das wird sie noch viele Male erleben.«

»Wenn sich der Laden hält«, sagte sie. »Selbst das ist ungewiss.« Sie drehte sich zu Lennart auf dem Rücksitz um. »Dein Fakir war übrigens heute Nachmittag im Café und hat was gegessen.«

»Oh.«

»Er scheint nett zu sein.«

»Hat er was gesagt?«, fragte Lennart.

»Nein. Aber er hat weder Geschirr noch Besteck gegessen.«

»Er war satt«, sagte Johnny, »er isst immer gleich nach dem Mittag ein Stück Kuchen.«

»Am liebsten mag er *Isterband*«, sagte Lennart. »Das hat er mir erzählt.«

»Ein Fakir, der *Isterband* mag«, sagte Elisabeth. »Schluckt er sie auf einen Rutsch runter?«

»Morgen lernst du einen Amerikaner kennen, der auch *Isterband* mag«, sagte Johnny.

»Ach?«

»In Bodils Motel. Dort wohnt jetzt ein Amerikaner.«

»Wollen wir also hinfahren?«

»Bitte, Mama!«, sagte Lennart vom Rücksitz. »Wir fahren doch nie irgendwohin.«

»Das muss Johnny entscheiden«, sagte sie.

»In der Dämmerung reiten wir los«, sagte Johnny.

Sie fuhren vor das Entree des Tivoli. Die Lämpchen begannen auszugehen, ehe Johnny das Auto geparkt hatte. Wie ein Stern nach dem anderen verloschen sie. Einige Jugendliche standen vorm Eingang, setzten sich jedoch bereits in Bewegung, bevor Johnny die Autotür geöffnet hatte. Ein blonder Mann im Overall zog an einem Tor, das sehr schwer wirkte. In den Wohnwagen links vom Tor leuchteten die kleinen Fenster. Maschinen und Attraktionen waren verstummt.

»Wir kommen zu spät«, sagte Lennart. »Schade.«

Johnny stieg aus.

»Magnus!«, rief er.

Der blonde Mann schaute zu ihnen her. Er war noch jung. Elisabeth sah seine Gesichtszüge im Licht des Neonschildes über dem Entree, das noch nicht abgeschaltet war.

»Wie geht's dir, Magnus?« Johnny hatte ein paar Schritte auf ihn zugemacht. »Ich bin's, Bergman.«

»BERGMAN!« Magnus ließ das Tor los. »Das ist aber lange her.«

Johnny trat zu ihm und reichte Magnus Teufelssohn die Hand, Teufel-Karlssons Sohn.

»Du bist gewachsen«, sagte Johnny, als er ihn begrüßte. »Du bist groß geworden.«

Teufelssohn lächelte. In seinen Augen war ein stolzes Glitzern. Daran konnte Johnny sich nicht erinnern. Er erinnerte sich an einen hitzköpfigen, bösartigen Teufel-Karlsson, der seinen Sohn herumkommandierte. Johnny verstand, dass Magnus ihm nicht zu der Firma Schwert & Schweißerei hatte folgen wollen. Es war eine Leistung, dass er es fertig gebracht hatte, sich zu weigern.

»Ich kümmere mich jetzt hier meist um die Mechanik«, sagte er.

»Wir waren gestern hier«, sagte Johnny. »Aber ich hab dich nicht gesehen bei den Autoskootern.«

»Gestern ... war mir nicht gut«, sagte Magnus. »Mir war schwindlig.«

»Ach?«

»Das hab ich manchmal.« Magnus zuckte mit den Schultern. »Nicht oft, aber dann hab ich kaum Kraft aufzustehen.«

»Das ist mir früher auch passiert«, sagte Johnny.

Es stimmte. Es hatte Morgen gegeben, da hatte er eigentlich keine Kraft gehabt rauszugehen, sich in den Duett zu setzen und loszufahren, aber er hatte sich fast immer überwunden. Nach ein paar Tagen ging es vorüber. Dann war es wieder gekommen. Es war eine Müdigkeit, die größer war als etwas anderes, und er war jedes Mal sehr niedergedrückt gewesen. Er wusste nicht, was es war.

»Aber jetzt geht's mir gut«, sagte Magnus, »obwohl es heute Abend viel zu tun gab.« Er sah an Johnny vorbei zu Lennart, der aus dem Auto gestiegen war und neben der offenen Tür stand. Elisabeth war sitzen geblieben. »Ist das dein Sohn?«

»Nein, das ist ein Kumpel.« Johnny drehte sich um und winkte Lennart. »Seine Mutter sitzt auch im Auto.« Johnny zuckte mit den Schultern. »Sie hatte Spätdienst. Wir wollten mal sehen, ob ihr noch geöffnet habt.« Er zeigte auf den leeren Jahrmarkt hinter dem jungen Maschinisten. »Aber ihr habt schon geschlossen.«

»Worauf hättet ihr denn Lust gehabt?«, fragte Magnus. Er sah wieder an Johnny vorbei, zu Lennart, der näher gekommen war. »Sag mal.«

»Wie meinst du das?«

»Ich kümmere mich doch um die Maschinen, oder? Wir können ja irgendwas wieder anschmeißen. Ich hab noch nicht den ganzen Strom abgeschaltet.« Er drehte sich zu den Attraktionen um. »Wollt ihr Autoskooter fahren?«

Sie hatten die Bahn für sich allein, die plötzlich groß war wie ein Fußballplatz. Magnus hatte alle Skooter beiseite geschoben, nur drei am hinteren Ende nicht.

»Für mich ist es das erste Mal«, sagte Elisabeth. »Ich hab noch nicht mal einen Führerschein.«

»Ich auch nicht«, sagte Lennart.

Jeder saß in einem Auto. Magnus schaltete den Strom ein und die Lämpchen um die Bahn herum begannen zu blinken, sie hörten Rockabilly, Eddie Cochran und andere eher unbekannte Musik, Musik für Autoskooter, ruckartig, hackig, ein Rhythmus, der jeden Moment unterbrochen werden und in jede beliebige Richtung umschwenken konnte.

Johnny war zusammengezuckt, als es losging. Es war, als träten sie auf einer Bühne auf, nur sie drei, Elisabeth, Lennart, Johnny. Er hörte sie schreien, als Lennart ihr grünes Auto von der Seite rammte. Er drehte den Kopf und sah sie am Steuer kurbeln und ihr Auto zwischen Lennarts und die Bande lenken. Sie sah sich um und entdeckte ihn auf der anderen Seite. Lennart rief etwas. Selbst aus dieser Entfernung konnte er das Leuchten in seinen Augen erkennen. Er sah Elisabeth mit großer Geschwindigkeit auf sich zukommen und konnte ihr nicht mehr ausweichen.

»DU LERNST ABER SCHNELL!«, schrie er, als er wieder frei war, aber da jagte sie schon Lennart nach.

Magnus lachte aus vollem Halse. Er stand außerhalb der Bande. Johnny sah jemanden aus den Schatten treten und sich neben Magnus stellen. Es war Mister Swing.

Sie saßen vor Swings Wohnwagen. Im späten Abendlicht erschien Johnny der Jahrmarkt wie eine Stadt mit eigenartigen Gebäuden, sie lag eingezäunt auf dem Feld, wie ein Lager in der Prärie. Fünfhundert Meter entfernt gab es einen Bauernhof und dahinter war die richtige Stadt. Von dort war jetzt kein Laut zu hören.

Lennart lag halb auf einem Zeltstuhl.

»Es ist Zeit, nach Hause zu fahren«, sagte Elisabeth.

»Der Junge kann ein guter Fakir werden«, sagte Swing. »Er könnte meinen Job übernehmen.«

Er lächelte in der Dunkelheit. In seinem Lächeln waren Gold und Silber, vielleicht aber auch Glas und Beton.

»Er verträgt ja nicht mal *Isterband*«, sagte Elisabeth, »umso weniger Glühlampen und Schwerter.«

»Ich hab ihm die Tricks schon beigebracht«, sagte Swing, drehte sich um und sah Lennart an. »Oder, Lennart?«

Die Antwort war ein leises Schnarchen.

»Ein Fakir muss sich in jeder Lebenslage entspannen können, das ist wichtig«, sagte Swing lächelnd.

»Aber der Job hat keine Zukunft«, sagte Ingrid.

Sie war wenige Minuten, nachdem sie sich gesetzt hatten, zu ihnen herausgekommen. Als Erstes hatte sie Elisabeth begrüßt und sich dann auf einen der Stühle neben sie gesetzt, die Swing unter dem Wohnwagen hervorgezogen hatte.

»Wir machen doch zu«, fuhr sie fort.

»Es gibt andere Varietés«, sagte Swing, »andere Jahrmärkte.«

»Du weißt sehr gut, dass es sie nicht gibt, Sune.« Ingrid zündete sich eine Zigarette an. Die Streichholzflamme beleuchtete ihr Gesicht. Hier sieht es jünger aus als in der Beleuchtung der Zelte, dachte Johnny. Sie blies eine dünne Rauchsäule aus. »Wir sind die Einzigen, die noch auf diese Art herumreisen.«

»Vielleicht sollten wir dafür sorgen, dass es erhalten bleibt«, sagte Swing. »Das ist doch eine Art Kulturbeitrag. Können wir nicht Geld von einem Museum bekommen? Oder vom Gemeinderat?«

»Wofür?«

»Weil wir die Letzten sind, Ingrid. Wenn wir zumachen, gibt es keine reisenden Varietés mehr. Da geht ja … Kunst verloren.«

»Kunst?« Ingrid lachte ein kurzes rasselndes Lachen. Dann hustete sie und nahm einen Zug von ihrer Zigarette. »Ein Greis, der von seinem Minifahrrad fällt, eine alte Schachtel, die im Evakostüm posiert, und ein Zigeuner, der Glas schluckt?«

»Es gefällt mir nicht, dass du mich Zigeuner nennst, Ingrid.«

»Ich nenn mich doch selbst auch alte Schachtel«, antwortete sie.

»Das Varieté ist viel mehr als das.« Swing wandte sich zu Johnny um, der rechts von ihm saß. »Du weißt das, Johnny. Die Show hat ja noch mehr Nummern. Und unsere Nummern sind gut, finde ich.«

»Es ist bedauerlich, wenn ihr zumacht«, antwortete Johnny. »Warum müsst ihr das?«

»Weil uns niemand mehr will«, sagte Ingrid. »Ganz einfach deshalb.« Sie nahm wieder einen Zug und blies den Rauch aus, die Rauchsäule blieb über ihnen hängen, da sich kein Luftzug regte. »Ich glaube, man schämt sich unseretwegen. So kommt es mir vor. Wir gehören nicht mehr hierher.« Sie wedelte mit der Hand, in der sie die Zigarette hielt, die Glut zeichnete ein Muster in die Dunkelheit. »Und die haben ja Recht. Wir gehören nicht hierher.«

»Wen zum Teufel meinst du damit, ›die‹?«, fragte Swing.

»Alle, die nicht wie wir sind«, antwortete sie. »Und das sind viele.«

»Trotzdem waren heute eine Menge Leute hier«, sagte Swing, »und gestern. Massen. Wie erklärst du das?«

»Darum geht es nicht, Sune. Begreifst du denn nicht? Nicht die armen Schlucker entscheiden das, die heute hier waren oder gestern.« Sie sprach jetzt langsamer. Das war die Wirkung des Alkohols, den sie getrunken hatte, bevor sie herausgekommen war. Johnny sah es ihr an. »Die entscheiden nicht.«

»Ich war gestern hier«, sagte Johnny, »und heute.«

»Und was entscheidest du, Johnny Bergman?«

»Wie meinst du das, Ingrid?«

»Worüber entscheidest du, Johnny-Boy?«

Sie hatte sich zu ihm umgedreht. Die Zigarette war nur noch Glut in ihrer Hand.

»Ich … entscheide über mich selber«, antwortete er. »Ich gehöre mir. Ich hab meine eigene Arbeit.«

»Und wie lange noch, wenn ich fragen darf?«

»Jetzt hören wir damit auf, Ingrid«, sagte Swing.

»Nein, nein, nein.« Sie fuchtelte mit der Hand, die gerade eben die zentimeterlange Kippe hatte fallen lassen. »Johnny glaubt, er gehört zur neuen Zeit, aber du gehörst auch nicht dazu, oder, Johnny?«

»Ich weiß nicht, was ich darauf antworten soll, Ingrid.«

»Ach? Sonst hast du doch immer auf alles eine Antwort?«

»Wir sollten viellei…«, sagte Elisabeth.

»Ja, das solltet ihr vielleicht«, sagte Ingrid und drehte sich zu Elisabeth um. »Und das solltet ihr vielleicht sofort.« Sie fummelte eine neue Zigarette aus der Schachtel, behielt sie in der Hand, ohne sie anzuzünden, und zeigte damit auf Johnny. »Wir haben uns um dich gekümmert, Johnny, hast du das vielleicht vergessen? Hast du das vergessen?«

Johnny antwortete nicht. Er sah, dass Lennart sich auf dem Stuhl bewegte, aber der Junge schien immer noch zu schlafen. Ingrid sprach nicht laut.

»Besonders in dem Moment, als dein Bruder mit unserem Geld abgehauen ist.« Sie riss ein Streichholz an, zündete ihre Zigarette an und wedelte mit dem qualmenden Hölzchen in Richtung Mister Swing. »Wie viel bist du bei seinem Besuch losgeworden, Sune?«

»Es gibt keinen Grund, jetzt darüber zu reden«, sagte Swing.

»Seved hieß er.« Ingrid sprach wieder zu Elisabeth. »Johnnys Bruder hat uns besucht, und als der Besuch beendet war, hat er mitgehen lassen, was ihm in die Finger kam.« Sie beugte sich zu Johnny vor. »Hast du ihn mal gefragt, warum er das getan hat, dein Bruder?«

»Nein.«

»Und warum nicht?«

»Seitdem hab ich ihn nicht mehr gesehen«, sagte Johnny.

»Und warum nicht?«

»Ich finde, jetzt ist es genug«, sagte Elisabeth.

»Was?« Ingrid wandte sich jäh zu ihr um. Ihr fiel die Zigarette aus der Hand. »Was?«

»Hör auf damit.« Elisabeths Stimme war ruhig, ruhig und bestimmt. Johnny war verstummt und hatte ein Gefühl, als würde er nie wieder sprechen können. »Ich will nicht, dass du so über Johnny redest.«

»Er kann ja wohl für sich selber antworten«, sagte Ingrid und sah ihn an. »Außerdem rede ich nicht von Johnny. Ich rede von Seved.« Sie fuchtelte mit der Zigarette vor Johnnys Gesicht herum. »Seinem Bruder, dem er nie entkommen wird.« Mit einer heftigen Bewegung wandte sie sich wieder an Elisabeth. Aber ihre Stimme war plötzlich kleiner und dünner geworden. »Er sollte ihn endlich loswerden.« Sie lachte kurz und schwach auf. »Er sollte sich davon befreien, wenn nicht aus einem anderen Grund, dann um seiner selbst willen.«

»Damit hast du nichts zu schaffen«, sagte Johnny.

»Ach nein? Aber damals war ich gut genug, oder? Damals wolltest du darüber reden, oder?«

»Jetzt aber nicht mehr«, sagte er.

»Aber du hörst doch zu, oder? Du hörst zu, wenn ich sage, dass Seved dir nicht gut tut.« Plötzlich erhob sie sich wie auf Befehl. Die Zigarette folgte ihr und zog einen roten Strich durch die Dunkelheit. »Wählst du immer noch diese verdammte Telefonnummer?«

»Setz dich hin und HALT DIE KLAPPE, Ingrid«, sagte Mister Swing.

Sie schien ihn nicht zu hören. Ihr Blick ging zwischen Johnny und Elisabeth hin und her.

»Hat er in der letzten Zeit bei dir telefoniert, Elisabeth? Hast du gehört, dass sich jemand gemeldet hat?«

»Was soll das?«, sagte Mister Swing. »Worauf willst du hinaus, Ingrid?«

»Was das soll?« Ingrid nahm einen hastigen Zug und stieß den Rauch aus, der sich in der Abendluft verflüchtigte. »Was das soll? Da stellst du eine verdammt gute Frage, Sune.« Sie zeigte mit der Zigarette auf Johnny. »Du bist hier der größte Fakir, Bergman. Sune ist im Vergleich zu dir nichts in dieser Branche der Selbstquälerei.«

Sie setzte sich genauso plötzlich, wie sie aufgestanden war. Zehn Zentimeter weiter rechts, und sie hätte den Stuhl verfehlt.

»Das war das Beste, was dir passieren konnte, als du diesen Schwindler losgeworden bist«, fuhr sie fort. »Kapierst du das nicht, John?«

Sie nannte ihn jetzt John. In ihrer Stimme war kein Hohn mehr. Er konnte ihr nicht antworten. Er hörte zu, genau wie sie gesagt hatte.

Und Ingrid brach in Tränen aus, genauso schnell und unvermittelt, wie sie alles andere tat.

Sie putzte sich die Nase mit einem Taschentuch, das sie wie aus dem Nichts gefischt hatte.

»Du träumst, Johnny«, sagte sie. »Das ist nicht gut. Ich weiß, wie dein Leben war, als du ein Junge warst, und genau aus dem Grund musst du jetzt mit den Träumen aufhören.«

»Welchen Träumen?« Er beugte sich vor. »Von was für Träumen redest du, Ingrid?«

»Wenn du nicht aufhörst, kriegen die die Oberhand«, antwortete sie auf seine Frage, ohne sie zu beantworten. »Die Träume übernehmen alles. Den ganzen Menschen übernehmen die. Danach gibt es kein Leben mehr.« Sie schüttelte den Kopf. »Dabei ist man ja unschuldig, wenn man träumt«, sagte sie.

Mister Swing stand auf und zertrat die Kippe, die im Gras glühte. Ingrid nahm mit zitternder Hand eine neue Zigarette hervor. Damit zeigte sie auf Elisabeth.

»Du musst wissen, dass wir … seine Familie waren«, sagte sie. »Wir haben kein Wort über das verloren, was passiert ist. Wir wurden seine Familie. Er hatte sonst niemanden.« Vergeblich versuchte sie ein Streichholz anzureißen. »Und dann wurden diese verdammten Jukeboxen seine Familie. Deswegen hat er sich so lange an ihnen festgeklammert.« Wieder versuchte sie das Streichholz anzuzünden. »Und jetzt bist du seine Familie.«

»Wir sind … keine Familie«, sagte Elisabeth.

»Ach nein? Was seid ihr dann?« Das Streichholz flammte endlich auf und beleuchtete Ingrids Gesicht. In den letzten zehn Minuten ist sie zwanzig Jahre älter geworden, dachte Johnny, als ob ihre Worte Monate gewesen wären, und je mehr sie sagte, umso mehr fiel sie zusammen. »Dann ist es ja noch schlimmer.«

»Wir fahren jetzt.« Johnny stand auf.

»Und wir bleiben«, sagte Ingrid. Sie lachte ihr heiseres Lachen, dann schrie sie auf, als die Streichholzflamme ihre Finger verbrannte. Sie blies auf ihre Finger und fuchtelte mit der Hand in der Luft herum. »Wir bleiben hier«, wiederholte sie.

Elisabeth erhob sich.

»Es tut mir Leid«, sagte Swing.

»Es sind schon genug Jahre, die einem Leid tun können«, sagte Ingrid.

»Es tut mir Leid«, sagte er. Auf dem Küchentisch standen Kaffeetassen und eine leere Kanne. Wir können ja sowieso nicht schlafen, hatte Elisabeth gesagt. Im Auto hatten sie nicht viel gesprochen. Lennart hatte geschwiegen. Er hatte seine Zähne geputzt und gute Nacht gesagt und war in sein Zimmer gegangen.

Im Rückspiegel hatte Johnny gesehen, wie der Jahrmarkt schrumpfte und schließlich verschwand, wie ein Licht, das langsam erlosch. Morgen Abend würde es fort sein, verweht über die Felder.

»Es tut mir alles so Leid«, wiederholte er.

»Es sind schon genug Jahre, die einem Leid tun können«, sagte Elisabeth.

»Ich hab nicht gemerkt, dass sie so betrunken war«, sagte er.

»Sie auch nicht. Aber das macht nichts.« Elisabeth hob eine Schulter. »Ich nehm so was nicht übel. Für dich ist es schlimmer, Johnny.«

»Morgen wird sie es bereuen«, sagte er.

»Morgen, das ist schon heute.«

»Es genügt, wenn sie daran denkt«, sagte er. »Wir brauchen das nicht.«

»Woran denkt?«

»Was sie gesagt hat.«

»Aber dummes Zeug hat sie ... eigentlich nicht geredet«, sagte Elisabeth.

»Wie meinst du das?«

Elisabeth fuhr sich plötzlich mit beiden Händen in die Haare und stützte sich auf den Ellenbogen auf. »Sie hat Mitleid mit dir, Johnny.«

Er antwortete nicht.

»Du erzählst mir genau so viel, wie du willst, Johnny. Ich will dich nicht ... drängen.«

»Willst du nicht nach den Diebstählen fragen? Danach, was Seved getan hat?«

»Ich möchte, dass du nur erzählst, was du selber willst.«

»Bist du Seved mal begegnet, Elisabeth?«

»Nein. Aber ich hab von ihm gehört.«

»Wusstest du von den Diebstählen?«

»Nein.«

»Du hast mich nie nach ihm gefragt«, sagte Johnny. »Seit wir ... wir ... du und ich ... uns nicht mehr getroffen haben. Oder wie man das nun nennen soll.«

»Hätte ich dich fragen sollen?«

»Nein, nein.«

»Erzähl mir von ihm«, sagte sie. »Erzähl mir von Seved.«

»Nicht heute Abend.«

»Ich möchte, dass du mir von ihm erzählst.«

»Aber ich weiß nicht, ob ich es möchte.«

»Wir können ja bis morgen warten.«

»Es war nicht ganz so, wie Ingrid behauptet«, sagte er. »So schnell ... ging es nicht. Als er verschwand.«

»Aber danach hast du deinen Bruder nicht mehr getroffen?«

»Nein.«

»Warum nicht?«

»Wenn er hier wäre, würde ich ihn das auch fragen«, antwortete Johnny.

»Stimmt es, was Ingrid sagt?«, fragte sie. »Sind sie deine ... Familie geworden? Die Schausteller?« Es war eine Weile später. Sie hatten schweigend dagesessen. Johnny meinte Lennarts Atemzüge zu hören. »Hattest du das Gefühl?«

»Familie, Familie. Was ist eine Familie? Ich hab mit ihnen ... zusammengelebt. Ich hatte kein Zuhause mehr. Dieser Jahrmarkt war mein Zuhause.«

Sie strich sich die Haare hinter die Ohren. »Es tut mir Leid, was ich heute Abend gesagt habe.«

»Jetzt tut dir auch was Leid?« Er versuchte zu lächeln. »Was hast du denn gesagt? Ich hab's vergessen.«

»Dass ... wir keine Familie sind. Das klang so blöd. Ich weiß nicht, warum ...«

»Aber wir sind doch auch keine Familie«, sagte er.

Er wachte mit der Erinnerung an einen Traum auf. Ihm war heiß, sein Haaransatz war mit einem feuchten Schweißfilm bedeckt. Neben sich hörte er Elisabeths ruhige Atemzüge. Diesmal lag sie nicht auf seinem Arm.

Er setzte sich vorsichtig auf, schwang die Beine über die Bettkante und zog seine Unterhose an.

»Was ist?«, hörte er ihre Stimme hinter sich.

»Ich will nur ein wenig Wasser trinken«, sagte er.

Sie murmelte etwas, das er nicht verstehen konnte, und drehte sich um. Nach wenigen Sekunden atmete sie schon wieder ruhiger.

Er stellte sich ans Küchenfenster und dachte an seinen Traum. Er hatte von der Frau im roten Kleid geträumt. War sie seine Mutter? Er begriff es nicht. Er hatte sie dort draußen im wachen Leben gesehen. Es gab sie und es gab sie doch nicht. Plötzlich fiel ihm die Hellseherin ein. Sie sollte er fragen. Konnte sie ihm helfen? Der Markttag war vorbei, aber die Zigeunerfamilie war vielleicht noch nicht weitergezogen. Sollte er nach ihr suchen? Er drehte sich um, ging zur Anrichte und hob die Uhr an, die dort stand. Die Leuchtzeiger standen auf vier. Nein. Morgens um vier Uhr konnte er nicht bei ihnen anklopfen. Das wäre vielleicht sogar gefährlich, denn die Zigeuner könnten sich ja auch bedroht fühlen.

Heute war Sonntag. Am Vormittag würden sie zum Motel fahren, wenn Elisabeth es noch wollte. Lennart wollte es. Aber Johnny wollte, dass beide mitkamen. Warum war ihm das wichtig? Was wollte er Bodil zeigen? Und Milt?

»Was sollen wir denn sagen?«, hatte Elisabeth gefragt, als sie im Bett lagen, hinterher. Es war nicht einmal zwei Stunden her. »Die kennen uns doch gar nicht.«

»Wir brauchen gar nichts zu sagen«, hatte er geantwortet.

Jetzt dachte er, dass es ihn ... froh machen würde, wenn die beiden mitkämen. Vielleicht stolz.

Draußen nieselte es. Er öffnete das Fenster und sog den Geruch nach Regen ein, der auf Erde, Gras und Bäume fällt. Es duftete immer noch nach Sommer.

»Woran denkst du?«

Er drehte sich um. Er hatte sie nicht kommen hören. Sie umschlang ihn von hinten und verschränkte die Hände vor seinem Bauch.

»Hu, ist das kalt hier«, sagte sie.

»Soll ich das Fenster zumachen?«

»Nein.«

Es wurde langsam hell, ein weißer Schatten zwischen den Bäumen im Park. Vom Boden stieg Nebel auf. Alles wurde deutlicher, als könnte man normalerweise, wenn die Luft klar war, nicht alles deutlich sehen. Das war ihm schon öfter aufgefallen, wenn er in der Dämmerung nach einer beschwerlichen Nacht mit einer Seeburg oder einer Wurlitzer in irgendeinem Ort auf der anderen Seites des Landes unterwegs gewesen war. Man konnte weit sehen.

»Der Nebel ist schön«, sagte sie.

»Kommt ihr morgen mit?«, fragte er. »Zum Motel?« Er drehte ein wenig den Kopf. »Heute, meine ich.«

»Dir bedeutet das etwas, Johnny. Das Motel. Die Frau, die es betreibt. Bodil. Sie bedeutet dir etwas.« Er spürte ihr Gesicht in seinem Nacken. »Sie bedeutet dir mehr als die Schausteller.«

Sie schmiegte sich noch enger an ihn. Mit jeder Minute wurde es heller dort draußen und hier drinnen.

Er beantwortete ihre Frage nicht. Es war keine Frage.

»Ich möchte mitkommen«, sagte sie und umarmte ihn noch fester. »Aber manchmal habe ich das Gefühl, als hätte ich nicht mal den Mut, die Wohnung zu verlassen.«

»Das hast du mir noch nie erzählt.«

»Früher kannte ich das Gefühl nicht. Aber jetzt ... nach all dem ... und dem mit Bertil ...«

Er wartete darauf, dass sie weitersprach. Die Dämmerung sickerte jetzt in den Raum, ein matter silbriger Schimmer. Er konnte es fast riechen. Und von Elisabeth nahm er einen Duft nach Vanille wahr. Er spürte ihren Körper an seinem, ihren ganzen Körper durch Mark und Bein.

»Er ist ja da draußen«, sagte sie. »Irgendwo da draußen ist er.«

»Macht dir das Angst?«

»Nein. Aber vielleicht habe ich ... ein schlechtes Gewissen.«

»Warum?«

»Ich hätte mehr tun können. Hätte nach ihm suchen können, herumtelefonieren. Mehr fordern. Ich weiß es nicht.«

»Er ist doch abgehauen, Elisabeth.«

Sie antwortete nicht. Der Griff um ihn lockerte sich. Sie öffnete die Hände. Als ob die Gebetsstunde vorbei wäre. Morgenandacht. Ihm schoss durch den Kopf, dass er noch nie in einer Kirche gewesen war. Nie. In einer richtigen Kirche. Er war in ein paar Zeltbegegnungen geraten, war einfach hineingetaumelt. Aber nie in eine Kirche. Vielleicht gab es Gott dort doch? Hatte er an falschen Orten gesucht?

»Er will nicht gefunden werden«, sagte er.

»Vielleicht ist er in diesem Motel«, sagte sie.

»Traust du dich deshalb nicht zu fahren?«

»Nein, dann müsste ich ja erst recht mitkommen, nicht?«

»Bertil ist weit weg«, sagte Johnny.

Sie ließ ihn los. Plötzlich fror er. Ihr Körper war wie ein Schutz gegen die kalte Dämmerung gewesen. Er drehte sich um. Sie stand mit hängenden Armen hinter ihm. Ihr helles Nachthemd war durchsichtig, der dünne Stoff floss mit dem Licht im Raum zusammen.

»Ich … hoffe es«, sagte sie und brach in Tränen aus.

Er streckte eine Hand aus. Sie schaute auf.

»Ist es nicht schrecklich, so was zu sagen? Wie kann man bloß?«

»Er … hat dich wahrscheinlich einmal zu viel geschlagen«, sagte Johnny.

»Ich hab nur an … Lennart gedacht.« Sie wischte sich über die Augen.

»Ihn hat er vermutlich auch geschlagen.«

»Habe ich das gesagt?«

»Ich habe es begriffen«, sagte Johnny.

Sie wischte sich wieder über die Augen und schluchzte zweimal auf.

Es gab noch etwas, was er sie fragen wollte. Aber für den Moment war es genug, für diese Dämmerung.

»Komm, wir legen uns noch eine Weile hin«, sagte er.

Der Morgen war grau, als ob die Dämmerung gar nicht weichen wollte. Im Duett roch es immer noch nach Dämmerung und Motoröl. Johnny sah Lennarts klare Augen im Rückspiegel. Er sah seine eigenen. Sie waren auch klar, so klar wie schon seit Jahren nicht mehr.

»Was ist das für ein Geräusch?«, fragte Elisabeth. Sie trug eine rote Strickjacke über der Bluse. Die Morgenluft war immer noch kühl, herbstkühl.

»Das ist die ganze Karre«, sagte Johnny, »die scheppert.«

»Könntest du dir nicht ein anderes Auto anschaffen, Johnny?«

»Ist das eine Frage?«

»Nein. Du hast dies Auto ja schon immer gehabt, nicht? Solange ich dich kenne, hast du dieses Auto.«

»Das stimmt nicht. Ich hab es schon viel länger.«

»So hab ich es doch gemeint.«

»Meinst du, es gehört zur Familie?«

»Das hast jetzt du gesagt.«

»Hat der Duett einen Namen?«, fragte Lennart vom Rücksitz. »Also einen anderen Namen als die Automarke?«

»Nein.«

»Wollen wir ihm einen Namen geben?« Johnny sah Lennarts klare Augen näher kommen, als sich der Junge über den Sitz beugte. »Wollen wir uns nicht einen Namen ausdenken?«

»Okay.« Johnny drehte den Kopf. »Wer hat einen Vorschlag?«

»Garrincha!«, rief Lennart.

»Wer ist das?«, fragte Elisabeth und drehte sich zu Lennart um.

»Ein brasilianischer Fußballspieler.«

»Gute Idee, dann nehmen wir Garrincha«, sagte Johnny. »Ist dir das recht, Elisabeth?«

»Ja ... aber sie kann ja auch noch einen zweiten Namen kriegen.«

»Sie?«

»Ist es keine Sie?«

»Doch ... vielleicht.«

»Elisabeth!«, rief Lennart. Johnny schaute wieder in den Rückspiegel. »Ach nee, lieber nicht.« Plötzlich sah Lennart verlegen aus.

»Garrincha Elisabeth?«, überlegte Johnny laut.

»Elisabeth Garrincha«, schlug Elisabeth vor.

»Gut, so soll es also sein«, sagte Johnny.

22

Die Sonne war hinter Wolken verschwunden, als Johnny vor dem Motel parkte. Zu einem der Zimmer stand die Tür offen.

»Wie viele Zimmer gibt es?«, fragte Elisabeth und nickte zu dem Motelanbau, der plötzlich viel kleiner wirkte, als er ihn in Erinnerung hatte.

»Vier.«

»Soll man genau davor parken?«, fragte sie.

»Ja.«

»Aber da stehen ja sieben Autos.«

»Hier sind nicht oft Gäste. Und ganz ranfahren kann man sowieso nicht.«

»Da kommt jemand«, sagte sie und öffnete die Autotür. Er sah Bodil aus dem Laden treten. Johnny öffnete seine Tür und stieg aus. Außerhalb des Ladens und des Cafés hatte er Bodil nicht oft gesehen.

Er hatte sie heute Morgen angerufen und ihr Kommen angekündigt. Es war ein merkwürdiges Gefühl gewesen, es zu sagen, »wir« kommen. Zum ersten Mal hatte er so etwas ausgesprochen. Bodil hatte nicht viel gefragt, aber er hatte gemerkt, dass sie neugierig war. Deswegen war sie jetzt aus dem Café gekommen. Sie winkte.

Er kontrollierte die Schleifkontakte der Seeburg. Manchmal verfehlte die Jukebox die gewählte Platte. Er fand einen verschmutzten Kontakt, der an der Tormat-Speichereinheit befestigt war. Mit einem sauberen Lappen und Spiritus reinigte er die Kontakte. Der Detent-Switch hatte außerdem den falschen Abstand. Er nahm alle achtzig Platten heraus und stapelte sie in kleineren Haufen auf drei der Tische. Im Augenblick waren keine Gäste im Café. Auf einen Tisch legte er die 33er. Sie hatten denselben Durchmesser wie die 45er, jedoch vier Songs pro Seite. Es war ein Fortschritt gewesen, aber bald würde es vorbei sein, jedenfalls für die Plattenkäufer. Einigen Plattenhändlern zufolge, mit denen er sich unterhalten hatte, gab es nur für Langspielplatten mit sechs, sieben Songs pro Seite eine Zukunft, so genannte LPs, *long playing*. Aber für LPs gibt es wohl keine Jukeboxen?, hatte einer von denen grinsend gesagt. Die kommt, hatte Johnny geantwortet, und der Händler hatte noch breiter gegrinst.

Er ließ das Magazin zur Probe hin und her gleiten, steckte ein paar Platten hinein und testete den Tonarm.

Von draußen hörte er eine Frauenstimme, Bodils oder Elisabeths. Er sah Milts Gesicht auf der anderen Seite der Box.

»Hast du den Fehler gefunden?« Milt nickte zur Mechanik im Innern der Box. »Ist es schwierig?«

Johnny zuckte mit den Schultern.

»Wirklich ein gutes Stück«, sagte Milt.

»Da verändert sich unter anderem die Kapazität«, sagte Johnny auf Schwedisch. »Die Kabel trocknen aus, die Kondensatoren.«

»Wie bitte?«

»Du lernst nie Schwedisch, wenn alle dauernd Englisch mit dir reden«, sagte Johnny auf Englisch, ohne aufzuschauen.

»Bodil bringt mir die Sprache langsam, aber sicher bei«, sagte Milt. »Mehr brauche ich nicht.« Er zeigte zum Laden und zur Rezeption. Johnny hörte die Stimmen der Frauen, sah sie aber nicht. »Du hast eine hübsche Frau mitgebracht, Sohn.«

Johnny antwortete nicht.

»Und einen netten Jungen.« Milt beugte sich über die Box. Er sah aus, als könnte er sie anheben. »Er ist seiner Mutter ähnlich.«

Johnny antwortete nicht.

»Bis auf die Nase«, sagte Milt, »und vielleicht das Kinn.«

Johnny füllte das Magazin wieder mit Platten.

»Wie lange kennst du diese Frau schon?«, fragte Milt.

Johnny streckte seinen Rücken.

»Das geht dich nichts an, Ericson.«

Er sprach Milts Nachnamen mit schwedischer Betonung aus.

»Nein«, antwortete Milt, und in seinem Gesicht war kein Lächeln. »Das geht mich nichts an.«

»Elf Jahre«, sagte Johnny.

»Du brauchst keine Antwort zu geben«, sagte Milt.

»Wie lange bleibst du?«, fragte Johnny. Es war eine aus der Hüfte geschossene Frage. Milt sah überrascht aus. Johnny legte einen Finger auf eine Zifferntaste der Box. Es war Nummer sieben.

»Jetzt verstehe ich nicht ...«

»Du darfst doch wohl nicht beliebig lange hier bleiben, oder etwa doch? Oder hat einer, dessen Ahnen aus einer elenden Kate stammen, das Recht, immer hier zu wohnen?«

»Du möchtest mich anscheinend so schnell wie möglich loswerden«, sagte Milt.

»Es war nur eine Frage«, antwortete Johnny.

»Ich hab meine Aufenthaltsgenehmigung verlängern lassen«, erklärte Milt.

»Wie verlängert?«, fragte Johnny.

Aber bevor Milt es erklären konnte, schaute Bodil herein. Johnny sah nur ihr Gesicht in der Tür. Sie sah froh aus.

»Ich mache uns jetzt etwas zu essen«, sagte sie.

»*Isterband?*«, fragte Johnny.

»Nenn den Namen nie mehr«, sagte Bodil. »Ich hab ihn satt.«

»Ich-hab-ihn-satt«, wiederholte Milt. »Wen satt?«

»Dich«, sagte Johnny.

»Was redet ihr da?«, sagte Bodil.

»Das glaub ich dir nicht, Junge«, sagte Milt.

»Sie macht uns was zu essen«, sagte Johnny.

»Hoffentlich keine *Isterband*«, sagte Milt. »Die hab ich satt.«

»Wo ist Lennart?«, fragte Johnny. Sie saßen in der Küche hinterm Laden. Auf dem Tisch standen Butter und Brot und ein Stapel Teller. »Hat er keinen Hunger?«

»Er wollte mal ein Motelzimmer sehen«, sagte Bodil. »Ich hab ihm einen Schlüssel gegeben.«

»Er ist noch nie in einem Motel gewesen«, sagte Elisabeth.

»Darf man fragen, worüber ihr redet?«, sagte Milt.

»Über den Jungen ... Lennart ... guckt sich ein Motelzimmer an«, erklärte Johnny. »Er hat noch nie ein Motel gesehen.«

»Das ist ja phantastisch«, antwortete Milt. »So was gefällt mir am alten Land.«

»Was?«

»Dass es Kinder gibt, die noch kein Motel gesehen haben. In den Staaten gibt es kein Kind, das noch kein Motel gesehen hat.«

»Wovon redet ihr?«, fragte Bodil.

»Mir ist klar, dass ich so schnell wie möglich Schwedisch lernen müsste.« Milt beugte sich über den Tisch und nahm Bodils Hand fest in seine. Johnny sah, wie Bodil den Druck erwiderte. Sie schaute ihn lächelnd an. »Glaubst du, dass Milt und ich uns jemals wie normale Menschen unterhalten können?«

»Es scheint ja bis jetzt auch so gut gegangen zu sein«, sagte Elisabeth.

»Wir zeigen auf Gegenstände und nennen sie beim Namen«, sagte Bodil. »Und das Lustige ist, dass es Sachen gibt, die den gleichen Namen haben.«

»Wie was zum Beispiel?«, fragte Johnny.

»Jaa … was war das noch … Smörgåsbord.«

»Smörgåsbord«, sagte Milt.

»Heißt das wirklich auch Smörgåsbord auf Amerikanisch?«, fragte Bodil zweifelnd und sah Milt an, der das Wort wiederholte, ohne die Vokale des alten Landes zu benutzen, Smorgasbord.

»Er nimmt dich auf den Arm«, sagte Johnny und wandte sich an Milt. »Du willst ihr nur weismachen, dass es auf Schwedisch und Englisch dasselbe Wort ist. Mit so einem Sprachkursus kommt ihr nicht weit.«

»Aber es stimmt!«, sagte Milt. Er schaute ehrlich drein, vielleicht beleidigt. »Es stimmt! Da kannst du jeden Amerikaner fragen.«

»Wie sollte ich das denn anstellen?«

Johnny und Elisabeth gingen über den Parkplatz zum Motel. Der Nachmittag war still. Johnny hörte den Lockruf eines Vogels und dann ein Echo von Osten. Wieder hörte er den Vogel und das Echo, wie ein Gespräch.

Lennart war hereingekommen und wieder hinausgegangen. Jetzt stand er mit einem Hammer in der Hand an der hintersten Hausecke und schlug auf eine breite Leiste, die auf dem Verandageländer lag. Es sah aus, als würde die Sonne geradewegs durch Lennarts Kopf scheinen, durch sein hellbraunes Haar, das wie Feuer auf seinem Schädel leuchtete. Lennart entdeckte sie und hob den Hammer zum Gruß. Das Gesicht wirkte wie beleuchtet von dem elektrischen Haar.

Bis auf die Nase, hatte Milt gesagt, und vielleicht das Kinn. Er hatte dabei einen merkwürdigen Ausdruck gehabt. Den hatte Johnny noch nie bei ihm gesehen, als würde Milt ihn auf neue Art betrachten.

Nach dem Essen war Johnny zum Duett hinausgegangen. Milt war ihm gefolgt.

»So viel wie jetzt haben wir nicht miteinander geredet, seit wir uns das letzte Mal gesehen haben«, hatte er gesagt.

»Du musst langsamer sprechen, sonst verstehe ich dich nicht«, hatte Johnny geantwortet.

»Du verstehst mich schon. Du bist ein Sprachgenie.«

Johnny hatte schweigend den Kofferraum geöffnet.

»In Zukunft werde ich mich auf deine Wartungsbesuche freuen«, hatte Milt gesagt.

Johnny hatte die Kofferraumklappe zufallen lassen. Der Knall klang wie ein Ruf. Von Osten kam ein Echo.

»Neue Platten«, hatte Milt gesagt. »Neue Elvissongs.«

»Nein.«

»Keine neuen Elvissongs?«

»Keine neuen Wartungsbesuche von Johnny.«

»Jetzt versteh ich dich nicht«, hatte Milt gesagt.

»Es ist mein letzter Besuch, in der Branche.«

»In diesem Job? Willst du aufhören?«

»Ja.«

»Und wann?«

»Nächsten Monat.«

»Nächs... warum?« Milt hatte plötzlich eine Hand auf Johnnys Schulter gelegt. Sie war schwer, aber Johnny ließ es zu. Milt sah verwirrt aus, wie jemand, der die Botschaft verstanden hatte, nicht aber ihre Tragweite. »Aber das ist doch dein Job.«

»Nicht mehr.«

»Was willst du denn mit all deinen Jukeboxen machen?«

»Das ist das kleinste Problem.«

»Wirklich?«

»Einige werde ich behalten.«

»Wenn du verkaufst, nehm ich die Seeburg«, hatte Milt gesagt. »Sie ist eine Schönheit.«

»Ich verkaufe.«

»Aber du begehst einen Fehler.«

Johnny hatte nicht geantwortet. Er ging zurück zum Café.

»Was willst du denn stattdessen machen, Sohn?«

Milt war neben ihm hergegangen. Elisabeth kam aus der Tür und hob die Hand über die Augen wie zum Schutz gegen die Sonne.

»Ist sie ein Teil deiner neuen Pläne?«, hatte Milt gefragt.

»Ich weiß nicht, wie du das meinst.«

»Und der Junge«, hatte Milt gesagt, »beide.«

Elisabeth hatte zehn Meter entfernt an der Tür auf sie gewartet.

»Vorhin hat Bodil ja ein wenig von dem übersetzt, was ihr geredet habt«, sagte Milt. »Elisabeth verliert offenbar ihren Job.«

Johnny war stehen geblieben und drehte sich zu Milt um. Der hatte einen Schritt rückwärts gemacht. Vielleicht war er für eine halbe Sekunde aus dem Gleichgewicht geraten. Er sah immer noch verwirrt aus.

»Was hat das ... damit zu tun?«

»Was habt ihr vor? Wollt ihr wegziehen?«

»Ich ... weiß es nicht. Darüber haben wir noch nicht gesprochen.«

Milt hatte wieder einen Schritt auf ihn zugemacht.

»Entscheide dich richtig, egal, wie du dich entscheidest. Vor dir liegt eine helle Zukunft. Aber du musst dich richtig entscheiden. Viele Chancen bekommt man nicht.«

Milt redete wie die Hellseherin. Noch einer, der versuchte, in seine Zukunft zu sehen. Großes Wasser. Rote Farbe. Entscheide dich richtig. Es gibt nicht viel Auswahl.

»Da kommt Elisabeth«, hatte Johnny gesagt.

»Hier kann er so viel hämmern, wie er will«, sagte Elisabeth, als Lennart wieder auf die Querstrebe einschlug.

»Hörst du das Echo?«, fragte Johnny.

»Die ganze Zeit«, sagte Elisabeth und blieb stehen. Es waren noch fünfzehn Meter bis zu der Stelle, wo Lennart stand. »Hier gibt es ein starkes Echo.«

»Mhm.«

»Sie sind nett«, sagte Elisabeth. Wieder einer dieser jähen Wechsel, vom einen zum anderen. »Alle beide.«

»Das sind sie wohl.«

»Milt scheint ein anständiger Kerl zu sein.«

»Hm.«

»Er nimmt dir Bodil nicht weg«, sagte sie.

»Da kommt Lennart«, sagte Johnny.

»Milt wird hier bleiben«, prophezeite Elisabeth lächelnd. »Er lernt bestimmt Schwedisch.«

»Das hoffe ich für Bodil.«

Lennart hatte sie erreicht. Er fuchtelte mit dem Hammer, der leicht in seiner Hand wirkte.

»Ich baue einen Kleiderbügel fürs Motel«, sagte er.

»Wir müssen bald fahren«, sagte Elisabeth.

»Warum?«

»Johnny muss uns nach Hause bringen. Und dann muss er selber nach Hause.«

»Warum?«, wiederholte Lennart.

Elisabeth sah Johnny an.

»Ich muss die Blumen gießen«, sagte Johnny.

»Och.«

»Ich hab einen Job.«

»Ich kann dir helfen«, bot Lennart sich an.

»Du musst doch zur Schule. Die Schule hat doch wieder angefangen.«

»Och, wir ziehen ja sowieso weg.«

»Davon war noch keine Rede«, sagte Elisabeth.

»Du hast schon davon geredet«, sagte Lennart.

»Ich hab nur gesagt, mal sehen. Und vor der Schule kannst du dich nicht drücken, nur weil wir umziehen.«

»Da kommt Bodil«, sagte Johnny.

Auf dem Heimweg war es still im Auto. Johnny hatte fragend eine Schallplatte hochgehalten, aber Elisabeth hatte den Kopf geschüttelt. Der Straßenschotter schlug gegen das Chassis des Autos.

»Warum asphaltieren sie die Straßen nicht?«, fragte Lennart.

»Gute Frage«, sagte Johnny.

»Es ist zu teuer«, sagte Elisabeth.

»Dauernd mit den Abziehmaschinen rumzufahren ist auch teuer«, sagte Lennart.

»Gutes Argument«, sagte Johnny.

Elisabeth lachte.

»Jetzt hast du einen Anhänger, Lennart.«

»Muss ja auch schwerer sein, die Schotterstraßen im Winter instand zu halten«, sagte Lennart.

»Da kommt der Steinschlag wie auf Bestellung«, sagte Johnny. »Schotter wird härter, wenn es friert.«

Der Winter. Der war vielleicht ein weiterer Grund, dass er nicht mehr als Aufsteller arbeiten wollte. Im Winter war es auf dem Hochland kalt. Auf den Landstraßen war es finster, und auf den Höhen, auf die sich die Kälte wie ein Eisblock senkte, war ihm manchmal der Motor ausgefallen. Um ihn herum war es vollkommen schwarz gewesen. In Winternächten gab es keine Horizontlinie.

»Weißt du, woher das Wort *juke* kommt, Johnny?« Lennart beugte sich zum Vordersitz vor. »*Juke* wie in Jukebox meine ich.«

»Nein, nicht genau.«

»Aus dem Süden von Amerika!«

»Das klingt glaubwürdig«, sagte Johnny.

»Es ist so. Milt hat es mir erzählt.«

»Hast du mit Milt über Amerika gesprochen?« Elisabeth drehte sich zu ihm um. »Hast du ihn denn verstanden?«

»Er hat angefangen, davon zu reden«, sagte Lennart. »Als er mir den Hammer geliehen hat.« Lennart lächelte. »Er hat gesagt, ich spreche Englisch wie ein Amerikaner.«

»Amerikaner sprechen doch Amerikanisch«, sagte Elisabeth. »Das ist was ganz anderes als Englisch.«

»Es klingt manchmal wie wenn ein Schaf blökt«, sagte Johnny. »Bei Milt klingt es so.«

»Aber man kann ihn verstehen«, entgegnete Lennart. »Milt hat gesagt, dass *juke* eigentlich tanzen bedeutet. Dass es in der Negersprache tanzen heißt.«

»Milt weiß alles«, sagte Johnny.

»Dann bedeutet Jukebox ja Tanzbox«, sagte Elisabeth.

Sie hatten den Ort erreicht. Als sie am Bahnhof vorbeikamen, fuhr gerade ein Zug ab. Elisabeth wandte sich um und schaute ihm nach. Johnny sah ihren Blick, sagte jedoch nichts.

Sie hielten vor dem Mietshaus.

»Wir könnten noch ein bisschen mit der Eisenbahn spielen«, sagte Lennart. »Ich hab einen neuen Tunnel gebaut.«

»Nächstes Mal«, sagte Johnny.

Die beiden blieben auf der Straße stehen, als er abfuhr, und wurden kleiner im Rückspiegel. Er hatte plötzlich das Gefühl, als entferne er sich für immer. Als führe er wider Willen in die falsche Richtung. Schräg vor ihm auf dem Armaturenbrett lag ein kleines klarblaues Plastikboot. Es bewegte sich, wenn er in die Kurven ging, irgendein Passagierschiff, eine kleine primitive Nachbildung. Das Schiff war in einer der Glückstüten gewesen. Nach ihrer Rückkehr vom Jahrmarkt hatten sie die Tüten geöffnet. Elisabeth und Lennart hatten beide das gleiche Schiff bekommen, in derselben grellen Farbe. Was für ein Betrug, hatte Lennart gesagt.

Als er vorm *Phoenix* parkte, wusste er, dass es das letzte Mal war. Er spürte einen Stich schlechten Gewissens, als er Eskil Skörd vor der Jukebox im Takt wippen sah. Aber vielleicht würde Eskil ein anderes Leben finden, wenn die Boxen verschwanden, ein größeres.

»Hallo, Bergman! Ist es wieder so weit!?«

»Ich bin nur auf der Durchreise, Eskil.«

Eskils Augen glänzten vom Alkohol wie üblich. Auf dem Tisch hinter ihm stand ein Glas Wasser. Johnny wusste, dass Eskil in seinem Jackett einen Flachmann hatte, der wasserfarbenen Schnaps enthielt.

»Wollen wir ein Stück gehen?«, fragte Johnny.

Astrid stand hinter der Kasse im Laden.

»Hallo, Johnny.«

»Hallo, Astrid.«

»Hallo, ihr«, sagte Eskil.

Astrid lächelte. Johnny nickte ihr zu und öffnete die Tür zur Straße. Sie war jetzt ein Teil der Vergangenheit, genau wie das *Phoenix* und dieser Ort und bald auch Eskil.

Ein Laster fuhr vorbei, als sie die Treppe hinuntergingen.

»Eines schönen Tages wird man noch von so einem überfahren«, sagte Eskil und zeigte auf den Anhänger, der mit flatternder Plane auf den Marktplatz zuschwankte.

»Du darfst eben nicht zu nah an der Fahrbahn torkeln«, sagte Johnny.

»Ich torkle nie.« Eskil machte einen großen Schritt vorwärts, als wollte er einen Marsch antreten.

Sie überquerten den Marktplatz. Die Lotteriebude war geschlossen. Niemand in diesem Ort kaufte an einem Sonntag Lose. Das war nicht gottgefällig.

»Eigentlich müssten sie meinem Vater ein Denkmal vor der Bude errichten«, sagte Eskil. »Das wäre die beste Art, sich an ihn zu erinnern.«

»Da musst du mal den Gemeinderat ansprechen.«

»Aber die Leute wollen den Alten vermutlich so schnell wie möglich vergessen.«

»Warum?«

»Er ... passte nicht hierher«, sagte Eskil. »Man muss zu ihnen passen.« Er stand vor der Anschlagtafel. »Entweder man passt dazu, oder man säuft sich zu Tode.« Er zeigte zur Lotteriebude. »Oder man sammelt Nieten.« Dann zeigte er auf die Tafel. »Guck mal, Bergman, die Veranstaltungen: eine Zeltbegegnung, Tanz, Motocross und Fußball. Ich passe in keine einzige dieser Veranstaltungen.«

»Du tanzt doch gern.«

»Bis zum nächsten Dienstagstanz ist es noch ein ganzes Jahr hin, Bergman.«

»Wollen wir uns setzen?«

»Wieso bist du so verdammt förmlich?«

»Ich möchte dir etwas erzählen«, sagte Johnny.

Er setzte sich auf die Bank, aber Eskil blieb daneben stehen. Auf dem Fluss unterhalb von ihnen glitt ein Kanu vorbei. Zwei Jungen saßen darin, sie konnten in Lennarts Alter sein. Der eine hob sein Paddel zum Gruß. Das Wasser floss in einem Strahl vom Paddel und glitzerte in der schräg stehenden Sonne wie ein dünnes Silberkettchen.

Johnny und Eskil winkten dem Jungen zu. Er senkte das Paddel und zerteilte wieder das Wasser.

»Als Kind bin ich auch oft gepaddelt.« Eskil folgte den Jungen mit dem Blick, während sie unter der Brücke hindurchpaddelten. »Mensch.« Eskil sah Johnny mit scharfem Blick an. Er nuschelte nicht und sein Blick war klar. »Das waren noch Zeiten, Bergman.«

»Paddeln kannst du doch jetzt auch.«

»Ich rede nicht vom Paddeln«, sagte Eskil.

Das Kanu glitt unter der Brücke hindurch, über die gerade ein Laster fuhr. Als er vorbei war, war das Kanu in der scharfen Flussbiegung hinter Schilf und Hängebirken verschwunden.

»Ich rede davon, dass diese Zeiten für immer vorbei sind«, sagte Eskil, »und sie sind so verdammt schnell vergangen.«

Auf dem Fluss waren immer noch Spuren des Kanus, im Kielwasser mitten in der Fahrrinne wie ein Schatten über dem Wasser.

»Nicht, dass sie so besonders lustig gewesen wären«, fuhr Eskil fort, »mit meinem Alten und so. Aber man war schließlich doch ein JUNGE, nicht?« Er ließ sich schwer auf die Bank fallen, wie ein Sack. »Verstehst du, Bergman? Es war trotz allem ... irgendwie unschuldig oder wie man das nennen soll. Man war noch nicht ... hier angekommen.« Er wandte sich zu Johnny um, genauso heftig wie er sich gesetzt hatte. Sein Blick war nicht mehr so klar. Es roch stärker nach Alkohol als nach dem dunklen Wasser des Flusses. »Ich will dir mal sagen, worüber ich in der letzten Zeit nachgedacht habe. Es ist mir eben wieder eingefallen, als ich die Jungs im Kanu sah.« Eskil schaute zum Wasser hinunter, aber die Schatten waren verschwunden. »Wenn ich mich im Spiegel sehe, kann ich an den Jungen denken, der ich einmal war, und weißt du, was ich dann denke, Bergman? Weißt du das?«

»Nein, Eskil. Ich weiß nicht, was du dann denkst.«

»Ich denke, dass ich ihn verraten habe. Dass ich eine Verantwortung für diesen Jungen hatte. Für den, der ich also mal war. Dass er nicht war, wie ich … jetzt bin. Dass er nicht so hätte werden müssen.« Eskil sah Johnny an. Sein Blick war trüber, dunkler. Feuchter. »Ich hab ihn verraten, verstehst du, Bergman? Das denke ich. Dass ich eine Verantw…« Weiter kam er nicht. Eskils Augen füllten sich mit Tränen, die ihm wie dünne Ketten aus Silber die Wangen hinunterliefen. »Schei… Scheiße, Bergman, Scheiße, ich heu… heule.« Eskils Stimme war dick und belegt, als ob seine Worte im Bodenschlamm des Halses stecken geblieben wären. »Es ist total verrückt. Du musst ja glauben, ich bin durch… durchgedreht.«

Johnny beugte sich vor und legte einen Arm um Eskil, das Einzige, was er tun konnte. Er hörte Eskils schnüffelnden Atem an seinem Ohr. Langsam befreite sich Eskil aus seinem Griff. Er zog einen Lappen aus seiner Jacketttasche und putzte sich die Nase.

»Es kommt wohl von der Sache mit … mit Vater«, sagte er. »Wahrscheinlich hat sein Tod diese verrückten Gedanken ausgelöst.«

»Sie sind nicht verrückt«, sagte Johnny. »So denke ich auch manchmal.«

»Wirklich?«

»Manchmal.«

»Aber du hast es geschafft, Bergman. Du bist doch ein ordentlicher Mensch geworden.«

»Wer weiß das so genau.«

»Guck mich an«, sagte Eskil. »Ich werde nie ein ordentlicher Mensch. Ich werde wie mein Vater.« Er schaute zur Lotteriebude auf dem kleinen Damm hinter ihnen. »Vater war ein boshafter Mistkerl«, fuhr er fort und zeigte auf die Bude und den Platz davor, als wollte er in letzter Minute den Schatten seines Vaters festhalten. »Aber ich vermisse ihn trotzdem, kannst du das verstehen?«

»Er war schließlich dein Vater«, sagte Johnny.

»Ich hatte sonst niemanden«, sagte Eskil. »Zu ihm konnte ich gehen und mit ihm reden.« Er drehte sich wieder um. »Dich hab ich auch, Bergman. Mit dir kann ich reden. Darüber bin ich froh.« Wieder holte er den Lappen hervor und putzte sich die Nase. »Du kommst ja manchmal vorbei. Sonst müsste ich zum Friedhof gehen und mit Vater reden, wenn ich mit jemandem sprechen möchte.«

Von seinem Platz aus konnte Johnny den Kirchturm sehen. Den sah man von überall im Ort. Der Turm war schwarz und glänzend, wie das Wasser im Fluss.

»Weißt du übrigens, was ich mit diesen verdammten Nieten gemacht habe? Vaters Sammlung?«

»Nein.«

»Hast du gedacht, ich würde weitermachen, Bergman? Weiter sammeln?« Eskil schaute wieder zur Lotteriebude. »Weiter Nieten ziehen, bis ich vor der Tombola tot umfalle genau wie er?«

»Was hast du denn damit gemacht?«, fragte Johnny.

»Ich hab den ganzen Mist verbrannt«, sagte Eskil und wandte sich wieder zu Johnny um. Jetzt war ein anderer Glanz in seinen Augen, klarer. Man konnte fast durch seinen Kopf hindurchsehen, der in den vergangenen Jahren zarter geworden war, blauer, immer glasähnlicher, immer durchsichtiger vom Alkohol, der durch seine Adern geflossen war, die alle sichtbar waren.

»Ich bin in den Wald hinter *Lunden* gegangen und hab den ganzen Scheiß verbrannt, mit Karton und allem.«

»Das ist gut«, sagte Johnny.

»Meinst du das ehrlich, Bergman?«

»Ja.«

»Es hat wahnsinnig gequalmt, wahrscheinlich vom Karton.«

Johnny nickte.

»Es war wie eine … Einäscherung«, sagte Eskil. »Das musste ich denken. Eine Art Einäscherung. Begreifst du, was ich meine?«

»Ich glaube schon, Eskil.«

»Der Rauch zog wie eine große Wolke über den See. Das war Vater. Das war sein Leben oder wie soll man sagen. Er war es, nicht ich.« Eskil schaute zum Himmel hinauf, der klarer und tiefer wurde. Die Hausdächer um Marktplatz und Brücke und Fluss waren wie in Asche gezeichnete schwarze Silhouetten. »Als ich den Rauch überm See und überm Moor verschwinden und sich dann auflösen sah, wusste ich, dass ich richtig gehandelt habe. Und komischerweise ist kaum Asche übrig geblieben, fast so, als hätte das was zu bedeuten.«

»Es bedeutet, dass du richtig gehandelt hast«, sagte Johnny.

»Das erste und einzige Mal«, sagte Eskil.

»Es bedeutet, dass du auch in Zukunft richtig handeln wirst.« Johnny lächelte.

»He, bist du Hellseher oder was, Bergman?«

»Im Augenblick bin ich das.«

»Hier hast du meine Hand.« Eskil streckte eine Hand aus, die leicht zitterte. »Fang an.«

»Nicht nötig«, sagte Johnny, »du wirst ein ordentlicher Mensch.«

»Also genau wie du?«

»Genau wie ich.«

»Dann muss ich mich wohl anstrengen mitzuhalten«, sagte Eskil. »Die Branche wechseln, Aufsteller werden.«

Darauf antwortete Johnny nicht. Eskil blinzelte, als er sich näher zu ihm neigte.

»Du sagt ja nichts, Bergman. Willst du mich nicht dabeihaben?« Er hörte auf zu blinzeln und setzte sich wieder gerade hin. »Ich hab bloß Spaß gemacht mit der Aufstellerei.«

»Das ist es nicht«, sagte Johnny.

»Was ist nicht was?«

»Erinnerst du dich, dass ich dir etwas erzählen wollte?«, sagte Johnny.

»Äh … ja, das hast du wohl gesagt. Vor hundert Jahren.«

Eskil versuchte zu lächeln. Johnny bereute es, dass er wieder davon angefangen hatte. Es war nicht der richtige

Moment. Oder es war genau der richtige Moment. Eskil war dabei, sich aus der Asche der Nieten seines Vaters zu erheben. Vielleicht konnte auch er dieses Leben aufgeben. Vielleicht war es so, wie er vor einer halben Stunde im *Phoenix* gedacht hatte. Eskil würde ein … größeres Leben finden, wenn die Jukeboxen verschwanden. Die Boxen würden nicht auf der Stelle verschwinden, nur weil Johnny als Aufsteller aufhörte, aber bald. Die Jukeboxen hielten Eskil im Verderben fest.

»Ich höre auf«, sagte Johnny. »Das ist meine letzte Saison.«

»Kommst du dann nie mehr wieder?«, fragte Eskil.

»Klar komme ich mal wieder vorbei«, sagte Johnny.

»Dann bin ich vielleicht nicht mehr da«, sagte Eskil. »Vielleicht ist es Zeit für mich abzuhauen.«

»Woanders haben die Leute bestimmt auch Ohren, die man abschneiden kann«, sagte Johnny.

»Nur hier sind sie so verdammt empfindlich«, sagte Eskil.

Die Bäume auf der Insel mitten im Fluss waren kaum noch zu erkennen. Die Dunkelheit hatte sich rasch gesenkt, während sie auf der Bank saßen.

»Ich muss los«, sagte Johnny.

»Du kannst bei mir übernachten, wenn du willst.«

»Nein, ich muss nach Hause.«

Sie erhoben sich gleichzeitig.

»Ich sag nichts dazu, dass du aufhören willst«, sagte Eskil, »aber wie wird das Leben ohne eine Jukebox?«

»Dein Leben?«

»Deins und meins.«

»Das wird schon in Ordnung sein«, sagte Johnny.

»Ja … die Musik bleibt. Aber es ist nicht mehr dasselbe. Es sind nicht dieselben Töne.«

»Du kannst die Rock-Ola kaufen, die im *Phoenix* steht, wenn du willst, Eskil.«

Eskil blieb stehen. Sie standen vor der Lotteriebude.

»Himmel, Bergman, das war ja ein Angebot.«

»Ich kann nur noch nicht genau sagen, wann.«

Eskil schien zum *Phoenix* zu schauen oder am Café vorbei und vorbei am Frisiersalon, vorbei an dem nächsten kleinen Haus, bis es nichts mehr zu sehen gab. Um den Platz herum war kein Verkehr mehr. Die Geschäfte waren geschlossen und dunkel. Das einzige Licht kam vom *Phoenix*. Der Himmel war noch schwärzer geworden.

»Mal sehen, was wird«, sagte Eskil. »Vielleicht bin ich dann trotzdem nicht mehr hier.«

Der Waldweg war wie ein weißer Strich im Abendlicht. Wann war er zuletzt hier langgefahren? Im vorigen Sommer? Nein, es war schon zwei oder drei Sommer her. Zwei. Davor war er einige Male hier gewesen, vielleicht vor zehn Jahren und einmal sehr viel früher.

Aus dem niedrigen Wald stiegen dieselben Düfte. Hier war der Wald immer niedrig, Saison für Saison, als ob er aufgehört hätte zu wachsen. Dann wurde er plötzlich hoch und dann licht. Dort, wo Johnny das Auto abstellte, hatte er sich in eine Weide verwandelt, die am hinteren Ende auffallend schmal wurde. Sie führte zu einer anderen Weide und danach zu noch einer.

Johnny stieg aus und zündete sich eine Zigarette an. In den höchsten Tannenwipfeln hinter ihm rauschte es leise. Eine Abendbrise war aufgekommen. Er ging die wenigen Schritte zu dem Holzzaun, und in der Ferne hörte er das weiche, dumpfe Trommeln von Pferdehufen auf dem Boden. Da, wo die Weide sich so auffallend verengte, als gäbe es dort einen Durchgang, sah er die Bewegung. Die Öffnung war überwuchert von Birkengestrüpp, so war es gewesen, solange er sich erinnern konnte.

Er war zehn oder vielleicht elf gewesen, als er zum ersten Mal hier gewesen war, abgehauen, an einem Abend wie diesem, später August wie jetzt. Er war allein gewesen und auf den Zaun geklettert, der damals wie jetzt derselbe war, er hatte auf die andere Seite springen, durch diese Öffnung laufen und sich nie mehr umdrehen wollen. In dem

Moment, als er springen wollte, sah er die Pferde durch die Öffnung dort hinten stürmen, das Geräusch hatte er erst gehört, als er sie sah, es waren drei, und sie kamen genau auf ihn zu, Seite an Seite, das Mondlicht bedeckte sie wie ein Mantel, und er meinte, noch nie in seinem Leben so etwas Schönes gesehen zu haben.

Johnny wartete auf die Pferde. Sie galoppierten in Kreisen, als wollten sie sich ihm so langsam und schön wie möglich nähern. Diesmal waren es zwei. Er wusste, dass es dieselben Pferde waren wie beim allerersten Mal, so musste es sein. Er vergaß die Zigarette in seiner Hand und verbrannte sich und merkte es nicht einmal. Jetzt hörte er die Pferde. Sie waren nicht mehr weit von ihm entfernt. Plötzlich dachte er, dass er diese Stelle Lennart zeigen sollte.

23

Die Werkstatt war wie ein fremder Raum. Alles war ihm vertraut, und doch hatte er das Gefühl, als gehörten die Werkzeuge jemand anderem, Schallplatten, Ersatzteile, verstreute Mechanik, Öldosen. Vom Schemel aus, auf dem er saß, konnte er die Brandmauer des Kinos sehen, aber auch sie war fremd, als wäre auf der anderen Seite der Wiese eine neue Mauer errichtet worden.

Johnny saß vor einer Wurlitzer 2200, die er reparieren wollte. Die Schwachstelle dieses Modells war die Seitenverkleidung, die nicht bis zum Boden reichte, sondern ein gutes Stück über dem Boden endete, eine schwache Konstruktion. Die eine Seitenverkleidung der Wurlitzer hatte ein Halbstarker eingetreten, im *Grand Café* in einem Ort, der dreißig Kilometer entfernt an der Bahnlinie lag. Die Jukebox konnte sich nicht verteidigen und es war auch niemandem gelungen, rechtzeitig einzugreifen. In der vergangenen Woche hatte sie sich in der Werkstatt erholen dürfen. Eine Reservebox für das *Grand* hatte Johnny nicht, und dem Konditor war es egal gewesen. Johnny hatte sich auch nicht weiter darum gekümmert. Ihm lag mehr der Zustand dieser gequälten Box am Herzen.

Er streckte die Hand aus und drückte die Tastenkombination von *Strange*, die B-Seite von Patsy Clines *She's Got You*. Der Ton funktionierte, aber Patsy Clines traurige

Stimme klang noch gebrochener als sonst, sie hatte einen Sprung etwa genauso groß wie der Riss an der Seite der Wurlitzer, wo der beschädigte Basslautsprecher durch das dünne Furnier zu sehen war.

Die Musik verstummte. Er wählte die A-Seite. Die Stimme wurde plötzlich klarer, als ob sich der Schaden nach dem vorhergehenden Song selbst repariert hätte. Er stand auf und trat an das kleine Fenster. Im Abendlicht erschien ihm die Brandmauer hinter der Wiese überraschend hoch.

Er hatte es mit Patsy Cline in den Boxen versucht. Er hatte Leute zu Patsy Cline tanzen sehen. Sie konnte singen. Sie konnte weinen. Erst Monate nachdem es passiert war, hatte er von ihrem Tod gelesen, im letzten Jahr, im März war sie mit einer viersitzigen Piper Comanche abgestürzt. Es war ein Sonntag gewesen, ein Sonntag wie dieser. Ein halbes Jahr bevor Kennedy erschossen wurde. Das Flugzeug war am Abend um sechs bei Unwetter gestartet, und am nächsten Morgen wurde das Wrack drei Kilometer östlich vom Tennesseefluss gefunden. Sie war auf dem Weg nach Hause nach Nashville gewesen. Cowboy Copas und Hawkshaw Hawkins waren auch bei dem Absturz umgekommen. Johnny hörte, wie der Song endete und Kulas Gehämmer da draußen lauter wurde. Sie hätten nie starten dürfen. Der Chef des Flugplatzes in Tennessee hatte sie noch auf dem Flugfeld gewarnt.

Er ging hinaus auf den Platz zwischen Werkstatt und Haus und zündete sich eine Zigarette an. Das Küchenfenster in seiner Wohnung stand offen, jetzt hörte er das Telefon klingeln. Er stieg schnell die Treppe hinauf und warf die Zigarette in die Dose mit Sand. Die Dose sollte weg, sie sollte weg. Es sah nicht schön aus. Das Telefon klingelte weiter, vier-, fünfmal. Johnny hatte auf die Uhr gesehen, während er die Treppe hinaufging. Es war fünf Minuten vor elf.

»Hallo?«

»Guten Abend, Bergman.«

»Ach, du bist es, Wigén.«

»Rufe ich zu spät an?«

»Nein, nein.«

»Ich wollte nur hören, ob du immer noch an Geschäften interessiert bist.«

»Was für Geschäften?«

»Deine Boxen.«

»Ja.«

»Es wird ein bisschen dauern«, sagte Wigén.

Johnny hörte sein angestrengtes Atmen, wie ein Blasebalg. Wigén hätte eine Kur nötig. Es genügte nicht, sich nur auf dem Hochland aufzuhalten.

»Ich hab's nicht eilig«, sagte Johnny.

»Nicht?«, erwiderte Wigén. »Dann hab ich mich wohl getäuscht.«

Johnny antwortete nicht. Er sah die blauen Flammen im Fenster der Autowerkstatt. Auch das war ein fremdes Gefühl, so, als sähe er die Schweißflammen aus Blomstrands Werkstatt zum ersten Mal.

»Da müsste ja ein anderer Aufsteller einspringen«, sagte Wigén, »oder mehrere.«

»Wird wahrscheinlich gar nicht so lange dauern, sie zu finden.«

»Ich werde die meisten unter der Hand verkaufen«, sagte Wigén. »Das weißt du ja. Die Ära ist vorbei, wie wir festgestellt haben.«

»Was glaubst du, warum ich verkaufe?«, sagte Johnny.

»Du kannst sie ja selbst privat verkaufen«, sagte Wigén. »Oder die Cafébesitzer, falls sie wollen. Es könnte ein bisschen dauern, aber vermutlich bekommst du im Ganzen ein besseres Angebot als das, was ich dir machen kann.«

»Ich kenn dich ja gar nicht wieder, Wigén. Sprichst du wirklich von einem besseren Angebot?«

»Ich mag dich, Bergman. Mit dir will ich nicht nur ein simples Geschäft machen.«

»Es ist nicht simpel.«

»Nein, nein. Aber ich möchte, dass du für mich arbeitest, wenn das alles vorbei ist. Und nicht mit Bowlingbahnen.«

»Ich arbeite für niemanden, Wigén.«

»Dann eben *mit* mir. Nun leg doch die Worte nicht dauernd auf die Goldwaage, Bergman.«

Johnny hörte Wigén husten, ein bösartiger Husten. Er hörte Geräusche: Luftzug, Motorengeräusche, schwache Musik im Hintergrund. Es klang, als würde Wigén in einer Telefonzelle stehen.

»Zusammen können wir großes Geld machen, Bergman.« Wigén hustete wieder. »Größeres Geld, meine ich. Noch größer.«

»Dann fang damit an, dass du mir etwas mehr für die Boxen gibst«, sagte Johnny.

»Jetzt verstehe ich nicht«, sagte Wigén.

»Ich habe andere Pläne«, sagte Johnny. »Aber vielen Dank für das Angebot.«

»Willst du etwa mit eigenen Flippern und einarmigen Banditen einsteigen?«

»Nein, nein.«

»Was willst du denn machen?«

»Das weiß ich noch nicht genau.«

»Was für Pläne hast du?« Johnny hörte wieder Wigéns Husten, aber vielleicht war es diesmal auch ein Lachen. »Entweder man hat klare Pläne oder man hat gar keine.«

»Wollen wir das Geschäft jetzt endlich zu Ende bringen?«, sagte Johnny.

Als er aufgelegt hatte, klingelte das Telefon abermals. Falls Wigén sich was Neues ausgedacht hatte, würde er seine Einstellung trotzdem nicht ändern.

Es war Milt. Er begann mit einer Entschuldigung, dass er so spät anrief.

»Aber sonst bist du ja nie zu Hause«, sagte er.

»Hast du's denn schon mal versucht?«, fragte Johnny.

»Einige Male.«

»Was wolltest du denn?«

Er hörte Milt atmen, das klang anders und ruhiger als Wigéns Keuchen.

»Was wolltest du denn?«, wiederholte Johnny.

»Hast du schon ... konkrete Pläne für die Zukunft?«, fragte Milt.

»Ich glaube, ich verstehe dich nicht.«

»Was willst du jetzt machen?«, fragte Milt. »Wenn du mit den Jukeboxen aufhörst.«

»Mal sehen, was ist, wenn ich sie verkauft habe«, sagte Johnny.

»Wann?«

»Das weiß ich nicht.«

»Springt viel dabei raus?«

»Nein. Aber das ist meine Angelegenheit.«

»Ich würde dir gern ... helfen«, sagte Milt.

»Wobei?«

»Mit einer ... Reise.«

Jetzt war es still in Blomstrands Werkstatt. Kula schien nach Hause gegangen zu sein, während Johnny telefoniert hatte. Er hielt eine unangezündete Zigarette in der Hand. Inzwischen war es Montag geworden, der letzte Tag im August. Der Sommer zog seine Schlussbilanz. Johnny zog seine Schlussbilanz. Elisabeth zog ihre Schlussbilanz. Bertil. Bodil. Und Milt.

Eine Reise, hatte Milt gesagt. Hilfe bei einer Reise.

Er hielt die Zigarette immer noch in der Hand, ohne sie anzuzünden, als trainierte er etwas, vielleicht Durchhaltevermögen. Johnny hörte den Mitternachtszug die Stadt passieren, der Nachtzug von Süden hinauf zur Hauptstadt. Von hier aus klang er wie Lennarts Eisenbahn, ein dünnes Geräusch. Ein Schnellzug, aber ein dünnes Geräusch. Vielleicht lag es an der Nacht. Die Dunkelheit hatte sich verdichtet, vielleicht dämpfte auch die Luft selbst das Geräusch. Er steckte die Zigarette zurück und die Schachtel in seine linke Hemdenbrusttasche. Die Geräusche des Zuges erstarben im Norden. In sechs Stunden würde er die Hauptstadt erreichen. Dort war er schon seit einem Jahr nicht mehr gewesen. Er hätte hinfahren müssen, hatte sich aber nicht getraut. War es so? Hatte er keinen Mumm gehabt? Wovor fürchte ich mich am meisten? Er ging auf den Hof und schaute zu seinem eigenen Küchenfenster hinauf. Durch den dünnen Vorhang sah er all das Vertraute, aber jetzt war es ihm fremd, genau wie alles andere, was ihm vertraut war. Jetzt geschieht es, dachte er, ohne es zu verstehen. Was jetzt geschieht, verändert alles für immer. Es ist diese Nacht, dieser Tag. Er merkte, dass er die Treppe wieder hinaufstieg, ohne dass er sich erinnern konnte, sich in Bewegung gesetzt zu haben. Als hätte ein Fremder seinen Körper übernommen. Er stand am Telefon, sah die Hand den Hörer abheben und den Finger die Wählscheibe drehen. Ein, zwei, drei, vier, fünf, sechs Klingelzeichen. Die Hand presste den Hörer ans Ohr. Am anderen Ende knackte es.

»Hallo?«

Eine Frauenstimme.

Er brachte keinen Ton heraus. Aus dem Augenwinkel sah er, dass der Telefonhörer in seiner Hand zitterte.

»Hallo?«, wiederholte die Stimme. »Wer ist da?«

Die Stimme kannte er nicht. Sie klang ängstlich. Ängstlich wie er selber war. Sie erschreckten einander. Es war bald Geisterstunde.

»We...wer ist da?«, fragte er.

»Wer ist da?«, fragte sie zurück.

»Entschuldigung ... dass ich so spät anrufe«, sagte er.

»Wer sind Sie?«

Ihre Stimme klang nicht mehr ganz so ängstlich. Sie musste die Angst in seiner Stimme wahrgenommen haben.

»Johnny«, antwortete er.

»Wer?«

»Johnny. John Bergman.«

»Ich kenne keinen Joh...« Sie brach ab.

Er wartete. Er hörte einen Laut am anderen Ende der Leitung, als hätte die Frau sich umgedreht. Er meinte eine Stimme im Hintergrund zu hören. Wie in einem Reflex drehte er sich selbst um. Auch nach Mitternacht war es vorm Fenster nicht dunkler geworden. Er hatte ein Gefühl, als könnte er mit dem Telefonhörer in der Hand dastehen und bis zur Dämmerung warten.

»Bergman?«, fragte sie.

»Ja.«

»Der wohnt nicht hier«, sagte sie.

»Wie bitte?«

»Hier gibt es keinen Bergman mehr.«

»Seved?«, sagte er.

»Ich weiß nicht, wie er mit Vornamen hieß.«

»Wo ist er?«

»Ich weiß es nicht.«

»Ich habe schon so oft versucht, ihn anzurufen«, sagte Johnny.

Jetzt war er ruhiger. Jetzt geschah es, und er wurde ruhiger.

»Ich bin sehr lange nicht hier gewesen«, sagte sie.

»Wer sind Sie?«

»Ich wohne hier nur zur Untermiete.«

»Seved Bergman ist mein Bruder«, sagte Johnny. »Ich habe schon sehr lange nichts mehr von ihm gehört und weiß nicht, wo er ist.«

»Woher haben Sie diese Nummer?«

»Sie stand in einem Brief von ihm, vor langer Zeit.«

»Ich wohne hier schon seit Jahren«, sagte sie. »Aber ich bin häufig unterwegs.«

»Woher kennen Sie den Namen?«, fragte Johnny. »Bergman?«

»Den hab ich auf irgendeinem Vertrag gelesen, glaube ich«, antwortete sie. »Aber ich bin ihm nicht begegnet.«

»Wissen Sie etwas von ihm?«

»Nein.«

»Gibt es dort niemanden, der weiß, was aus meinem Bruder geworden ist?«

»Ich weiß jedenfalls nichts«, sagte sie. Wieder eine Pause. Er hörte Fragmente anderer Stimmen in der Leitung, Bruchstücke von Worten. Sie klangen wie eine fremde Sprache.

»Das Einzige, was ich weiß, ist, dass er ... Ihr Bruder ... nicht hier gewohnt hat. Damals. Und auch jetzt nicht. Nicht in der Stadt oder im Land, soviel ich weiß.«

»Wo hat er denn gewohnt?«

»Das weiß ich nicht. Ich weiß nicht mehr.«

»Ist er im Ausland?«

»Es scheint so.«

»In welchem Land?«

»Ich hab keine Ahnung.«

»Wie heißen Sie?«, fragte Johnny.

»Kers...tin. Kerstin Johansson.« Die Frage schien sie zu überrumpeln.

»Darf ich Sie wieder anrufen? Falls mir noch eine Frage einfällt.«

»Das ist sinnlos«, sagte sie wieder, »ich weiß nicht mehr.«

»Ich geb Ihnen meine Telefonnummer.«

»Es ist sinnlos. Ich weiß nicht mehr. Das ist die Wahrheit.«

»Ich gebe sie Ihnen für alle Fälle«, sagte er und nannte sie ihr, eins, zwei, drei, vier, fünf Ziffern, aber während er das tat, wusste er, dass er nicht da sein würde, wenn sie anriefe.

Er fuhr durch die langen Straßen der Stadt. Die Adresse stand auf einem Zettel, der neben ihm lag. Wer eine Telefonnummer hatte, hatte auch eine Adresse.

Unterwegs war er nah daran gewesen umzukehren, auf halbem Wege. Er war zwei Stunden gefahren, und hinter seinen Schläfen hämmerte es genau wie im Motor des Duett. Er hatte auf einem Rastplatz angehalten, der sich golden nannte, *Die goldene Rast*. Im Café hatte er eine Flasche Vichy-Wasser getrunken. Ganz hinten im Lokal hatte eine stumme Jukebox gestanden, eine abgenutzte AMI. Sie gehörte nicht ihm. An der Vorderfront klebte ein Zettel. Er war hingegangen und hatte gelesen, dass die Jukebox kaputt war, und er hatte Lust bekommen, sie zu reparieren, so lange wie möglich hier zu bleiben.

In diesem nördlichen Teil der Hauptstadt waren alle Straßen lang. In der richtigen Straße musste er mehrmals hin und her fahren, bis er eine Parklücke fand.

Im Treppenhaus roch es nach Staub und Steinen, den Steinen der großen Stadt. Der Fahrstuhl war unten, aber er ging die Treppen zu Fuß hinauf. Es war kühl. Die hohen, schmalen Fenster ließen gelbes Licht herein.

An der Tür stand ein Name, aber er las ihn nicht. Wieder hämmerte es in seinem Kopf. Plötzlich fühlte er sich wie in einem Traum. Da war seine Hand, die sich ausstreckte, sein Finger, der auf den Klingelknopf drückte. Drinnen klingelte es, ein dumpfer widerhallender Ton, es klang, als würden die Klingelsignale in der Wohnung umkehren und zur geschlossenen Tür wieder herauskommen. Er drückte wieder auf den Knopf, lauschte wieder den Signalen, wartete, bis sie verschwanden, nahm den Schraubenzieher aus der Innentasche seines Jacketts und steckte ihn ins Schlüsselloch. Er hörte, wie der eine Niet zerbrach, und innerhalb von fünfzehn Sekunden gab der Schlosskolben nach. Er drehte sich um. Das Geräusch war wie ein Pistolenschuss gewesen. Er öffnete die schwere Tür, ging hinein und schloss sie hinter sich. Das Schloss hatte er nicht zerstört. Er stand im Halbdunkel und lauschte, hörte sein eigenes Atmen und ein fernes Brausen der Stadt vier Stockwerke tiefer. Schwaches Tageslicht vom hintersten Zimmer erhellte die Diele halbwegs. Er sah Fenster mit zugezogenen Vorhängen. Sie hatten dieselbe blasse Farbe wie das Morgendämmern. Er ging ein paar Schritte und sah das Telefon auf einer schweren Kommode linker Hand. Als er daran vorbeiging, war er sicher, dass es in der Stille anfangen würde zu klingeln. Er würde den Hörer abheben und seine eigene Stimme hören.

Er ging von Zimmer zu Zimmer, es waren drei. Die Küche war der hellste Raum der Wohnung. Plötzlich hörte er Geräusche wie Schläge und sah auf den Hof hinunter. Eine Frau klopfte einen Teppich auf einer Klopfstange. Ein kleiner Junge saß still auf einer Schaukel und sah ihr zu. Ein Mädchen, einige Jahre älter als der Junge, fuhr auf einem

Fahrrad um die Frau und den Jungen herum. Johnny hörte keine Stimmen.

Im Schlafzimmer öffnete er die Tür zu einer Garderobe. Dort drinnen war es dunkel. Er tastete nach einem Lichtschalter. Er tastete nach Spuren. Er wusste, dass es in dieser Wohnung Spuren gab. Es war ein Sinn darin, dass er in die Hauptstadt gefahren und hier eingebrochen war. Hier hatte Seved gewohnt. Er musste etwas hinterlassen haben. Es gab keine Beleuchtung in der Garderobe, aber seine Augen gewöhnten sich an die Dunkelheit. In der hintersten Ecke erkannte er die Umrisse von etwas. Er trat näher zwischen Kartons und Kleidung, die an Kleiderbügeln hing. Es war ein hoher, schmaler und besonders geformter Schrank, den er kannte. Der Schrank gehörte Seved. Er hatte in dem Haus gestanden, in dem sie als kleine Kinder gewohnt hatten.

Johnny ging näher. Der Schrank war geschlossen, aber im Schloss steckte ein Schlüssel, der im Licht vom Schlafzimmer aufblitzte. Er streckte die Hand aus und drehte ihn um, die Schranktür glitt mit einem seufzenden Geräusch auf. Es ist ein geheimer Schrank, hatte Seved gesagt. Als sie klein waren, haben sie Sachen in dem Schrank versteckt, hat er erzählt. Johnny erinnerte sich nicht, dort etwas versteckt zu haben, aber er erinnerte sich, dass Seved es erzählt hatte. Versteckte Sachen. Er machte noch einen Schritt und schaute hinein. Der Schrank war leer, nichts lag den Einlegebrettern. Er bückte sich zum untersten Bord, aber auch das war leer. Plötzlich nahm er einen schwachen Geruch wahr, der langsam aus dem Innern des Schrankes zu kriechen schien. Er traf ihn wie ein Schlag. Der Geruch kam aus der Vergangenheit. Er kannte ihn aus *Sjögrens* Vertreterzimmer und vielleicht von einem anderen Ort, an den er sich nicht erinnerte. Er hatte immer geglaubt, der Geruch hänge mit etwas zusammen, dem er nicht nahe kommen wollte, etwas, vor dem er immer geflohen war, aber jetzt wurde ihm klar, dass es der Geruch des einzigen Zuhauses war, das er jemals gehabt hatte. Er tastete die Schrankwände ab, wie er eben die Wand neben der Tür abgetastet hatte, und an der Unterseite des zweiten Bords stießen seine Finger auf etwas. Es fühlte sich wie Papier an und klemmte fest hinter dem Holz. Er bückte sich wieder, um etwas zu erkennen, aber es war zu dunkel. Er fingerte zwischen Rückwand und dem Bord herum, und das Papier löste sich und er zog es in das Halbdunkel der Garderobe. Es war ein Foto.

Er ging wieder in das größere Zimmer, das zwei Fenster zur Straße hatte, zog einen Vorhang zurück und schaute hinunter. Der Duett stand fünfzig Meter entfernt, eingeklemmt in einer Reihe von geparkten Autos. Ein Taxi fuhr vorbei. Es sah aus wie ein Käfer und hielt zehn Meter entfernt rechts vom Fenster in der Einbahnstraße. Die schwarze Tür wurde geöffnet, aber er konnte nicht sehen, wer ausstieg. Jetzt ertönte dort unten eine Sirene, das Geheul kam von links. Er sah einen Krankenwagen mit großer Geschwindigkeit gegen die Fahrtrichtung vorbeifahren. Er musste sich an dem Taxi vorbeischlängeln, das noch näher an die parkenden Autos heranmanövrierte. Der Krankenwagen beschleunigte wieder, der schrille Heulton stieg geradewegs auf und blieb vorm Fenster hängen. Er hörte einen Ruf hinter sich und fuhr herum und sah, wie eine Frau sich umdrehte und zurück in die Diele lief, zur Wohnungstür, die geschlossen war. Von dort kam kein Licht. Er sah den ganzen Weg bis zur Tür.

»Warten Sie!«

Sie hatte die Tür schon halb erreicht.

»Warten Sie!«

Sie drehte sich im Laufen um, sie kam ihm bekannt vor. Nein. Es war zu dunkel in der Diele. Sie war es nicht. Er lief ihr nach. Sie war noch drei Meter von der Tür entfernt, als er ihre Schultern zu fassen bekam.

»Warte! Bit…«

Sie versuchte sich mit einer Hand zu befreien. Er ließ sie los, ging an ihr vorbei und baute sich an der Tür vor ihr auf.

»Ich bin's, Bergman! Ich bin's!«

Er sah sie den Mund öffnen, aber es kam kein Schrei.

»Ich war es, der angerufen hat. Ich wollte nu…«

Sie stand wie angewurzelt da. Ihre Augen waren auf die Tür hinter ihm gerichtet, als ob sie nicht wagte, ihn direkt anzusehen.

»Kers…tin, oder? Sie heißen Kerstin Johansson. Ich hab gestern Abend angerufen. Ich hab hier angerufen.«

»Was wollen Sie?«, sagte sie.

»Ni…«

»Was wollen Sie von mir?«, unterbrach sie ihn.

»Nichts. Ich will nichts.«

»Was machen Sie dann hier?«

Er merkte, dass sie sich entspannte, die Linie ihrer Schultern wurde weicher. Sie trug immer noch den dünnen Mantel, sie hatte ihn nicht ausgezogen, bevor sie ins Zimmer kam und ihn entdeckte. Sie hätte ihn schon vorher sehen müssen, aber vielleicht war es wegen der Lichtverhältnisse nicht möglich gewesen.

»Sind Sie Kerstin Johansson?«, fragte er.

»Ja. Sind Sie … Bergman?«

»Das hab ich doch gesagt.«

»Was machen Sie hier?« Sie breitete die Arme aus. »Sie sind eingebrochen.«

»Ich suche nach meinem Bruder.«

»Er ist nicht hier. Das hab ich Ihnen doch schon am Telefon gesagt.«

Johnny nickte.

»Haben Sie mir nicht geglaubt?«

»Darum geht es nicht«, sagte er.

»Was? Worum geht es dann?«

»Ich musste es einfach … tun. Hierher fahren.«

»Jetzt haben Sie es getan«, sagte sie.

Er stand immer noch einige Meter von ihr entfernt. Er hatte sie noch nie gesehen. Sie sah niemandem ähnlich, den er kannte.

»Wissen Sie nicht noch etwas?«, fragte er. »Von meinem Bruder?«

»Ich bin ihm einmal begegnet«, sagte sie.

»Was? Am Telefon haben Sie ges…«

»Ich weiß, was ich gesagt habe«, unterbrach sie ihn. »Aber Ihr Anruf kam so überraschend. Ich war gerade eben erst nach Hause gekommen, und als ich … ich wusste ja nicht, wer Sie sind.«

»Wann haben Sie ihn getroffen?«, fragte Johnny.

»Das ist schon viele Jahre her. Sieben vielleicht oder sechs.«

»Genau wie … ich«, sagte er.

»Er ist abgereist«, sagte sie.

»Wohin?«

»Ich glaube, nach Amerika.«

»Hat er das gesagt?«

»Ich kann mich nicht genau erinnern, aber ich glaube, ja.« Sie sah ihm in die Augen. »Warum sind Sie nicht schon eher gekommen?«

»Ich konnte nicht«, sagte er. »Ich hab wohl darauf gewartet, dass mein Bruder … Seved … sich melden und mir mitteilen würde, wo er ist. Dass ich herkommen könnte. Oder dass er …«

»Dann ist er also verschwunden«, unterbrach sie ihn. »Wirklich verschwunden?«

»Ich weiß es nicht.«

»Sie haben lange nach Ihrem Bruder gesucht«, sagte sie.

»Ja.«

»Wie lange?«

»Mein … ganzes Leben.«

Er drehte sich um.

»Wohin wollen Sie?«, fragte sie.

»Ich will nach Hause.«

Der Abendverkehr auf der Landstraße war ruhig. Er begegnete Lastern, aber nur wenigen PKWs. Die Dunkelheit fiel schnell, wie ein Vorhang. Sein ganzer Körper war steif, als ob seine Muskeln jede Bewegung nur mit Protest ausführten.

Die Lichter am anderen Ufer des großen Sees glitzerten wie Sterne. Er fuhr durch Wälder und dann war er wieder auf dem Hochland.

Er war kaum in der Lage auszusteigen und hatte ein Gefühl, als wäre er ein Jahr fort gewesen. Während der Heimfahrt hatte er nichts gedacht, an nichts anderes gedacht als an das, was er um sich herum sah.

Auf der Treppe versuchte er sich eine Zigarette anzuzünden, aber seine Hände zitterten nach der langen Fahrt, auf der er keine Pause gemacht hatte. Über dem Eingang von Blomstrands Haus leuchtete eine Lampe, ein matter Schein. Johnny spürte den Juckreiz im Körper.

Er überquerte die Straße. Als er an der Werkstatttür vorbeiging, roch er Eisen und Feuer. Er ging, ohne selbst zu gehen, jemand anders hatte seinen Körper wieder übernommen.

Er klopfte an die Tür des Wohnhauses, dort drinnen klang es wie ein Echo. Es gab keine Klingel. Er klopfte wieder, diesmal fester. Im Vorraum ging ein Licht an. Er sah den uringelben Schein durch die matte Scheibe der Tür. Das Schloss rasselte. Die Tür wurde geöffnet.

»Mensch, Bergman.«

»Entschuldige, dass ich so spät klopfe.«

»Dich hab ich ja schon seit Ewigkeiten nicht mehr gesehen,« sagte Blomstrand.

Er trug ein Unterhemd, der Gürtel an seiner Hose hing offen herunter. Das Licht im Vorraum fiel auf Blomstrands behaarte Schultern. Er atmete die Nachtluft tief ein, aber vielleicht gähnte er auch nur.

»Ich dachte, du wärst ein ordentlicher Mensch geworden, Bergman.«

»Ich bin kein ordentlicher Mensch.«

»Ich hab's geglaubt. Da kann man mal sehen.«

»Hast du was da, Kurt? Es ist das letzte Mal.«

»Ach?«

»Ich geh hier weg.«

»Hoffentlich nicht heute Nacht.«

»Hast du was?«

»Wohin willst du denn, Bergman? Willst du umziehen?«

»Ja...«

»Willst du für immer wegziehen?« Blomstrand rieb sich die Augen. Er war nicht ärgerlich, fühlte sich nicht gestört. »Du bist doch dauernd unterwegs.«

»Hast du was?«, wiederholte Johnny.

»Du kommst einen Tag zu früh«, sagte Blomstrand. »Oder eine Nacht, muss ich wohl sagen. Fagerberg bringt mir morgen eine Lieferung.« Er sah an Johnny vorbei zu dem Haus auf der anderen Straßenseite, zum Werkstattschuppen, in dem Johnny das Licht hatte brennen lassen. »Ich hab nur noch einen Viertelliter reinen Alkohol, glaub ich.«

»Das nehm ich.«

»Seltsam, und ich hab gedacht, du würdest ein ordentlicher Mensch bleiben, Bergman.«

»Ich nehm das Viertel«, wiederholte Johnny.

Die Flasche wog nichts in seiner Hand, als würde sie Luft enthalten. Er ging über die Straße, auf das Licht in seiner Küche zu. Es war fast weiß, mehr weiß als gelb. Als er die Flasche auf die Anrichte stellte, sah er Seveds Gesicht, nur für den Bruchteil einer Sekunde. Ein anderes Land, hatte die Frau gesagt. Lebte er noch? Lebte er in einem anderen Land? Er besaß eine Ansichtskarte aus einem anderen Land. Die Karte begann zu verblassen, zu verblassen wie das Licht in dieser verdammten Küche. Die Wolkenkratzer auf dem Foto begannen sich aufzulösen, wurden zu einem Teil des blauen Himmels. Noch ein paar Jahre, und sie würden zu Raumschiffen geworden sein, die langsam zu anderen Planeten abhoben.

Er schraubte die Flasche auf und nahm den Alkoholgeruch wahr. Er hob die Flasche zum Mund, setzte sie aber wieder ab. Er konnte warten, bis er ein Glas in der Hand hatte.

Jetzt, wo der Alkohol greifbar nah war, schien er warten zu können. Plötzlich war es kein Kampf mehr.

Er nahm ein sauberes Glas aus dem Abtropfkorb und stellte es neben die Flasche. Plötzlich konnte er ein weiteres Weilchen mit dem Trinken warten und darauf, dass alles, was er dachte, sah und fühlte, weicher und an den Rändern undeutlicher wurde und dann alle Form verlor und schließlich gar nichts mehr bedeutete. Er konnte wieder fliehen, auf die beste Art, auf die souveränste Art, die schnellste. Innerhalb einer halben Stunde könnte er dort sein, wo nichts mehr etwas bedeutete.

Er füllte das Glas zur Hälfte, hob es und trank. Er schmeckte nichts, er roch nichts, in den ersten Sekunden war es, als würde er Luft trinken. Dann spürte er die Wärme wie einen sanften Faustschlag im Zwerchfell.

Jetzt fühlte er ein Zittern im ganzen Körper, wie ein plötzlicher Kälteeinbruch nach einer Hitzewelle. Er stellte das Glas ab, es kippte um und rollte zum Rand der Anrichte, und er konnte nichts tun, konnte sich im Moment nicht rühren, doch das Glas bewegte sich in seiner eigenen Bahn, am Rand entlang, zur Hälfte darüber und rollte dann wieder zurück und blieb liegen. Johnny richtete es auf und wartete eine Sekunde, ehe er sich mehr Alkohol einschenkte. Ihn fror immer noch. So sollte es nicht sein, dass er fror.

»Johnny? Johnny!« Er stand still irgendwo, aber die Umrisse waren undeutlich, es könnte ein Feld sein, ein Weg, ein Hofplatz, ein Marktplatz. Jemand rief seinen Namen und er drehte sich um. »Johnny? Johnny.« Jemand berührte ihn. »Johnny.«

Er sah Elisabeths Gesicht. Sie war kein Traum. Er spürte ihre Hand auf seiner Schulter. Er hörte ihre Stimme.

»Bist du wach, Johnny?«

»Äh … ja, jetzt bin ich es wohl.«

»Die Tür stand offen.«

»Aha.«

»Schläfst du häufiger im Sessel?«

Er bewegte den Kopf, sein Nacken war steif. Er lag halb im Sessel. Wie war er hierher gekommen? Er blinzelte und neigte vorsichtig den Kopf. Oberhalb der Augen hatte er Schmerzen. Er hatte keinen schlechten Geschmack im Mund. Das Viertel stand auf dem Sofatisch vor ihm und das Glas daneben. Er sah, dass die Flasche noch drei viertel voll war. Das erstaunte ihn.

»Ist das Flasche Nummer zwei?«, fragte sie.

»Nein, nein.« Er beugte sich vor. »Ich bin bloß eingeschlafen.« Er sah sie an. »Was … machst du hier, Elisabeth?«

»Ich bin mit dem Zug gekommen«, sagte sie.

»Ja, aber warum …«

»Man kann mit nur einmal Umsteigen von mir hierher fahren«, unterbrach sie ihn. »Wusstest du das?«

»Nein.«

»Und dann ist er kaputtgegangen.«

»Was sagst du?« Er stand auf. »Wie meinst du das?«

»Wir sind auf den Gleisen stehen geblieben. Irgendwas ist passiert.«

»Wie lange?«

»Gut eine Stunde oder so.«

Johnny sah das Morgenlicht draußen. Er schaute auf seine Armbanduhr. Es war halb neun. Er musste wie ein Stein geschlafen haben, schwerer. Tiefer denn je. Sie musste die ganze Nacht im Zug gesessen haben.

»Möchtest du Kaffee?«, fragte er.

»Ja, gern.«

»Wo ist Lennart?«

»Er hat bei einer Freundin von mir übernachtet. Zu Hause.«

»Warum bist du gekommen, Elisabeth? Jetzt?«

»Ich bin zum ersten Mal hier«, antwortete sie und wandte sich zum Fenster um. »In dieser Stadt bin ich noch nie gewesen.«

Sie streckte sich über den Küchentisch und griff nach seiner Hand. Er hatte noch keinen Kaffee eingeschenkt.

»Er wollte mir nicht zuhören«, sagte sie. »Er ist vollkommen durchgedreht, schlimmer denn je.«

»Bertil? Redest du von Bertil?«

»Von wem sonst?«

»Was hast du denn gesagt?«

»Ich hab nichts gesagt. Anfangs hab ich nichts gesagt. Er ist nach Hause gekommen ... ich weiß nicht, wo er gewesen ist ... und dann fing er mit diesen Beschuldigungen an.«

»Was für Beschuldigungen? Was hat er gesagt?«

»Dass ... dass Lennart nicht sein Kind ist.«

Johnny hörte ein Brausen in den Ohren, als würde er mitten in einem Sturm stehen. Plötzlich wurde ihm übel, als hätte er heute Nacht einen viertel Liter Alkohol getrunken und noch ein Viertel dazu.

»Wer ... hat das gesagt?«, fragte er.

»Ich weiß es nicht. Er ist nach Hause gekommen und ...«

»Ist es ... wie kommt er dazu?« Johnny hörte jetzt, wie der Sturm in seinem Schädel brüllte. Er konnte kaum seine eigene Stimme hören. »Ist es ... ist es ...«

»Ob es stimmt?« Sie ließ seine Hand los. »Ob es stimmt? Willst du das wissen?«

»Ja.«

»Glaubst du es wirklich, Johnny? Kannst du das wirklich glauben?« Sie sah ihm geradewegs in die Augen. »Kannst du so was von mir glauben?«

»Ich ... wir ...«

»Wir waren zusammen, bevor ich Bertil traf, ja. Sogar kurz davor. Aber so kurz nicht.« Sie beugte sich wieder vor. »Er hat deinen Namen nicht genannt, falls du das wissen möchtest. Bertil hat deinen Namen nicht genannt. Er glaubt nicht, dass du ...«

»Nein.«

»Ich muss jeden Tag daran denken, was an jenem Abend passiert ist. Wen er getroffen hat, der ihm das erzählt haben könnte.«

»Vielleicht hat er niemanden getroffen«, sagte Johnny.

»Das habe ich auch schon gedacht.«

»Es ist nicht das erste Mal, dass ihr gestritten habt«, sagte Johnny.

»So was hat er aber noch nie gesagt.«

»Du hast einiges aushalten müssen«, sagte Johnny. »Manchmal hab ich mich gefragt, warum …«

»Denkst du, ich hätte mich nicht auch gefragt? Herr im Himmel, ich war oft kurz davor, meine Sachen zu packen, Lennart aus dem Bett zu holen und einfach mit dem Zug abzuhauen.«

»Hast du … Lennart erzählt, dass ich Bertil getroffen habe?«, fragte Johnny.

»Nein. Ich konnte es nicht. Himmel. Ich weiß nicht, ob ich es kann.« Sie strich sich eine Haarsträhne hinter das Ohr. »Und er hat schon eine Weile nicht mehr nach Bertil gefragt. Entweder traut er sich nicht, oder er fängt an … ich weiß nicht … zu vergessen … nein, vielleicht an andere Sachen zu denken.«

»Erzählst du es ihm, wenn er fragt?«

»Ich weiß es nicht, Johnny.« Sie griff wieder nach seiner Hand. »Bald weiß ich gar nichts mehr.«

»Das kommt mir bekannt vor«, sagte er.

»Ich glaube, der Kaffee ist kalt geworden«, sagte sie.

»Warum bist du so überraschend gekommen, Elisabeth?« Er legte seine Finger auf den Kaffeekessel. Er war immer noch heiß. »Warum jetzt?«

»Als du weggefahren bist, wusste ich nicht, ob du wiederkommen würdest«, sagte sie, »zu uns.«

»Natürlich komme ich wieder.«

»Ich wusste es nicht.«

»Ich hau doch nicht einfach so ab.«

»Hast du daran gedacht abzuhauen?«

»Der Kaffee ist immer noch warm«, sagte er und nickte zum Kessel.

»Willst du von hier weggehen?«, fragte sie. »Willst du woanders hinziehen?«

»Ich wollte mit dir reden«, sagte er, »aber ich musste erst einmal nachdenken.«

»Worüber nachdenken? Was hast du für Pläne, Johnny?«

»Nicht … ich.«

»Wer denn dann? Morén oder Wigén oder wie sie alle heißen, diese Spieler. Willst du mit denen zusammenarbeiten?«

»Milt«, sagte Johnny.

»Milt? Der Amerikaner? Bodils Milt?«

Johnny nickte. Er griff nach der Kanne und goss Kaffee in die Tassen. Elisabeth schien es nicht zu bemerken. Zwischen ihren Augen waren zwei scharfe Falten.

»Will er dich mit nach Amerika zurücknehmen? Ist es so?«

»Nein. Er will, dass ich rüberfahre und mich um einiges kümmere … um sein Haus zum Beispiel, wenn ich es richtig verstanden habe. Und noch so einiges.«

»Wirst du es tun?«

»Himmel, Elisabeth … das war gerade vorgestern. Am späten Abend. Er hat mich angerufen. Ich hatte noch gar keine Zeit, darüber nachzudenken. Da gibt's noch mehr, worüber ich nachdenken muss. Zum Beispiel, was mit den Jukeboxen passieren soll.«

»Du hast gesagt, du wolltest mit mir über etwas reden. Meinst du das, was Milt gesagt hat?«

»Ja.«

»Warum?«

»Das ist doch natürlich.«

»Um *bye bye baby* zu sagen, oder wie zum Teufel die sich da ausdrücken.«

»Bitte, Elisabeth … ich hatte noch keine Zeit nachzudenken, wie gesagt. Ich will nicht einfach so nach Amerika ziehen, in Jesse Namen.«

Elisabeth sah auf die volle Kaffeetasse, als ob sie so etwas noch nie gesehen hätte. Dann schaute sie ihn an, als wäre er ein Fremder geworden.

»Es war falsch herzukommen«, sagte sie. »Ich weiß nicht, was ich mir eingebildet habe.«

»Bist du schon mal in Amerika gewesen?«, fragte er, aus der Hüfte.

»Was? Was sa…«

»Ich hab mich in diesem Moment entschieden«, sagte er, »vor dem Bruchteil einer Sekunde. Wir gehen nach Amerika, alle drei.« Er beugte sich vor, über den Kaffee, den er nicht trinken würde. »Wenn du willst.«

Sie standen draußen im Sonnenschein. Am Himmel waren keine Wolken, nur eine Vormittagssonne und über Blomstrands Werkstatt ein fahler Mond.

»Aber es kostet ein Vermögen«, sagte sie. »Das Geld hab ich nicht. Ich hab überhaupt kein Geld.«

»Wigén macht mir einen guten Preis«, sagte Johnny. »Und ich hab ein bisschen beiseite gelegt.«

»Da drüben muss man auch von was leben«, sagte sie. »Himmel, ich red ja, als ob es Wirklichkeit werden könnte.«

»Das kann es«, sagte er. »Warum nicht für uns?«

»Herr im Himmel.«

»Milt bezahlt mir ... einen Lohn«, sagte Johnny. »Einen guten Lohn. Und meine Überfahrt.«

»Er scheint ja sehr darauf erpicht zu sein, dich loszuwerden«, sagte sie.

»Siehst du das so?«

»Nein, nein, Johnny, und das weißt du auch. Und er auch.«

»Er hat keine Kinder«, sagte Johnny. »Seine Frau ist schon lange tot und er ... er war müde und ist hergekommen.«

»Stammen seine Vorfahren wirklich aus Schweden?«

»Doch, das glaube ich wohl.«

»Lässt du ihn deine Reise bezahlen?«

»Wenn ihr mitkommt«, sagte Johnny, »du und Lennart.«

»Es ist der reinste Wahnsinn«, sagte sie.

»Du wolltest doch sowieso weg, oder?«

»Aber nicht nach Amerika.«

»Es ist ja nur ein Besuch.«

»Und wie lange?«

»Ich weiß es nicht.«

»Lennart muss doch zur Schule gehen.«

»In Amerika gibt es auch Schulen.«

»Würden wir so lange bleiben?«

»Er kann ja in Detroit zur Schule gehen, während wir uns dort aufhalten.«

»Detroit. Das ist doch eine Stadt mit mehreren Millionen Einwohnern? Da gibt's vermutlich nur Wolkenkratzer?«

»Milts Haus liegt offenbar in einem Vorort. Einem Villenvorort.« Johnny lächelte. »Und er besitzt mehrere Autos.«

Er sah, wie sich die Schatten um die umliegenden Häuser veränderten. Die meisten Gebäude stammten noch aus der Kriegszeit, aber das Kaufhaus an der Kreuzung war neu erbaut, vier Stockwerke, höher als das Stadthotel, einem Wolkenkratzer so nah, wie man ihm hier kommen konnte.

»Ich möchte nur, dass wir darüber nachdenken«, sagte er, »in aller Ruhe.«

»Möchtest du dieses Leben wirklich aufgeben«, fragte sie, »deine Jukeboxen und die Arbeit daran? Die Musik?«

»Darüber habe ich im Sommer nachgedacht«, sagte er.

»Ja, ich weiß.«

»Und mir ist klar geworden, dass nicht ich dies Leben verlasse, sondern es verlässt mich.«

Elisabeth nickte schweigend. Ihr Blick war auf irgendetwas am Himmel gerichtet. Dort oben bewegte sich ein kleines Netz von Schwalben. Das schöne Wetter würde bis morgen bleiben, wenn der Sommer vorbei war.

»Und die Jukeboxen halten sich in Amerika wahrscheinlich länger als hier«, sagte er. »Wenn man mal eine spielen möchte.«

Sie drehte sich um, zur Werkstatt und dann wieder zurück. Er sah diesen Glanz in ihrem einen Auge.

»Können wir nicht jetzt was spielen?«, fragte sie. »Falls du eine zu Hause hast.«

»Drinnen in der Werkstatt steht eine gesprungene Wurlitzer.«

»Funktioniert sie?«

»Es kommt ganz darauf an, was du hören willst.«

Sie stellte sich vor die Box. Ihr Gesicht war schön im weichen Licht, das unter den handgeschriebenen Titelstreifen glühte, ein helles Rot, Gold und Blau. Sie wählte eine der zweihundert Plattenseiten und Johnny wusste, dass es B21 war, schon bevor das erste Pianogeklimper ertönte. Elisabeth drehte sich um, hielt die Hand wie ein Mikrophon vor dem Mund und mimte die Worte *I'd rather giiive everything, that I own in this world, than to be all alone, and unloved*, und er schnipste den Gospeltakt mit den Fingern und tanzte auf sie zu, und die Werkstatt wurde etwas anderes während zwei Minuten und 32 Sekunden, alles, was gesagt und getan werden musste, konnte innerhalb zwei Minuten und 32 Sekunden entschieden werden oder wenigstens während der drei Minuten, in denen sich eine Single drehte. Es reichte, dass alles passieren konnte.

Nach einem Imbiss in der *Centrumbar* fuhren sie am frühen Nachmittag ab. Johnny hatte Elisabeth Gustav Geier vorgestellt, und Geier musste etwas in der Küche gesagt haben, denn die Fleischwurst und die Makkaroni waren nicht verkohlt. Die Jukebox in der Milchbar hatte die Vierunddreißig gespielt. Die Kommunalarbeiter dort drinnen sahen aus, als hörten sie den Song zum ersten Mal. Für Johnny war es vielleicht das letzte Mal.

»Die Jukebox ist der in deiner Werkstatt ähnlich«, hatte Elisabeth gesagt.

»Es ist dasselbe Modell.«

»Ich soll dir übrigens was von Lennart ausrichten. Er hat dir offenbar versprochen herauszufinden, ob es ein Rekord war, dass die Grubenarbeiter in Frankreich nach acht Tagen lebend gerettet wurden.«

»Das hatte ich vergessen.«

»Er vergisst nichts«, hatte Elisabeth gesagt.

»War es denn ein Rekord?«

»Nein. Im August vergangenen Jahres waren zwei Grubenarbeiter in Amerika vierzehn Tage lang verschüttet und haben überlebt.«

Geier hatte Elisabeth die Hand gegeben, als sie gingen. Die Kommunalarbeiter hatten sich nach ihnen umgedreht.

Sie warteten vor den geschlossenen Bahnschranken im Zentrum. Von Westen näherte sich der Zug mit laut kreischenden Bremsen. Die Schranken glitten hoch. Mitten auf den Gleisen begegneten sie einem Amazon. Johnny drehte rasch den Kopf. Elisabeth sah, dass er dem Amazon im Rückspiegel nachblickte.

»Jemand, den du kennst?«, fragte sie.

»Nein.«

Am Marktplatz bog er nach rechts ab und fuhr weiter ostwärts, in dieselbe Richtung wie der Zug.

»Ich bin in diesem Sommer mehrere Male auf einen Amazon gestoßen«, sagte er.

»Gestoßen? Wie meinst du das?«

»Es ist … dasselbe Auto. Und manchmal … dieselbe Frau. Manchmal erkenne ich sie.«

»Jetzt verstehe ich dich nicht, Johnny.«

»Ich auch nicht«, sagte er. »Ich versteh überhaupt nichts.«

»Was verstehst du nicht?«

»Manchmal ist sie … eine Fremde, oder wie man das ausdrücken soll, und manchmal ist sie meine Mutter.« Er drehte den Kopf. »Es ist wie ein Traum. Es ist ein Traum. Als ob ich eine Erscheinung hätte.« Er richtete den Blick wieder auf die Straße. »Und gestern hab ich etwa zehn Amazon in der Hauptstadt gesehen.«

»Warst du in der Hauptstadt?« Sie starrte ihn an. »Warst du gestern in der Hauptstadt?«

Er nickte. Die Straße machte eine Kurve und ein Sonnenstrahl traf ihn an der Wange. Er war warm.

»Ich bin zu einer Wohnung gefahren, in der Seved gewohnt hat.«

»Seved«, sagte sie.

»Seved. Mein Bruder. Seved.«

»Warum bist du ... gerade jetzt gefahren?«

»Ich weiß es nicht. Ich hab ein Gefühl, als würde alles jetzt passieren, in diesem Sommer. In diesem August.«

»Was ist passiert?«, fragte sie.

»Da oben in der Wohnung? Nichts. Er ist schon viele Jahre nicht mehr dort gewesen.«

»Können wir eine Pause machen?«, fragte sie.

»Pause?«

»Ein wenig anhalten.«

»Klar. Musst du ...«

»Nein, ich muss nicht austreten. Ich möchte nur, dass wir ein Weilchen anhalten.«

Einen halben Kilometer weiter gab es einen kleinen Rastplatz an einem Tümpel. Er bog von der Landstraße ab und parkte. Es waren keine anderen Autos dort. Sie befanden sich immer noch innerhalb der Stadtgrenze.

Sie setzten sich auf eine Holzbank am Ufer. Zwischen der Bank und dem Wasser war eine Feuerstelle, ein Kreis aus Steinen und in der Mitte Kohle und Asche. Jemand hatte hier vor noch nicht langer Zeit ein Feuer gemacht. Ein plötzlicher Windstoß wirbelte die Asche auf und wehte ein paar Rußflocken davon. Johnny hörte den Wind in den Tannenwipfeln. Elisabeth schaute über das Wasser. Am anderen Ufer stand ein dichter Schilfgürtel. Das Schilf schwankte sacht im Wind, wie in einem bestimmten Rhythmus.

»Ingrid hat mich gestern Vormittag besucht«, sagte sie, ohne ihn anzusehen.

»Was sagst du da? Ingrid?«

»Ja.«

»Wollte sie sich entschuldigen?«

»Irgendwie schon.«

»Und?«

»Aber sie hat auch noch mal von deinem ... Bruder geredet. Seved. Von deiner ... Suche nach ihm.«

Er schwieg. Ein Seevogel war aus dem Schilf aufgeflogen, vielleicht ein Haubentaucher. Der Abstand war nicht groß, aber er konnte nicht erkennen, was es für ein Vogel war.

»Johnny? Hast du mir zugehört?«

»War sie immer noch betrunken?«, fragte er.

»Nein, jedenfalls hatte ich nicht den Eindruck.«

»Die Suche ist vorläufig zu Ende«, sagte er.

»Was meinst du damit?«

»Ich habe mich vorher nicht getraut«, sagte er und wandte sich zu ihr um. »Nicht ernsthaft getraut. Aber gestern hab ich es gewagt.« Er steckte die Hand in die Innentasche seines Jacketts und holte das Foto hervor und reichte es ihr.

»Was ist das?«, fragte sie, als sie es entgegennahm.

»Schau es dir an.«

Sie sah auf die Fotografie und sah dann ihn an und dann wieder das Foto.

Sie sind sich sehr ähnlich, dachte sie. Fast wie Zwillinge. Aber man kann erkennen, wer der Jüngere ist.

»Wann ist das aufgenommen worden?«, fragte sie, den Blick auf den jüngeren Jungen geheftet. Er sah aus, als wollte er gerade etwas sagen.

»Ich weiß es nicht.«

Sie studierte das Foto. Im Hintergrund war nur eine helle Wand. Die Gesichter der Jungen waren ernst. Das gleiche Kinn und die gleiche Nase. Lennarts Kinn und Nase.

»Von wem hast du das?« Sie schaute auf.

»Ich hab es an einer geheimen Stelle gefunden«, antwortete er, »die nur wir kannten.«

Er sah den Haubentaucher, wenn es denn einer war, den Kopf und den langen Hals ins Wasser stecken, der Körper folgte und verschwand.

»Ihr seht euch sehr ähnlich«, stellte sie fest.

»So sah unsere Mutter aus«, sagte er.

»Du hast noch nie von deinem Vater erzählt.«

»Es ist, als ob es ihn nie gegeben hätte.«

Aber Seved gibt es, dachte sie. Zumindest auf diesem Foto. Sie senkte plötzlich den Kopf, wie um sich vor der Sonne zu schützen. Der Himmel war wolkenlos. Die Sonne stach in die Augen. Er drehte sich wieder um und sah den

Vogel auftauchen, zehn Meter näher. In seinem Schnabel zappelte etwas.

Er hörte Elisabeth etwas sagen.

»Was hast du gesagt, Elisabeth?«

»Wir haben niemanden, der sich um uns kümmert«, sagte sie. »Du bist … allein, Johnny. Genau wie ich, allein wie ich. Wir haben niemanden.«

Er beugte sich vor. Etwas brannte im Zwerchfell, ein stechender Schmerz.

»Ich will nicht verlieren«, sagte sie. »Wir sind keine Verlierer. Du verlierst nicht.«

Er beugte sich noch weiter vor, und der Schmerz beugte sich mit ihm vor. Über seinen Augen wuchs ein Schatten.

»Wir können es schaffen«, sagte sie. »Ich will, dass wir es schaffen. Wir werden gebraucht.«

Jetzt sah er nichts mehr, überall war Schatten. Wieder sagte jemand etwas. Es musste Elisabeth sein. Er schaute auf und hatte das Gefühl, nackt zu sein. Das Atmen fiel ihm schwer, aber nur sekundenlang.

»Ich muss dir noch etwas erzählen«, wiederholte Elisabeth. »Ich konnte es vorher nicht sagen. Zu Hause bei dir.«

»Ja?«

»Ich konnte es nicht. Du hast nach … Lennart gefragt. Aber vielleicht habe ich gelogen.«

»Gelogen?« Aus dem einen Augenwinkel sah er eine Bewegung. Der Haubentaucher war wieder in der Luft. »Inwiefern hast du gelogen?«

»Oder ich hab mich selbst belogen … was ich jetzt sagen will, was ich vorher nicht geschafft habe, ist, dass ich … doch nicht hundert Prozent sicher bin.«

»Hundert Prozent«, wiederholte Johnny. Er war plötzlich ruhig.

»Darf ich das Foto noch mal sehen?«, sagte sie.

Er reichte es ihr schweigend.

»Ich bin immer überzeugt gewesen«, sagte sie und betrachtete das Gesicht des jüngeren Jungen. »Früher. Wegen Lennart … und Bertil. Ich hab ja damit gelebt. Ich habe nie etwas anderes geglaubt.« Sie hob das Gesicht, der Sonne entgegen. »Ich hab mich die ganze Zeit selbst belogen.« Sie blinzelte in seine Richtung. »Hab geträumt, oder wie man das nennen soll.«

»Man ist unschuldig, wenn man träumt«, sagte er.

»Das kommt mir bekannt vor«, antwortete sie.

»Ingrid hat es an jenem Abend gesagt.« Er stand auf. »Jetzt will ich fahren.«

Er schaltete das Radio mitten in den Nachrichten an: Es wurde damit gerechnet, dass 1966 eine geplante Raketenbasis in Kiruna fertig gestellt sein würde. Die dänische Charterfluggesellschaft Nordair sollte von SAS übernommen werden.

»Ich möchte niemals fliegen«, sagte Elisabeth. »Jedenfalls nicht den ganzen Weg bis nach Amerika.« Sie schaute aus dem Fenster. Sie fuhren durch die Vororte, die Villenvororte. »Kannst du das Radio nicht abstellen?« Sie wandte sich vom Fenster ab. »Es kann doch ruhig eine Weile still sein.«

Während der Fahrt dachte er an nichts, an das er sich später erinnern würde. Sie fuhren mit halb heruntergedrehten Fensterscheiben. Der Wind war warm. Als sie ankamen, war Lennart zu Hause. Er saß in der Küche und aß ein Butterbrot und hatte den Abendbrottisch gedeckt.

MICHAEL P. KUBE-McDOWELL
MIKE McQUAY

La cité des robots d'Isaac Asimov

TRADUIT DE L'AMÉRICAIN
PAR FRANCE-MARIE WATKINS

ÉDITIONS J'AI LU

Cet ouvrage a paru sous le titre original :

ROBOT CITY